U0141088

《生物实验室系列》图书

生物实验室系列
Biology Lab Manual Series

Approches to

microRNA

Identification and Function Research

micro RNA
鉴定与功能分析技术

刘长征　余　佳　编著

化学工业出版社

·北京·

图书在版编目（CIP）数据

microRNA 鉴定与功能分析技术/刘长征，余佳编著.
北京：化学工业出版社，2011.9
（生物实验室系列）
ISBN 978-7-122-12146-2

Ⅰ．m⋯　Ⅱ．①刘⋯②余⋯　Ⅲ．核糖核酸-研究
Ⅳ．Q522

中国版本图书馆 CIP 数据核字（2011）第 171713 号

责任编辑：傅四周　　　　　　　　文字编辑：张春娥
责任校对：王素芹　　　　　　　　装帧设计：关　飞

出版发行：化学工业出版社（北京市东城区青年湖南街 13 号　邮政编码 100011）
印　　刷：北京永鑫印刷有限责任公司
装　　订：三河市万龙印装有限公司
710mm×1000mm　1/16　印张 15½　彩插 2　字数 317 千字　2012 年 3 月北京第 1 版第 1 次印刷

购书咨询：010-64518888（传真：010-64519686）　售后服务：010-64518899
网　　址：http://www.cip.com.cn
凡购买本书，如有缺损质量问题，本社销售中心负责调换。

定　　价：69.00 元

出版者的话

21世纪是生命科学的世纪，这已成为人们的共识。

生命科学随着人类对自身和自然的认识、探索而萌芽，随着人类生产和科学实践的进步而发展。现代生命科学包括生物学、医学、农学等传统学科领域，以及生物学、生物技术与环境科学乃至社会科学等其他学科相互渗透、交叉而产生的新型学科体系。20世纪后叶，现代生物科学尤其是分子生物学取得了一系列突破性成就，使得生命科学在自然科学体系中的位置发生了革命性的变化，成为21世纪的带头学科。人们对生命科学也寄予了无限的期望，希望能够解决人类社会所面临的人口膨胀、资源匮乏、疾病危害、环境污染和生态破坏等一系列重大问题。

回顾生命科学的发展历程，实验技术一直起着非常重要的促进作用。如17世纪 Leeuwenhoek 等人发明并应用显微镜技术，直接催生了"细胞学说"的建立和发展；1973年 Cohn 和 Boyer 完成了 DNA 体外重组实验，标志着基因工程的肇始；1988年 Kary Mullis 发明的 PCR 技术甚至使生命科学产生了飞跃性的发展。可以说，生命科学每时每刻离不开实验，实验是开启神奇的生命王国大门的钥匙。没有实验技术的不断进步，也就没有生命科学今天的巨大发展；同时，生命科学的发展又对实验技术提出了更高的要求，进一步刺激了后者的不断进步。生命科学正是在"实验催生和验证着基础理论，理论指导和发展了实验技术"的不断循环中从必然王国走向自由王国。

工欲善其事，必先利其器。为了有助于生命科学工作者更多地了解相关实验技术和仪器设备，更好地设计实验方案，更有效地开展实验过程，更合理地处理实验结果，化学工业出版社组织出版了《生物实验室系列》图书。系列图书在整体规划的基础上，本着"经典、前沿、实用，理论与技术并重"的原则组织编写，分批出版。

在题材上，系列图书涵盖综合实验技术和单项实验技术两个方面。其中综合实验技术既有以实验目的为题，如"蛋白质化学分析技术"，内容纵向覆盖多项实验技术；也有以某一生命学科领域的综合实验技术为题，如"发酵工程实验技术"、"生物化学实验技术"等。而单项实验技术则以深入介绍某一专项技术及其应用为主，在阐述其基本原理的基础上，横向介绍该项技术在多个领域的应用，如"双向电泳技术"、"流式细胞术"等。

在内容上，系列图书主要有以下两个显著特点。一是强调先进性——除了系统介绍常用和经典实验技术以外，特别突出了当前该领域实验手段的新理论、新技术、新发展，为国内专业人员起到借鉴和引导作用。二是强调可操作性——对于每一项实验技术，系统介绍其原理方法、设备仪器和实验过程，让读者明了实验的目的、方案设计以及具体步骤和结果处理，以期起到实验指南的作用。

　　本系列图书坚持质量为先，开拓国内和国际两个出版资源。一方面，邀请国内相关领域兼具理论造诣和丰富实验室工作经验的专家学者编著；另一方面，时刻关注国际生命科学前沿领域和先进技术的进展，及时引进（翻译或影印）国外知名出版社的权威力作。

　　《生物实验室系列》图书的读者对象设定为国内从事生命科学及生物技术和相关领域（如医学、药学、农学）的专业研究人员，企业或公司的生产、研发、管理技术人员，以及高校相关专业的教师、研究生等。

　　我们殷切希望《生物实验室系列》图书的出版能够服务于我国生命科学的发展需要，同时热忱欢迎从事和关心生命科学的广大科技人员不仅对已出版图书提供宝贵意见和建议，也能对系列图书的后续题目设计贡献良策或推荐作者，以便我们能够集思广益，将这一系列图书沿着可持续发展的方向不断丰富品种，推陈出新。

　　谨向所有关心和热爱生命科学，为生命科学的发展孜孜以求的科学工作者致以崇高的敬意！

　　祝愿我国的科技事业如生命之树根深叶茂，欣欣向荣！

化学工业出版社

生物·医药出版分社

前　言

　　基因组测序计划的完成标志着生命科学研究进入了一个新时代，但是基因组测序呈现给世人的是大量繁杂的序列信息，读懂这些信息便是"后基因组时代"的主要任务。基因组内的信息除了蛋白质编码基因之外，还有大量的非编码序列，此类隐藏的基因过去一直被认为是基因组内的"垃圾"。然而，随着研究的深入，科研工作者发现非编码基因同样具有重要的生物功能。microRNA 便是基因组内的隐藏信息，近年来研究发现，此类非编码 RNA 分子具有重要的调控功能。这种调控作用遍及生命体的各种活动中，如生物体生长发育、器官形成、细胞增殖分化及凋亡以及多种疾病的发生等。因此，近年来 microRNA 备受瞩目，并迅速成为生命科学领域中的研究热点。

　　生命活动非常复杂，即使是最简单的事件也需要大量基因参与，而参与其中的基因则以不同形式的产物发挥作用。既有中心法则所提及的终极产物蛋白质，又有近年来发现的非编码 RNA 分子、基因表观遗传效应等隐藏的信息。microRNA 便是非编码 RNA 分子中的重要成员，以前被认为是基因组中的垃圾，现在看来则是珍宝。它的存在可以解释许多生命活动的奥秘以及许多疑难疾病的发生机制。然而，microRNA 如何发挥其调控功能还不清楚，因此，要阐述其在生理、病理状态中发挥什么作用以及如何发挥作用，则需要深入研究 microRNA 的功能。大多数microRNA 是由基因间 DNA 序列编码的，转录方向与相邻的基因往往相反，是与基因表达不同的独立单位。另一类 microRNA 则位于蛋白质编码基因的内含子序列中，随 mRNA 一起转录，包含在 mRNA 前体转录物中，此类 microRNA 往往具有组织特异性。

　　microRNA 基因由 RNA 聚合酶 Ⅱ 转录，产生原始 microRNA 转录物（pri-microRNA），pri-microRNA 在细胞核内经一种称为 Drosha 的 RNA 内切酶 Ⅲ 加工，得到 microRNA 前体（pre-microRNA）。该前体被 Exportin-5 蛋白以分解GTP 能量的方式运输到细胞质中，再经第二种 RNA 内切酶 Ⅲ Dicer 进一步加工得到约 22 个核苷酸的成熟双链 RNA 分子，其中一条成熟链插入 RNA 诱导沉默复合物（RISC），作用于其靶基因的 3′非翻译区内调控位点，从而影响靶基因的翻译。目前在生物体内已发现 1000 余种 microRNA 分子，这些分子在不同物种之间具有序列保守性，据推测可能有 5000 个以上基因受到 microRNA 调控，这些靶基因参与人类各项生命活动，这说明 microRNA 对人类生命活动的调控是强有力的。因此，研究 microRNA 在人类重大疾病发生中的调控作用，具有重要的理论意义和实际意义。目前 microRNA 研究主要集中于 microRNA 加工成熟机制以及 microRNA对其靶基因的调控机制。在生物体内，microRNA 主要通过与其靶基因 *mRNA 3′*

非翻译区相互作用，在转录后水平调控基因表达，进而参与生物体内某些生理及病理过程。并且针对传统基因的研究方法发展迅速，且已较为完善成熟，为基因功能的进一步研究奠定了基础。以此类技术为参考，可以发展针对 microRNA 研究的特殊方法，进而系统阐述 microRNA 的调控功能。microRNA 的研究方法包括新 microRNA 基因的克隆鉴定、特异 microRNA 基因的表达检测及其功能研究等，辅以强有力的工具——生物信息学软件分析，使全面研究 microRNA 的功能成为可能。这为获悉生命活动的真谛以及探求某些疾病发生的机理奠定了坚实的基础。本书将详细探讨 microRNA 研究相关技术的原理、适用条件、优缺点以及具体操作步骤等，以期给读者的实验工作提供帮助。

本书包括四部分，分为 microRNA 基本知识概述、生物信息学研究方法、分子生物学研究方法以及相应方法的实际应用等。在概述部分，主要介绍 microRNA 的发现历程及生物起源，microRNA 的特征及鉴别分析，microRNA 的调控机理与生物功能以及几种常见非编码 RNA 的异同等。在生物信息学研究方法部分，主要介绍了目前 microRNA 研究常用的几种在线生物信息学分析软件，而在分子生物学研究方法部分则介绍了十余种有关 microRNA 克隆、表达分析、表达干预及分子机制研究等方法，并将 microRNA 预测的生物信息学方法、靶基因预测的分子生物学方法与相应的分子生物学方法综合介绍，使之更为系统。最后，编者根据自己的研究经历，通过阐述 microRNA-21 在肝细胞癌发生过程中的功能，系统介绍了 microRNA 相关方法的实际应用。通过上述安排，读者在了解 microRNA 基本概念的同时，可以系统学习 microRNA 的研究方法并将其应用于自己的研究工作中。

microRNA 作为生命科学研究领域内的热点，发展迅速，新概念、新方法、新成果不断涌现。随着时间推移，书中内容必须与时俱进，不断进行修正与更新，以保持其新颖性和实用性。

化学工业出版社的编辑为本书的出版提供了很大的方便和诸多帮助，特此表示感谢！

本书编著者是科研第一线的工作人员，在承担繁重科研任务的情况下，仍抽出时间，认真负责地撰稿，并基本达到预期的要求。囿于编著者水平，书中难免出现不妥甚至错讹之处，希望广大读者不吝指正，以便修订时及时更正。

刘长征　余　佳

2011 年 11 月

目　录

第一章 概 述

自 Ambros 等研究者报道了在线虫中发现首个 microRNA——*lin-4* 并证明其时序性调控线虫幼虫的发育后，多个研究小组对这一新发现的调控分子进行了初步的研究[1,2]。经过数年的探索，随着更多 microRNA 的发现及其功能的逐渐为人所知，研究者们普遍认为，microRNA 是一类隶属于非编码 RNA 大家族并可在转录后水平调控基因表达的重要小分子。同时，microRNA 与处于研究热点的另一类小分子 RNA——siRNA（small interfering RNA）在加工机制和调控方式上亦有着较高的相似性[5,23,25]。这些特征吸引了越来越多的研究者投身于这一研究领域，以期深入剖析 microRNA 家族的功能和分子机制。

作为非编码 RNA（non-coding RNA）家族新成员之一的 microRNA 是一类长度约为 21～23 个核苷酸的调控性小 RNA 分子，它可以通过 mRNA 剪切和抑制蛋白质翻译的方式负调控靶基因[10,11]。迄今为止，研究者们已在拟南芥、线虫、果蝇、小鼠和人等多种生物中发现了数以万计的 microRNA 分子。进一步的研究表明，microRNA 可以调节约 50％的蛋白编码基因，并且 microRNA 分子参与了包括发育、细胞分化、细胞凋亡、脂类代谢和激素分泌等在内的多种生理过程，以及包括白血病、肺癌、结肠癌、糖尿病和病毒感染等在内的多种病理过程[16,18,21,22,38,83,90,96,99]。这些发现提示我们，生物体内可能存在着一种全新的调控模式，对该模式的深入研究将有助于我们进一步了解生物体复杂的调控网络。本书的概述部分将对目前已知的 microRNA 知识作一详细介绍。

第一节 microRNA 的发现历程

最早被发现的 microRNA 家族成员 *lin-4*，由 Ambros 等在线虫中通过胚胎发育时间控制缺陷性遗传筛选实验所鉴定[1,54]。线虫幼虫的发育会经历四个不同阶段（L1～L4），每个阶段有着不同特征的细胞链系区分。在幼虫的 L1 发育阶段，如果 *lin-4* 基因突变将会妨碍幼虫发育的时间调控，引起该阶段中的特异性细胞区分过程在后续的发育阶段中重复，导致幼虫发育停顿。有趣的是，在缺乏 *lin-14* 基因的蠕虫中发现了与 *lin-4* 基因突变相反的发育表型缺陷。而在 *lin-4* 和 *lin-14* 这两个基因被鉴定之前，有人就根据它们相反的缺陷性表型和遗传性相互作用将它们的基因座归于同一调控途径[62,70]。因此，Ambros 等推测两者之间可能存在某种相互调控。进一步分析发现，虽然突变筛选实验鉴定的基因大多数是蛋白编码基因，但 *lin-4* 基因的编码产物却是一个长度为 22nt 的非编码 RNA，并且可与位于 *lin-14* 基因 3′UTR 的 7 个保守位点部分互补。而 *lin-14* 基因编码一个在 L1～L2 发育阶段转换过程中表达下调的核蛋白。据此可以推断：Lin-14 蛋白表达的负调控可能有赖于该基因 mRNA 的 3′UTR 区和功能性的 *lin-4* 基因的存在。在此推断基础上研究者又经过一系列实验证明了：*lin-14* mRNA 的 3′UTR 和 *lin-4* 间不完全的碱基配对对于 *lin-4* 通过调控蛋白合成来控制 *lin-14* 表达是必要的。通过进一步的同源分析，又发现了 *lin-4* 的另一个作用靶基因——*lin-28*，一个启动 L2～L3 阶段发育转换的冷休克结构域蛋白。与 *lin-14* 相比较，*lin-28* 基因的 3′UTR 含有更少的 *lin-4* 配对位点，这或许能解释 *lin-28* 的翻译抑制发生在 *lin-14* 之后[74,95]。

　　非编码 RNA *lin-4* 及其对靶基因 *lin-14* 和 *lin-28* mRNA 的特异性翻译抑制的发现暗示，在线虫发育期间可能存在着一种新的基因表达调控机制。但在此后的 7 年中，该现象一直未引起人们足够的重视，直到 2000 年第二个 microRNA 分子——*let-7* 在蠕虫中被鉴定出来，众多的研究者才被这一领域所吸引[4,80,85]。*let-7* 也是一个时序性调控的 microRNA 分子，它主要控制幼虫的 L4 阶段向成虫阶段的发育转换。与 *lin-4* 的调控机制相似，*let-7* 是通过与靶基因 *lin-41* 和 *hbl-1* 3′UTR 上的互补位点配对并抑制它们的翻译来行使其功能的。*let-7* 的发现促使人们提出这样的假设：microRNA 所执行的转录后调控是否作为一种普遍的调控模式也广泛存在于线虫以外的其他物种中。后来，研究者通过生物信息学预测及实验验证证实了数以千计的 microRNA 存在于多种动植物中，并发现它们在进化中高度保守，这些现象提示该类分子可能具有更广阔和更重要的作用[60]。时至今日，随着多个 microRNA 的功能和分子机制的揭示，大量证据有力地证明了这一假设的成立。

第二节　microRNA 的起源与加工成熟

　　成熟 microRNA 的形成过程包含若干步骤（见图 1-1）[45,100]。首先，microRNA 基因被转录成命名为 pri-microRNA 的初级转录物。多个研究者在分析了部分动植物的 pri-microRNA 特征后发现，它不但具有较长的序列而且还表现出部分 RNA 聚合酶Ⅱ的转录特征，如序列 5′端的帽子结构、3′端 Poly（A）尾等，同时也发现 pri-microRNA 上游存在着 RNA 聚合酶Ⅱ启动子序列，只有少数几个病毒基因转录生成的 pri-microRNA 具有 RNA 聚合酶Ⅲ的转录特征。随后，多个实验证明了 RNA 聚合酶Ⅱ启动子指导了 microRNA 基因的转录[20]。而且，一些转录因子也可通过结合到 microRNA 基因上游的特异性位点来调控 RNA 聚合酶Ⅱ启动子活性，从而影响 microRNA 基因的表达，如转录因子 NFI-1 调控 *microRNA-223* 在人粒细胞分化过程中的表达[24]，MyoD、Mef2 及血清反应因子（serum responsive factor）调控 *microRNA-1* 在小鼠心脏中的表达[106]。这些证据表明，参与 microRNA 基因转录的 RNA 聚合酶应主要为 RNA 聚合酶Ⅱ。部分 microRNA 基因位于其宿主基因内含子或非编码区，它们的转录通常是通过宿主基因的 RNA 聚合酶Ⅱ启动子实现的，会随着宿主基因的调控而被一同调控。还有一些 microRNA

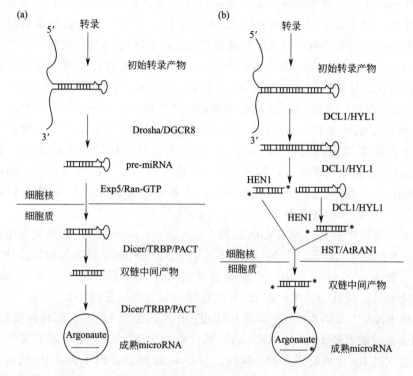

图 1-1 microRNA 在动物 (a) 和植物 (b) 中的加工过程

（引自 Zeng Y. Principles of micro-RNA production and maturation. Oncogene, 2006; 25: 6156-6162）

基因定位于基因之间，它们拥有自己的启动子和调控元件。此外，部分 microRNA 基因成簇排列，在共同的启动子和调控元件指导下被协同转录成多顺反子初级转录物，之后再被各自加工形成成熟的 microRNA 分子[57,69]。

pri-microRNA 通过两次剪切产生成熟的 microRNA。动物 pri-microRNA 的第一次剪切位于细胞核内，产生大小为 70 个核苷酸左右并能形成茎-环结构的 microRNA 前体，称为 pre-microRNA；第二次剪切位于细胞浆中，pre-microRNA 被剪切成 21～23 个核苷酸的成熟 microRNA[33]。有两种 RNase Ⅲ，即 Drosha 和 Dicer 分别催化 microRNA 成熟过程中的序列剪切[58,78]。这两种酶都是 RNA 双链特异性的内切酶，会将靶序列剪切成剪切位点具有长度为 2nt 的 3′端突出臂的产物。Drosha 主要位于细胞核内，含有两个 RNase Ⅲ 结构域、一个双链 RNA 结合结构域和一个未知功能的 N 末端片段。Drosha 自身并不具有或只具有较低的酶活性，需要在另外一种称为 DGCR8 的蛋白的配合下才能催化其 RNA 底物。DGCR8 含有两个双链 RNA 结合结构域，其与 Drosha 结合并增强 Drosha 的催化活性后与 pri-microRNA 作用的具体机制仍不明确。尽管 Drosha 可以忽略各种 pri-microRNA 的序列和结构差别而将其剪切为具有不完全配对茎-环结构的 pre-microRNA，但仍有几项体内外研究发现了几种能被 Drosha 剪切的 pri-microRNA 的共同特征，如茎-环底物应含有超过其产物长度的配对碱基、足够长的单链 RNA 尾及大的末端环等。Drosha 加工的效率取决于 pri-microRNA 茎的结构、环的大小和在其剪切位点前后的序列，因为如果减小 pri-microRNA 环的尺寸、破坏茎内部的碱基配对或使 Drosha 剪切位点前后序列的碱基删除或突变都会严重降低 Drosha 的剪切效率。一些存在于内含子里面的 microRNA（称为 mirtron）经转录剪接后形成的可以直接形成 pre-microRNA 而被转运至胞质内，因此跳过 Drosha 的加工过程[55,56,79]。

pri-microRNA 经 Dorsha 酶的初始剪切后产生的 pre-microRNA 主要通过 Ran-GTP 依赖性核浆转运子 Exportin5（Exp5）从核内转移至胞浆。Exp5 能识别并紧密结合于含有 3′端突出臂的 pre-microRNA，不但承担运输载体的角色，而且在 pre-microRNA 从核内产生、运输至胞浆及其胞浆内的第二次剪切前这一期间保护 pre-microRNA 的完整性[103]。pre-microRNA 被运输至胞浆后，GTP 去磷酸转换为 GDP，然后 Exp5/GDP 释放出 pre-microRNA[13,46,76,98,101]。

随后，胞浆中的另一种 RNase Ⅲ 酶 Dicer 将 pre-microRNA 剪切成不完全配对的双链 RNA 双体（microRNA：microRNA*），即成熟 microRNA 和其互补序列所组成的二聚体。Dicer 主要由一个螺旋酶结构域——DUF283、一个 PAZ 结构域、两个 RNase Ⅲ 结构域和一个双链 RNA 结合结构域组成（见图 1-2）。PAZ 结构域可以同单链 RNA（ssRNA）发生低亲和性相互作用，帮助 Dicer 识别具有长度为 2nt 的 3′端突出臂的双链 RNA（dsRNA），然后由两个 RNase Ⅲ 结构域形成的单催化中心剪切双链 RNA 成终末产物。同时，与 Drosha 酶需要因子 DGCR8 协同才能完全行使其催化功能相似，Dicer 酶也需要在因子 TRBP 和 PACT 的协同下识别与剪切 pre-microRNA（见图 1-2），这两个协同因子能增强 Dicer 酶对 dsRNA 的亲和性并参与成熟 microRNA 链选择[92,97,100]。Dicer 酶剪切产物的长度从 21～25 个核苷酸不等，这种不同可能来源于 pre-microRNA 茎部的囊泡结构和碱基错配。Ago2 具有很强的类 RNA 酶 H 的活性，可以通过切割掉某些 pre-microRNA 的 3′臂来帮助 Dicer 加工，因此形成一个称为 AGO2 切割前体 microRNA（ac-pre-microRNA）

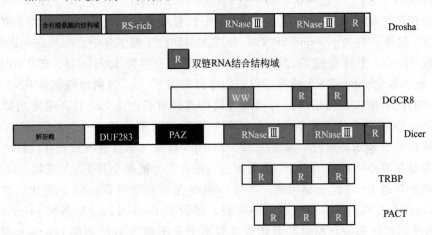

图 1-2　五种 microRNA 加工相关酶结构域图示

（引自 Zeng Y. Principles of micro-RNA production and maturation. Oncogene, 2006，25：6156-6162）

的中间产物。比较特殊的是 pre-miR-451，这个 microRNA 的前体同样需要 AGO2 的切割但是并不需要 Dicer，它的 3′端是由外切酶切割而形成的[105]。

最近，在线虫中进行的一系列遗传学和生物化学研究证明了不同 Dicer 酶同源物的功能特异性。在果蝇中也鉴定了两个 Dicer 同源物：Dicer1 和 Dicer2，缺乏 Dicer1 影响 pre-microRNA 的加工，而缺乏 Dicer2 会影响 siRNA 的产生，但却不影响 microRNA 的成熟。这些发现与这样的事实一致：PAZ 结构域只存在于 Dicer1，而 PAZ 结构域识别 pre-microRNA 茎-环结构中茎的黏末端并介导其剪切。这样看来，Dicer1 和 Dicer2 是在 microRNA 和 siRNA 成熟的后期发挥功能作用并帮助 RISC 介导的基因沉默。这个推断最先被黑素瘤中 Dicer 和 RISC 的相互作用所证实，Dicer2 与一个 dsRNA 连接蛋白 R2D2 形成一个复合物，并与 siRNA 混合作用促进 RISC 介导的序列特异性 mRNA 降解。此外，缺乏 Dicer1 也会影响 siRNA 介导的基因沉默，表明其可能具有增强 RNA 干扰效应的作用。因此，Dicer 酶可能具有超出我们先前推测的更多的功能，在 microRNA/siRNA 所介导基因沉默的初始和效应阶段发挥功能作用[40,65]。

Dicer 酶对双链 RNA 的高效剪切需要二聚化的 RNaseⅢ结构域，这是因为根据已知的 RNaseⅢ结构，只有在 RNaseⅢ二聚体的表面才能形成活化的催化位点[102]。Dicer 酶在 microRNA 加工期间可能只催化一个剪切事件，或许它以含内在 RNaseⅢ二聚体的单体形式形成 dsRNA 剪切的活性催化中心。与之相似，Drosha 酶也内含两个 RNaseⅢ结构域并执行一次剪切事件。此外，另外两个含有双链 RNA 结合结构域的蛋白 TRBP 和 PACT 可以结合到 Dicer 酶上，增强 Dicer 酶对 RNA 的亲和性并参与成熟 microRNA 的选择过程。目前，我们对 Drosha 和 Dicer 执行剪切的精确结构元件了解甚少，故推测它们的准确生物学机制仍有很多困难，但是这二者可能通过相似的机制对 microRNA 进行加工[30,33,34]。

microRNA：microRNA* 双体中成熟 microRNA 链会选择性地整合入 RISC（RNA induced silencing complex）中识别靶基因，这种方式决定了 microRNA 的靶基因特异性和高效的抑制功能，而另一条链——microRNA*或许会快速降解（见图 1-3）。在 Dicer 酶将 pre-microRNA 加工成 microRNA：microRNA* 双体期间，双体 RNA 两条臂 5′末端的稳定性通常是不同的。尽管成熟 microRNA 可以分布在这两条链中的任何一条，但其几乎总是来源于具有较低稳定性 5′末端 RNA 链。这些发现暗示成熟 microRNA 5′末端的相对不稳定性会有助于其整合入 RISC。因此，pre-microRNA 的动力学特征决定了 RISC 对成熟 microRNA 的不对称整合性和 microRNA 靶基因的特异性。这个动力学模型也适用于 siRNA 的不对称整合，具有较低稳定性 5′末端的 siRNA 链被选择性整合入 RISC 介导靶基因的剪切。但是，有研究发现，也存在着少数具有相似稳定性 5′末端的 microRNA 和 microRNA*，这两条链被预测以相似频率整合入 RISC[47]。总之，必定存在一种普遍的动力学机制调控来源于双链 RNA 双体的 microRNA 和 siRNA 的不对称整合以确保其相关靶基因的特异性沉默，其具体机制尚有待进一步探索。

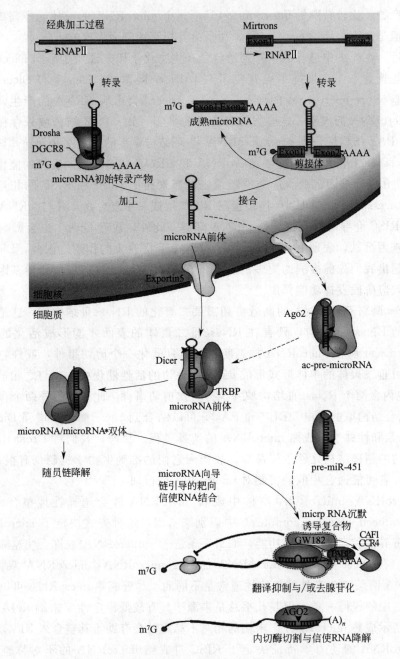

图 1-3　人 microRNA 整合入 miRISC 及作用机制过程图解

[引自 Krol J，Loedige I，Filipowicz W. The widespread regulation of microRNA biogenesis，function and decay. Nat Rev Genet，2010，11（9）：597-610]

　　成熟 microRNA 整合入 RISC 后形成 miRISC 复合物，人 RISC 由多个蛋白组成，目前已知的有 Argonaute1（Ago1）、Argonaute2（Ago2）、GW182、Dicer、TRBP（HIV-1 transactivation responsive element RNA-banding protein）和 PACT

等[19,73,91]。与 Dicer 相似，Argonaute1 和 Argonaute2 蛋白也含有一个 PAZ 结构域，而且在不同物种中有着多种同源物并参与基因沉默作用[63,67,88]。GW182 是最近才发现的一个 miRISC 复合物中的蛋白，但是其功能及作用机制还不明确。已有证据表明，人 Ago1 相对于 Ago2 在 microRNA 指导的基因沉默中有着更重要的作用。成熟 microRNA 整合结束后，多个已发生整合的 miRISC 复合物可以通过 mi-microRNA 的特异性识别结合到目的 mRNA 的 3′ 未翻译区，形成一囊泡状结构。由于 Ago 蛋白经常锚定于细胞膜运输结构上，因此 miRISC 复合物结合于 P-body，或 SG-body，而结构可通过目前尚未为人知的机制抑制目的 mRNA 的翻译（见图 1-3）[47]。SG 颗粒特异性地在受胁迫条件下形成，因此被命名为胁迫颗粒（stress granule）。从组成成分看来，SG 颗粒更倾向于沉默 mRNA 翻译，而不降解 mRNA。P 小体和 SG 颗粒常常彼此并列，动态关联，二者含有一些相同的组分，如帽子结合蛋白 eIF4E 和翻译抑制子 rck/p54，但它们的成分并不完全相同，暗示可能有功能差别。而已遭受翻译抑制的目的 mRNA 或储存于 P-body，或进入 mRNA 降解途径。储存于 P-body 的 mRNA，也可在某些因素的刺激下再次进入翻译或降解途径（见图 1-3）。很有可能沉默的起始在细胞中其他部分发生，而在接下来的沉默过程中定位于 P-body。光漂白实验表明在 P-body 中的 Ago 蛋白可以与其他的 Ago 分子缓慢的交换，因此可能存在一个 miRISC 复合物被重复利用以允许更多的靶基因进入的机制。有趣的是，Imp8 通过增强 Ago2 与靶基因 mRNA 之间的结合来促进 miRISC 复合物引起的基因沉默。

植物 microRNA 的成熟过程［见图 1-1(b)］可能与动物不同，因为在植物中尚未发现 Drosha 的同源物[100]。但是，在模式植物拟南芥（*Arabidopsis thaliana*）中发现，该物种中存在着其他已研究物种中尚未发现的复杂 Dicer 酶家族。这个 Dicer 酶家族含有 4 个 Dicer 同源物（DCL1、DCL2、DCL3、DCL4），其中 DCL1 和 DCL4 包含核定位信号[49,50,89]。因此，植物可能以一个或多个 Dicer 酶来替代 Drosha 的功能。DCL1 包含两个核定位信号，在其融合荧光蛋白瞬时转染研究中发现，DCL1 主要在细胞核中表达。而在缺乏 DCL1 的植物中，发现部分成熟 mi-croRNA 的表达量降低，其相关 pre-microRNA 的表达也降低。这些发现暗示 DCL1 可能以类似于 Drosha 和 Dicer 酶的剪切方式催化核内部分 microRNA 的成熟。与推测一致的是：植物 microRNA 似乎是在核内成熟，这是由 P19 蛋白的核内表达试验所证明的。P19 能抑制 microRNA 和 siRNA 的积聚，在植物细胞核内表达引起成熟 microRNA 的表达显著降低，而在胞浆中表达则无此现象。此外，植物中因子 HYL1 的功能可能与动物中的 DGCR8、TRBP 和 PACT 相似，起一种酶促协同作用（见图 1-1）。而植物中 Exp5 的同源物为 HST，Ran 的同源物为 At-RAN1，二者被怀疑将 microRNA：microRNA* 双体由核内转运至胞浆内，但尚未有直接证据支持这一推测。植物中其他的 Dicer 同源物是否与 microRNA 成熟相关目前尚不清楚。然而据推测，多种植物 Dicer 同源物的存在可能与植物中 siRNA 的多样性有关。与动物 siRNA 通常是 21～22 个核苷酸大小不一致，植物 siRNA

有 21～22 和 25 个核苷酸大小两种尺度。根据植物中不同表达水平的 dsRNA，推测每一种 Dicer 同源物调控特异性的剪切事件以产生不同的 dsRNA 双体[7]。

对 microRNA 的研究已有近十年之久，但是直到最近一段时间才发现 microR-NA 本身在代谢和功能方面也被精确地调控。在不同生物中表达 microRNA 的数量与转录因子或者 RNA 结合蛋白（RBP）的数量相当，而 microRNA 的表达不但具有组织及时空特异性，还能够调节上百个靶基因，因此其表达水平和活性必然受到严谨而动态地调节。microRNA 的调控包括了 microRNA 基因转录的调节、microRNA 加工过程中的调节（对 Drosha、Dicer 以及双链 RBP 伴侣的调节，辅助蛋白的功能）以及 microRNA 编辑等方面，在此不再赘述，参与调控的蛋白如表 1-1 所示。

表 1-1　动物体内 microRNA 的转录后调控因子

蛋白	模体	已知活性	机制	靶 microRNA
ADAR	双链 RNA 结合域	A-I 的 RNA 编辑	抑制 Drosha 与 Dicer 的加工	一系列
p68/p72	DEAD 盒	微处理器的组分	促进 Drosha 切割	一系列
p53	DNA 结合	肿瘤抑制因子	与 p68 结合并促进 Drosha 切割	*miR-16-1，miR-143*
SMAD	DNA 结合	转导 TGFβ 信号	与 p68 结合并促进 Drosha 切割	*miR-21，miR-199a*
ERα	DNA 结合	核雌激素受体	与 p68/p72 结合并抑制 Drosha 切割	一系列
hnRNP A1	RNA 识别模体，核质运输信号序列 M9	mRNA 前体剪接	Drosha/DGCR8 结合的伴侣	*miR-18a*
KSRP	hnRNP K 同源结构域	mRNA 降解	促进 Drosha 与 Dicer 的加工	一系列
ARS2	植物 SERRATE 同源物	核帽结合	促进 Drosha 加工	广泛的
DGCR8	双链 RNA 结合域	与 Drosha 结合	稳定 Drosha	广泛的
Exportin-5	Ran 结合蛋白	与 tRNA 及 pre-microRNA 结合	pre-microRNA 细胞核转运	广泛的
LIN-28	CCHC 类锌指蛋白	增加多潜能性	抑制 Drosha 与 Dicer 的加工并募集 TUT4	*let-7*
TUT4	Poly（A）聚合酶，CCHC 类锌指蛋白	末端假鸟苷化	与 LIN-28 结合并抑制 Dicer 的加工	*let-7*
TRBP	双链 RNA 结合域	与 Dicer 的 MKK 磷酸化位点结合	稳定 Dicer	广泛的
XRN-2	5′到 3′外切酶	RNA 外切酶	降解 microRNA	广泛的
GLD2	Poly(A)聚合酶	末端加 poly-A	稳定 microRNA	*miR-122*
mLin41	TRIM-NHL（环指结构域）	泛素化	与 Ago2 结合并通过靶向 Ago2 来降解	*let-7* 及其他胚胎干细胞
TRIM32	TRIM-NHL（环指结构域）	泛素化	与 miRISC 结合并抑制 microRNA 的活性	一系列
NHL-2	TRIM-NHL（环指结构域）	泛素化	与 miRISC 结合并抑制 microRNA 的活性	一系列

续表

蛋白	模体	已知活性	机制	靶 microRNA
Mei-P26	TRIM-NHL（环指结构域）	泛素化	与 miRISC 结合并抑制 microRNA 的活性	一系列
Argonautes	PAZ,PIWI	RISC 的成分	稳定相关的 microR-NA	广泛的

注：ADAR, adenosine deaminase acting on RNA enzymes；DGCR8，迪格奥尔格综合征关键区蛋白 8；TGFβ，转化生长因子 β；ERα，雌激素受体 α；hnRNP A1，异质核糖核蛋白 A1；KSRP，KH 类剪接调节蛋白；ARS2，抗砷蛋白 2；TUT4，末端鸟苷转移酶 4；TRIM-NHL，三连结构域（包含同时具有环类及 B 盒类型的锌指蛋白并有卷曲螺旋结构域)-NHL 重复。

第三节　microRNA 的特征和鉴别

在 lin-4 和 let-7 发现之初，由于它们在发育时序调控上的相似作用被称为小时序 RNA（stRNA）。此后，三个研究小组先后从果蝇、线虫和人类细胞中克隆并鉴定了一百余个新的非编码小 RNA 分子（果蝇中 20 余个，人类中 30 余个，线虫中 60 余个）。它们与 lin-4 和 let-7 的共同之处在于均为长度在 21～25nt 范围且内源性表达的小 RNA 分子，都来自于具有茎-环结构前体的一条臂上，而且它们也具有进化上的高度保守性，即在三个物种间发现了多个高度同源的小 RNA 分子。但与 lin-4 和 let-7 不同的是，这些新鉴定的小 RNA 分子并不在发育的特定阶段表达，而更倾向于在特异性的细胞或组织中表达[8,9]。故而，研究者推断该类分子的功能并不仅仅局限于时序性调控生物的发育。于是 microRNA 被用来取代 stRNA，特指那些具有上述相似特征的小 RNA 分子。目前，英国著名的生物研究机构 Wellcome Trust Sanger 中心已建立了一个综合的 microRNA 信息网站，可方便研究者进行 microRNA 序列注册、归类、查询等操作，其网址为 http：//microrna. sanger. ac. uk/sequences/index. shtml，简称 miRBase 网站[3,26]。迄今为止，已有 4361 个 microRNA 分子从植物、哺乳动物、果蝇、线虫及病毒中被鉴定，其数量大致相当于每一物种中蛋白编码基因的 2%（Registry Release 9.0，miRBase)[27,28]。一个新的 microRNA 分子的注册通常需要满足以下几个条件，即成熟 microRNA 产物应为长度在 21～25 个核苷酸范围间的 RNA 分子；microRNA 前体序列可以形成较低自由能的茎-环结构（可通过某些 RNA 二级结构软件如 RNAfold 等对编码该 microRNA 的基因组序列进行分析、预测）（见图 1-4）；在已知的 microRNA 加工和成熟途径内存在基因缺陷的动物模型内该分子的表达会明显降低。但是，目前很多 microRNA 分子的注册实际上并没有严格按照这些标准，尤其是那些物种间保守的同源 microRNA 分子。

最初发现的几个 microRNA 分子都是通过正向遗传学的突变筛查方法被发现的，如线虫中的 lin-4、let-7 和 lys-6 以及果蝇中的 bantam 和 miR-14。但是，由于 microRNA 基因长度较短的限制，故而部分基因常常在筛查中被忽略，而且许多

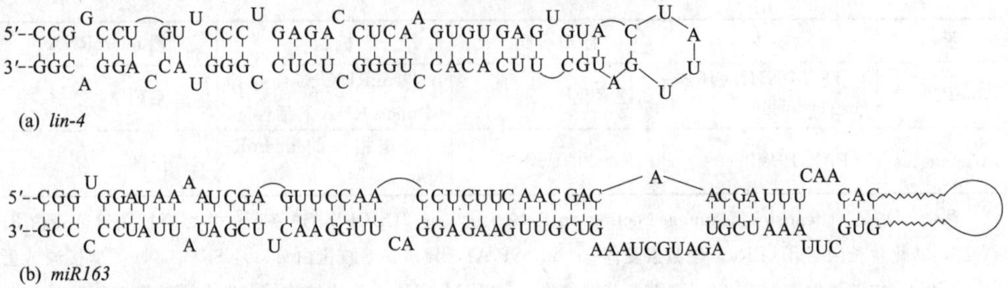

```
        G        U  U    U          A         U        U
5'-CCG CCU GU CCC GAGA CUCA GUGU GAG GUA C      C    A
3'-GGC GGA CA GGG CUCU GGGU CACA CUU CGU G      U
        A        C  U    C          C         A  U    U
```
(a) *lin-4*

```
        U        A                              A        CAA
5'-CGG GGAUAA AUCGA GUUCCAA  CCUCUUC AAC GAC      ACGAUUU    CAC
3'-GCC CCUAUU UAGCU CAAGGUU  GGAGAAG UUG CUG      UGCUAAA    GUG
        C        U        CA          AAAUCGUAGA          UUC
```
(b) *miR163*

图 1-4　计算机预测的 *lin-4*（a）和 *miR-163*（b）前体的茎-环结构示意图
（引自 Zeng Y. Principles of microRNA production and maturation. Oncoene, 2006, 25: 6156-6162）

microRNA 基因即使突变也不会产生相应的表型改变。于是，一些实验室就开始利用 cDNA 克隆技术来鉴定新的 microRNA 分子。这种方法的优势在于，既不需要知道该物种基因组的任何信息，也不需要知道其功能的任何信息就可以鉴定任何一个物种中的未知 microRNA 分子。但是，目前的 microRNA 克隆技术只能明确鉴定表达水平较高的 microRNA，并且会受到细胞和组织类型的限制，因此迫切需要新的技术来鉴定更多组织类型和发育阶段的 microRNA。除了实验手段外，生物信息学预测方法也被发展用来在各物种中预测新的 microRNA。它主要是基于 pre-microRNA 的茎-环结构和 microRNA 序列在进化过程与物种间的保守性特性。目前两个最主要的 microRNA 基因预测工具分别为 miRscan 和 miRseeker，前者被广泛应用于脊椎动物中 microRNA 候选基因的预测，而后者则被广泛应用于昆虫中 microRNA 候选基因的预测。多个通过 miRscan 和 miRseeker 软件预测出的 mi-croRNA 基因后来都被实验所验证。随着 microRNA 分子鉴定实验的展开和深入，一些新被鉴定的 microRNA 分子证明了生物信息学预测方法的确为经典鉴定方法提供了新的线索并提高了鉴定效率，是经典方法有益和必要的补充。

同时，从植物中克隆出的小 RNA 分子也显示有 microRNA 的存在。与动物的 microRNA 类似，它们也具有如下特征：①内源性表达的长度为 21～25nt 的小 RNA 分子；②来自茎-环前体的一个臂；③成熟的 microRNA 5′端有一磷酸基团，3′端为羟基；④进化上具有保守性。但是植物与动物的 microRNA 相比较也有许多方面的不同：最明显的表现在于它们的茎-环结构，在植物中茎-环的大小差别很大而且通常都比动物中的大；植物的成熟 microRNA 的分子大小多为 21nt，而非动物中的 22～23nt，以及植物中 microRNA 的 5′末端倾向于 U 等[42]。

随着大量 microRNA 分子在各物种中的鉴定，研究者普遍使用核酸杂交、mi-croRNA 芯片和 microRNA 克隆及测序等方法大规模地进行 microRNA 表达谱的研究。结果表明：microRNA 表现出动态的时空表达差异性并在一些异常的发育和生理过程中也表现出表达差异性。例如，Burkitt 淋巴瘤组织中富含 *microRNA-155* 前体[68]；*microRNA-26a* 和 *microRNA-99a* 在人肺癌细胞系表达较低等。这些发现表明 microRNA 不但在多种发育和生理过程中具有普遍性的基因表达调控作用，而且其功能的失调也与一些人类疾病相关[31,32]。

第四节 microRNA 的调控机理

microRNA 可以指导效应复合物 RISC 通过两种不同的机制下调靶基因的表达：mRNA 剪切和翻译抑制。根据目前公认的观点，microRNA 与其靶基因的互补程度决定了它以何种机制沉默靶基因。一旦 microRNA 组装进入效应复合物 RISC，当其与靶 mRNA 几乎完全互补时便引发靶 mRNA 的降解；当互补程度较低时会引起 mRNA 翻译的抑制。尽管这个模型已被很多实验所证实，但在之前的一个研究中发现，植物 *microRNA-172* 尽管与 APETALA2 有近乎完全的碱基配对，却仍然以翻译抑制的方式行使功能。

在 microRNA 引导的 mRNA 剪切过程中，切割位点与 siRNA 引导的剪切完全相同，都在从 5′ 端起与 microRNA 配对的第 10 位和 11 位核苷酸之间，该过程由 RISC 中的内切酶催化完成。在 mRNA 剪切后，microRNA 仍保持完整并可继续重复此过程而引导多个 mRNA 分子的剪切。这种机制在植物中更为常见，由于绝大多数植物 microRNA 都与其靶 mRNA 近乎完全匹配，并且互补位点散布于整个 mRNA 而非局限于 3′UTR 区域。在动物中也发现一个例外，*miR-196*，它与其靶基因 *Hoxb8* 的 3′UTR 几乎完全互补，可以介导 *Hoxb8* mRNA 的降解。

与第一种机制相比，抑制 mRNA 翻译似乎在动物 microRNA 引导的基因沉默中更为常见，因为 microRNA 大多与靶 mRNA 不完全互补。从一开始，人们就预测线虫 *lin-4* RNA 引起 *lin-14* mRNA 的翻译抑制，因为只有这种解释才能与观察到的现象相符：*lin-4* RNA 的表达模式与 LIN-14 蛋白的表达水平相一致，而与 *lin-14* mRNA 无关。然而，随后人们惊奇地发现 *lin-14* mRNA 上的多聚核糖体水平在第一个发育阶段（L1）与以后的阶段并没有明显区别，虽然 LIN-14 蛋白的水平明显下降，同样的现象也在 *lin-4* RNA 的另一个靶基因 *lin-28* 的 mRNA 上观察到。那么，只有两种可能可以解释该现象：一是 *lin-4* RNA 可能在翻译起始后的某一阶段抑制翻译进行，并且以一种不改变 *lin-14* mRNA 上多聚核糖体密度的方式实现，如使 mRNA 上所有的核糖体发生停顿或延迟；另一种可能是翻译顺利进行，但翻译产物却被特异性降解。对于 *lin-4* RNA 真实调控机制的揭示有赖于一个在体外能精确模拟 *lin-4* RNA 体内调控过程的系统的建立。

无疑，对 *lin-4* 之外其他 microRNA 的研究将有助于更清楚地揭示 microRNA 的具体调控机制。许多间接的证据表明绝大多数的动物 microRNA 是通过抑制翻译而非 mRNA 降解的方式调控靶基因的：其一，在报告基因分析中，将 microRNA 靶基因 3′UTR 区与 microRNA 互补的位点或人工构建的 microRNA 互补位点插入报告基因的 3′UTR，在不影响 mRNA 水平的情况下引起报告基因表达的下降；其二，Let-7 指导的 RISC 效应复合物在细胞内对含有 *let-7* 互补位点的 RNA 片段没有任何降解作用；其三，在 microRNA 与 mRNA 互补程度上动物与植物之间有着明显的区别，因而在动物中 microRNA 与 mRNA 较低的互补性似乎决定了翻译抑制比 mRNA 降解更占优势。尽管如此，目前一项研究结果惊奇地发现，在哺乳动物细胞中的 microRNA 即使互补程度较低也可以介导其靶 mRNA 的降解。

早期对动物 microRNA 的研究显示，翻译抑制与 mRNA 的不稳定性并不同时发生，但是在对一些 microRNA 与靶基因相互作用的研究中发现，mRNA 的数量减少，降解加速。也有基因芯片实验指出，人 microRNA 能够广泛下调其靶基因的 mRNA 表达水平。这种减少的原因并不是 Ago 引起的 mRNA 降解，而是由于 mRNA 去多聚腺苷酸尾、去帽和外切酶的消化。这个过程需要 Ago、GW182 以及细胞去帽和去多聚腺苷酸尾的机制。那么这种降解是不是 microRNA 对翻译产生主要作用的一个后果呢？一些证据表明，mRNA 降解可以不与翻译同时发生，并且由 microRNA 引起的 mRNA 降解可以在体外没有翻译活性的时候产生。因此 mRNA 降解与对靶基因的抑制机制很可能是相互独立的。但是又为何 microRNA 只会选择性地引起一些靶基因降解呢？现在人们认为可能与 mRNA 的数量、种类以及与 microRNA 形成的双链中错配的相对位置有关系。综上所述，对 microRNA 调控基因表达机制还有待更为直接的实验证据的提供。

由 RISC 复合物调节翻译的机制也存在着争议。最基本的一个分歧就是这种抑制是在翻译起始时就存在的还是在翻译开始后才产生的。翻译的起始需要 eIF4F 这种依赖 RNA 的 ATP 酶来促进 mRNA 与预起始复合物结合。它有两个核心亚基：eIF4E 和 eIF4G。eIF4E 结合于 mRNA 的 $5'$ 末端帽子结构。而 eIF4G 通过 C-末端与另一延伸因子 eIF3 与核糖体 40S 亚基相连，而 N 末端则通过 eIF4E 与 mRNA 的 $5'$ 末端相连。40S 前起始复合物与核糖体 60S 亚基在 AUG 密码子处结合并延伸翻译。eIF4G 也与 PABP1 蛋白（poly-A 结合蛋白）相互作用来修饰 mRNA 的 $3'$ 端。eIF4G、eIF4E 与 PABP1 的相互作用使得 mRNA 分子可以有效循环，从而在 mRNA 数量巨大时来增加翻译的效率。一些病毒具有内部核糖体进入位点（IRES），所以其 mRNA 可以不用或仅用很少起始因子就可以开始翻译。目前的研究主要有两种手段，一是通过检测浓度梯度离心后被抑制的 mRNA 存在于自由 mRNP 层（代表了抑制翻译起始）还是存在于大聚合物层（代表抑制翻译延伸）；另一个是含有 IRES 的被抑制的 mRNA 能够抵抗抑制作用。但是研究的结果并不统一，而且也没有任何实验和技术手段能够解释这些差异。因此或许由 RISC 复合物引起的抑制作用在翻译起始和延伸阶段都存在。

目前已知的动物 microRNA 的互补位点绝大多数都存在于靶基因的 $3'$ UTR 区，这种倾向也许反映了 microRNA 调控机制的偏好。另一方面也限制了对已知 microRNA 靶基因的寻找，因为根据这种偏好人们多集中于对 mRNA $3'$ UTR 区的搜索而忽略了基因编码区乃至 $5'$ UTR 区域。已有研究证实，在哺乳动物的一个报告基因体系中，siRNA 介导的翻译抑制可由报告基因内部 ORF（open reading frame）区的一个非完全互补位点引发。这提示我们，或许 microRNA 的靶位点不仅仅位于 mRNA 的 $3'$ UTR 区域。

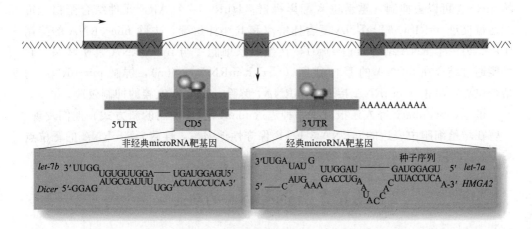

图 1-5　microRNA 与靶基因作用的经典及非经典过程

[引自 Taft R J，Pang K C，Mercer T R，Dinger M，Mattick J S. Non-coding RNAs：
regulators of disease. J Pathol，2010，220（2）：126-139]

即使 microRNA 仅能通过 RISC 行使功能，microRNA 仍有可能在除转录后水平之外的其他水平发挥作用。这些推测都来源于对 RISC 复合物成分的逐渐明了（见图 1-3），其中一种重要的蛋白组分为 Argonaute（AGO）蛋白，它属于一个在进化上保守的蛋白家族，含有一个 PAZ 结构域和一个 PIWI 结构域。目前在许多生物中都发现了 AGO 蛋白的多个同源物：线虫中 24 种、果蝇中 5 种、哺乳动物中 8 种。在 RNA 干扰过程中，同样作为 RISC 核心成分的 AGO 蛋白还与 DNA 甲基化（植物中）、异染色质形成（真菌中）以及 DNA 重排（纤毛虫中）有关[66]。

在已知的 microRNA-靶基因相互作用（图 1-5）中，逐渐有 microRNA 上调靶基因表达被发现。最近的研究发现了一些新型的 microRNA 作用方式，如 microRNA 正调控和去抑制等。首先，Vasudevan 实验室发现，microRNA 不总是基因表达的负调控因子，在一些条件下，microRNA 也上调基因表达。他们发现，在细胞周期过程中，microRNA 效应在抑制作用和活化作用间摆动。在静态细胞中（G0期），microRNA 活化翻译和上调基因表达，而在其他细胞循环/增殖期则继续发挥抑制作用。microRNA 激活作用与富含腺嘌呤/尿嘧啶元件（AU rich element，ARE）相关。ARE 是 microRNA 活化翻译的信号，在 microRNA 的指导下，miRISC 复合物成员如 Ago、FXRP 被招募到 ARE 上，激活翻译、上调基因表达。ARE 元件是一种 mRNA 不稳定元件，位于 mRNA 3′UTR，严重影响其宿主 mRNA 的稳定性。研究已发现 ARE 元件介导的 mRNA 衰减调控与 microRNA 介导的 mRNA 衰减调控有多种联系。另外，在一些条件下，miR-10a 也正调控基因表达。miR-10a 结合到核糖体蛋白 mRNA 5′UTR，促进其翻译，促进核糖体蛋白合成，从而刺激核糖体生成，进而正调控总蛋白质的合成。

研究发现，microRNA 的抑制作用是可逆的，一些 RNA 结合蛋白可能在这一过程中发挥重要作用。在人体细胞中观察到，在胁迫条件下，被 microRNA 抑制的 mRNA 可以去抑制，重新进入翻译机器；HuR，一个 ARE 元件结合蛋白，可能通过促进 miRISC-靶 mRNA 复合体解离和 P 小体解聚，去除 microRNA 的抑制作用。另一个 RNA 结合蛋白 Dnd1，在生殖系细胞中与 microRNA 紧密联系，它可能通过结合在 mRNA 的 U 丰富区（U-rich mRNA region），屏蔽 microRNA 的结合位点，阻止 microRNA 接近靶 mRNA，解除 miR-430 家族的抑制效应。

最近，Sandberg 等人还报道了一种逃避 microRNA 抑制的新方式。他们发现，一些在增殖细胞中表达的 mRNA 3′UTR 保守性地缩短，导致 microRNA 的靶位点减少，从而避免了 microRNA 的负调控作用。

第五节　microRNA 的功能

随着 microRNA 在不同生物中的大量发现，对 microRNA 功能的研究也越来越引起人们的重视。像 *lin-4*、*let-7* 和其他通过经典遗传学方法发现的 microRNA，它们的功能及靶基因甚至在它们本身被揭示前就已经明确。然而对于其他大多数通过反向遗传学方法发现的 microRNA 而言，对其功能的研究目前还停留于初级阶段。对这些 microRNA，通过基因突变或在 microRNA 的靶位点上引入突变来抑制 microRNA 的作用，从而观察细胞或动物体表型的变化来获得有关 microRNA 功能的线索[41]。另一方面，也通过过量表达相应的 microRNA 推测其功能，可是其中大多数的 microRNA 在它们的调控受到人为干扰后不产生相应的表型变化。因此，利用表达谱分析和生物信息学方法预测靶基因开始为功能研究提供大量有意义的线索。许多 microRNA 的表达具有组织和细胞链系特异性，以及发育和生理过程特异性的特点，所以对其表达谱的分析可以有力地说明其在某些组织和细胞，以及发育和生理过程中所起的作用。同时通过预测靶基因，根据靶基因已知的功能也可推测出 microRNA 的功能线索。用计算机预测靶基因后，还需进一步的实验验证来确认靶基因的真实性。根据 microRNA 调控机制的不同，实验验证也通常分为两个方面：对于 mRNA 降解的机制，降解产物可以被逆转录、克隆和测序，并且以推测裂解位点为末端的降解产物应占绝大多数，综合这些实验证据就可以确认该 mRNA 就是相应 microRNA 降解的靶 mRNA；对于翻译抑制机制，需要采用报告基因分析系统（如萤光素酶报告基因系统），预测的基因 mRNA 上的 microRNA 互补位点被融合到报告基因的 3′UTR 区，在相应 microRNA 存在和不存在的情况下观察报告基因表达情况，异源报告基因分析的阳性结果提示 microRNA 调控所需的互补元件确实存在于预测基因的 mRNA 上，再结合相应 microRNA 和其互补位点的进化保守性便可以初步推断该基因是否为 microRNA 的靶基因。当然，以上推断需在证实 microRNA 及其靶基因在特定的组织细胞中都同样表达的前提下才能成立，而且，体内试验的结果能进一步增强其说服力。

植物的 microRNA 具有与靶 mRNA 近乎完全匹配的特点，使其靶基因的预测有很大的优势也有较高的准确率，这也为植物 microRNA 功能的研究提供了很大的便利。就目前的发现来看，已知的植物 microRNA 大部分都靶向转录因子家族，尤其是那些在发育和细胞分化过程中起重要作用的转录因子。这就可以解释植物中 *DCL1*（*CAF*）、*HEN1*（影响 microRNA 积累的基因）或 *AGO1*（参与 microRNA 抑制作用的基因）发生突变所引起的综合性发育紊乱。在植物 microRNA 预测出的靶基因中，还包括 *DCL1* 和 *AGO1*，这也提示在 microRNA 合成和效应阶段可能存在一种负反馈机制。

植物 microRNA 的靶基因大多为在发育和分化过程中起关键作用的转录因子，提示在植物中可能存在一个复杂的 microRNA 的调控网络。Rhoades 等对此提出一个模型：植物 microRNA 通过在子代细胞系中下调关键因子的表达来调控细胞分化，例如，在分化过程中某些维持细胞低分化状态的基因被特异性地关闭。当然，这也可由转录水平的抑制实现，但与之相比，通过 microRNA 降解 mRNA 可以更迅速地关闭某基因并且可以确保参与 mRNA 的清除。该模型也可解释为什么在植物中早期鉴定的 microRNA 的靶基因多在分裂旺盛的组织和细胞（如干细胞）中表达，这些基因都是在早期分化过程中需要被关闭的基因。同时该模型也适用于后续的分化事件，当子代细胞面临分化命运的选择时，通过 microRNA 抑制了决定其他分化方向的关键因子从而使细胞向一个特定的方向分化。

对动物 microRNA 靶基因的预测比植物难度大很多，因为动物的 microRNA-mRNA 之间的互补程度比较低，这就大大增加了假阳性结果出现的可能。同时，大量的实验证据证实了很多预测靶基因的真实性，这也大大增加了我们运用生物信息学方法的信心。与植物中类似，在动物中预测的靶基因也多为编码在转录调控中起重要作用因子的基因[61]。所以，Rhoades 的模型似乎也适用于动物。然而，在哺乳动物中预测的靶基因只有较少一部分为转录因子，并且包含的分子种类非常广泛，提示哺乳动物 microRNA 不仅在发育和分化过程中起作用，在其他多种生理过程中也可能行使重要功能[14,16,30,37]。

迄今为止，大多数已初步获得功能线索的 microRNA 表现出调控生理和病理过程的各个方面，包括线虫幼虫发育阶段的转换和神经发育，黑色素瘤细胞的生长控制和凋亡，激素分泌，脂类代谢，哺乳动物的造血分化，白血病以及病毒感染等（见表 1-2）。但是，至今只有为数不多的 microRNA 被深入研究，而 microRNA 的多种组织细胞表达差异和病理条件下表达的改变提示我们它的功能作用并不仅限于发育调控。此外，microRNA 靶基因的生物信息学预测表明，microRNA 介导的表达调控可能通过多元化的调控途径实现。总之，并没有明确的实验或预测依据证明 microRNA 介导的调控局限于某个生物学过程，而越来越多的实验结果表明 microRNA 有着调控细胞生理学几乎所有方面的功能潜力[64]。

另外，microRNA 的生物生成及其功能之间存在着反馈调节机制[15]。最早发现的 microRNA——*let-7* 与其靶基因的调控机制就是一个很好的例子。*let-7* 家族在后生动物中高度保守并作为调节发育和分化的调控子在早期胚胎发育和复杂的成年组织（包括脑）中起作用。实际上 *let-7* 的靶基因包括早已证实的细胞周期调控

表 1-2　部分已知功能的 microRNA

microRNA	靶基因	功能作用
lin-4	*lin-14*,*lin-28*	线虫早期时序发育
let-7	*lin-41*,*RAS*	线虫晚期时序发育
lsy-6	*Cog-1*	线虫神经系统发育
mir-273	*Die-1*	线虫神经系统发育
bantam	*Hid*	果蝇细胞凋亡
mir-14	未知	果蝇细胞凋亡及脂类代谢
mir-430	未知	斑马鱼神经发育
mir-196	*Hoxb8*	小鼠的发育事件/人 HL-60 细胞系向髓系分化
mir-181	未知	小鼠 B 淋巴细胞分化
mir-375	*Mtpn*	小鼠胰岛素分泌
mir-15/16	*BCL-2*	人 B 淋巴细胞慢性白血病
mir-155	未知	人弥散性大 B 淋巴瘤
mir-17-92	*E2F1*	人 B 细胞淋巴瘤和肺癌
mir-223	*NF1A*	人造血细胞的粒系分化调控
mir-23b	*Hes1*	小鼠神经发育
mir-206	*Connexin43*	鸡骨骼肌发育
mir-169	*MtHAP2-1*	蒺藜苜蓿节结细胞发育
mir-125a/b	*ERBB2*,*ERBB3*	调节原癌基因的表达
mir-164a	未知	调节拟南芥叶缘形状的发育
mir-1	未知	影响人脂肪基质细胞成肌潜能
mir-133a	未知	人肌细胞发育
mir-9a	*Sens*	调节果蝇感官发育
mir-122	未知	人肝癌发生
mir-156	*SPL-3*	促进拟南芥由营养期向花期的转换
mir-451	*GATA2*	促进人红细胞发育
mir-223	*LMO2*	抑制人红细胞发育
mir-376a	*AGO2*,*CDK2*	抑制人红细胞发育
mir-205	*SHIP2*	角膜,皮肤上皮细胞增殖,迁移
mir-29b	*MCL1*,*CDK6*	抑制急性髓性白血病细胞增殖
mir-21	*PDCD2*,*RECK*,*PTEN*	肝癌发生
mir-96	*KRAS*	抑制胰腺癌细胞增殖,迁移

因子,如 Cdk6 和 Ras。在 *let-7* 生物的体内合成过程的每一步都受到严格的调控。例如当分化因子（如 Notch）诱导转录时,多潜能因子（那些能支持细胞未分化状态的因子,如 c-Myc）会阻遏这种转录激活[72,106]。同样地,多潜能因子 LIN28 能结合 *let-7* 的初级转录产物来直接抑制 Drosha 的切割步骤,并能直接或通过促进 pre-microRNA 降解来抑制 Dicer 的切割。在这个反馈调节环中,*let-7* 的靶基因为 *LIN28*、c-Myc 以及 c-Myc 激活基因 *IMP-1*。Let-7 也能与 TRIM-NHL 家族的蛋白形成一个复合体,而 TRIM-NHL 蛋白负调控 c-Myc 并增强 *let-7* 的活性。这些 *let-7* 的靶基因都为"经典型",即通过 microRNA 的种子序列结合于靶基因 mRNA 的 3′UTR 来抑制翻译。但是与近期发现的许多 microRNA 通过"非经典型"靶向调节发育相关靶基因的模式相同,*let-7* 也靶向 Dicer 的编码区（CDS）。并且 *let-7* 最近被发现能够以细胞周期依赖的方式调节一个癌胚因子,即多潜能因子 HM-

GA2。HMGA2 的翻译在细胞周期停滞时上调但是在增殖的细胞中被抑制。从对 *let-7* 的研究可以看出，microRNA 的生物生成及功能是非常复杂的，并且 microRNA 通过序列特异的结合能够行使广泛的调节功能，其中任何一个步骤的功能失常都会引发疾病。

　　从以上例子可以看出，同一个 microRNA 存在很多不同的靶基因，同样地，同一个靶基因经常由许多 microRNA 共同调控，因此其表达是多个 microRNA 共同作用的结果（见图 1-6）。使用靶基因预测软件时应注意以下几点：①大部分分析软件仅分析靶 mRNA 的 3′UTR 区而忽略了 ORF 区，但是近几年 microRNA 结合于 ORF 区的调控已经成为补充经典调控方式的一种新方式。②尽管分析软件能对同一个靶基因有许多预测的 microRNA，但是实际上真正能起作用的只有少数几个。所以还有其他调控 microRNA 与 mRNA 的结合的方式有待发现[75]。③在验证分析软件预测的结果时往往采取以下策略，即过表达或抑制表达 microRNA 进行双荧光验证、基因芯片分析来确定 mRNA 的表达、蛋白质组分析 microRNA 与蛋白表达之间是否有反向关系[82]。但是每一步都存在相应的问题。首先由体外合成 microRNA 过表达经常能达到 100～1000 倍，从而引起一些副作用并阻止了内源 microRNA 进入 RISC 复合物中。其次，microRNA 抑制剂只可能对一个特异的 microRNA 起作用，不能对内源的 microRNA 起到抑制作用。第三，靶序列可能是高度细胞和组织特异的。最后，体外合成的双链 microRNA 在进入 RISC 复合物的选择时与体内真实情况可能有所不同。④一些参与调节基础分化的基因会影响下游上千个基因的表达。有些基因会有表达下降的趋势但并没有 microRNA 结合位点，因此使鉴定靶基因更加复杂[81,86]。⑤最近的研究表明 microRNA 前体也具有很重

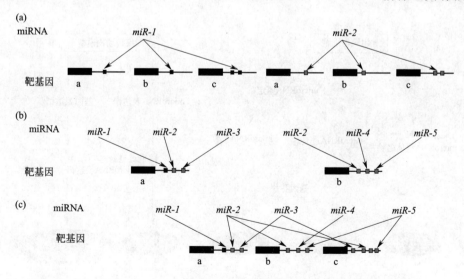

图 1-6　microRNA 作用于多个基因或一个基因由多个 microRNA 调控的示意图

[引自 Peter M E. Targeting of mRNAs by multiple microRNAs: the next step.

Oncogene, 2010, 29 (15): 2161-2164]

要的作用，并且不同的 microRNA 会在与靶基因结合的过程中协同或者竞争作用，这在双荧光实验中往往被忽视。⑥忽视了最近新发现的 microRNA 促进翻译的作用。

与 microRNA 自身一样，microRNA 在行使功能时也受到广泛的调控。最主要的是对 AGO 蛋白和 GW182 蛋白表达水平的调控。在许多生物中，有多种 AGO 或者 GW182 蛋白参与到 microRNA 途径中。调节 AGO2 水平的机制包括了热休克蛋白 90 作为伴侣蛋白其的稳定以及蛋白修饰（泛素化等）所起到的调节作用。而结构分析也已经确定真核生物中的 AGO 蛋白在辨认靶基因的过程中构象产生了巨大变化。除了这两个主要的蛋白，miRISC 复合物中的其他蛋白，如 DExD/H RNA 解链酶家族的蛋白和 TRIM-NHL 家族泛素连接酶 E3，以及与 miRISC 复合物相互作用的蛋白如核重要受体进入蛋白（IMP8）和 HSP90 等，也会调节 microRNA 的功能。最后，RNA 结合蛋白（RBP）家族的成员对于 microRNA 与靶 mRNA 的结合也具有促进或抑制的作用。例如，HuR 蛋白是胚胎致死异常视觉（ELAV）家族的一员，在压力下可由细胞核易位到细胞质中。在 Huh7 细胞中，当 HuR 蛋白结合于 *CAT-1mRNA* 的 3′UTR 上富含 AU 的区域时，能够补偿由 *miR-122* 引起的抑制作用。而 RBP 与 miRISC 之间的作用又是相互的，miRISC 复合物也可以通过竞争结合位点或直接与 RBP 结合激活或者抑制 RBP 的活性。

目前研究 microRNA 功能的策略和常规流程如图 1-7 所示，根据研究对象的不同主要分为生理和病理两种研究模式，其具体的研究方法和路线将在本书的第三部分详细阐述[48]。

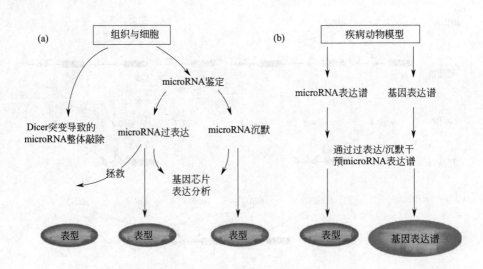

图 1-7 microRNA 功能研究的主要实验策略

（引自 Krützfeldt J，Matthew N Poy，Stoffel M. Strategies to determine the biological function of microRNAs. Nature Genetics，2006，38 suppl. S14-S19）

自 microRNA 在线虫中被发现以来，研究者在 microRNA 的分离、鉴定、功能分析和调控机制等方面已进行了一定量的调查，积累了初步的 microRNA 研究相关数据和方法。但是，对大多数 microRNA 在生物发育、分化和疾病等方面的详细功能及其相关基因表达调控中的精细调控机制仍知之甚少，尚需完成大量全面而深入的探索工作。本书的后续部分将主要从方法及应用实例两个侧面较系统地介绍目前已知的 microRNA 研究方法和技术，以期为国内的 microRNA 研究工作提供一个较完整的分析与技术平台。

第六节　microRNA、siRNA、piRNA 及其他非编码 RNA

提出遗传信息传递的中心法则是生命科学发展史上的里程碑，即遗传信息传递的主要途径是由位于细胞核内的脱氧核糖核酸（DNA）经过转录调控和加工调控传递至信使核糖核酸（mRNA），再由 mRNA 经过转运从细胞核进入到细胞质中，在细胞质中经过翻译调控合成具有特异功能的蛋白质（见图 1-8）。依经典的中心法则，似乎只有蛋白质编码基因才有资格称之为基因，但是近年来基因组内的一些隐藏信息引起了科研工作者的兴趣，这些 DNA 序列不编码任何蛋白质分子，但却发挥重要的调控作用。看来基因组内的信息传递不仅仅是 DNA 和蛋白质之间的"过渡"，大量的非编码 RNA 在生命活动中扮演着非常重要的角色。RNAi 的发现使人们对 RNA 分子调控基因表达的功能有了全新的认识，可见小分子 RNA 是基因组内一个隐藏的信息层，具有新层次调控基因表达的功能。有些学者将非编码 RNA 基因称为基因组内的"暗物质"，不可见却发挥重要的支配功能的说法是很确切的。迄今为止，已有一系列大片段（＞200nt）的 RNA 及小分子 RNA（长度约 20nt）被发现[17]。

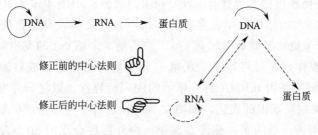

图 1-8　中心法则示意图

到目前为止，microRNA、siRNA、piRNA 是非编码 RNA 分子中研究最为透彻的三个成员，现简述三者的生物合成及作用机制的区别，将其真实面目呈现给读者[84,104]。microRNA 是一种 21～25nt 的单链小分子 RNA，广泛存在于真核生物中，是一类非编码 RNA 分子，本身不具有开放阅读框（ORF）。microRNA 可位于基因间 DNA 序列，也可位于蛋白质编码基因的内含子中，经 RNA 聚合酶 II 转录，得到初始转录物，再经过一系列加工过程，得到成熟的 microRNA 分子。成熟的 microRNA 分子 5′端的磷酸基团与 3′端羟基是其特有的标志,5′端第一个碱基对 U 有强烈的倾向性,但第 2～4 个碱基缺乏 U,除第 4 个碱基外,其他位置碱基通常都缺 C。microRNA 往往具有高度的保守性、时序性和组织特异性,其表达方式也各不相同[51]。线虫和果蝇基因组内部分 microRNA 在不同发育阶段呈组成性表达,而某些特异 microRNA 则表现出严谨的时空表达模式[53]。microRNA 表达具有时序性与组织特异性,提示 microRNA 的表达特征可能决定了组织和细胞的功能特异性,也可能参与了复杂的基因调控,对组织的发育起重要作用。上述相关章节已详细探讨了 microRNA 的生物合成以及作用机制,在此不再赘述。

siRNA 是另一类小分子 RNA,其生物合成及作用机制与 microRNA 既有相同之处,又有其独特之处(见表 1-3)[43]。Hamilton 等在 1999 年首次发现双链小 RNA 分子(dsRNA)可以导致基因沉默,且随后在细胞提取物核酸酶活性实验中证明小分子 RNA 在 RNAi 过程中发挥重要的作用,这些小分子 RNA 就是由 dsR-NA 分子加工而来的 siRNA。dsRNA 引起的 RNAi 调控基因表达大致可分为启动、剪切、倍增等三个阶段。外源性导入、病毒激活、转座子侵入及特异重复序列等因素均可诱导 dsRNA 产生,在宿主体内经过一系列加工过程得到 21～23nt 的片段,即 siRNA,发挥其抑制作用[59]。Dicer 酶是一种 RNase Ⅲ 成员,在长链 dsRNA 加工成为 siRNA 过程中发挥着重要的作用,这与 microRNA 的加工是相同的[44]。Dicer 酶的结构主要包括:N 端螺旋酶区、PAZ 区、由 dsRNA 结合区与串联核酸酶Ⅲ区组成 C 端以及 ATP 结合区与 DECH 盒。在线虫及其他生物中发现的 lin-24 与 let-7 是 2 个单链 RNA 分子,是最早发现的 microRNA 分子,其突变失活可影响发育进程。microRNA 可在翻译水平上调节基因表达,但并不影响靶基因 mRNA 的稳定性。Elbashir 等发现在 siRNA 效应阶段存在一类重要的蛋白因子,后来证实这类 RNAi 发生必需的蛋白因子便是 RNA 诱导沉默复合物(RISC)。RISC 是一种核糖核蛋白,包含有 RNA 和蛋白成分。siRNA 渗入 RISC 引发 RNAi 的过程中,siRNA 的结构发挥着重要的作用,研究证实,具有典型结构的 siRNA 比平末端 siRNA 更能有效地引起 RNAi,尤其是 3′末端 2nt 的突出对作用靶点的识别特异性有重要作用,可将其限定在第一个碱基对相邻的不成对碱基的位置。此外,siRNA 降解靶基因 mRNA 具有精确的序列特异性。以往研究发现,少量 siR-NA 即可强烈抑制靶基因的表达,推测在 RNAi 过程中存在倍增机制,但是这种机制是否存在尚需进一步的实验验证。现今,由外源性合成的 siRNA 引发 RNAi 进而导致感兴趣目的基因沉默,已成为基因功能研究不可或缺的方法,而且在疾病治疗中也具有重要意义[36]。尽管 siRNA 的发现很早,但是内源 siRNA(endo-siR-NA)在最近(2008 年)才果蝇和哺乳动物中被发现。内源 siRNA 的生物合成依赖于经 Dicer 加工由初级转录产物重合产生的双链或者长的完全互补的发夹结构,它们的功能也更为广泛。microRNA 与 siRNA 是近年来最令人瞩目的小分子 RNA,自发现至今一直是生命科学界的研究热点,两者在来源及抑制基因表达的机制方面有所不同,但在加工成熟过程中却极为相似(见图 1-9)。

表 1-3　siRNA 与 microRNA 性质比较

项　　目		siRNA	microRNA
相同点	长度及特征	分子量约 22nt,5′端是磷酸基,3′端是羟基	
	合成的底物	均由双链 RNA 或 RNA 前体加工而来	
	Dicer 酶	依赖 Dicer 酶并具有 Dicer 加工产物的特征	
	Argonaute 家族蛋白	均需 Argonaute 家族蛋白参与	
	RISC	二者均为 RISC 组分,在介导沉默机制上有相似之处	
	作用方式	均可抑制靶基因翻译或导致 mRNA 稳定性降低	
	进化关系	两种假设:siRNA 是 microRNA 的补充,microRNA 在进化过程中替代了 siRNA	
不同点	机制性质	往往是外源引起,如病毒感染和人工插入 dsRNA 之后诱导而生,属于异常情况	是生物体正常的调控机制
	直接来源	长链 dsRNA	发夹状 pre-microRNA
	分子结构	双链 RNA,3′端有 2 个非配对碱基	单链 RNA
	对靶基因 mRNA 特异性	较高,一个突变容易引起 RNAi 沉默效应的改变	较低,一个突变不影响 microRNA 的抑制作用
	作用方式	RNAi 途径	microRNA 途径
	生物合成机制	由 dsDNA 在 Dicer 酶切割下产生	加工机制见正文详述
	Argonaute 蛋白质	各有不同	各有不同
	互补性	一般要求完全互补	不完全互补,存在错配现象
	RISC 的分子量不同	siRISC	miRISC/miRNP
	生物学功能	抗病毒的防御机制,沉默过表达的 mRNA,保护基因组免受转座子侵入	对有机体的生长发育起重要作用
	重要特性	高度特异性	高度的保守性、时序性和组织特异性
	作用机制	渗入 RISC 中,引导复合物与 mRNA 完全互补,通过其自身的解旋酶活性,解开 siRNA,通过反义 siRNA 链识别目的 mRNA,通过内切酶活性切割目的片段,再通过细胞外切酶进一步降解目的片段。siRNA 也可以抑制具有短片段互补的 mRNA 翻译	通过与 miRNP 核蛋白体复合物结合,识别靶基因 mRNA,并与之部分互补,从而抑制其翻译。在动物中,成熟的单链 microRNA 与蛋白质复合物 miRNP 结合,引导这种复合物通过部分互补结合 mRNA 3′UTR,从而抑制其翻译。microRNA 也可以切割完全互补的 mRNA
	加工过程	对称地剪切来源于双链 RNA 前体的两个侧臂	不对称加工,仅剪切 pre-microRNA 一个侧臂,其他部分降解
	对 RNA 的影响	影响 mRNA 的稳定性	与 mRNA 的稳定性无关
	作用位置	作用于 mRNA 的任何部位	作用于靶基因 3′UTR
	生物学意义	不参与生物发育,是 RNAi 的产物,原始作用是抑制转座子活性与抵御病毒感染	主要在发育过程中发挥作用,调节内源性基因的表达

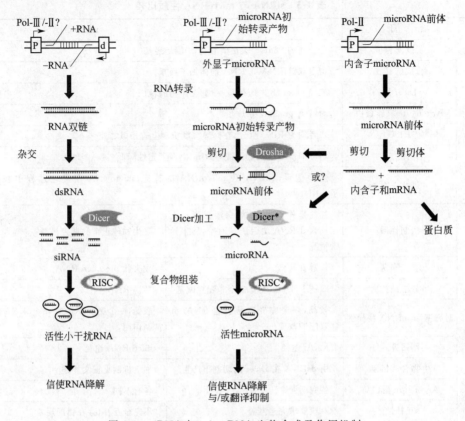

图 1-9　siRNA 与 microRNA 生物合成及作用机制

（引自 Ying S Y，Chang D C，Miller J D，Lin S L. The microRNA：overview of the RNA gene that modulates gene functions. Method Mol Biol，2006，342：1-18）

　　piRNA 是哺乳动物小分子 RNA 家族中的一个新成员，即 PiWi 相互作用 RNA[35]。piRNA 是在寻找导致基因表达的沉默因子时被发现的，分子量通常在 25～30nt，与 RiWi、rRecQ1 形成核酸蛋白复合物，称为 piRC，在分离小鼠睾丸组织物时被共纯化出来[6,71]。RiWi 是小鼠中与人类 PiWi 同源的基因产物，PiWi 在果蝇中已证实与转录阶段基因沉默密切相关，而 rRecQ1 与脉孢菌 *qde-3* 基因同源，同样具有调控基因表达的功能[12]。这与 piRC 具有基因沉默功能的结果一致，提示 piRNA 可能与已知具有沉默作用的小 RNA 分子（microRNA、siRNA）有类似之处，但是研究发现 piRNA 与 microRNA、siRNA 有较大差异。不同于 microRNA 和 siRNA，piRNA 由一系列连续的 Argonaute 切割长的非编码初级转录产物而产生[52]。piRNA 有 94％能对应到基因组中 100 个小于 100kb 的确定区域，且在这些区域里，piRNA 通常只沿着基因组的一条链分布，或有时不规则地分布在两条链上，但是相互分开，互不重叠。Northern blot 分析也表明 piRNA 主要起源于基因组双链中的一条链[29]。piRNA 及其所参与形成的复合物 piRC 在转录阶段基因沉默中可能发挥着重要作用，是目前非编码 RNA 研究领域内的一个新热点，阐述 piRC 的功能以及理解 piRNA 家族的起源将是揭示 piRC 在基因组的调节作用的重要性问题。

以上三种小分子 RNA 的共性为它们都能通过一种序列特异的方式指导效应 Argonaute 蛋白结合到基因组位点或靶 RNA 上。人体中目前有超过 1000 条 microRNA、几百条 siRNA 以及几百万条特异的 piRNA 序列，暗示小分子 RNA 占了细胞全部 RNA 输出的大部分并且它们组成了一个多能、广泛的基础调节网络[39,87]。除了这些小分子 RNA 外，同时对其他类型的小分子 RNA 的了解还很少，这是由于很难将它们与实验中的副产物和自然 RNA 的降解产物区分开，并且 RNA 非常易于降解，实验中很难操作[77]。而第二代测序技术的产生有望解决这些问题[93,94]。

许多具有功能性的 RNA 分子是 tRNA 或者 snoRNA 的截短体，并且这些截短过程受到严格的控制并具有一定的规律性。另外还有一些非编码 RNA 是由 mRNA 产生的。例如与启动子区序列重合的 TSSa-RNA、NRO-RNA 以及 tiRNA。令人惊奇的是，至少有一部分 5′端位于 mRNA 中间的小分子 PAR 及其他小分子 RNA 具有帽结构，这很有可能是在大 RNA 分子剪切过后经过重新加帽的过程产生的。因为过去加帽被认为是全长 mRNA 才具有的用来起稳定结构作用的特征。CAGE 实验发现这种重新加帽过程不只在启动子区域才有，因此加帽对于小分子 RNA 的稳定及细胞内定位可能具有重要影响。

与小分子 RNA 不同，长非编码 RNA（lncRNA）是近年来研究的另一个热点。对基因组大规模转录组学的研究发现哺乳动物的基因组大量转录，而其中 80% 都仅与 lncRNA 有关。尽管在过去 lncRNA 常常被忽视并被认为是染色质重组的副产物和转录"噪声"，也有大量证据表明它们与蛋白编码基因相似。实际上，一般它们很长（一般 >2kb，有些 >100kb），被剪接并具有经典的多聚腺苷酸（polyA）尾。另外，lncRNA 的启动子区能够与 Oct3/4、Nanog、CREB、Sp1、c-myc、Sox2、NF-κB 及 p53 等结合并被调控，同时还具有组蛋白修饰的标记。总之至少存在上万条的 lncRNA，并且其中的一些与小 RNA 一样具有组织及分化时期表达的特异性（表 1-4）。lncRNA 的功能很广泛但其最重要的功能是作为蛋白编码基因表达的表观遗传调节子。例如 HOX 基因家族就与成百条 lncRNA 相关，这些 lncRNA 以人体发育的空间及时间顺序界定组蛋白差异甲基化的区域及 RNA 聚合酶的可接近性。另外，最近一项研究显示，超过 20% 的基因间 lncRNA 与染色质重塑复合物有关，有证据显示其余的 lncRNA 通过 Trithorax 家族复合物来激活基因表达。基因组印记可以保证常染色体显性遗传基因的等位基因中的一链表观沉默，而长非编码 RNA 的功能常与此现象有关。

lncRNA 还可以直接调节基因转录及蛋白降解。近期的研究证实，lncRNA 的加工过程对中枢神经系统的发育非常重要，实际上也有大部分 lncRNA 在脑中的表达非常特异。同样地，越来越多的证据表明 mRNA 含有更加广泛的 RNA 结构，使它们具有了除编码蛋白外更广泛的功能。其中的一个例子就是经典肿瘤抑制因子

表 1-4　哺乳动物非编码 RNA 的分类

非编码 RNA 分类	特　征
确认的非编码 RNA 家族	
长链调控非编码 RNA(lncRNA)	涵盖了所有＞200nt 的非蛋白编码 RNA 家族和 mRNA-like ncRNA,是最广泛的一类。其功能有表观遗传调控,作为蛋白质复合物序列特异性系链并指定亚细胞区室或定位
小干扰 RNA(siRNA)	约 21～22nt 长的小分子 RNA,由 Dicer 切割完全互补的双链 RNA 复合物产生。与 Argonaute 蛋白形成复合物,参与基因调控、转座和病毒防御
microRNA	约 21～22nt 长的小分子 RNA,由 Dicer 切割编码在长级转录产物或短的内含子中的非完全互补的 RNA 发夹而产生。与 Argonaute 蛋白结合并主要参与转录后基因调控
PIWI 相互作用 RNA(piRNA)	约 26～30nt 长的不依赖 Dicer 的小分子 RNA,主要存在于生殖细胞系和体细胞与生殖细胞交界处。与 PIWI 特异的 Argonaute 蛋白结合并调节转座活性和染色质状态
启动子相关的 RNA(PAR)	为一系列长的及短的与启动子及转录起始位点重合 RNA[promoter-associated RNA(PAR) 和 transcription initiation RNA(tiRNA)]的统称。这些转录产物可能调节基因表达
小核仁 RNA(snoRNA)	传统认为它们引导 rRNA 的甲基化和假尿苷化,但是新证据表明它们也有基因调控的功能
其他近期发现的家族	
X 染色体失活 RNA(xiRNA)	Dicer 依赖的,由两个 lncRNA 分子(Xist 和 Tsix)复合加工而成的双链小分子 RNA,在胎盘哺乳动物的 X 染色体失活中起作用
小核仁 RNA 来源的 RNA(sdRNA)	小分子 RNA。一部分是依赖 Dicer 的并由 snoRNA 加工而成。一些 dsRNA 被证明可以在翻译调解中起到类似 microRNA 的作用
microRNA 互补 RNA(moRNA)	约 20nt 长的小分子 RNA,从 microRNA 前体附近的区域产生。功能未知
tRNA 来源的 RNA	tRNA 可以通过一个保守的 RNA 酶(angiogenin)被加工成小分子 RNA。它们可以诱导翻译抑制
MSY2 相关的 RNA(MSY-RNA)	这类 RNA 与生殖细胞特异的 DNA/RNA 结合蛋白 MSY2 结合。与 piRNA 相似,它们大部分局限于生殖细胞系,大小约为 26～30nt。功能未知
端粒小 RNA(tel-sRNA)	约 24nt 长的不依赖 Dicer 的 RNA,主要产生于富含 G 的端粒重复序列链。可能参与维持端粒
中心体相关的 RNA(crasiRNA)	一系列约 34～42nt 长的小分子 RNA,由中心粒产生。有证据证明它们能指导局部的染色质修饰
末端终止相关的短链 RNA(TASR)	20～70nt 长的 RNA 分子,跨过转录终止序列
启动子上游转录产物(PROMPT)	不稳定的转录产物位于转录起始位点上游 0.5～2kb
转录起始位点反义 RNA(TSSa-RNA)	一组 RNA,大部分为小分子不编码蛋白,由哺乳动物 RNA 聚合酶Ⅱ的装箱转录活性而得到
核连缀分析来源的 RNA(NRO-RNA)	通过核连缀分析(nuclear run-on assay)得到的小分子 RNA,位于 mRNA 转录起始位点下游 20～50bp
反转录转座子来源的 RNA(RE RNA)	一系列异质的 RNA,起始位点与反转录转座子元件重合

p53 的 mRNA 除了编码蛋白之外，还可以抑制 Mdm2 泛素连接酶的活性。另外 lncRNA 还可能参与细胞器生成及亚细胞运输。

尽管长短非编码 RNA 被分别归类和研究，要注意的是它们之间经常存在生理和功能上的重合。哺乳动物能够产生大量的反义转录产物并进一步加工成为 dsRNA 结构，因此这种重合很可能是普遍存在的。例如在 X 染色体失活（XCI）的过程中，*Xist* 和 *Tsix* 两个反义 lncRNA 不只参与染色质重塑，同时也能形成 dsRNA 复合物并在 Dicer 的作用下加工成约 25～42nt 的 X 失活 RNA（xiRNA）。另外一项 CAGE 实验发现从转录终止位点之前很近的地方开始的转录产生的带有帽结构的片段，比不带帽结构的 TAR 略长，且起始位点更靠前一些。这些 RNA 片段带有 oligo-dT 结构并与 3′UTR 区域重合。这些发现提示我们，对整个基因组的分析，染色质与 ncRNA 及 RNA 结合蛋白的相互作用能够为我们揭示基因表达被调控的证据。美国洛克菲勒大学的 Thomas Tuschl 称：如果 piRNA 的研究趋势与 microRNA 相似，那么生物界将会由这些从事 piRNA 未知领域研究的科学家们带来一股研究新浪潮。这或许是对 piRNA 及其他已知或未知非编码 RNA 分子重要性的最好阐释，而针对非编码 RNA 基因的功能研究可能发展出一整套崭新的技术方法，为后基因组时代的基因功能研究奠定基础。

参 考 文 献

[1] Ambros V. MicroRNA pathways in flies and worms: growth, death, fat, stress, and timing. Cell, 2003, 113 (6): 673-676.

[2] Ambros V. microRNAs: tiny regulators with great potential. Cell, 2001, 107 (7): 823-826.

[3] Ambros V, Bartel B, Bartel D P, Burge C B, Carrington J C, Chen X, et al. A uniform system for microRNA annotation. RNA, 2003, 9 (3): 277-279.

[4] Ambros V, Lee R C, Lavanway A, Williams P T, Jewell D. MicroRNAs and other tiny endogenous RNAs in C. *elegans*. Curr Biol, 2003, 13 (10): 807-818.

[5] Anderson P. A Place for RNAi. Dev Cell, 2005, 9 (3): 311-312.

[6] Aravin A A, Hannon G J, Brennecke J. The Piwi-piRNA pathway provides an adaptive defense in the transposon arms race. Science, 2007, 318 (5851): 761-764.

[7] Aukerman M J, Sakai H. Regulation of flowering time and floral organ identity by a MicroRNA and its APETALA2-like target genes. Plant Cell, 2003, 15 (11): 2730-2741.

[8] Babak T, Zhang W, Morris Q, Blencowe B J, Hughes T R. Probing microRNAs with microarrays: tissue specificity and functional inference. RNA, 2004, 10 (11): 1813-1819.

[9] Barad O, Meiri E, Avniel A, Aharonov R, Barzilai A, Bentwich I, et al. MicroRNA expression detected by oligonucleotide microarrays: system establishment and expression profiling in human tissues. Genome Res, 2004, 14 (12): 2486-2494.

[10] Bartel B. MicroRNAs directing siRNA biogenesis. Nat Struct Mol Biol, 2005, 12 (7): 569-571.

[11] Bartel D P. MicroRNAs: genomics, biogenesis, mechanism, and function. Cell, 2004, 116 (2): 281-297.

[12] Bateman J R, Wu C T. DNA replication and models for the origin of piRNAs. Bioessays, 2007, 29 (4): 382-385.

[13] Bohnsack M T, Czaplinski K, Gorlich D. Exportin 5 is a RanGTP-dependent dsRNA-binding protein that mediates nuclear export of pre-miRNAs. RNA, 2004, 10 (2): 185-191.

[14] Brennecke J, Aravin A A, Stark A, Dus M, Kellis M, Sachidanandam R, et al. Discrete small RNA-generating loci as master regulators of transposon activity in Drosophila. Cell, 2007, 128 (6): 1089-1103.

[15] Cai Y, Yu X, Hu S, Yu J. A Brief Review on the Mechanisms of miRNA Regulation. Genomics Proteomics Bioinformatics, 2009, 7 (4): 147-154.

[16] Carmell M A, Girard A, van de Kant H J, Bourc'his D, Bestor T H, de Rooij D G, et al. MIWI2 is essential for spermatogenesis and repression of transposons in the mouse male germline. Dev Cell, 2007, 12 (4): 503-514.

[17] Carninci P. RNA dust: where are the genes? DNA Res, 2010, 17 (2): 51-59.

[18] Chen C Z, Li L, Lodish H F, Bartel D P. MicroRNAs modulate hematopoietic lineage differentiation. Science, 2004, 303 (5654): 83-86.

[19] Chendrimada T P, Gregory R I, Kumaraswamy E, Norman J, Cooch N, Nishikura K, et al. TRBP recruits the Dicer complex to Ago2 for microRNA processing and gene silencing. Nature, 2005, 436 (7051): 740-744.

[20] Cullen B R. Transcription and processing of human microRNA precursors. Mol Cell, 2004, 16 (6): 861-865.

[21] Cummins J M, He Y, Leary R J, Pagliarini R, Diaz L A, Jr., Sjoblom T, et al. The colorectal microRNAome. Proc Natl Acad Sci USA, 2006, 103 (10): 3687-3692.

[22] Czech M P. MicroRNAs as therapeutic targets. N Engl J Med, 2006, 354 (11): 1194-1195.

[23] Doench J G, Petersen C P, Sharp P A. siRNAs can function as miRNAs. Genes Dev, 2003, 17 (4): 438-442.

[24] Fazi F, Rosa A, Fatica A, Gelmetti V, De Marchis M L, Nervi C, et al. A minicircuitry comprised of microRNA-223 and transcription factors NFI-A and C/EBPalpha regulates human granulopoiesis. Cell, 2005, 123 (5): 819-831.

[25] Filipowicz W, Jaskiewicz L, Kolb F A, Pillai R S. Post-transcriptional gene silencing by siRNAs and miRNAs. Curr Opin Struct Biol, 2005, 15 (3): 331-341.

[26] Griffiths-Jones S. The microRNA Registry. Nucleic Acids Res, 2004, 32 (Database issue): D109-111.

[27] Griffiths-Jones S. miRBase: the microRNA sequence database. Methods Mol Biol, 2006, 342: 129-138.

[28] Griffiths-Jones S, Grocock R J, van Dongen S, Bateman A, Enright A J. miRBase: microRNA sequences, targets and gene nomenclature. Nucleic Acids Res, 2006, 34 (Database issue): D140-144.

[29] Grivna S T, Pyhtila B, Lin H. MIWI associates with translational machinery and PIWI-interacting RNAs (piRNAs) in regulating spermatogenesis. Proc Natl Acad Sci USA, 2006, 103 (36): 13415-13420.

[30] Haase A D, Jaskiewicz L, Zhang H, Laine S, Sack R, Gatignol A, et al. TRBP, a regulator of cellular PKR and HIV-1 virus expression, interacts with Dicer and functions in RNA silencing. EMBO Rep, 2005, 6 (10): 961-967.

[31] Habig J W, Dale T, Bass B L. miRNA editing: we should have inosine this coming. Mol Cell, 2007, 25 (6): 792-793.

[32] Hagan J P, Croce C M. MicroRNAs in carcinogenesis. Cytogenet Genome Res, 2007, 118 (2-4): 252-259.

[33] Han J, Lee Y, Yeom K H, Kim Y K, Jin H, Kim V N. The Drosha-DGCR8 complex in primary microRNA processing. Genes Dev, 2004, 18 (24): 3016-3027.

[34] Han J, Lee Y, Yeom K H, Nam J W, Heo I, Rhee J K, et al. Molecular basis for the recognition of primary microRNAs by the Drosha-DGCR8 complex. Cell, 2006, 125 (5): 887-901.

[35] Hartig J V, Tomari Y, Forstemann K. piRNAs: the ancient hunters of genome invaders. Genes Dev, 2007, 21 (14): 1707-1713.

[36] He Z, Sontheimer E J. "siRNAs and miRNAs": a meeting report on RNA silencing. RNA, 2004, 10 (8): 1165-1173.

[37] Hipfner D R, Weigmann K, Cohen S M. The bantam gene regulates Drosophila growth. Genetics, 2002, 161 (4): 1527-1537.

[38] Hornstein E, Mansfield J H, Yekta S, Hu J K, Harfe B D, McManus M T, et al. The microRNA miR-196 acts upstream of Hoxb8 and Shh in limb development. Nature, 2005, 438 (7068): 671-674.

[39] Horwich M D, Li C, Matranga C, Vagin V, Farley G, Wang P, et al. The Drosophila RNA methyltransferase, DmHen1, modifies germline piRNAs and single-stranded siRNAs in RISC. Curr Biol, 2007, 17 (14): 1265-1272.

[40] Houbaviy H B, Dennis L, Jaenisch R, Sharp P A. Characterization of a highly variable eutherian microRNA gene. RNA, 2005, 11 (8): 1245-1257.

[41] Jackson R J, Standart N. How do microRNAs regulate gene expression? Sci STKE, 2007, 2007 (367): re1.

[42] Jones-Rhoades M W, Bartel D P. Computational identification of plant microRNAs and their targets, including a stress-induced miRNA. Mol Cell, 2004, 14 (6): 787-799.

[43] Jones S W, Souza P M, Lindsay M A. siRNA for gene silencing: a route to drug target discovery. Curr Opin Pharmacol, 2004, 4 (5): 522-527.

[44] Khvorova A, Reynolds A, Jayasena S D. Functional siRNAs and miRNAs exhibit strand bias. Cell, 2003, 115 (2): 209-216.

[45] Kim V N. MicroRNA biogenesis: coordinated cropping and dicing. Nat Rev Mol Cell Biol, 2005, 6 (5): 376-385.

[46] Kim V N. MicroRNA precursors in motion: exportin-5 mediates their nuclear export. Trends Cell Biol, 2004, 14 (4): 156-159.

[47] Krol J, Loedige I, Filipowicz W. The widespread regulation of microRNA biogenesis, function and decay. Nat Rev Genet, 2010, 11 (9): 597-610.

[48] Krutzfeldt J, Poy M N, Stoffel M. Strategies to determine the biological function of microRNAs. Nat Genet, 2006, 38 Suppl: S14-19.

[49] Kurihara Y, Takashi Y, Watanabe Y. The interaction between DCL1 and HYL1 is important for efficient and precise processing of pri-miRNA in plant microRNA biogenesis. RNA, 2006, 12 (2): 206-212.

[50] Kurihara Y, Watanabe Y. Arabidopsis micro-RNA biogenesis through Dicer-like 1 protein functions. Proc Natl Acad Sci USA, 2004, 101 (34): 12753-12758.

[51] Lagos-Quintana M, Rauhut R, Yalcin A, Meyer J, Lendeckel W, Tuschl T. Identification of tissue-specific microRNAs from mouse. Curr Biol, 2002, 12 (9): 735-739.

[52] Lau N C, Seto A G, Kim J, Kuramochi-Miyagawa S, Nakano T, Bartel D P, et al. Characterization of the piRNA complex from rat testes. Science, 2006, 313 (5785): 363-367.

[53] Lee R C, Ambros V. An extensive class of small RNAs in Caenorhabditis elegans. Science, 2001, 294 (5543): 862-864.

[54]　Lee R C，Feinbaum R L，Ambros V．The C．elegans heterochronic gene lin-4 encodes small RNAs with antisense complementarity to lin-14．Cell，1993，75 (5)：843-854．

[55]　Lee Y，Ahn C，Han J，Choi H，Kim J，Yim J，et al．The nuclear RNase Ⅲ Drosha initiates microR-NA processing．Nature，2003，425 (6956)：415-419．

[56]　Lee Y，Jeon K，Lee J T，Kim S，Kim V N．microRNA maturation：stepwise processing and subcellu-lar localization．EMBO J，2002，21 (17)：4663-4670．

[57]　Lee Y，Kim M，Han J，Yeom K H，Lee S，Baek S H，et al．microRNA genes are transcribed by RNA polymerase Ⅱ．EMBO J，2004，23 (20)：4051-4060．

[58]　Lee Y S，Nakahara K，Pham J W，Kim K，He Z，Sontheimer E J，et al．Distinct roles for Drosophi-la Dicer-1 and Dicer-2 in the siRNA/miRNA silencing pathways．Cell，2004，117 (1)：69-81．

[59]　Lillestol R K，Redder P，Garrett R A，Brugger K．A putative viral defence mechanism in archaeal cells．Archaea，2006，2 (1)：59-72．

[60]　Lim L P，Glasner M E，Yekta S，Burge C B，Bartel D P．Vertebrate microRNA genes．Science，2003，299 (5612)：1540．

[61]　Lim L P，Lau N C，Garrett-Engele P，Grimson A，Schelter J M，Castle J，et al．Microarray analysis shows that some microRNAs downregulate large numbers of target mRNAs．Nature，2005，433 (7027)：769-773．

[62]　Lim L P，Lau N C，Weinstein E G，Abdelhakim A，Yekta S，Rhoades M W，et al．The microRNAs of Caenorhabditis elegans．Genes Dev，2003，17 (8)：991-1008．

[63]　Lingel A，Simon B，Izaurralde E，Sattler M．Structure and nucleic-acid binding of the Drosophila Ar-gonaute 2 PAZ domain．Nature，2003，426 (6965)：465-469．

[64]　Llave C，Xie Z，Kasschau K D，Carrington JC．Cleavage of Scarecrow-like mRNA targets directed by a class of Arabidopsis miRNA．Science，2002，297 (5589)：2053-2056．

[65]　Lund E，Dahlberg J E．Substrate selectivity of exportin 5 and Dicer in the biogenesis of microRNAs．Cold Spring Harb Symp Quant Biol，2006，71：59-66．

[66]　Meister G，Landthaler M，Patkaniowska A，Dorsett Y，Teng G，Tuschl T．Human Argonaute2 me-diates RNA cleavage targeted by miRNAs and siRNAs．Mol Cell，2004，15 (2)：185-197．

[67]　Meister G，Landthaler M，Peters L，Chen P Y，Urlaub H，Luhrmann R，et al．Identification of no-vel argonaute-associated proteins．Curr Biol，2005，15 (23)：2149-2155．

[68]　Metzler M，Wilda M，Busch K，Viehmann S，Borkhardt A．High expression of precursor microRNA-155/BIC RNA in children with Burkitt lymphoma．Genes Chromosomes Cancer，2004，39 (2)：167-169．

[69]　Miyoshi K，Tsukumo H，Nagami T，Siomi H，Siomi M C．Slicer function of Drosophila Argonautes and its involvement in RISC formation．Genes Dev，2005，19 (23)：2837-2848．

[70]　Moss E G，Lee R C，Ambros V．The cold shock domain protein LIN-28 controls developmental timing in C．elegans and is regulated by the lin-4 RNA．Cell，1997，88 (5)：637-646．

[71]　O'Donnell K A，Boeke J D．Mighty Piwis defend the germline against genome intruders．Cell，2007，129 (1)：37-44．

[72]　O'Donnell K A，Wentzel E A，Zeller K I，Dang C V，Mendell J T．c-Myc-regulated microRNAs mod-ulate E2F1 expression．Nature，2005，435 (7043)：839-843．

[73]　Okamura K，Ishizuka A，Siomi H，Siomi M C．Distinct roles for Argonaute proteins in small RNA-di-rected RNA cleavage pathways．Genes Dev，2004，18 (14)：1655-1666．

[74]　Olsen P H，Ambros V．The lin-4 regulatory RNA controls developmental timing in Caenorhabditis ele-gans by blocking LIN-14 protein synthesis after the initiation of translation．Dev Biol，1999，216 (2)：

671-680.

[75] Orom U A, Nielsen F C, Lund A H. MicroRNA-10a binds the 5'UTR of ribosomal protein mRNAs and enhances their translation. Mol Cell, 2008, 30 (4): 460-471.

[76] Palatnik J F, Allen E, Wu X, Schommer C, Schwab R, Carrington J C, et al. Control of leaf morphogenesis by microRNAs. Nature, 2003, 425 (6955): 257-263.

[77] Pall G S, Codony-Servat C, Byrne J, Ritchie L, Hamilton A. Carbodiimide-mediated cross-linking of RNA to nylon membranes improves the detection of siRNA, miRNA and piRNA by northern blot. Nucleic Acids Res, 2007, 35 (8): e60.

[78] Papp I, Mette M F, Aufsatz W, Daxinger L, Schauer S E, Ray A, et al. Evidence for nuclear processing of plant microRNA and short interfering RNA precursors. Plant Physiol, 2003, 132 (3): 1382-1390.

[79] Park M Y, Wu G, Gonzalez-Sulser A, Vaucheret H, Poethig RS. Nuclear processing and export of microRNAs in Arabidopsis. Proc Natl Acad Sci USA, 2005, 102 (10): 3691-3696.

[80] Pasquinelli A E, Reinhart B J, Slack F, Martindale M Q, Kuroda M I, Maller B, et al. Conservation of the sequence and temporal expression of let-7 heterochronic regulatory RNA. Nature, 2000, 408 (6808): 86-89.

[81] Peter M E. Targeting of mRNAs by multiple miRNAs: the next step. Oncogene, 2010, 29 (15): 2161-2164.

[82] Pfeffer S, Sewer A, Lagos-Quintana M, Sheridan R, Sander C, Grasser F A, et al. Identification of microRNAs of the herpesvirus family. Nat Methods, 2005, 2 (4): 269-276.

[83] Pfeffer S, Voinnet O. Viruses, microRNAs and cancer. Oncogene, 2006, 25 (46): 6211-6219.

[84] Rana T M. Illuminating the silence: understanding the structure and function of small RNAs. Nat Rev Mol Cell Biol, 2007, 8 (1): 23-36.

[85] Reinhart B J, Slack F J, Basson M, Pasquinelli A E, Bettinger J C, Rougvie A E, et al. The 21-nucleotide let-7 RNA regulates developmental timing in Caenorhabditis elegans. Nature, 2000, 403 (6772): 901-906.

[86] Rodriguez A, Griffiths-Jones S, Ashurst J L, Bradley A. Identification of mammalian microRNA host genes and transcription units. Genome Res, 2004, 14 (10A): 1902-1910.

[87] Saito K, Sakaguchi Y, Suzuki T, Siomi H, Siomi M C. Pimet, the Drosophila homolog of HEN1, mediates 2'-O-methylation of Piwi- interacting RNAs at their 3' ends. Genes Dev, 2007, 21 (13): 1603-1608.

[88] Shahi P, Loukianiouk S, Bohne-Lang A, Kenzelmann M, Kuffer S, Maertens S, et al. Argonaute: a database for gene regulation by mammalian microRNAs. Nucleic Acids Res, 2006, 34 (Database issue): D115-118.

[89] Song L, Han M H, Lesicka J, Fedoroff N. Arabidopsis primary microRNA processing proteins HYL1 and DCL1 define a nuclear body distinct from the Cajal body. Proc Natl Acad Sci USA, 2007, 104 (13): 5437-5442.

[90] Taft R J, Pang K C, Mercer T R, Dinger M, Mattick JS. Non-coding RNAs: regulators of disease. J Pathol, 2010, 220 (2): 126-139.

[91] Tang G. siRNA and miRNA: an insight into RISCs. Trends Biochem Sci, 2005, 30 (2): 106-114.

[92] Wang Y, Medvid R, Melton C, Jaenisch R, Blelloch R. DGCR8 is essential for microRNA biogenesis and silencing of embryonic stem cell self-renewal. Nat Genet, 2007, 39 (3): 380-385.

[93] Washietl S. Sequence and structure analysis of noncoding RNAs. Methods Mol Biol, 2010, 609: 285-306.

[94] Washietl S, Hofacker I L. Nucleic acid sequence and structure databases. Methods Mol Biol, 2010, 609: 3-15.

[95] Wightman B, Ha I, Ruvkun G. Posttranscriptional regulation of the heterochronic gene lin-14 by lin-4 mediates temporal pattern formation in C. elegans. Cell, 1993, 75 (5): 855-862.

[96] Xu P, Vernooy S Y, Guo M, Hay B A. The Drosophila microRNA Mir-14 suppresses cell death and is required for normal fat metabolism. Curr Biol, 2003, 13 (9): 790-795.

[97] Yeom K H, Lee Y, Han J, Suh M R, Kim V N. Characterization of DGCR8/Pasha, the essential cofactor for Drosha in primary miRNA processing. Nucleic Acids Res, 2006, 34 (16): 4622-4629.

[98] Yi R, Qin Y, Macara I G, Cullen B R. Exportin-5 mediates the nuclear export of pre-microRNAs and short hairpin RNAs. Genes Dev, 2003, 17 (24): 3011-3016.

[99] Yu J, Wang F, Yang G H, Wang F L, Ma Y N, Du Z W, et al. Human microRNA clusters: genomic organization and expression profile in leukemia cell lines. Biochem Biophys Res Commun, 2006, 349 (1): 59-68.

[100] Zeng Y. Principles of micro-RNA production and maturation. Oncogene, 2006, 25 (46): 6156-6162.

[101] Zeng Y, Cullen B R. Efficient processing of primary microRNA hairpins by Drosha requires flanking nonstructured RNA sequences. J Biol Chem, 2005, 280 (30): 27595-27603.

[102] Zeng Y, Cullen B R. Recognition and cleavage of primary microRNA transcripts. Methods Mol Biol, 2006, 342: 49-56.

[103] Zeng Y, Cullen B R. Structural requirements for pre-microRNA binding and nuclear export by Exportin 5. Nucleic Acids Res, 2004, 32 (16): 4776-4785.

[104] Zeng Y, Yi R, Cullen B R. MicroRNAs and small interfering RNAs can inhibit mRNA expression by similar mechanisms. Proc Natl Acad Sci USA, 2003, 100 (17): 9779-9784.

[105] Zhang H, Kolb F A, Jaskiewicz L, Westhof E, Filipowicz W. Single processing center models for human Dicer and bacterial RNase III. Cell, 2004, 118 (1): 57-68.

[106] Zhao Y, Samal E, Srivastava D. Serum response factor regulates a muscle-specific microRNA that targets Hand2 during cardiogenesis. Nature, 2005, 436 (7048): 214-220.

第二章 microRNA 的生物信息学研究方法

生物信息学是一门新兴的交叉学科,是生命科学领域中的新兴学科,面对人类基因组计划所产生的庞大的分子生物学信息,生物信息学的重要性将越来越突出,它无疑将会为生命科学的研究带来革命性的变革。功能基因组学时代,对目的基因的生物信息学分析已成为研究该基因功能的常规分析手段。与之相似,对于方兴未艾的 microRNA 基因功能研究,预先进行的生物信息学分析亦能为研究者提供较大的帮助。但是,其分析或预测结果仍需通过后续的实验进行验证,并通过实验结果对最初的分析方法加以修正和完善,从而达到正反馈的效果。本部分将较全面地介绍已知的 microRNA 生物信息学分析方法及部分分析范例,并提供可进行 microRNA 生物信息分析的免费网络资源和软件,以期为 microRNA 研究者们提供可以利用的信息学方法和资讯平台。

第一节 microRNA 的生物信息学分析策略概述

先前的一部分 microRNA 的序列和功能研究表明,对目的 microRNA 全面系统的生物信息学分析,即对 microRNA 的基因分布、种系发育、表达调控、靶基因预测等方面的详细分析,能为 microRNA 的功能研究提供重要线索,从而帮助研究者更好地进行目的 microRNA 的相关功能与机制研究。

本书总结了近几年来 microRNA 研究中常用的生物信息学方法并结合编者自身的研究经验,提出了如下 microRNA 基因的常规生物信息学分析策略:

① 获得 microRNA 的序列信息,包括成熟和前体 microRNA(pre-microRNA)序列、microRNA 的基因组定位信息、microRNA 的基因分布特点,即确定目的 microRNA 是属于基因间分布性,还是基因内分布性 microRNA。

② microRNA 基因的簇分析,即目的 microRNA 基因与相邻 microRNA 基因关系的分析。

③ microRNA 基因的种系发育分析。

④ 新 microRNA 基因的预测与生物信息学验证。

⑤ 目的 microRNA 基因的序列分析,包括目的 microRNA 的启动子预测和转录因子结合位点分析。

⑥ 目的 microRNA 的靶基因预测。

当然,根据研究目的和研究对象的不同,可选择不同的信息分析方式或方式组合。

第二节　microRNA 序列信息的获取及相关数据库的建立

多种方法可用于获取目的 microRNA 基因的详细信息。当前最常用的是由英国著名的生物研究机构 Wellcome Trust Sanger 中心建立的 microRNA 信息综合网站——microRNA Base（http：//www. mirbase. org/）。最初，该网站命名为 microRNA Registry，仅可进行数个物种 microRNA 信息的注册及查询。经过几年的快速发展，microRNA Base 现已升级至 15.0 版。发夹前体序列达到 14197 条；成熟 miR 和 miR 产物共 15632 条；报道序列涵盖 133 个物种。已形成可进行 microRNA 注册、序列查询、基因组定位、相关文献查询和靶基因预测的大型数据库检索综合网站，是目前较权威的 microRNA 研究信息收集网站之一。

microRNA Base 网站主页如图 2-1 所示，主要包含三个功能：①Database，microRNA 序列数据库查询页面，获得目前已公布各个物种 microRNA 的具体序列、基因组分布和详细序列注释信息。②Registry，进入 microRNA 序列注册页面，提交新发现 microRNA 序列进入数据库。③Targets，microRNA Base 链接 microCosm、TargetScan、Pictar，单击均可查询靶基因预测数据库检索目的 microRNA 的预测靶基因。

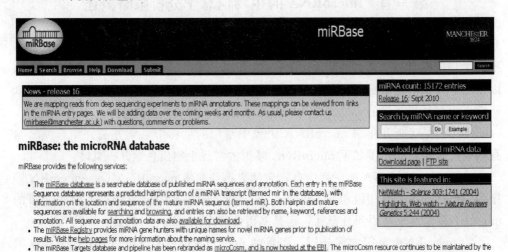

图 2-1　microRNA Base 网站主页

此页直接显示了目的 microRNA 序列信息查询界面，网页左侧顶部显示了各项功能按钮，可以根据研究者的检索习惯单击相应按钮进入下层检索目录。此外，研究者也可直接经由网页右上角的查询框内输入目的 microRNA 的编号或关键词，进行实时网络搜索，获得目的 microRNA 的序列信息（包括成熟序列、基因定位、前体 microRNA 序列等），亦可通过 FTP 下载本地化的 microRNA 序列数据库进行检索。

以 microRNA-223 为例进行检索，图 2-2 显示了在图 2-1 界面右上角的查询框内输入目的 microRNA 的编号 microRNA-223 后的检索结果。图 2-2 上方的方框显示共有 52 条 mir-223 序列注册信息与查询编号匹配，直接单击图 2-2 下方方框中的目的序列链接后可进一步获得详细的序列注释信息。

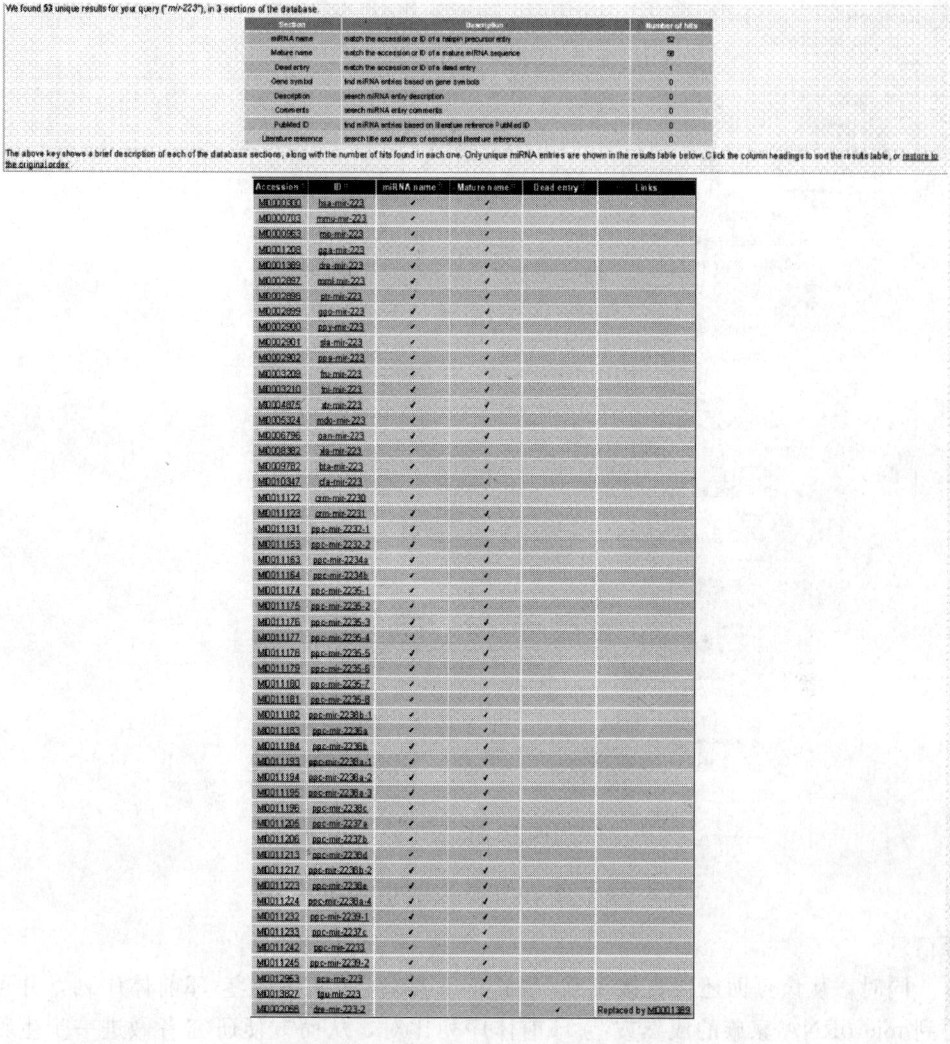

We found 53 unique results for your query ("mir-223"), in 3 sections of the database.

Section	Description	Number of hits
miRNA name	match the accession or ID of a hairpin precursor entry	52
Mature name	match the accession or ID of a mature miRNA sequence	59
Dead entry	match the accession or ID of a dead entry	1
Gene symbol	find miRNA entries based on gene symbols	0
Description	search miRNA entry description	0
Comments	search miRNA entry comments	0
PubMed ID	find miRNA entries based on literature reference PubMed ID	0
Literature reference	search title and authors of associated literature references	0

The above key shows a brief description of each of the database sections, along with the number of hits found in each one. Only unique miRNA entries are shown in the results table below. Click the column headings to sort the results table, or restore to the original order.

Accession	ID	miRNA name	Mature name	Dead entry	Links
MI0000300	hsa-mir-223	✓	✓		
MI0000703	mmu-mir-223	✓	✓		
MI0000963	rno-mir-223	✓	✓		
MI0001208	gga-mir-223	✓	✓		
MI0001389	dre-mir-223	✓	✓		
MI0002697	mml-mir-223	✓	✓		
MI0002698	ptr-mir-223	✓	✓		
MI0002699	ggo-mir-223	✓	✓		
MI0002900	ppy-mir-223	✓	✓		
MI0002901	sla-mir-223	✓	✓		
MI0002902	ppa-mir-223	✓	✓		
MI0003209	fru-mir-223	✓	✓		
MI0003210	tni-mir-223	✓	✓		
MI0004875	str-mir-223	✓	✓		
MI0005324	mdo-mir-223	✓	✓		
MI0006796	oan-mir-223	✓	✓		
MI0008382	xla-mir-223	✓	✓		
MI0009782	bta-mir-223	✓	✓		
MI0010347	cfa-mir-223	✓	✓		
MI0011122	crm-mir-2230	✓	✓		
MI0011123	crm-mir-2231	✓	✓		
MI0011131	ppc-mir-2232-1	✓	✓		
MI0011153	ppc-mir-2232-2	✓	✓		
MI0011163	ppc-mir-2234a	✓	✓		
MI0011164	ppc-mir-2234b	✓	✓		
MI0011174	ppc-mir-2235-1	✓	✓		
MI0011175	ppc-mir-2236-2	✓	✓		
MI0011176	ppc-mir-2235-3	✓	✓		
MI0011177	ppc-mir-2235-4	✓	✓		
MI0011178	ppc-mir-2235-5	✓	✓		
MI0011179	ppc-mir-2235-6	✓	✓		
MI0011180	ppc-mir-2235-7	✓	✓		
MI0011181	ppc-mir-2235-8	✓	✓		
MI0011182	ppc-mir-2238b-1	✓	✓		
MI0011183	ppc-mir-2236a	✓	✓		
MI0011184	ppc-mir-2236b	✓	✓		
MI0011193	ppc-mir-2238a-1	✓	✓		
MI0011194	ppc-mir-2238a-2	✓	✓		
MI0011195	ppc-mir-2238a-3	✓	✓		
MI0011196	ppc-mir-2238c	✓	✓		
MI0011205	ppc-mir-2237a	✓	✓		
MI0011206	ppc-mir-2237b	✓	✓		
MI0011213	ppc-mir-2238d	✓	✓		
MI0011217	ppc-mir-2238b-2	✓	✓		
MI0011223	ppc-mir-2238e	✓	✓		
MI0011224	ppc-mir-2238a-4	✓	✓		
MI0011232	ppc-mir-2239-1	✓	✓		
MI0011233	ppc-mir-2237c	✓	✓		
MI0011242	ppc-mir-2233	✓	✓		
MI0011245	ppc-mir-2239-2	✓	✓		
MI0012963	aca-mir-223	✓	✓		
MI0013827	tgu-mir-223	✓	✓		
MI0002066	dre-mir-223-2			✓	Replaced by MI0001389

图 2-2　人 microRNA-223 序列检索结果

此外，也可以单击图 2-1 页面左侧顶端的 Browse 按钮或直接输入网址（http：//www. mirbase. org/cgi-bin/browse. pl）获得目前已知所有物种 microRNA 的序列信息。图 2-2 和图 2-3 为进行该操作后的网络页面，图 2-3 显示了已发现 microRNA 的物种及该物种中已发现 microRNA 的数量，图 2-4 显示了单击物种“人”链接后的人 microRNA 信息界面，该界面显示，目前已发现人 microRNA 总数为 474 条，而且还显示了每条人 microRNA 的染色体定位、基因组起止及方向

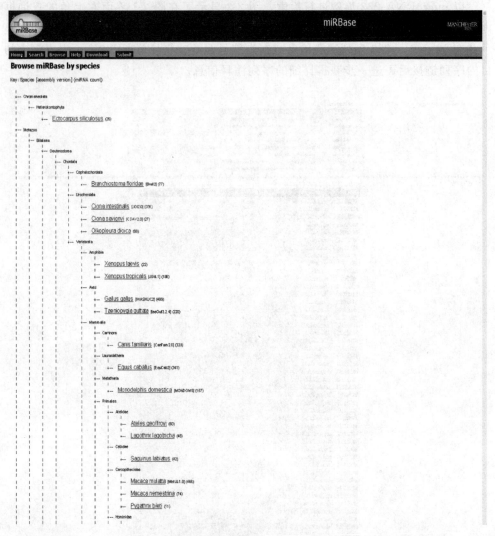

图 2-3　基于物种分类的 microRNA 搜索目录

等信息。

　　同时，从该页面还可直接下载目的 microRNA 的成熟或茎-环前体序列，并可得到 microRNA 家族的成熟或茎-环前体序列比对，从而方便研究者做进一步生物信息学分析。如图 2-5 所示，在人 microRNA 序列信息总页面底部有一命令输入框，可以根据研究者的需要在命令框右侧选择输出序列及格式，最后单击 Fetch Sequences 得到目的 microRNA 序列。

　　以人 microRNA let-7 家族为例，首先，在人 microRNA 序列信息页面右侧复选框中选中所有 let-7 家族成员（见图 2-4），然后在页面下端的命令框右侧选项里选择 Stem-loop sequences 和 Unaligned fasta format（见图 2-5），最后单击 Fetch Sequences 按钮即可得到全部 let-7 家族成员的茎-环前体序列的 Fasta 输出格式（见图 2-6）。

Homo sapiens miRNAs (1048 sequences)

ID	Accession	Chromosome	Start	End	Strand	Fetch
hsa-let-7a-1	MI0000060	9	96938239	96938318	+	☐
hsa-let-7a-2	MI0000061	11	122017230	122017301	-	☐
hsa-let-7a-3	MI0000062	22	46508629	46508702	+	☐
hsa-let-7b	MI0000063	22	46509566	46509648	+	☐
hsa-let-7c	MI0000064	21	17912148	17912231	+	☐
hsa-let-7d	MI0000065	9	96941116	96941202	+	☐
hsa-let-7e	MI0000066	19	52196039	52196117	+	☐
hsa-let-7f-1	MI0000067	9	96938629	96938715	+	☐
hsa-let-7f-2	MI0000068	X	53594153	53594235	-	☐
hsa-let-7g	MI0000433	3	52302294	52302377	-	☐
hsa-let-7i	MI0000434	12	62997466	62997549	+	☐
hsa-mir-1-1	MI0000651	20	61151513	61151583	+	☐
hsa-mir-1-2	MI0000437	18	19408965	19409049	-	☐
hsa-mir-7-1	MI0000263	9	86584663	86584772	-	☐

图 2-4　人 microRNA 序列信息总页面（1）

hsa-mir-4315-2	MI0015983	17	62818148	62818220	-	☐
hsa-mir-4316	MI0015845	17	75393066	75393136	-	☐
hsa-mir-4317	MI0015850	18	6374360	6374424	-	☐
hsa-mir-4318	MI0015847	18	35237098	35237178	+	☐
hsa-mir-4319	MI0015848	18	42550047	42550131	-	☐
hsa-mir-4320	MI0015849	18	47652869	47652933	-	☐
hsa-mir-4321	MI0015852	19	2250638	2250717	+	☐
hsa-mir-4322	MI0015851	19	10341089	10341161	+	☐
hsa-mir-4323	MI0015853	19	42637597	42637665	-	☐
hsa-mir-4324	MI0015854	19	49812054	49812125	-	☐
hsa-mir-4325	MI0015865	20	55896558	55896647	-	☐
hsa-mir-4326	MI0015866	20	61918160	61918218	+	☐
hsa-mir-4327	MI0015867	21	31747612	31747696	-	☐
hsa-mir-4328	MI0015904	X	78156691	78156746	-	☐
hsa-mir-4329	MI0015901	X	112023946	112024016	-	☐
hsa-mir-4330	MI0015902	X	150336694	150336798	+	☐

Get selected sequences:　　Stem-loop sequen ▼

Select sequences and output type, then click "Fetch Sequences":　Unaligned fasta form ▼

Fetch Sequences　　Select all　　Reset

图 2-5　人 microRNA 序列信息总页面（2）

```
>hsa-let-7a-1 MI0000060
UGGGAUGAGGUAGUAGGUUGUAUAGUUUUAGGGUCACACCCACCACUGGGAGAUAACUAUACAAUCUACUGUCUUUCCUA
>hsa-let-7a-2 MI0000061
AGGUUGAGGUAGUAGGUUGUAUAGUUUAGAAUUACAUCAAGGGAGAUAACUGUACAGCCUCCUAGCUUUCCU
>hsa-let-7a-3 MI0000062
GGGUGAGGUAGUAGGUUGUAUAGUUUGGGGCUCUGCCCUGCUAUGGGAUAACUAUACAAUCUACUGUCUUUCCU
>hsa-let-7b MI0000063
CGGGGUGAGGUAGUAGGUUGUGUGGUUUCAGGGCAGUGAUGUUGCCCCUCGGAAGAUAACUAUACAACCUACUGCCUUCCCUG
>hsa-let-7c MI0000064
GCAUCCGGGUUGAGGUAGUAGGUUGUAUGGUUUAGAGUUACACCCUGGGAGUUAACUGUACAACCUUCUAGCUUUCCUUGGAGC
>hsa-let-7d MI0000065
CCUAGGAAGAGGUAGUAGGUUGCAUAGUUUUAGGGCAGGGAUUUUGCCCACAAGGAGGUAACUAUACGACCUGCUGCCUUUCUUAGG
>hsa-let-7e MI0000066
CCCGGGCUGAGGUAGGAGGUUGUAUAGUUGAGGAGGACACCCAAGGAGAUCACUAUACGGCCUCCUAGCUUUCCCCAGG
>hsa-let-7f-1 MI0000067
UCAGAGUGAGGUAGUAGAUUGUAUAGUUGUGGGGUAGUGAUUUUACCCUGUUCAGGAGAUAACUAUACAAUCUAUUGCCUUCCCUGA
>hsa-let-7f-2 MI0000068
UGUGGGAUGAGGUAGUAGAUUGUAUAGUUUUAGGGUCAUACCCCAUCUUGGAGAUAACUAUACAGUCUACUGUCUUUCCCACG
>hsa-let-7g MI0000433
AGGCUGAGGUAGUAGUUUGUACAGUUUGAGGGUCUAUGAUACCACCCGGUACAGGAGAUAACUGUACAGGCCACUGCCUUGCCA
>hsa-let-7i MI0000434
CUGGCUGAGGUAGUAGUUUGUGCUGUUGGUCGGGUUGUGACAUUGCCCGCUGUGGAGAUAACUGCGCAAGCUACUGCCUUGCUA
```

图 2-6 人 microRNA let-7 家族茎-环前体序列

也可在页面下端右侧的命令框选项里选择 Stem-loop sequences 和 ClustalW alignment，最后单击 Fetch Sequences 按钮得到已进行序列比对的全体 let-7 家族成员的茎-环前体序列 Fasta 输出格式，而且其同源性比对情况也一目了然（见图 2-7）。

```
hsa-let-7a-1   .....UGGGAUGAGGUAGUAGGUUGUAUAGUU.......UUAGGGUCACACCCACCACUGGGAGAUAACUAUACAAUCUACUGUCUUUCCUA.....
hsa-let-7f-2   ...UGUGGGAUGAGGUAGUAGAUUGUAUAGUU.......UUAGGGUCAUACCC.CAUCUUGGAGAUAACUAUACAGUCUACUGUCUUUCCCACG...
hsa-let-7g     ......AGGCUGAGGUAGUAGUUUGUACAGUUUGAGGGUCUAUGAUACCACCC.GGUACAGGAGAUAACUGUACAGGCCACUGCCUUGCCA......
hsa-let-7i     .....CUGGCUGAGGUAGUAGUUUGUGCUGUUGGUCGGGUUGUGACAUUGCCC.GCUGU.GGAGAUAACUGCGCAAGCUACUGCCUUGCUA......
hsa-let-7b     .....CGGGGUGAGGUAGUAGGUUGUGUGGUU.UCAGGGCAGUGAUGUUGCCC.C..UCGGAAGAUAACUAUACAACCUACUGCCUUCCCUG.....
hsa-let-7f-1   ....UCAGAGUGAGGUAGUAGAUUGUAUAGUU.GUGGGGUAGUGAUUUUACCC.UGUUCAGGAGAUAACUAUACAAUCUAUUGCCUUCCCUGA....
hsa-let-7a-3   .......GGGUGAGGUAGUAGGUUGUAUAGUU........UGGGGCUCUGCCC.UG.CUAUGGGAUAACUAUACAAUCUACUGUCUUUCCU......
hsa-let-7a-2   ......AGGUUGAGGUAGUAGGUUGUAUAGUU.UAGAAUUA........CAU...CAAGGGAGAUAACUGUACAGCCUCCUAGCUUUCCU......
hsa-let-7c     GCAUCCGGGUUGAGGUAGUAGGUUGUAUGGUU.UAGAGUUA........CAC...CCUGGGAGUUAACUGUACAACCUUCUAGCUUUCCUUGGAGC
hsa-let-7e     ...CCCGGGCUGAGGUAGGAGGUUGUAUAGUU.GAGGAGGA........CAC...CCAAGGAGAUCACUAUACGGCCUCCUAGCUUUCCCCAGG..
hsa-let-7d     ...CCUAGGAAGAGGUAGUAGGUUGCAUAGUU.UUAGGGCAGGGAUUUUGCCC...ACAAGGAGGUAACUAUACGACCUGCUGCCUUUCUUAGG...
```

图 2-7 人 microRNA let-7 家族茎-环前体序列比对

microRNA Base 网站对已知 microRNA 基因的序列信息进行了详细的注释和总结，每个 microRNA 的注释页不但包含了该 microRNA 的常规信息，如成熟序列、前体茎-环序列及结构、基因组分布和序列来源等，还含有大量 microRNA 相关信息链接，如含有该 microRNA 的 EMBL 序列数据库链接，该 microRNA 前体茎-环序列二级结构 RFAM 数据库链接，涉及该 microRNA 的文章链接等。

图 2-8 为以人 microRNA-17 检索后的前体茎-环序列信息及注释页面。页面左侧为 microRNA-17 的注释项，右侧为注释详细内容。从中可以获得 microRNA-17 的前体茎-环详细序列，并可观察到两条 microRNA-17 成熟序列（mir-17-5p 和

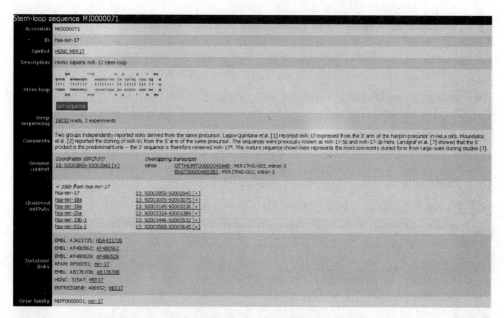

图 2-8　人 microRNA-17 序列信息及注释页面（1）

mir-17-3p）分别定位于其茎-环前体序列的 $5'$ 和 $3'$ 侧。页面中的注释项 Genome context 显示了前体 microRNA-17 具体的基因组定位，单击基因组链接后可进入 Ensemble 数据库，获得更详细的基因组定位信息，如包含目的基因在内的更多核酸序列（上游 2000bp）、相邻基因及重叠基因等。此外，该注释项也显示该基因属于基因内分布型 microRNA，即 intron，并给出了与之重叠转录本序列的数据库链接。

图 2-9 为以人 microRNA-17 检索后的成熟序列信息及注释页面，除给出了成熟 microRNA-17 的详细序列等基本信息外，并提供三个靶基因预测软件（MI-RANDA、TARGETSCAN 和 PICTAR）对 microRNA-17 的靶基因预测结果链接及序列研究相关文献链接，单击相关链接即可获得 microRNA-17 的靶基因预测结果及相关文献，方便研究者全面了解 microRNA-17 的研究现状和功能线索。

部分 microRNA 定位于基因间，该特征也显示在 microRNA 的序列信息及注释页面。如图 2-10 所示，人 microRNA-223 基因的茎-环前体位于基因间，即在 Genome context 注释项显示为 intergenic。

显然，microRNA Base 网站中，除了给出多个物种 microRNA 基本的序列信息外，也给出了大量相关信息链接和线索以供研究者进行目的 microRNA 的进一步研究，而随着 microRNA Base 中 microRNA 数据库的不断更新和功能进一步的完善，该网站能为研究者提供更多的方便之处。

此外，还有一种方法可以获得目的 microRNA 的序列信息，即通过 NCBI 的 GenBank（http：//www. ncbi. nlm. nih. gov/genbank/）检索，在这里，首先介绍 GenBank 数据库。它收录了目前绝大部分已知的公开的 DNA 和蛋白质序列。除了

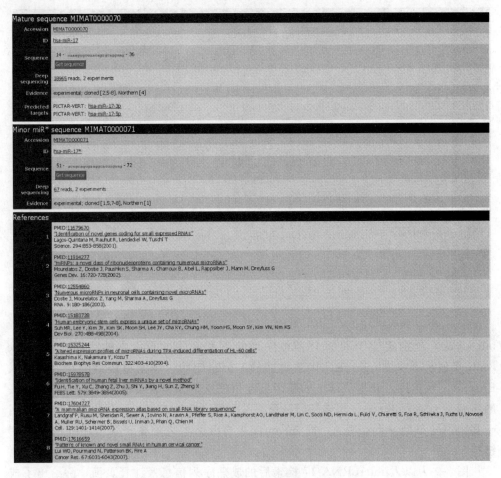

图 2-9　人 microRNA-17 序列信息及注释页面（2）

序列信息以外 GenBank 还存储了相应的参考文献记录以及生物学注释。GenBank 中的数据还可以完全免费地从 NIH 的美国国家医学图书馆的美国国家生物技术信息中心（NCBI）获取。可从 GenBank 数据库直接获得所感兴趣物种中目的 microRNA 的成熟序列和相关信息。图 2-11 为 GenBank 核酸数据库的页面。左上方第一个对话框选择 Nucleotide，第二个对话框填入目的基因名称。图 2-12 为在检索 microRNA-181 后所得结果，图 2-13 为单击检索结果中 Homo sapiens microRNA miR-181 链接后所得相关序列信息，序列注释比较详细，包括序列长度、起源、提交作者及文献等信息。该检索方法常作为 microRNA Base 检索的补充。

　　总之，全面而详细地了解目的 microRNA 的序列信息、基因组分布特征和相关研究背景是进行 microRNA 研究的第一步。microRNA Base 网站恰好能为大多数的初级研究者提供目的 microRNA 的详细信息，这些信息正是进一步的 microRNA 生物信息学分析，如同源性分析、microRNA 成簇分析和预测新 microRNA 等的重要基础资料，可对后续的功能研究提供重要线索。

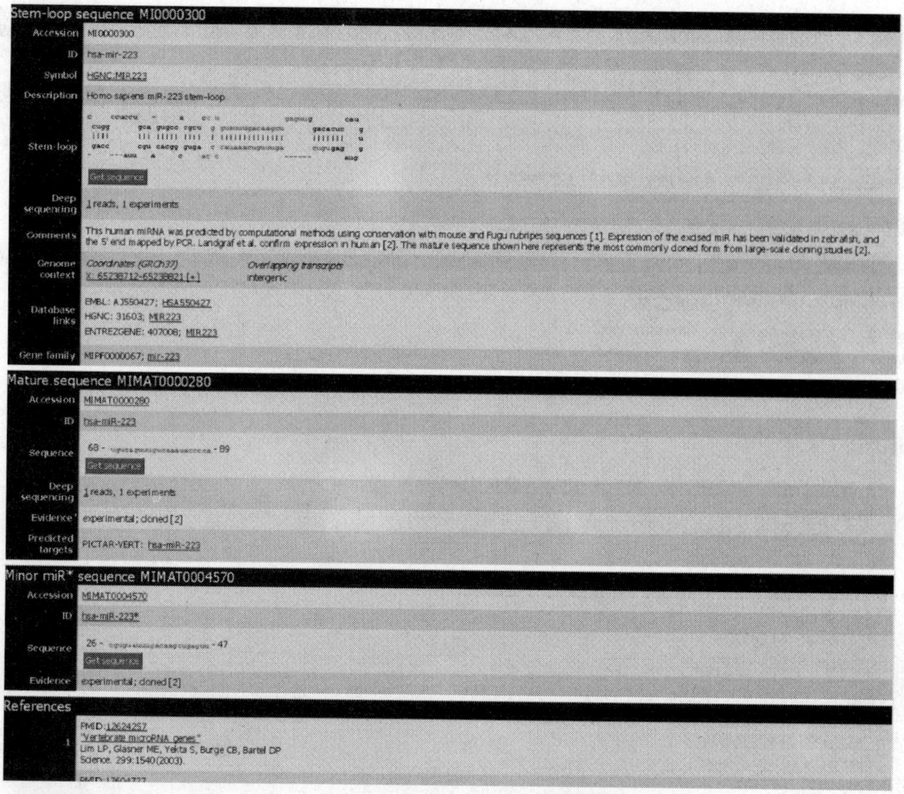

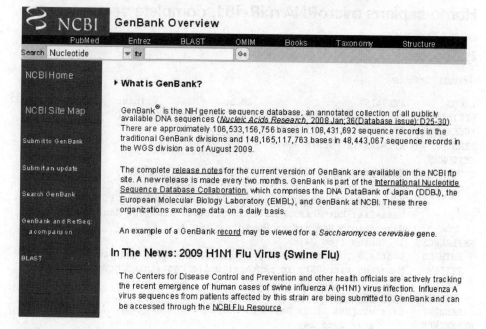

图 2-10　人 microRNA-223 序列信息及注释页面

图 2-11　NCBI 核酸数据库界面

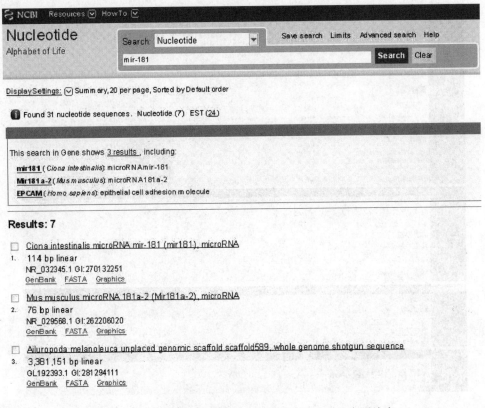

图 2-12 在 NCBI 核酸数据库中 microRNA-181 的序列检索

Homo sapiens microRNA miR-181, complete sequence

GenBank: AY194157.1

FASTA   Graphics

Features   Sequence

```
LOCUS       AY194157                 24 bp    RNA     linear   PRI 30-JAN-2007
DEFINITION  Homo sapiens microRNA miR-181, complete sequence.
ACCESSION   AY194157
VERSION     AY194157.1  GI:28395073
KEYWORDS    .
SOURCE      Homo sapiens (miR-181)
  ORGANISM  Homo sapiens
            Eukaryota; Metazoa; Chordata; Craniata; Vertebrata; Euteleostomi;
            Mammalia; Eutheria; Euarchontoglires; Primates; Haplorrhini;
            Catarrhini; Hominidae; Homo.
REFERENCE   1  (bases 1 to 24)
  AUTHORS   Dostie,J., Mourelatos,Z., Yang,M., Sharma,A. and Dreyfuss,G.
  TITLE     Numerous microRNPs in neuronal cells containing novel microRNAs
  JOURNAL   RNA 9 (2), 180-186 (2003)
   PUBMED   12554860
   REMARK   Erratum:[RNA. 2003 May;9(5):631-2]
REFERENCE   2  (bases 1 to 24)
  AUTHORS   Dostie,J., Mourelatos,Z., Yang,M., Sharma,A. and Dreyfuss,G.
```

```
    TITLE       Direct Submission
    JOURNAL     Submitted (05-DEC-2002) Howard Hughes Medical Institute, Department
                of Biochemistry and Biophysics, University of Pennsylvania School
                of Medicine, Philadelphia, PA 19104-6148, USA
FEATURES                    Location/Qualifiers
     source                 1..24
                            /organism="Homo sapiens"
                            /mol_type="transcribed RNA"
                            /db_xref="taxon:9606"
                            /cell_type="Weri"
                            /note="acronym: miR-181"
     ncRNA                  1..24
                            /ncRNA_class="miRNA"
                            /product="miR-181"
ORIGIN
        1 aacattcaac gctgtcggtg agtt
,,
```

图 2-13　NCBI 核酸数据库中人 microRNA-181 的序列信息

第三节　microRNA 簇的分析策略

一、microRNA 簇的发现及研究现状

随着对 microRNA 的深入研究，研究者发现许多 microRNA 基因在染色体上的分布是紧密的，有的甚至只相隔几十个碱基。于是他们称这一现象为 "microRNA Clustering"，即 microRNA 的成簇现象[19]。最近，一些功能学研究表明成簇的 microRNA 很可能以协同的方式共同参与某一生理过程。例如：mir-143 簇在结肠癌病人和细胞系中普遍下调[2]；mir-430 簇调节斑马鱼的神经发育过程[14,15]；mir-15a 簇通过调控 BCL2 基因诱导白血病细胞凋亡[5]。更值得注意的是，最近一个研究表明人基因组中成簇的 microRNA 基因数量远远超过想象，并且认为它们被 RNA 聚合酶 II 协同转录。它们的协同作用越来越不容忽视。mir-17-92 簇可能作为癌基因，导致淋巴癌、血管瘤的发生，同时也证实它可作为抑癌基因，抑制乳腺癌的增殖[1,9]；mir-290-295 簇参与细胞周期的调节作用[4,20]；mir-23a-27a-24-2 簇在急性成淋巴细胞性白血病、急性髓性白血病、慢性淋巴细胞性白血病、乳腺癌、胃癌、胆管上皮癌、肝细胞癌中高表达等[6~8,13,16]。microRNA 基因簇这种天然的基因组织形式为 microRNA 的可能协同作用提供了一定的内在保证，因此，对目的 microRNA 的 "是否成簇" 的分析也可能为随后的 microRNA 功能研究提供重要线索。

成簇的 microRNA 序列可以相同也可以不同，通常包含 2~3 个 microRNA 成员，但较大的 microRNA 簇也存在，例如：mir-17 簇包含 6 个成员；mir-302 簇包含 8 个成员；19 号染色体上，发现了由 46 个 pre-microRNA 组成、横跨 100kb 的一个巨大的 microRNA 基因簇（C19MC）。继续完善和发现 microRNA 基因簇是 microRNA 生物信息学研究的一个重要组成部分。

二、microRNA 簇的分析方法

目前，研究者多以 Altuvia 等的 microRNA 成簇分析方法为基础并加以改善进

行 microRNA 成簇分析。对于编码基因间 microRNA，以 3000nt 作为相邻 microR-
NA 间距离的最大阈值来寻找染色体上同一方向的可成簇 microRNA，而对于编码
基因内部的 microRNA，因其可能为同一 RNA 聚合酶产物，则以整个编码基因
DNA 序列作为 microRNA 成簇分析对象。

　　图 2-14 显示了 5 组 microRNA 成簇分析范例[3,17]。*microRNA-17* 簇的 6 个成员
紧密分布在 13 号染色体正向链不到 2000bp 的区域，而且表现出高度的保守性［见图
2-14(a)］；*microRNA-221* 和 *microRNA-222* 相邻排列在 X 染色体的反向链，相距仅

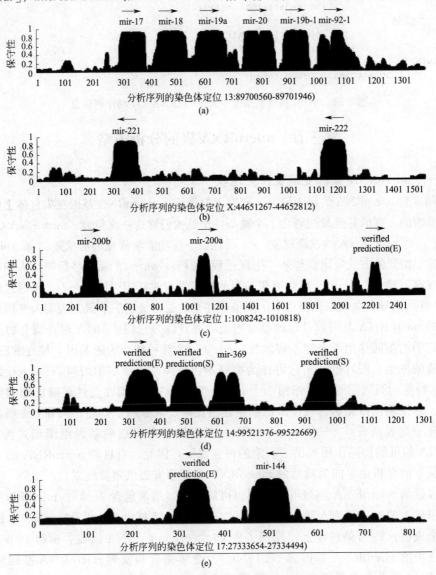

图 2-14　人 microRNA 的成簇分析及预测

（引自 Altuvia Y，Landgraf P，Lithwick G，Elefant N，Pfeffer S，Aravin A，Brownstein M J，Tuschl T，
Margalit H. Clustering and conservation patterns of human microRNAs. Nucleic Acids Res，2005，33：2697-2706)

横轴代表分析序列的染色体定位，纵轴代表分析序列的保守性大小

700bp，也具有高度的序列保守性［见图 2-14（b）］；*microRNA-200b* 和 *microRNA-200a* 相邻排列在 1 号染色体的反向链，也仅仅相距 700bp 并具有高度的序列保守性。根据这种情况研究者推测，成簇排列的 microRNA 序列多具有高度保守性，并按照这一原理进行 microRNA 新序列的预测。图 2-14（c）、图 2-14（d）和图 2-14（e）显示在已知 microRNA 序列和 microRNA 簇附近发现了高度同源的序列并已经被实验验证。当然，并非成簇分布的 microRNA 序列均具有高度的保守性，小部分 microRNA 簇内序列保守性相当低。笔者所在实验室曾经采用 Altuvia 等的方法，以 3000nt 作为相邻 microRNA 序列间距离的最大阈值，对 RNA Registry 7.0 里已注册的 326 个人 microRNA 序列的基因组分布进行了详细分析，最终发现 148 个 microRNA 序列组成了 51 个 microRNA 基因簇，其中 42 个基因簇分布在基因间，9 个基因簇分布在基因内含子或 3'UTR。并对各个 microRNA 簇进行了簇内和簇间的同源性分析，我们发现，38 个人 microRNA 簇内含有同源序列，26 个人 microRNA 簇可形成 9 个同源 microRNA 簇组，具体的 microRNA 簇同源性分析过程将在应用部分详细阐述。

　　另外，笔者等人在分析了 Sanger microRNA Registry（7.1 版）中所有人类 326 个 microRNA 的成簇性后发现有 148 个可以归属到 9 组 51 个簇中（见图 2-15）。

种内同源基因 （Paralogs）	簇 （Clusters）	miRNA	同源类型 （Homologous type）
1	let-7a-1-cluster	let-7a-1；let-7f-1	HH[a]
	let-7a-3-cluster	let-7a-3；let-7b	HH
	98-cluster	hsa-mir-98；let-7f-2	HH
2	29c-cluster	hsa-mir-29c；hsa-mir-29b-2	HH
	29c-cluster	hsa-mir-29a；hsa-mir-29b-1	HH
3	15b-cluster	hsa-mir-15b；hsa-mir-16-2	HH
	16-1-cluster	hsa-mir-16-1；hsa-mir-15a	HH
4	181b-1-cluster	hsa-mir-181b-1；hsa-mir-213	PH[b]
	181a-cluster	hsa-mir-181a；hsa-mir-181b-2	PH
	181c-cluster	hsa-mir-181c；hsa-mir-181d	PH
5	25-cluster	hsa-mir-25；hsa-mir-93；hsa-mir-106b	PH
	17-cluster	hsa-mir-17；hsa-mir-18；hsa-mir-19a；hsa-mir-20；hsa-mir-19b-1；hsa-mir-92-1	PH
	106a-cluster	hsa-mir-363；hsa-mir-92-2；hsa-mir-19b-2；hsa-mir-106a	PH
6	99b-cluster	hsa-mir-99b；hsa-mir-125a；let-7c	PH
	99a-cluster	hsa-mir-99a；let-7c	PH
7	23b-cluster	hsa-mir-23b；hsa-mir-27b；hsa-mir-24-1	PH
	23a-cluster	hsa-mir-24-2；hsa-mir-23a；hsa-mir-27a	PH
8	200b-cluster	hsa-mir-200b；hsa-mir-200a；hsa-mir-429	PH
	200c-cluster	hsa-mir-200c；hsa-mir-141	PH
9	518e-cluster	hsa-mir-518e；hsa-mir-526e；hsa-mir-518a-1	PH
	518d-cluster	hsa-mir-518d；hsa-mir-526a；hsa-mir-516-4；hsa-mir-518a-2；hsa-mir-517c；hsa-mir-520h	PH
	521-1-cluster	hsa-mir-521-1；hsa-mir-526c；hsa-mir-522；hsa-mir-519a-1；hsa-mir-527；hsa-mir-516-1	PH
	515-1-cluster	hsa-mir-515-1；hsa-mir-519e；hsa-mir-520f	PH
	526b-cluster	hsa-mir-526b；mir519b；hsa-mir-525；mir523；hsa-mir-526c；hsa-mir-518f；hsa-mir-520b；hsa-mir-518b	PH
	526a-1-cluster	hsa-mir-526a-1；hsa-mir-520c；hsa-mir-518c；hsa-mir-524；hsa-mir-517a；hsa-mir-519d	PH
	520d-cluster	hsa-mir-520d；hsa-mir-517b；hsa-mir-520g	PH

图 2-15　人 microRNA 基因簇分组

（引自 Jia Yu，Fang Wang，Gui-Hua Yang，Fan-Long Wang，Yan-Ni Ma，Zhan-Wen Du，
Jun-Wu Zhang. Human microRNA clusters：Genomic organization and expression
profile in leukemia cell lines. BBRC，2006，347：59-68）

根据实验模型得出的结果，随后在多种不同的造血细胞系中进行了 Northern Blot 实验。我们的目的是想证明在造血过程及白血病发病过程中也存在所发现的那些 microRNA 簇[19]。这项突破性的研究首次系统报道了人类造血细胞 microRNA 簇表达谱，让人们首次认识到这些 microRNA 基因簇在不同生理过程中的生理功能和作用机制。其中，笔者等人用 ClustalW 软件用颜色简明扼要地标注同源保守性的每个核酸位置（见图 2-16）。图 2-16(a) 为三组高度同源（＞90%）的 microR-

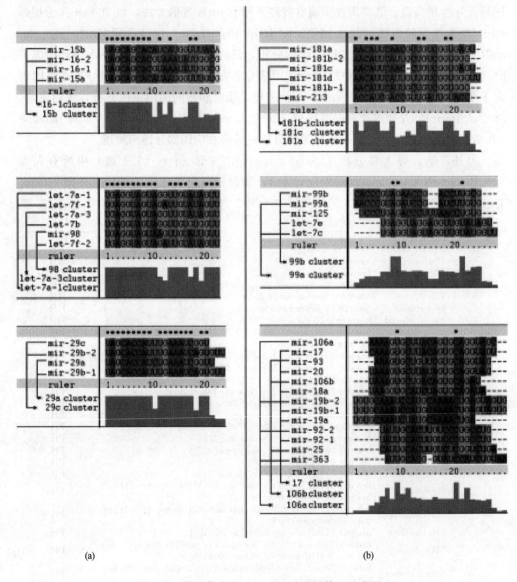

(a)　　　　　　　　　　　　　　　(b)

图 2-16　同源保守的 microRNA 基因簇（见彩图）

（引自 Jia Yu，Fang Wang，Gui-Hua Yang，Fan-Long Wang，Yan-Ni Ma，Zhan-Wen Du，Jun-Wu Zhang．Human microRNA clusters：Genomic organization and expression profile in leukemia cell lines．BBRC，2006，347：59-68）

NA 基因簇；图 2-16(b) 为三组同源性为 50％～90％的 microRNA 基因簇。

韩国首尔大学的 Jin-Wu Nam 等建立了一个 microRNA 基因成簇分析的在线服务器，称为 ProMiR Ⅱ，其链接为 http：//cbit. snu. ac. kr/～ProMiR2，图 2-17 为其序列提交网页。它可以分析预测目的 microRNA 基因附近的新 microRNA 基因并可搜寻目标序列是否含有成簇 microRNA 基因，是一种快速、方便的 microRNA 基因簇在线分析工具。

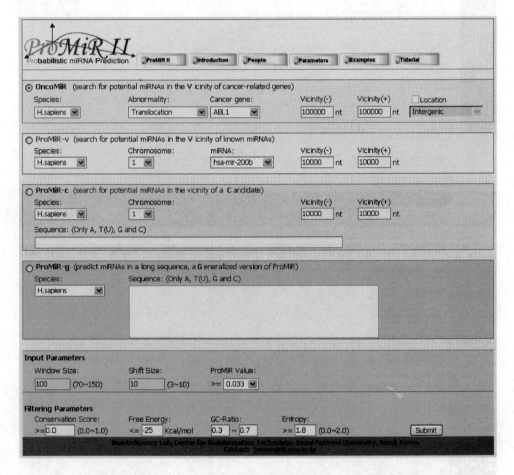

图 2-17　microRNA 基因成簇分析软件 ProMiR Ⅱ序列提交网页

在 microRNA Base 数据库中，对目的 microRNA 基因簇的预测也给出了参考。以 microRNA-17-92 cluster 为例。在 microRNA Base 主页里输入 "hsa-mir-17"，图 2-18、图 2-19 显示出了 microRNA Base 给出的信息，包括成熟序列、基因定位、前体 microRNA 序列等，其中在 Clustered microRNA 一栏里，列举出了 10kb 以内的 microRNA 以及它们的基因组定位（见图 2-18）。此外，microRNA Base 针对这些 microRNA 给出了链接，直接单击 microRNA 名称，可进入此 microRNA 在 miRBase 中详细信息的界面。例如，单击 hsa-mir-18a（见图 2-19）。

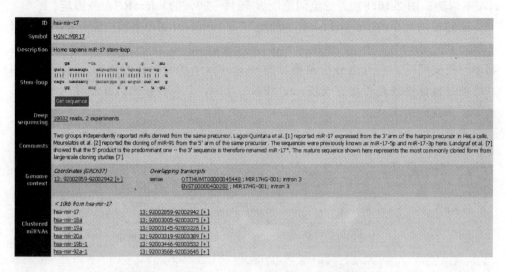

图 2-18　miRBase 对 mir-17-92a cluster 的预测分析

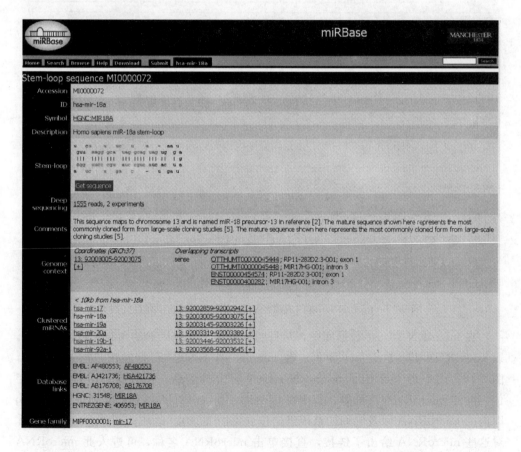

图 2-19　miRBase 中 microRNA cluster 所含单个 microRNA 基因链接信息

第四节 microRNA 的种系发育分析

物种间或同一物种内大量高度同源的 microRNA 及 microRNA 基因簇的存在提示，microRNA 基因的物种进化方式以"复制"为主。而多个保守的 microRNA 家族的发现既验证了这一特点，也给我们提供了进行该项分析的数据基础。对目的 microRNA 基因进行种系发育分析不但可以观测 microRNA 基因在物种进化过程中的序列演化和基因变迁，还可以帮助我们更好地理解 microRNA 家族成员间的亲缘关系，甚至有时还可以发现新的 microRNA 基因。

microRNA 基因的种系发育分析流程如图 2-20 所示，总的来说至少应包括以下步骤：

① 目的 microRNA 基因在多个物种或同一物种内的序列数据采集，主要通过 microRNA Base 和 Ensemble 等网站查询。

② 目的 microRNA 基因在物种间或种内的保守性分析，常用的多序列比较软件如本地化软件 ClustalW、ClustalX 和 Genedoc，在线软件 Wu-blast 等均可执行该项工作，使用 RNAfold 可以对候选 microRNA 基因的 RNA 二级结构进行稳定性分析。

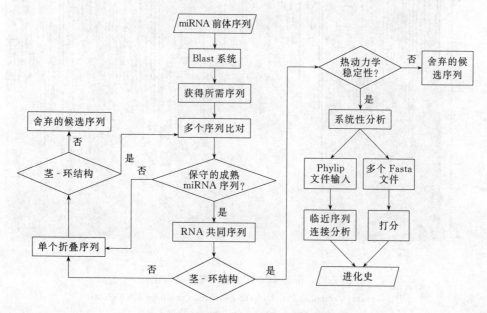

图 2-20 microRNA 基因种系发育分析流程

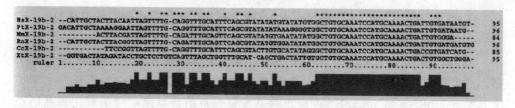

图 2-21 microRNA-19b-2 前体序列保守性分析

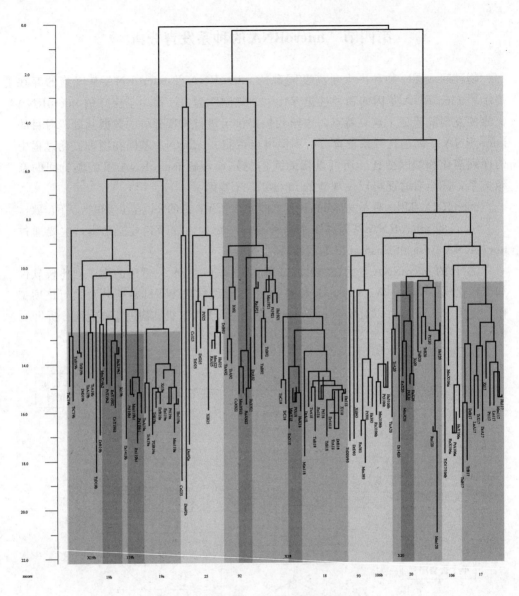

图 2-22　microRNA-17 基因簇种系进化树

［引自 Tanzer A，Stadler P F. Molecular evolution of a microRNA cluster.

J Mol Biol，2004，339（2）：327-335］

③ 通过 Phylip、Cluster 和 Treeview 或其他软件绘制目的基因的进化树。

④ 对目的 microRNA 基因进行物种进化史分析。

因为 "microRNA Base" 提供了已知所有物种 microRNA 的成熟和前体序列下载，故可直接从该网站获取目的 microRNA 的前体序列用做保守性分析。如需扩大目的 microRNA 或 microRNA 家族种系发育分析的数据库，可采取比较基因组学的方法探测各个物种中潜在的 microRNA 基因，即使用 MIRscan 或 miRseeker

搜索目标物种全基因组，然后利用 RNAfold 分析候选 microRNA 基因二级结构的稳定性即可发现具有目标 microRNA 家族新成员可能性基因序列，该过程也是 microRNA 新序列的发现方法之一。

以 microRNA-19b-2 为例，从 "microRNA Base" 下载 6 个物种的 microRNA-19b-2 前体序列，使用 ClustalW 软件对 6 个物种的 microRNA-19b-2 前体序列进行多序列比较分析，结果如图 2-21 所示。从图中可明显发现前体中所含成熟 microRNA-19b-2 序列呈现高度保守性，保守的核苷酸用 "*" 表示。因为 "microRNA Base" 中不同物种 microRNA-19b-2 前体序列均可形成稳定的 RNA 二级结构，所以这些序列可直接加入进化分析数据库。如来自于基因组的预测前体序列，则需用 RNAfold 软件进行 RNA 二级结构稳定性分析，能形成稳定二级结构的候选序列才能加入进化分析数据库。

研究者通常使用标准的进化分析软件包 Phylip 分析目的 microRNA 前体数据库。如 Tanzer 和 Stadler 利用 Phylip 分析了不同物种中 microRNA-17 基因簇的种系发育关系并绘制成进化树，图 2-22 显示了该分析结果[18]。

然而，与蛋白编码基因相比，microRNA 基因的数量相对较少，而且进行 microRNA 基因发育分析所需的序列分析工具和资源也较少，尚不能进行大规模的 microRNA 基因发育分析，故该项工作还有待深入开展。

第五节　microRNA 基因的转录调控分析

完整的 microRNA 基因或 microRNA 基因簇必然具有非蛋白编码基因的常规特征，至少应具有相应的启动子和调控因子。故而在目的 microRNA 的功能研究前对其基因组序列进行详细的转录特征分析是很有必要的。目前，主要采用启动子和转录因子结合位点分析软件对 microRNA 基因或 microRNA 基因簇进行转录特征分析。此外，既然 microRNA 基因簇是作为一个多顺反子被共同转录的，故成簇分布的 microRNA 间不应含有通用的 RNA 聚合酶Ⅱ启动子。而 Altuvia 等建立的 microRNA 成簇分析方法只是基于基因组相关数据的分析与推测，通常应对其进行一定的方法验证。所以对 microRNA 基因簇启动子分析的过程也是对 Altuvia 等的方法分析结果的验证过程，且应特别针对基因簇内相邻 microRNA 间区域进行启动子分析。

一、启动子分析

对于非成簇 microRNA 基因，一般取其 5′端前体 microRNA 上游 2000bp 序列进行分析，对于成簇 microRNA 基因，除取 5′端第一个 microRNA 前体上游 2000bp 序列进行分析外，还应分析之后各 microRNA 间的基因序列。常用下列启动子分析软件对 microRNA 基因进行 RNA 聚合酶Ⅱ启动子分析。

1. Promoter 2.0

网络链接为 http：//www.cbs.dtu.dk/services/Promoter/，序列提交页面如

图 2-23 所示。

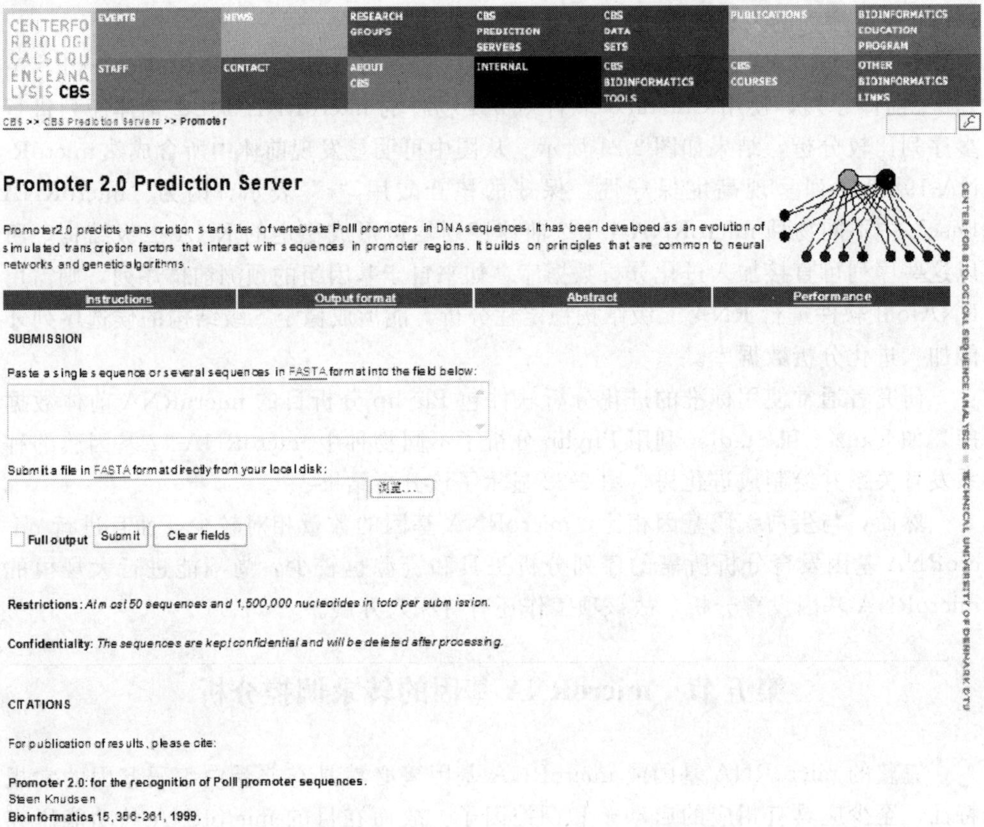

图 2-23　Promoter 2.0 基因序列提交页面

以位于 11 染色体的 microRNA-34b 基因簇为分析对象，具体分析过程如下，先从 microRNA Base 检索 microRNA-34b（见图 2-24）。

在结果中，根据链接选择相应的物种的基因组（见图 2-25）。

最后确定基因组的定位信息（见图 2-26），即 11：111383663—111383746 [＋]，单击链接后进入 Ensemble 网站获得基因组数据输出界面（见图 2-27），该界面显示了 microRNA-34b 详细的基因组序列及定位信息，并可以 Fasta 格式输出目的序列。我们选取输出基因组 111381663—110890956 位核酸序列，取前体 microRNA-34b 基因之前的序列，即 111381663—111383662 段序列进行启动子分析。

把序列导入提交界面（见图 2-28），提交得到结果（图 2-29）。

Promoter 2.0 的分析结果较简单，只给出启动子预测区定位及评分。图 2-29 显示了 microRNA-34b 基因转录起始位点位于提交分析序列 1400bp 左右及其评分。

2. Promoter Scan

网络链接为 http：//thr. cit. nih. gov/molbio/proscan，序列提交页面如图 2-30

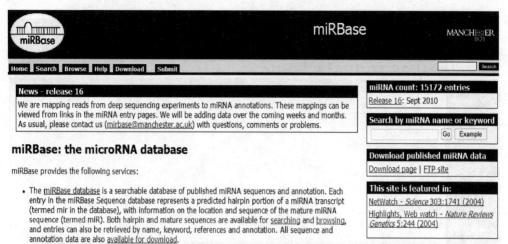

图 2-24　microRNA Base 基因检索页面

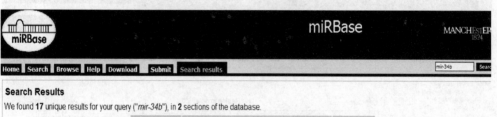

图 2-25　microRNA Base 物种的选择页面

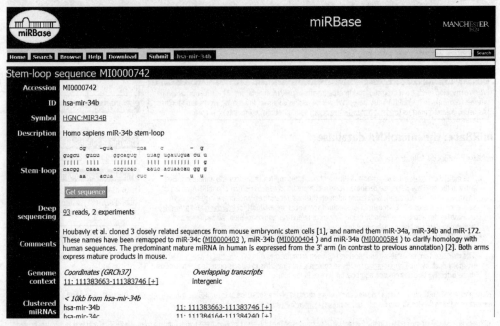

图 2-26 microRNA-34b 基因组定位信息

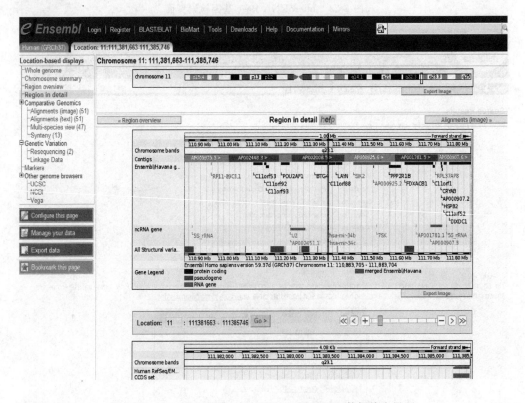

图 2-27 Ensemble 网站 microRNA-34b 基因组数据输出界面

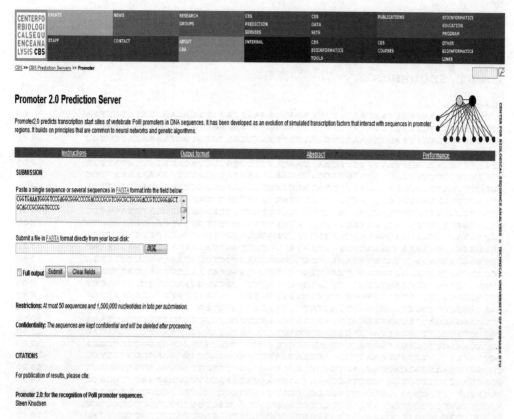

图 2-28　序列导入后界面

所示。

同样以位于 11 染色体的 microRNA-34b 基因簇为分析对象，先从 microRNA Base 检索 microRNA-34b（见图 2-24），在结果中，根据链接选择相应的物种的基因组（见图 2-25），最后确定基因组的定位信息（见图 2-26），即 11：111383663—111383746[＋]，单击链接后进入 Ensemble 网站获得基因组数据输出界面（见图2-27）。选取输出基因组 111381663—110890956 位核酸序列，取前体 microRNA-34b 基因之前的序列，即 111381663—111383662 段序列进行启动子分析。

把序列导入提交界面（见图 2-31），提交后经软件分析得到结果（图 2-32～图 2-34）。

Promoter Scan 与 Promoter 2.0 相比，不但提供了提交序列的详细启动子分布预测及评分，而且还提供了转录因子结合位点预测并包括了正反序列。图 2-32～图 2-34 显示了 microRNA-34b 基因启动子预测区位于 1244—1494 区域及评分，并详细显示了目的序列的预测转录因子结合位点。图 2-32～图 2-34 显示了 microR-NA-34b 基因启动子的反向序列预测区位于 1739—1489 区域及评分，并详细显示了目的序列的预测转录因子结合位点。

Promoter 2.0 Prediction Results

```
INPUT SEQUENCE:

>Sequence
ATTGGGTAAAAGTGACTAACAATTTGGTAGAAGAGAATCATTTTTATAACTATCTCCTAA        60
CCAAGATTTCTCTAAGTCTGCATATTGTTAATGGAATGAAGACTATTTTGCTCCTAGTTT       120
CATGTATGTATATTTAGGTGAATGTGAGTCATTTATGTAATGTGTGCTAAAACACCGTGC       180
CCCTCACAAGATAAGATGAATACAAAATACAGTTATTGTAGATGGCTGTGTCTTTCACAA       240
TTTAATTCTACGAGTTAATTTTTACAATTAACATTTTCTGTGCTACATATTTTGTATTTT       300
GGTTTCTTTCCCTTCACTATGGGGTGTACAGAACAAAGTATGCATTTGGAAAAAAAGTGA       360
TGTCTTTCATATGCAAAGAAAATGCTATAACTTATTCAAACATCCTTGGGCAGTTCTTTA       420
GTTGTTTTAATAGTGTGAGTTTGTAGTTTGTATTGAATCTACAGATGACCTGCCCCTGT       480
TCATGTTACTTGTGGCATCTATGAGACCATTTGCTGGTTTTAGGGAATCAATCTATAGGT       540
GGGAAGTTTTCTTTTGCAGAAACTAATTAGAACTAAGCCTTTGGTGTCAGCAATGGGTG       600
CTCTATACTGGATGCATGAAGACCATATTTCTAGGGGAGGCTGCTTCCAGCTGAATTTCA       660
CAAGGTGAGGATAAAGAGAACATTCCTTATCCTCTCCTGATTAATTCATTAAAGGCAAAG       720
GAGGGGAAGGAAAGTTATTAGCAGAGATCTCCCAGAAGTCCTCTGTAACTGTCCCTTTTG       780
CCCAACTGTCACAAGATACTGTTTTTCTGGCATCCACAGCCCTAACCCTGAATATCCAAA       840
TGTACTCGTGCATCAAGGATCTACTCAAGTCTCACCTCCTCTGGGAACCTTCTTTGACCT       900
ATTACAGCTCTCATTGAGGACCTCCCTTCTATTTCTGATACAAATAGTTTCTACTATTCT       960
AAATAGTCCCTAGTTTAGTAATTTATTATATATATACTGTCTTGAATGGTATGGCCTTGA      1020
TCTCAAGAGGACCACGATTTGATGTAACTAACAAGCTGCCTGGCTCACTATTTGACTAGA      1080
AGGCCCAGGCTTCACATCACTGCATGGCCCTCTAAGAGTATAAGGCCAAGTCCCCAACAG      1140
AGCACAGAGGTGCAGATGAGACTCTCCAAGCCATCCTCCCATATGTCAGAGGCTACCCAA      1200
GCCCACCTCCATTTGGAAAATTCAAACCTATAATTTGAGGTACCTGGGAAGCCGCTTTCC      1260
CAGGGCGGAATGGTCACGGAAACTGGGTAGGCTGGGGGCCTTCTTGGGGAATGGAGGGAGT      1320
GGAGGAGCTCTTTGTCCCTCCTGTCTCCCTTGGAGGCCCTTCAGGGACCGCCCACAGCGCTTTCTCTC      1440
AGCCTCCTCCCCCCCCCCATCCCCTCCCCCACCCGCCCCGTCTCGCGCCCGCCCCGCCCC      1500
TCGGCCCGCGGGGTTCCAAGGACGGTTGGTCGCCCCCGCCACAGTCACTCGGCCGCTCAG      1560
AGCGGCGGGGCGCACGGGGTCGAGAGAGCCAGCTCTAGGGTTTGGGGCTGGGAACTGAAG      1620
CCTGGCGTGAAGGAAGTGGGAGCCCGGGCCGAGGAGGCGAAGGGGAAAGGAAAGCGAGG      1680
GGAACCTGAGCGGGAGGGCCCTGAGAGGAGCGGGAGGCTGCGGGAAGGGGAGGCCTGGCA      1740
CTCCTGGGGGTCATGGGGGTCGGGGCGCGGCTCCGGCCTGGGAGGGCGCGGGTCCTCCC      1800
CGGCAGCGCGCGCCCGCTGGCCCAGCTACGCGTGTTGTGCGCTGCGAGGCCGGCGGGGTC      1860
CCGCTGGGCCCGGGGGTGTCCTCGGGGGCCGCTTGCGCCCAGCCATGGTAGGGCGTCCCC      1920
CGGTGAAATGGGGTCCGAGGCGGGCCCCGACCCCGCGTCGGCGCTGCGGACCGTCCGGGA      1980
GCTGCAGCCGCGGGTGCCCG                                             2040


PREDICTED TRANSCRIPTION START SITES:

Sequence, 2000 nucleotides

Position  Score  Likelihood
   1400   0.624  Marginal prediction
```

图 2-29　Promoter 2.0 对 microRNA-34b 基因启动子分析结果

3. Neural Network Promoter Prediction（NNPP）

网络链接为 http：//www.fruitfly.org/seq_tools/promoter.html。序列提交页面如图 2-35 所示。

同样以位于 11 染色体的 microRNA-34b 基因簇为分析对象，先从 microRNA Base 检索 microRNA-34b（见图 2-24），在结果中，根据链接选择相应的物种的基因组（见图 2-25），最后确定基因组的定位信息（见图 2-26），即 11：111383663—

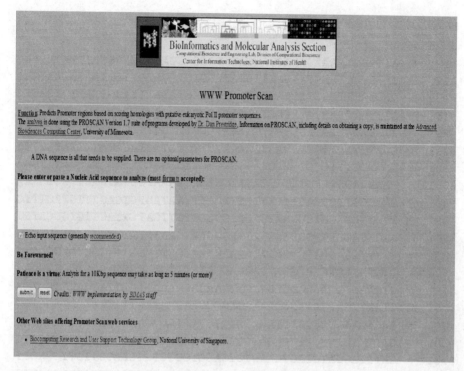

图 2-30 Promoter Scan 基因序列提交页面

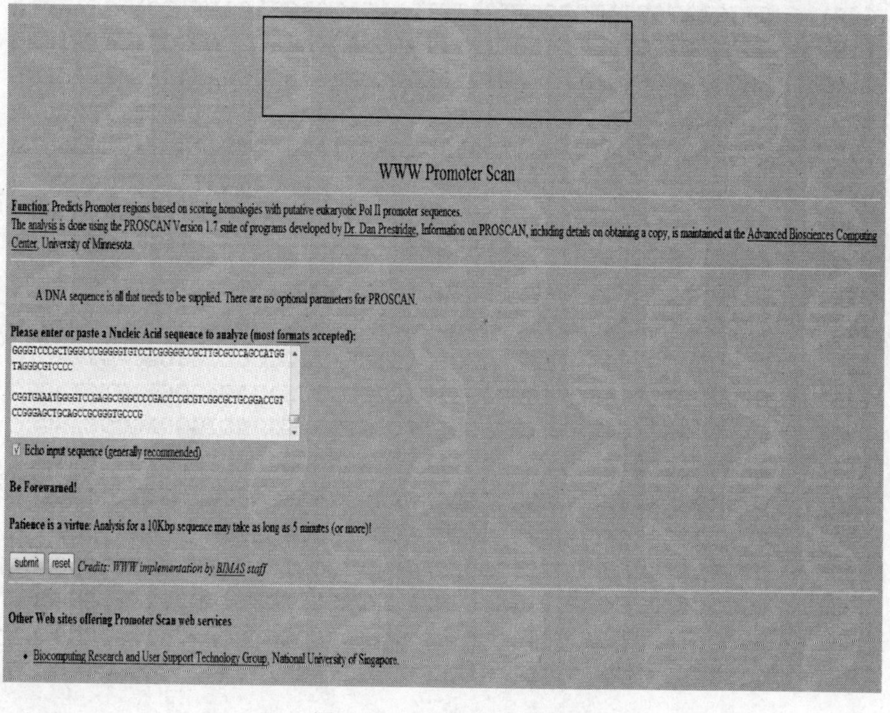

图 2-31 序列导入后界面

Processed sequence:

```
1      ATTGGGTAAAAGTGACTAACAATTTGGTAGAAGAGAATCATTTTTATAAC
51     TATCTCCTAACCAAGATTTCTCTAAGTCTGCATATTGTTAATGGAATGAA
101    GACTATTTTGCTCCTAGTTTCATGTATGTATATTTAGGTGAATGTGAGTC
151    ATTTATGTAATGTGTGCTAAAACACCGTGCCCCTCACAAAGATAAGATGA
201    ATACAAAATACAGTTATTGTAGATGGCTTGTCTTTCACAATTTAATTCTA
251    CGAGTTAATTTTTACAATTAACATTTTCTGTGCTACATATTTTGTATTTT
301    GGTTTCTTTCCCTTCACTATGGGGTGTACAGAACAAAGTATGCATTTGGA
351    AAAAAGTGCTGTCTTTCATATGCAAAGAAAATGCTATAACTTATTCAAA
401    CATCCTTGGGCAGTTCTTTAGTTGTTTTAATAGTGTGAGTTTGTAGTTTG
451    TATTGAATGATCCAGATGACCTGCCCCTGTTCATGTTACTTGTGGCATCT
501    ATGAGACCATTTGCTGGTTTTAGGGAATCAATCTATAGGTGGGAAGTTTT
551    CTTTTGCAGAAACTAATTTAGAACTAAGCCTTTGGTGTCAGCAATGGGTG
601    CTCTATACTGGATGCATGAAGACCATATTTCTAGGGGAGGCTGCTTCCAG
651    CTGAATTTCACAAGGTGAGGATAAAGAGAACATTCCTTATCCTCTCCTGA
701    TTAATTCATTAAAGGCAAAGGAGGGGAAGGAAAGTTATTAGCAGAGATCT
751    CCCAGAAGTCCTCTGTAACTGTCCCTTTTGCCCAACTGTCACAAGATACT
801    GTTTTTCTGGCATCCACAGCCCTAACCCTGAATATCCAAATGTACTCGTG
851    CATCAAGGATCTACTCAAGTCTCACCTCCTCTGGGAACCTTCTTTGACCT
901    ATTACAGCTCTCATTGAGGACCTCCCTTCTATTTCTGATACAAATAGTTT
951    CTACTATTCTAAATAGTCCCTAGTTTAGTAATTTATTATATATATACTGT
1001   CTTGAATGGTATGGCCTTGATCTCAAGAGGACCACGATTGATGTAACTA
1051   ACAAGCTGCCTGGCTCACTATTTGACTAGAAGGCCCAGGCTTCACATCAC
1101   TGCATGGCCCTCTAAGAGTATAAGGCCAAGTCCCCAACAGAGCACAGAGG
1151   TGCAGATGAGACTCTCCAAGCCATCCTCCCATATGTCAGAGGCTACCCAA
1201   GCCCACCTCCATTTGGAAAATTCAAACCTATAATTTGAGGTACCTGGGAA
1251   GCCGCTTTCCCAGGGCGGAATGGTCACGGAAACTGGGTAGGCTGGGGGCC
1301   TTCTTGGGGAATGAGGGAGTGGAGGAGCTCTTTGTCCCTCCTGCTAGATC
1351   AGAAAGAGAAACGTCTCAAGAATCTGGGCCTCCATCTTCTAGGCGTCTCC
1401   CTTGGAGGCCCTTCAGGGACCGCCCACAGCGCTTTCTCTCAGCCTCCTCC
1451   CCCCCCCCATCCCCTCCCCCACCCGCCCCGTCTCGCGCCCGCCCCGCCCC
1501   TCGGCCCGCGGGGTTCCAAGGACGGTTGGTCGCCCCCGCCACAGTCACTC
1551   GGCCGCTCAGAGCGGCGGGGCGCACGGGGTCGAGAGAGCCAGCTCTAGGG
1601   TTTGGGGCTGGGAACTGAAGCCTGGCGTGAAGGAAGTGGGAGCCCGGGCC
1651   GAGGAGGCGAAGGGGAAAGGAAAAGCGAGGGGAACCTGAGCGGGAGGGCC
1701   CTGAGAGGAGCGGGAGGCTGCGGGAAGGGGAGGCCTGGCACTCCTGGGGG
1751   TCATGGGGGTCGGGGCGCGGCTCCCGGCCTGGGAGGGCGCGGGTCCTCCC
1801   CGGCAGCGCCGCCCGCTGGCCCAGCTACGCGTGTTGTGCGCTGCGAGGCC
1851   GGCGGGGGTCCCGCTGGGCCCGGGGGTGTCCTCGGGGGCCGCTTGCGCCC
1901   AGCCATGGTAGGGCGTCCCCGGTGAAATGGGGTCCGAGGCGGGCCCCGA
1951   CCCCGCGTCGGCGCTGCGGACCGTCCGGGAGCTGCAGCCGCGGGTGCCCG
```

图 2-32 Promoter Scan 对 microRNA-34b 基因启动子分析结果

```
Proscan: Version 1.7
Processed Sequence: 2000 Base Pairs


Promoter region predicted on forward strand in 1244 to 1494
Promoter Score: 60.73 (Promoter Cutoff = 53.000000)



Significant Signals:
 Name                    TFD #     Strand   Location    Weight
JCV_repeated_sequenc    S01193     +          1263      1.427000
Sp1                     S00978     +          1263      3.013000
Sp1                     S00802     -          1268      3.061000
AP-2                    S00346     -          1268      1.672000
EARLY-SEQ1              S01081     -          1270      5.795000
T-Ag                    S00974     +          1295      1.086000
AP-2                    S01936     -          1297      1.091000
PEBP2                   S00053     +          1418      1.170000
Sp1                     S00802     +          1420      3.292000
Sp1                     S00978     -          1425      3.361000
AP-2                    S00346     +          1448      1.355000
AP-2                    S01936     +          1449      1.108000
JCV_repeated_sequenc    S01193     -          1451      1.658000
H4TF1                   S01969     -          1470      2.099000
Sp1                     S00801     +          1472      2.755000
PuF                     S02016     -          1474      1.391000
Sp1                     S00781     -          1477      2.772000
Sp1                     S00979     -          1479      6.023000
APRT-mouse_US           S00216     +          1491      6.003000
EARLY-SEQ1              S01081     +          1492      6.322000
(Sp1)                   S01187     +          1492      8.117000
```

图 2-33　Promoter Scan 对 microRNA-34b 基因启动子分析结果（一）

```
Promoter region predicted on reverse strand in 1739 to 1489
Promoter Score: 106.78 (Promoter Cutoff = 53.000000)

Significant Signals:
 Name                    Strand   Location    Weight
AP-1                      +         1703      1.052000
AP-2                      -         1682      1.108000
UCE.2                     +         1647      1.216000
GCF                       -         1573      2.361000
APRT-mouse_US             -         1571      6.003000
AP-2                      -         1570      1.108000
Sp1                       -         1569      2.755000
GCF                       +         1565      2.284000
Sp1                       +         1564      2.772000
UCE.2                     -         1554      1.278000
UCE.2                     +         1551      1.216000
Sp1                       -         1540      3.191000
KROX24                    -         1539      2.151000
T-Ag                      -         1536      1.086000
Sp1                       +         1535      3.119000
AP-2                      +         1533      1.091000
EGR-1                     +         1531      2.294000
KROX24                    +         1531      1.912000
AP-2                      +         1530      1.672000
myosin-specific           +         1529      1.115000
AP-2                      -         1511      1.863000
Sp1                                 1500      10.681000
Sp1                                 1500      12.906000
Sp1                       -         1500      6.023000
Sp1                                 1500      6.661000
Sp1                       -         1499      3.013000
JCV_repeated_sequenc      -         1499      1.427000
GCF                       -         1497      2.361000
Sp1                       +         1494      3.061000
(Sp1)                     +         1492      6.819000
EARLY-SEQ1                +         1492      5.795000
APRT-mouse_US             +         1491      7.604000
```

图 2-34　Promoter Scan 对 microRNA-34b 基因启动子分析结果（二）

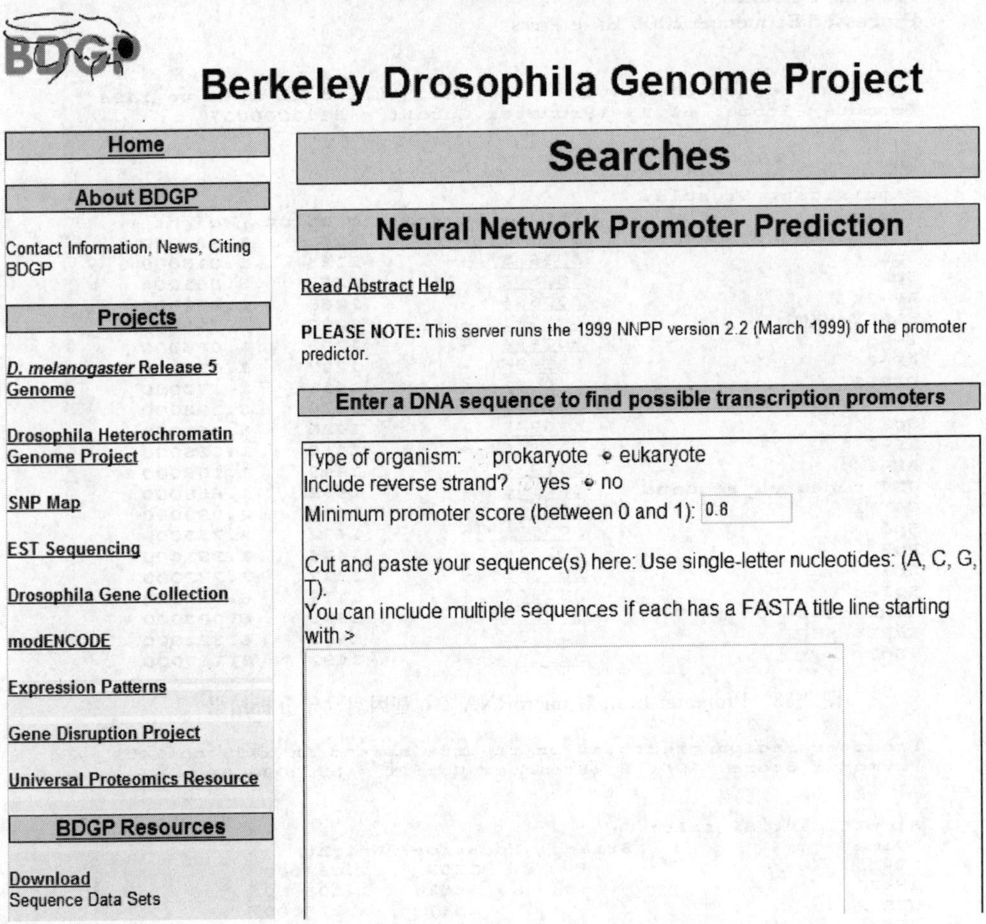

Berkeley Drosophila Genome Project

Home

About BDGP

Contact Information, News, Citing BDGP

Projects

D. melanogaster Release 5 Genome

Drosophila Heterochromatin Genome Project

SNP Map

EST Sequencing

Drosophila Gene Collection

modENCODE

Expression Patterns

Gene Disruption Project

Universal Proteomics Resource

BDGP Resources

Download
Sequence Data Sets

Searches

Neural Network Promoter Prediction

Read Abstract Help

PLEASE NOTE: This server runs the 1999 NNPP version 2.2 (March 1999) of the promoter predictor.

Enter a DNA sequence to find possible transcription promoters

Type of organism:　　prokaryote　● eukaryote
Include reverse strand?　　yes　● no
Minimum promoter score (between 0 and 1): 0.8

Cut and paste your sequence(s) here: Use single-letter nucleotides: (A, C, G, T).
You can include multiple sequences if each has a FASTA title line starting with >

图 2-35　NNPP 基因序列提交页面

111383746〔+〕，单击链接后进入 Ensemble 网站获得基因组数据输出界面（见图 2-27）。选取输出基因组 111381663—110890956 位核酸序列，取前体 microRNA-34b 基因之前的序列，即 111381663—111383662 段序列进行启动子分析。

把序列导入提交界面（见图 2-36），提交得结果（图 2-37）。

NNPP 的分析结果也比较简单，只给出启动子预测区定位及评分，并不提供转录因子结合位点预测。图 2-37 显示了 microRNA-34b 基因 4 个预测启动子位点及评分，其中启动子位于 979～1029bp 范围评分最高，且与 Prediction 2.0 和 Promoter Scan 的预测结果较为接近。

三种启动子分析软件的分析结果略有差别，笔者的使用结果感觉 Promoter Scan 提供的信息量更大，分析更精确。建议研究者使用时以其为主，另外两种作为参考。

二、转录因子结合位点分析

对目的 microRNA 基因上游进行转录因子结合位点分析不仅可以让研究者了

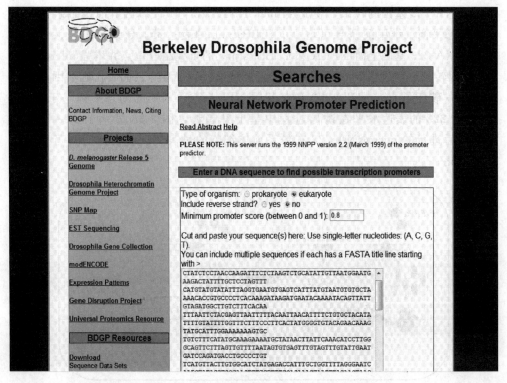

图 2-36 序列导入后界面

Promoter predictions for 1 eukaryotic sequence with score cutoff 0.80 (transcription start shown in larger font):

Promoter predictions for seq0 :

Start	End	Score	Promoter Sequence
340	390	0.84	ATGCATTTGGAAAAAAAGTGCTGTCTTTCATATGCAAAGAAAATGCTATA
979	1029	0.97	TAATTTATTATATATATACTGTCTTGAATGGTATGGCCTTGATCTCAAGA
1765	1815	0.85	GCGCGGCTCCCGGCCTGGGAGGGCGCGGGTCCTCCCCGGCAGCGCCGCCC
1783	1833	0.81	GAGGGCGCGGGTCCTCCCCGGCAGCGCCGCCCGCTGGCCCAGCTACGCGT

图 2-37 NNPP 对 microRNA-34b 基因启动子分析结果

解 microRNA 基因的转录调控信息，还能为目的 microRNA 的功能研究提供重要线索。例如，microRNA-223 基因启动子上游存在转录因子 NFI-A 和 C/EBPalpha 的结合位点，而且这两个转录因子结合位点部分序列重叠，有趣的是，NFI-A 正是 microRNA-223 的预测靶基因之一[11]。于是，Fazi 等人推测这两个转录因子可能通过调节 microRNA-223 基因的转录实现对某一生理过程的调控。随后他们在维甲酸诱导 NB4 细胞向粒系分化过程中发现，NFI-A 可与 C/EBPalpha 通过竞争性结合 microRNA-223 基因上游的转录因子结合位点形成一个调控环，从而调控人血细胞的粒系分化[12]。如图 2-38 所示，粒细胞性白血病细胞系 NB4 在维甲酸诱导下可向成熟粒系方向分化，此过程中 microRNA-223 表达量增高。其原因在于维甲酸诱导前主要是 NFI-A 结合至 microRNA-223 基因上游的转录因子结合位点增强

microRNA-223 基因的转录，使成熟 microRNA-223 与其靶基因 NFI-A 保持表达水平的动态平衡。维甲酸诱导可增高 C/EBPalpha 的表达量，导致其竞争性结合于 microRNA-223 基因上游 NFI-A 和 C/EBPalpha 的重叠结合位点并增强 microRNA-223 基因转录，使成熟 microRNA-223 数量增多，从而强烈抑制了靶基因 NFI-A 的表达，破坏了 microRNA-223 和靶基因 NFI-A 表达水平的动态平衡，于是 microRNA-223 的表达水平在诱导过程中呈上升趋势，图 2-38 显示了这一调控回路。随后进行的 microRNA-223 在粒系前体细胞的过表达试验也证明其可以促进粒系分化。

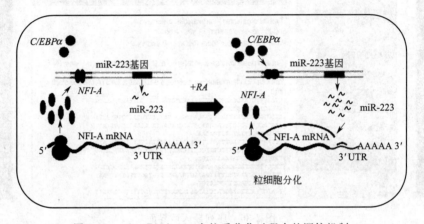

图 2-38　microRNA-223 在粒系分化过程中的调控机制
[引自 Fazi F，Rosa A，Fatica A，Gelmetti V，De Marchis M L，Nervi C，Bozzoni I. A minicircuitry comprised of microRNA-223 and transcription factors NFI-A and C/EBPalpha regulates human granulopoiesis. Cell，2005，123（5）：819-831]

　　同样 microRNA-144 和 microRNA-451 基因的启动子上游存在转录因子 GATA-1 的结合位点并在红细胞形成过程中起到重要的生理作用。C. Louis 等人证明转录因子 GATA-1 能够通过调节 microRNA-144 和 microRNA-451 这两个基因的转录来调节红细胞的生成，他们在试验中发现在缺乏 GATA-1 的 G1E 细胞中和经过雌性激素诱导的 G1E-ER4 中，后者的 microRNA-144 和 microRNA-451 表达量明显要比前者高出很多倍[10]。C. Louis 等人还在试验中发现在 microRNA-144 和 microRNA-451 的上游−2.8kb 位置存在 GATA-1 的结合位点，如图 2-39 所示，而在未成熟的红细胞中这个结合位点结合着 GATA-2，它并不能调节 microRNA-144 和 microRNA-451，随着红细胞的成熟，GATA-1 在其辅助因子 FOG-1 及聚合酶Ⅱ的作用下逐渐取代了 GATA-2，随后 GATA-1 作为转录因子通过调节 microRNA-144 和 microRNA-451 这两个基因的转录来调节红细胞的形成。

　　真核生物转录因子结合位点分析通常在 BIOBASE 生物数据库进行，其链接为 http：//www. gene-regulation. de/，常用下列软件搜索 TANSFAC 转录因子数据库（http：//www. gene-regulation. com/cgi-bin/pub/databases/transfac/search. cgi）以预测

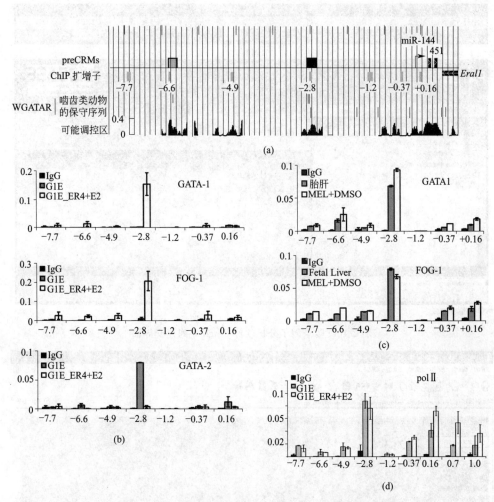

图 2-39　microRNA-144/451 及 GATA-1 的结合位点

ChIP—染色质免疫沉淀技术

[引自 Louis C Dore，Julio D Amigo，Camila O dos Santos，Zhe Zhang，Xiaowu Gai，John W Tobias，Duonan Yu，Alyssa M Klein，Christine Dorman，Weisheng Wu，Ross C Hardison，Barry H Paw，Mitchell J Weiss. A GATA -1-regulated microRNA locus essential for erythropoiesis. PNAS，2008，105（9）：3333-3338]

目的基因序列的转录因子结合位点。

1. Patch

网络链接为 http：//www. gene-regulation. com/cgi-bin/pub/programs/patch/bin/patch. cgi，序列提交界面如图 2-40 所示。

Patch 对 *microRNA-34b* 基因上游 2000bp 序列进行转录因子分析后的结果输出界面如图 2-41 所示。

Patch 软件具有较丰富的参数设置，能有效分析目的基因序列并提供该序列详细的预测转录因子结合位点。

2. P-MATCH 1.0

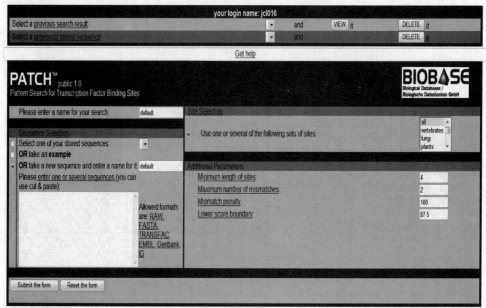

图 2-40 转录因子分析软件 Patch 序列提交界面

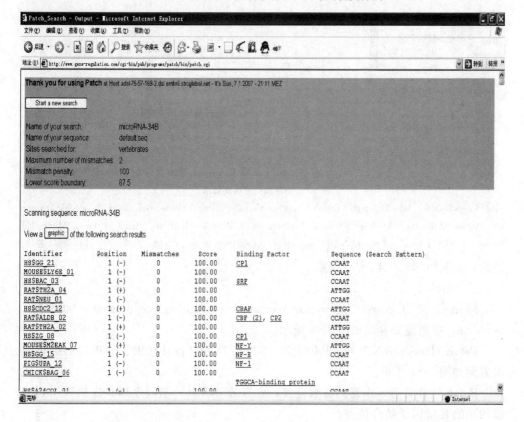

图 2-41 Patch 对 microRNA-34b 基因启动子的分析结果

网络链接为 http：//www. gene-regulation. com/cgi-bin/pub/programs/pmatch/bin/p-match. cgi。P-MATCH 软件 1.0 版本的序列提交及参数设置界面如图 2-42 所示。

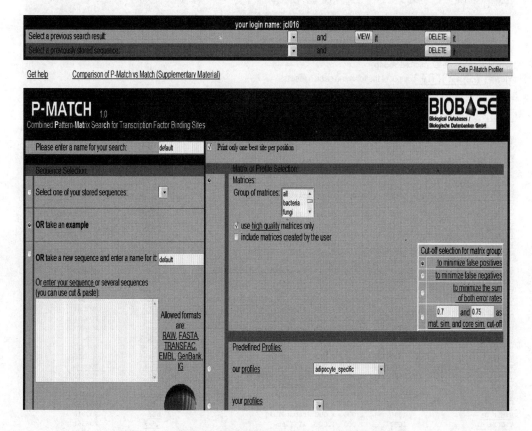

图 2-42　转录因子分析软件 P-MATCH 序列提交界面

P-MATCH 对 microRNA-34b 基因序列进行转录因子分析后的结果如图 2-43 所示。

P-MATCH 对 microRNA-34b 基因序列转录因子分析的图形化显示结果如图 2-44 所示，通过图形化可以更加直观地搜索相关的功能线索。

P-MATCH 1.0 与 Patch 相比提供了更为详细的转录因子结合位点预测分析，具有更高的预测精确度，还可以预测组织特异性转录因子并图形化显示分析结果，是目的 microRNA 基因转录因子分析的最主要工具。

3. AliBaba2

网络链接为 http：//www. gene-regulation. com/pub/programs/alibaba2/index. html?，其序列提交页面如图 2-45 所示。

AliBaba2 对 microRNA-34b 基因序列进行转录因子分析后的结果如图 2-46 所示。

The name of your search is:	**microRNA-34b**
Search for sites by WeightMatrix library:	matrixTFP60pm.dat
Sequence file:	microRNA-34b.seq
Matrix groups:	vertebrates
Cut-offs:	to minimize false positive matches

Scanning sequence ID: microRNA-34b

View a [graphical] [flat] output of the following search results

matrix identifier	position (strand)	core d-scored-score	matrix score	sequence (always the (+)-strand is shown)	factor name	site acc
V$COMP1 01	76 (-)	1.000	0.900	gtctgcatattgtTAATGgaatga	COMP1	R05987
V$VMYB 01	113 (-)	1.000	1.000	ccTAGTTtca	v-Myb	R05137
V$EVI1 04	155 (-)	0.898	0.907	aTGTAAtgtgtgcta	Evi-1	R06218
V$OCT1 03	211 (-)	1.000	1.000	cagttATTGTaga	Oct-1	R07133
V$PAX2 01	218 (-)	0.980	0.966	tgtagatggcTTGTCtttc	Pax-2	R06488
V$EN1 01	245 (-)	1.000	1.000	atTCTAC	En-1	R09097
V$NKX25 02	265 (-)	1.000	1.000	cAATTAac	Nkx2-5	R07664
V$MZF1 02	307 (-)	1.000	0.984	tttCCCTTcacta	MZF1	R06272
V$HOXA3 01	387 (+)	1.000	0.995	ATAACttat	HOXA3	R09085
V$HOXA3 01	387 (-)	1.000	0.995	ataaCTTAT	HOXA3	R09085
V$SRY 01	398 (+)	1.000	1.000	AAACAtc	SRY	R07272
V$SRY 01	413 (+)	1.000	1.000	gtTCTTT	SRY	R07269
V$SRY 01	421 (-)	1.000	1.000	gtTGTTT	SRY	R07255; R07256
V$AML1 01	491 (+)	1.000	1.000	tGTGGC	AML-1a	R07896
V$COMP1 01	512 (-)	0.878	0.897	tgctggttttaggGAATCaatcta	COMP1	R05987
V$SRY 01	560 (+)	1.000	1.000	AAACTaa	SRY	R07271
V$HOXA3 01	579 (+)	1.000	0.995	CCTTTagta	HOXA3	R09087
V$COMP1 01	714 (+)	0.929	0.903	ggcaaaGGAGGggaaggaaagtta	COMP1	R05986
V$SRY 01	717 (+)	1.000	1.000	AAAGGag	SRY	R07264
V$MZF1 01	720 (+)	1.000	1.000	ggaGGGGA	MZF1	R06251
V$PAX2 01	754 (+)	0.971	0.961	agaaGTCCTctgtaactgt	Pax-2	R06477
V$EVI1 06	791 (+)	1.000	1.000	ACAAGatac	Evi-1	R05187
V$EVI1 05	856 (-)	0.988	0.981	agGATCTactc	Evi-1	R06227
V$EVI1 04	927 (+)	1.000	0.932	ttctatttcTGATAc	Evi-1	R06216
V$HOXA3 01	969 (+)	1.000	0.995	CCTAGttta	HOXA3	R09086
V$EVI1 04	977 (+)	0.977	0.901	agtaatttaTTATAt	Evi-1	R06218
V$EVI1 05	989 (-)	0.984	0.982	taTATATactg	Evi-1	R06227
V$HOXA3 01	1031 (+)	1.000	0.995	ACCACgatt	HOXA3	R09088
V$AML1 01	1031 (-)	1.000	1.000	ACCACg	AML-1a	R07917
V$HLF 01	1039 (-)	1.000	1.000	ttgatGTAAC	HLF	R07816
V$CDXA 01	1070 (+)	1.000	1.000	ATTTGac	CdxA	R06561
V$CHOP 01	1095 (+)	1.000	0.991	catcaCTGCAtgg	CHOP:C/EBPalpha	R07683
V$MSX1 01	1177 (+)	1.000	1.000	tccCATATg	Msx-1	R09071
V$AML1 01	1236 (+)	1.000	1.000	tGAGGT	AML-1a	R07898; R07916
V$PAX2 01	1269 (+)	0.992	0.979	aatgGTCACggaaactggg	Pax-2	R06486
V$MZF1 01	1303 (+)	1.000	1.000	cttGGGGA	MZF1	R06245
V$SRY 01	1353 (+)	1.000	1.000	AAAGAga	SRY	R07266
V$MZF1 01	1448 (-)	1.000	1.000	TCCCCccc	MZF1	R06256; R06258
V$MZF1 01	1454 (-)	1.000	1.000	CCCCCatc	MZF1	R06255
V$MZF1 01	1460 (-)	1.000	1.000	TCCCCtcc	MZF1	R06251
V$HOXA3 01	1519 (+)	1.000	0.995	AGGACggtt	HOXA3	R09088
V$AML1 01	1538 (-)	1.000	1.000	GCCACa	AML-1a	R07896
V$PAX2 01	1540 (+)	1.000	0.969	cacaGTCACtcggccgctc	Pax-2	R06468
V$MZF1 02	1655 (+)	1.000	0.985	aggcgAAGGGgaa	MZF1	R06272
V$MZF1 01	1676 (+)	1.000	1.000	cgaGGGGA	MZF1	R06249
V$PAX2 01	1746 (+)	1.000	0.982	ggggGTCATgggggtcggg	Pax-2	R06487
V$EN1 01	1831 (+)	1.000	1.000	GTGTTgt	En-1	R09102
V$SP1 01	1937 (+)	1.000	1.000	gaGGCGGgcc	Sp1	R05164

Total sequences length=1999
Total number of sites found=52
Frequency of sites per nucleotide=0.026

图 2-43　P-MATCH 对 microRNA-34b 基因转录因子分析结果

图 2-44　图形化显示 P-MATCH 对 microRNA-34b 基因转录因子分析结果

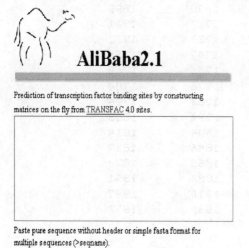

AliBaba2.1

Prediction of transcription factor binding sites by constructing matrices on the fly from TRANSFAC 4.0 sites.

Paste pure sequence without header or simple fasta format for multiple sequences (>seqname).

[START]　[CLEAR]

PARAMETERS

Pairsim to known sites	50
Mat. width in bp	10
Min num of sites	4
Min mat. conservation	75%
Sim. of seq to mat.	1%
Factor class level	4 (e.g. RAR-b')
Optional:	
Search only one factor	(e.g. T00820)
Search only one class	(e.g. 4.3.2.0.)
Position offset in bp	(e.g. 300)
Output format	seq

INFO

Version 2.1 is from January 2000, modified 17.2.2000.

What is it? Documentation

Samples for testing: Promoters and Exons

图 2-45　转录因子分析软件 AliBaba2 序列提交界面

```
Class          Factor         Start          Stop
--------------------------------------------------------
9.9.29         AP-1           9              18
3.5.3.0        ICSBP          115            124
1.1.3.0        C/EBPalpha     199            208
1.1.3.0        C/EBP          344            353
3.1.2.2        Oct-1          368            377
2.1.2.3        REV-ErbAalpha  890            899
4.5.1.0        TBP            985            994
2.3.1.0        Sp1            1171           1180
1.1.3.0        C/EBPbeta      1212           1221
2.3.1.0        Sp1            1262           1271
2.3.1.0        Sp1            1317           1326
2.3.1.0        Sp1            1333           1342
3.5.3.0        ICSBP          1351           1360
2.3.1.0        Sp1            1416           1428
2.3.1.0        Sp1            1437           1451
2.3.1.0        Sp1            1443           1457
2.3.1.0        Sp1            1455           1469
2.3.1.0        Sp1            1469           1482
2.3.1.0        Sp1            1483           1497
2.3.1.0        Sp1            1490           1500
2.3.2.3        WT1            1529           1538
2.3.1.0        Sp1            1530           1541
2.3.1.0        Sp1            1561           1570
3.5.3.0        NF-EM5         1610           1619
2.3.1.0        Sp1            1632           1641
2.3.1.0        Sp1            1639           1648
2.3.1.0        Sp1            1646           1658
2.3.1.0        Sp1            1690           1699
2.3.1.0        Sp1            1712           1721
2.3.1.0        Sp1            1723           1732
1.3.1.2        USF            1747           1756
2.3.1.0        Sp1            1755           1766
2.3.1.0        Sp1            1775           1784
2.3.1.0        Sp1            1783           1794
2.3.1.0        YY1            1794           1803
2.3.1.0        Sp1            1804           1814
2.3.1.0        Sp1            1846           1857
2.3.1.0        Sp1            1865           1874
2.3.1.0        Sp1            1882           1891
2.3.1.0        Sp1            1936           1947
2.3.1.0        Sp1            1943           1952

Number of sites found: 41
```

图 2-46　AliBaba2 对 microRNA-34b 基因上游转录因子结合位点分析结果

　　AliBaba2 对 microRNA-34b 基因序列转录因子分析的图形化显示结果如图2-47所示。

```
==============================================================================
seq(   0..   59)     attgggtaaaagtgactaacaatttggtagaagagaatcatttttataactatctcctaa
Segments:
9.9.29     9    18              ====AP-1==
==============================================================================
seq(  60..  119)     ccaagatttctctaagtctgcatattgttaatggaatgaagactattttgctcctagttt
Segments:
3.5.3.0    115  124                                                     ===IC
==============================================================================
seq( 120..  179)     catgtatgtatatttaggtgaatgtgagtcatttatgtaatgtgtgctaaaacaccgtgc
Segments:
3.5.3.0    115  124  SBP==
==============================================================================
seq( 180..  239)     ccctcacaaagataagatgaatacaaaatacagttattgtagatggcttgtctttcacaa
Segments:
1.1.3.0    199  208                    =C/EBPalp=
==============================================================================
seq( 240..  299)     tttaattctacgagttaattttacaattaacattttctgtgctacatattttgtattttt
Segments:
==============================================================================
seq( 300..  359)     ggtttctttcccttcactatggggtgtacagaacaaagtatgcatttggaaaaaaagtgc
Segments:
1.1.3.0    344  353                                             ===C/EBP==
==============================================================================
seq( 360..  419)     tgtctttcatatgcaaagaaaatgctataacttattcaaacatccttgggcagttcttta
Segments:
3.1.2.2    368  377              ===Oct-1==
==============================================================================
seq( 420..  479)     gttgttttaatagtgtgagtttgtagtttgtattgaatgatccagatgacctgcccctgt
Segments:
==============================================================================
```

图 2-47　图形化显示 AliBaba2 对 microRNA-34b 基因上游转录因子结合位点分析结果

　　AliBaba2 与 P-MATCH 1.0、Patch 相比界面简洁、直观，能给出较详细的分析数据，且分析结果图形化后可以更直观地搜索相关的功能。

　　此外，研究者也可选择下列软件进行 microRNA 基因启动子分析。

　　4. F-Match™

　　网络链接为 http：//www. gene-regulation. com/cgi-bin/pub/programs/fmatch/ffa2. cgi，其序列提交页面如图 2-48 所示。

　　5. Match™

　　网络链接为 http：//www. gene-regulation. com/cgi-bin/pub/programs/match/bin/match. cgi，其序列提交页面如图 2-49 所示。

　　6. SIGNAL SCAN

　　网络链接为 http：//www. gene-regulation. com/cgi-bin/pub/programs/sig-scan/sigscan. cgi，其序列提交页面如图 2-50 所示。

　　MicroRNA 其他相关的生物信息学分析方法还有新 microRNA 基因的预测、鉴定、注册以及对于特异 microRNA 作用机制研究至关重要的靶基因预测等，笔者将其放于后续相关的分子生物学方法部分，与相应的分子生物学方法结合阐述，使读者更加一目了然。

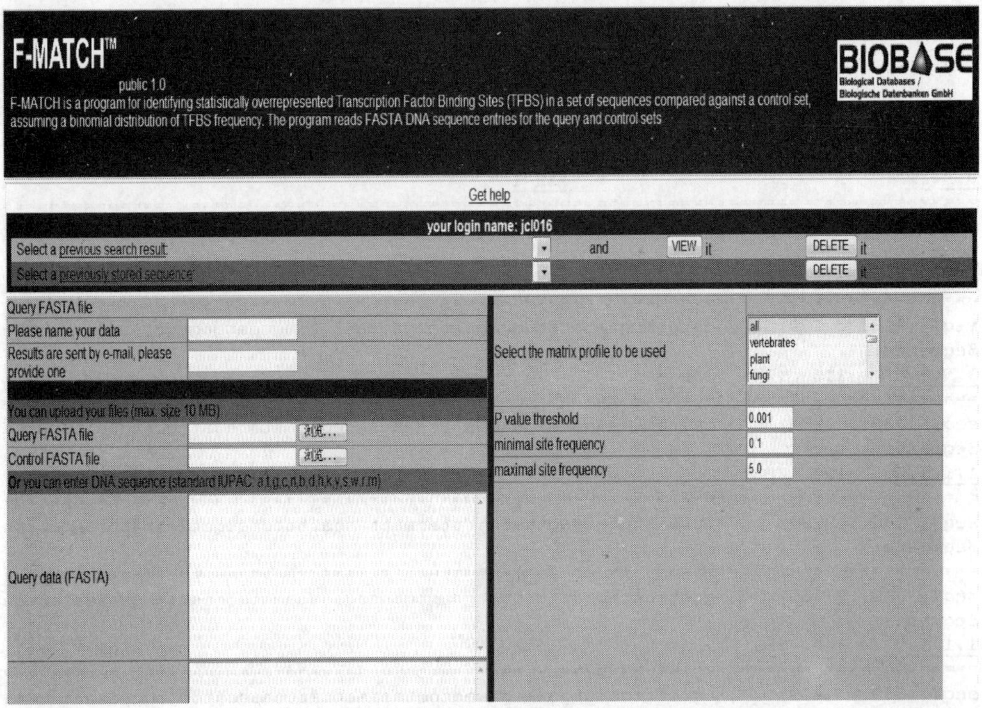

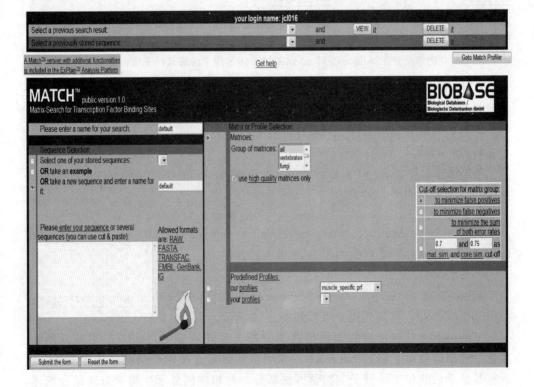

图 2-48　转录因子分析软件 F-Match™ 的序列提交界面

图 2-49　转录因子分析软件 Match™ 的序列提交界面

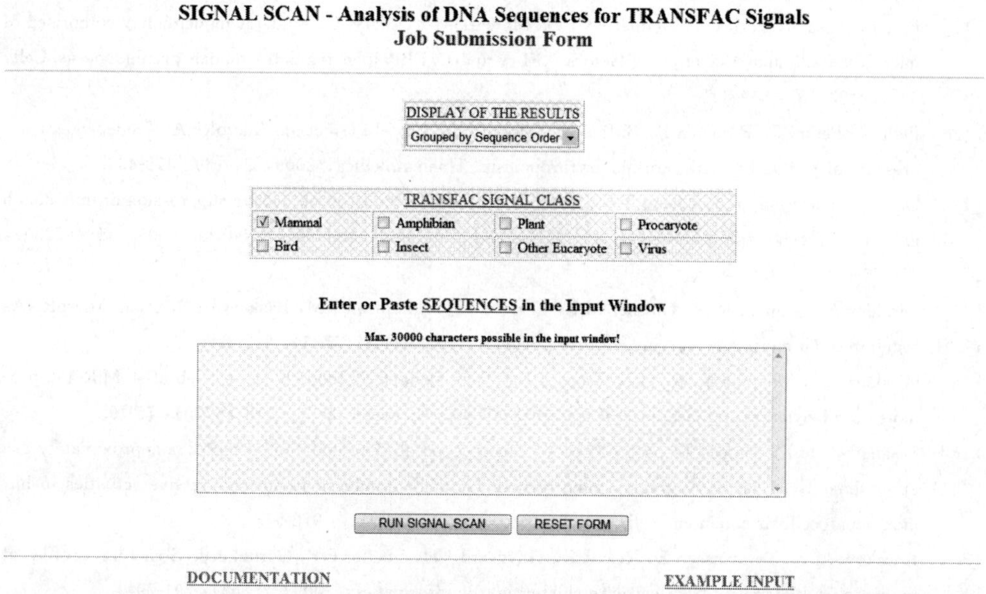

SIGNAL SCAN - Analysis of DNA Sequences for TRANSFAC Signals
Job Submission Form

DISPLAY OF THE RESULTS
Grouped by Sequence Order ▾

TRANSFAC SIGNAL CLASS

| ☑ Mammal | ☐ Amphibian | ☐ Plant | ☐ Procaryote |
| ☐ Bird | ☐ Insect | ☐ Other Eucaryote | ☐ Virus |

Enter or Paste SEQUENCES in the Input Window

Max. 30000 characters possible in the input window!

RUN SIGNAL SCAN　　　RESET FORM

DOCUMENTATION　　　　　　　　　　　　　　　EXAMPLE INPUT

图 2-50　转录因子分析软件 SIGNAL SCAN 的序列提交界面

参 考 文 献

[1] Aguda B D, Kim Y, Piper-Hunter M G, Friedman A, Marsh C B. MicroRNA regulation of a cancer network: consequences of the feedback loops involving miR-17-92, E2F, and Myc. Proc Natl Acad Sci USA, 2008, 105 (50): 19678-19683.

[2] Akao Y, Nakagawa Y, Hirata I, Iio A, Itoh T, Kojima K, et al. Role of anti-oncomirs miR-143 and -145 in human colorectal tumors. Cancer Gene Ther, 2010, 17: 398-408.

[3] Altuvia Y, Landgraf P, Lithwick G, Elefant N, Pfeffer S, Aravin A, et al. Clustering and conservation patterns of human microRNAs. Nucleic Acids Res, 2005, 33 (8): 2697-2706.

[4] Benetti R, Gonzalo S, Jaco I, Munoz P, Gonzalez S, Schoeftner S, et al. A mammalian microRNA cluster controls DNA methylation and telomere recombination via Rbl2-dependent regulation of DNA methyltransferases. Nat Struct Mol Biol, 2008, 15 (3): 268-279.

[5] Calin G A, Cimmino A, Fabbri M, Ferracin M, Wojcik S E, Shimizu M, et al. MiR-15a and miR-16-1 cluster functions in human leukemia. Proc Natl Acad Sci USA, 2008, 105 (13): 5166-5171.

[6] Chhabra R, Adlakha Y K, Hariharan M, Scaria V, Saini N. Upregulation of miR-23a-27a-24-2 cluster induces caspase-dependent and -independent apoptosis in human embryonic kidney cells. PLoS ONE, 2009, 4 (6): e5848.

[7] Dang C V. MYC, microRNAs and glutamine addiction in cancers. Cell Cycle, 2009, 8 (20): 3243-3245.

[8] Dang C V. Rethinking the Warburg effect with Myc micromanaging glutamine metabolism. Cancer Res, 2010, 70 (3): 859-862.

[9] Diosdado B, van de Wiel M A, Terhaar Sive Droste J S, Mongera S, Postma C, Meijerink W J, et al. MiR-17-92 cluster is associated with 13q gain and c-myc expression during colorectal adenoma to adenocarcinoma progression. Br J Cancer, 2009, 101 (4): 707-714.

[10]　Dore L C, Amigo J D, Dos Santos C O, Zhang Z, Gai X, Tobias J W, et al. A GATA-1-regulated microRNA locus essential for erythropoiesis. Proc Natl Acad Sci USA, 2008, 105 (9): 3333-3338.

[11]　Fazi F, Rosa A, Fatica A, Gelmetti V, De Marchis M L, Nervi C, et al. A minicircuitry comprised of microRNA-223 and transcription factors NFI-A and C/EBPalpha regulates human granulopoiesis. Cell, 2005, 123 (5): 819-831.

[12]　Felli N, Pedini F, Romania P, Biffoni M, Morsilli O, Castelli G, et al. MicroRNA 223-dependent expression of LMO2 regulates normal erythropoiesis. Haematologica, 2009, 94 (4): 479-486.

[13]　Gao P, Tchernyshyov I, Chang T C, Lee Y S, Kita K, Ochi T, et al. c-Myc suppression of miR-23a/b enhances mitochondrial glutaminase expression and glutamine metabolism. Nature, 2009, 458 (7239): 762-765.

[14]　Giraldez A J, Cinalli R M, Glasner M E, Enright A J, Thomson J M, Baskerville S, et al. MicroRNAs regulate brain morphogenesis in zebrafish. Science, 2005, 308 (5723): 833-838.

[15]　Giraldez A J, Mishima Y, Rihel J, Grocock R J, Van Dongen S, Inoue K, et al. Zebrafish MiR-430 promotes deadenylation and clearance of maternal mRNAs. Science, 2006, 312 (5770): 75-79.

[16]　Huang S, He X, Ding J, Liang L, Zhao Y, Zhang Z, et al. Upregulation of miR-23a approximately 27a approximately 24 decreases transforming growth factor-beta-induced tumor-suppressive activities in human hepatocellular carcinoma cells. Int J Cancer, 2008, 123 (4): 972-978.

[17]　Kaczkowski B, Torarinsson E, Reiche K, Havgaard J H, Stadler P F, Gorodkin J. Structural profiles of human miRNA families from pairwise clustering. Bioinformatics, 2009, 25 (3): 291-294.

[18]　Tanzer A, Stadler P F. Molecular evolution of a microRNA cluster. J Mol Biol, 2004, 339 (2): 327-335.

[19]　Yu J, Wang F, Yang G H, Wang F L, Ma Y N, Du Z W, et al. Human microRNA clusters: genomic organization and expression profile in leukemia cell lines. Biochem Biophys Res Commun, 2006, 349 (1): 59-68.

[20]　Zovoilis A, Smorag L, Pantazi A, Engel W. Members of the miR-290 cluster modulate in vitro differentiation of mouse embryonic stem cells. Differentiation, 2009, 78 (2-3): 69-78.

第三章 microRNA 的分子生物学研究方法

除生物信息学方法外，分子生物学方法和技术在 microRNA 研究中也发挥着重要作用。生物信息学在 microRNA 功能研究中的应用，侧重于新的 microRNA 基因预测以及靶基因预测等，这在本书前面部分章节已有详细介绍，在此不再赘述。本章将详细介绍分子生物学实验方法在 microRNA 功能研究中的应用。microRNA 分子生物学实验方法是参照传统基因研究方法结合 microRNA 自身的特点而建立起来的，此类实验方法侧重于对新 microRNA 基因的发现、microRNA 表达检测以及功能机制的阐释[43]。现将 microRNA 分子生物学研究的内容、方法和技术归纳于图 3-1。

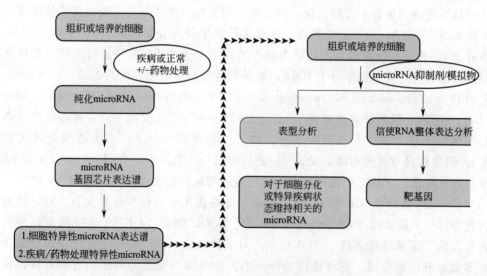

图 3-1 利用分子生物学技术开展 microRNA 功能研究的策略

新 microRNA 基因的发现主要有三种方法，即正向遗传学分析（forward genetic analysis）、定向克隆（directional cloning）以及生物信息学软件分析等[2,4,5,18,24,63]。正向遗传学分析常用于线虫、果蝇等物种内 microRNA 的发现，通过突变表型的产生阐述 microRNA 的功能[10]。小鼠、人类及果蝇、斑马鱼等物种的细胞系和组织内的 microRNA 基因可通过定向克隆加以鉴定。而对于特殊细胞内呈低水平表达的 microRNA 基因则需辅以生物信息学的分析[1,3,7,52]。

第一节 microRNA 表达分析方法

microRNA 及其调控靶基因的表达构成了一个非常严密的调控网络，该网络的精确运行确保了生物体各种生理过程的正常运行。因此，microRNA 自身的表达水平高低及其对下游靶基因的调控均对 microRNA 行使特定功能具有重要意义，而 microRNA 表达失控则会导致机体病理状态的出现[11~13]。检测 microRNA 在不同发育时段、生理及病理状态的表达水平成为 microRNA 研究的首要内容。目前针对 microRNA 表达研究主要采用杂交和 PCR 等相关方法。

　　基因芯片（microarray）无疑是高通量检测 microRNA 表达情况的最佳选择，可以在短时间内同时鉴定所有已知 microRNA 的表达水平，而且是检测整个基因组内组织特异性 microRNA 表达及调控水平改变最有效的手段[6,8,42]。如果可以进一步提高基因芯片的敏感性和分辨力，则可更易于获取发育时段、生理及疾病状态下 microRNA 表达的改变，这将有助于对生命活动的奥妙及复杂疾病发生机制的理解。最初的 microRNA 基因芯片是将反义 DNA 探针点在尼龙膜上，然后再与 5′端放射性标记的小分子量 RNA 样品杂交，经放射自显影获得信号。microRNA 基因芯片检测的前提是分离得到高质量的低分子量 RNA 组分，现行的 RNA 纯化方法包括有机溶剂抽提和乙醇沉淀，或者是采用更加方便快捷的硅胶膜离心柱吸附的方法来纯化 RNA。由于硅胶膜离心柱通常只富集较大分子的 RNA（200nt 以上），小分子 RNA 往往被漏掉，因而该方法不适用于小分子 RNA 的分离纯化。有机溶剂抽提能够较好地保留小分子 RNA，但是后继的沉淀步骤比较费时费力。Ambion 公司的 mirVana microRNA Isolation Kit 是采用玻璃纤维滤膜离心柱（glass fiber filter，GFF），既能够有效富集 10bp 以上的 RNA 分子，又能够兼备离心柱快速离心纯化的优点，是一个不错的选择。对于特别稀有的分子，由于需要分离大量 RNA 而导致高背景进而降低灵敏度，还可以进一步富集 10~200bp 的小分子 RNA 来提高灵敏度。直接标记法可以由化学反应或酶促反应来实现。microRNA 的 3′端的 2′,3′-二醇结构常用来进行化学标记，二醇结构先被高锰酸盐氧化为二醛，随后转化为标记的联氨衍生物。microRNA 还可由其 3′端经 T4 RNA 连接酶催化与荧光修饰的二核苷酸或 ATP 连接而标记。另一种 microRNA 的标记方法依赖于细菌的多聚腺苷酸聚合酶，它可催化 microRNA 的 3′端与氨基修饰的核苷酸连接，再将此氨基修饰的 microRNA 与发光基团耦合。上述方法均在杂交之前对待测样品进行标记，与之相反的是最近出现的一种新标记方法。它是先将待测 microRNA 与 5′端固定于杂交膜上的寡核苷酸探针杂交，这些探针的 5′端带有一段 oligo-dT；杂交后，在 Klenow 酶的催化下发生以这段 oligo-dT 为模板，以杂交上的 microRNA 为引物，以生物素标记的 ATP 为底物的聚合反应。这样，只有杂交上的 microRNA 才能被特异性地标记，大大提高了杂交特异性。microRNA 的间接标记可由在 cDNA 合成阶段使用生物素标记的随机引物实现，也可在 cDNA 合成完成之后再对变性的单链 cDNA 进行标记而实现。其他方法是在 cDNA 的 PCR 扩增阶段引入标记物。为了 PCR 反应可以进行，两个接头引物需要分别加入到 microRNA 的两端，因此，直接使用标记的接头引物或使用标记的聚合反应底物都可实现间接标记。PCR 产物变性后可直接用于杂交。

目前大多数商品化的 microRNA 基因芯片，包含几乎所有 Sanger 数据库中的 microRNA，且均采用荧光检测，待测样品直接与生物素等发光基团共价连接（直接标记法），或将标记物在 cDNA 合成或 PCR 扩增阶段引入（间接标记法）[75]。至今，已有很多研究小组利用基因芯片的方法在不同物种的不同脏器及组织中，以及通过正常和患病组织的比较，成功地获得了 microRNA 的表达谱[51,59,61,71,73]。但是基因芯片检测在高通量的同时会伴随假阳性的结果出现，需要以 PAGE/Northern Blot 确认特异的结果。

PAGE/Northern Blot 方法具有敏感性高、易于操作的特点，但是会伴随同位素污染。多个公司开发出非同位素标记的试剂盒在一定程度上改善了这一缺点。PAGE 可以有效地分离总 RNA 中长度为 200bp 以内的非编码 RNA，而 microRNA 前体及其成熟片段的长度恰在此范围内，PAGE 后的 Northern Blot，常以 γ-^{32}P 或以非同位素试剂 ATP 标记反义寡核苷酸 $5'$ 末端作为探针，整个过程快速简便[54,77]。Northern Blot 不仅具有灵敏度高的特点，而且还能结合使用 RNA marker 检测 microRNA 分子的大小，这对于排除其他小分子 RNA 的污染有重要意义。此外，Northern Blot 还可用于 microRNA 表达水平的定量，只需将已知浓度梯度的寡核苷酸对照物与待测样品进行平行杂交即可。通常 Northern Blot 后放射自显影常在 20~25bp 区域显示成熟 microRNA 单一条带，有时则出现 2 条或 3 条条带，这是由于 microRNA 前体加工过程中 RNA 双体剪切位点的细微差别所致。此外，在 70~80bp 位置有时也会出现 microRNA 前体杂交信号，但并不稳定，或许与总 RNA 质量有关。PAGE/Northern Blot 的最大缺点是对样品的需求量较高，要微克级样品才能避免假阴性，有时样品量达到 $40\mu g$ 才会出现明显杂交信号。

利用原位杂交的方法检测 microRNA 表达，可以更直观地显示出其表达情况，因此可以用于研究 microRNA 的时间与组织特异性表达谱。原位杂交曾广泛用于 mRNA 表达的检测，但是由于 microRNA 分子太小，传统的原位杂交技术需进一步改进方可用于 microRNA 检测。如增加杂交亲和性，从而避免 microRNA 在杂交及随后的洗脱过程中丢失。目前，一种新的杂交方法——锁定核苷酸原位杂交（LNA-ISH）出现了。该方法选择使用一种新的杂交探针 LNA，克服了上述的困难，使原位杂交可方便地用于 microRNA 检测。LNA 修饰后的寡核苷酸探针与互补的 RNA 结合后具有很好的双链稳定性。LNA 是一种双环结构的 RNA 类似物，其核糖磷酸骨架上的呋喃环通过一个 N 型糖苷键（$2'$-O，$4'$-C 糖苷键）被锁定。实验表明，在寡核苷酸探针中引入一个 LNA 分子，在与相应的 DNA 杂交时，解链温度会提高 1~8℃，而在与 RNA 杂交时解链温度会提高 2~10℃。X 射线衍射得到 LNA：DNA 或 LNA：RNA 异源双链的 A 型构象，可大大增加异源双链分子的热力学稳定性。实验证明，LNA 的原位杂交信号主要来源于成熟 microRNA 分子，而非其前体，可以相信 LNA-ISH 经进一步改善后，在 microRNA 研究中将得到更广泛的应用。由于 LNA 探针的高灵敏性以及其与靶分子结合的高稳定性，使其不仅可用于 microRNA 原位杂交检测，还可用于特异性抑制 microRNA 表达。Fazi 等使用 LNA 修饰的特异寡核苷酸与细胞内的 mir-223 互补结合，使 mir-223 被捕获而不能发挥其调控作用。LNA 用于 microRNA 的表达抑制方法将在后续章节详述。

PCR 方法是检测 microRNA 表达的另一种技术。目前，大部分已知的 microRNA 基因都是通过 cDNA 克隆发现并鉴定的，并且是迄今为止最为有效的方法。microRNA 克隆是一个多步骤的过程，首先构建一个 microRNA 的 cDNA 库，即先分离目的细胞或组织的低分子量 RNA，然后在它们的 5′-磷酸基和 3′-羟基端分别连上一个接头引物，以引导逆转录反应生成 cDNA，随后再进行 PCR 扩增，扩增产物克隆到载体上测序，最后则通过 PAGE/Northern Blot 予以验证。尽管已有数百个 microRNA 通过该方法鉴别出来，但这些可能只是其中很少的一部分。由于很多已经鉴别出来的 microRNA 来源于单个克隆，或许还有很多的 microRNA 在分离和鉴定过程中被"漏掉"了，同时考虑到克隆所选细胞或组织特异性，microRNA 的实际数量可能会更多。

最初，实时定量 PCR（real time PCR）用于定量检测 microRNA 前体的表达水平。与杂交方法相比，实时定量 PCR 方法可以高度灵敏地检测出低丰度表达的靶分子，并适于高通量筛选[15,16]。PCR 扩增前的逆转录反应可以使用随机引物或基因特异的引物。简要过程如下：首先将纯化的小分子量 RNA 与引物混合，经变性、复性过程使引物与模板配对；然后加入逆转录酶、底物、DTT 以及 RNA 酶抑制剂的混合物逆转录生成 cDNA；再以 cDNA 为模板进行实时定量 PCR。PCR 引物设计遵循以下几个原则：①上下游引物都定位于 microRNA 前体的茎-环结构上；②假设 microRNA 前体的 3′ 或 5′ 端与成熟 microRNA 相同（允许向假设的 microRNA 前体的末端扩充至多 4 个核苷酸）；③引物长度在 18～24 个核苷酸之间，退火温度在 49～59℃之间，3′ 端不要出现 GC 等。

现在，成熟 microRNA 的表达检测也可通过实时定量 PCR 进行，其与 microRNA 前体的实时定量 PCR 检测最主要的区别在于它的逆转录引物具有茎-环结构并且含有一段共有序列，能高效结合于成熟 microRNA 3′ 末端进行逆转录反应，从而定量检测成熟 microRNA 的表达[68]。成熟 microRNA 商品化的检测试剂盒已被应用于实验研究中，如 ABI 公司的 miVrna。

应用 PCR 方法既可检测 microRNA 前体又可检测成熟 microRNA 的表达，这对研究 microRNA 的表达调控具有重要的意义[32]。研究者可以根据发育过程中不同阶段 microRNA 的表达差异，准确观察存在于 microRNA 基因转录水平或其后两种 RNA 酶Ⅲ（Drosha 和 Dicer）作用过程的调控，从而帮助我们深入了解 microRNA 的起源和发生。由于实时定量 PCR 的高度灵敏性（可检测到总量低至纳克级的样品），Tang 等使用该技术对单个人胚胎干细胞中 220 个 microRNA 的表达谱进行了考察[74]。这种在单个细胞水平的检测方法的建立对于研究 microRNA 在数量有限的细胞群体（例如：原始生殖细胞等）中的作用有重要意义[30,60,74]。

Microarray、PAGE/Northern Blot 以及实时定量 PCR 等方法互为补充，描绘不同组织、不同发育阶段、生理或病理状态下的 microRNA 表达谱[64,65,67,70]，提供了特异组织内特异 microRNA 的表达特征，各个发育阶段内 microRNA 的表达特征以及病理状态下 microRNA 表达失控的情况，为以后的功能研究奠定基础[33]。

第二节　microRNA 体外或体内水平的过表达研究

研究基因功能的初始步骤是提高该基因的表达水平，检测过表达所引起的细胞表型变化，初步阐释其可能的功能。microRNA 作为基因组内的"老面孔"，但却是一种新型基因。其体内或体外水平的过表达研究可以参考常规基因的研究办法，如构建相应的表达载体以及采用多种病毒载体，导入模式生物或哺乳动物细胞系等，以检测其可能的功能。但是 microRNA 由于其本身的独特之处，可以体外合成双链 RNA 分子，该分子可被 Dicer 进一步加工，得到成熟的 microRNA，因此可以转染相应细胞系，用于瞬时作用的研究。长期细胞实验或动物实验研究仍需构建表达载体或选择病毒载体，以达到实验研究的目的。构建此类载体相对比较简单，microRNA 经 RNA 聚合酶 II 转录，初始转录产物含有 5′ 帽子和 poly（A）尾，这与常规基因相似。因此，可以选择用于蛋白质编码的载体用于 microRNA 过表达研究。引入 microRNA 序列应考虑含 microRNA 片段的大小，否则将得不到成熟的 microRNA 分子。实验结果表明，前体序列两端至少多出 40nt 方可得到成熟分子。此类构建方法已成功用于 microRNA 细胞水平的表达研究，而且还可用于前体内不同成熟 microRNA 分子的表达研究。原代培养的细胞及其他特殊的细胞系转染效率很低，常规的转染方法达不到理想的效率。多个实验小组将 microRNA 表达载体包装于病毒，以此方法改善上述条件下使用的不足之处。用于常规基因研究的病毒系统也可用于 microRNA 研究，如腺病毒、逆转录病毒及逆转录病毒的新种类慢病毒[78]。这几种病毒系统各有利弊，可根据实验条件选择使用，以得到最为理想的结果。选择病毒载体的另外一个优势是可以直接用于动物实验，但是也有一定局限性，如通过尾静脉将病毒注射小鼠，其作用仅限于肝脏组织。而多个小组则采用体外基因转染后回输受体动物的方法避开了上述局限。此外，转基因动物是研究体内过表达的最佳的模式生物，microRNA 体内功能研究也可采用此方法，以完成组织特异性表达。如 mir-1 在心肌再生中的功能研究便得益于此[9,69]。

过表达用于基因功能研究无疑是简捷有效的方法，但是用于 microRNA 功能研究时应考虑到，microRNA 作为一种新型基因，与转录因子有相同之处。对于一些对基因表达起微调作用的基因，利用过表达研究很难排除内源性表达的影响[76]。因此，要得到理想的结果需基因抑制或敲除（loss-of-function）进一步验证。

第三节　microRNA 表达抑制研究

基因功能研究中使用多种过表达方法，但存在一定局限性。这需要辅以基因表达抑制的策略，以确认之。microRNA 的基因敲除（loss-of-function）研究方法是参照常规方法建立的，因此与常规基因研究有很多相似之处，但是基于 microRNA 自身的特点，如分子量小、特殊的加工成熟机制及作用机制等，使得一些抑制表达的技术不同于常规的研究方法[20,28,53]。

基因敲除小鼠广泛用于基因功能的研究，据此已有多种相似的技术用于 microRNA 调控研究。如条件性敲除 microRNA 加工因子 Dicer1，可得到所有成熟 microRNA 的缺失体；microRNA 基因敲除小鼠用于功能研究；microRNA 与其作用靶基因作用位点的突变等。实验研究表明，Dicer1 突变或敲除所得模式动物小鼠，其表型的变化可以阐释 microRNA 在许多发育过程中所发挥的重要作用。如 Dicer1 缺失的小鼠胚胎在发育 7.5d 便停止，并且伴随 *Oct4* 等干细胞标志基因的低表达。可见，microRNA 在维持干细胞早期发育过程中可能发挥了极为重要的作用。条件性 Dicer 失活可以表明 microRNA 在细胞凋亡、肢体形成等过程中也是不可或缺的。同样的实验结果显示，Dicer 在肺发育过程中，调控肺上皮组织形成。以上结果均显示 microRNA 在生命体活动中发挥重要功能，但是所提供的仅是所有 microRNA 共同作用的结果，而单个 microRNA 发挥什么作用却无从可知[17,34,48]。由此引申出在 Dicer 缺失情况下，单独过表达某一 microRNA、microRNA 家族或 microRNA 基因簇可以直接用于功能研究。如在斑马鱼中 Dicer 缺失表达，会导致原胚肠上皮异样，并影响到脑形成和心脏发育。而在发育的斑马鱼胚胎中注射 miR-430 则可修复脑缺陷[58,66]。可见，microRNA 在形态发生过程中不可替代的功能。

microRNA 经常存在于功能高度相关的家族内甚至序列可以完全相同，这使得通过表达抑制来研究某个 microRNA 的功能变得尤其困难。如 let-7 家族、miR17-92 cluster 均有多个成员，改变其中单个 microRNA 会影响到相关 microRNA 的功能，这更增加了研究难度[26,62]。研究蛋白质编码基因内含子区域 microRNA 也会存在相同的问题。microRNA 作用位点突变用于功能研究仅限于靶基因明确受某 microRNA 调控的情况，因而也不适用于靶基因尚不十分明确的 microRNA 功能研究[55~57]。

基于此局限性，多个研究小组选用修饰后的反义核酸分子沉默特异 microRNA，以便进行单个 microRNA 功能研究。

采用非基因方式沉默 microRNA 用于其功能研究的方法，主要是利用反义核酸分子与靶 microRNA 互补结合，达到抑制 microRNA 表达水平的目的。此类修饰物包括 2′-*O*-甲基修饰物（2′-*O*-methyl）、LNA 修饰物、Ambion 公司的 anti-microRNA 抑制剂及胆固醇共轭连接单链寡核苷酸（Antagomirs）等。2′-*O*-甲基修饰物是一种用于 microRNA 体外功能研究的不可逆化学修饰物, 若要用于体内研究则需另外的修饰。Antagomirs 便是在 $2'$-O-甲基修饰基础上, 采用共价结合胆固醇以达到稳定寡核苷酸的目的, 可有效地在体内发挥抑制功能。miR-122 在肝脏内特异表达, 经尾静脉注射小鼠 Antagomirs-122, 可明显降低其表达水平[14,44]。而且该方法可以抑制广泛表达的 microRNA, 如 miR-16 等[21]。Antagomirs 有剂量依赖性, 加入后 24h 发挥作用, 可持续至少 3 周。因此, Antagomirs 用于可获得 microRNA 长期有效抑制的结果, 并且不会影响同一基因簇内其他 microRNA。但是, 对于同源性很高的 microRNA, 如差异小于 4nt, 能否有效分别抑制, 尚需实验进一步验证。另外, 细胞接受 Antagomirs 的机制也不十分明确。Antagomirs 在脑组织中没有抑制作用, 可能是由于 Antagomirs 不能有效通过血脑屏障。在怀孕雌鼠中注射不会影响到胎鼠也提示 Antagomirs 可能被血-胎盘屏障所阻隔。因此, 要将 Antagomirs 用于神经系统或胚胎发育研究, 则需要发展直接给药的方式。

LNA 用于 microRNA 原位杂交有很多优势, 这些优势同样适用于修饰互补核酸分子, 以用于抑制 microRNA 表达水平[40]。前文已有讲述, LNA 是一种双环结构的 RNA 类似物, 其核糖磷酸骨架上的呋喃环通过一个 N 型糖苷键 ($2'$-O,$4'$-C 糖苷键) 被锁定。实验表明, 在寡核苷酸探针中引入一个 LNA 分子, 在与相应的 DNA 杂交时, 解链温度会提高 1~8℃, 而在与 RNA 杂交时解链温度会提高 2~10℃。X 射线衍射得到的 LNA：DNA 或 LNA：RNA 异源双链的 A 型构象大大增加了异源双链分子的热力学稳定性。LNA 修饰后的寡核苷酸探针与互补的 RNA 结合后具有很好的双链稳定性。而且实验证明, LNA 的原位杂交信号主要来源于成熟 microRNA 分子, 而非其前体, 这些都使得 LNA 修饰后的寡核苷酸可有效抑制其目的 microRNA。目前, Exiqon 已将其商品化, 用于实验研究。而且还可增加发光物修饰, 荧光显微镜下便可一目了然地观察转染效率。另外有研究小组报道, 采用反义寡核苷酸 (ASO) 在体内达到抑制 miR-122 表达的目的。但是, ASO 是否可以体内快速抑制尚无报道, 而且对 miR-122 的抑制仅体现在肝脏中, 其抑制作用是否具有广泛性也需进一步验证。

第四节　体外验证 microRNA 作用的靶基因

目前, 多种有关 microRNA 分析的软件, 如 TargetScan、TargetScanS、PicTar、MiRanda 等, 用于靶基因分析[39,41]。此类软件计算方法不同, 各有优缺点, 结合使用可使得靶基因分析时误差会降低。通过以上软件分析所得到的靶基因结果需分子生物学实验加以验证[19,54]。microRNA 的报告基因系统是 microRNA 靶基因研究中一种常用的辅助手段, 它常被用于检测单个 microRNA 的抑制情况及验证 microRNA 的靶基因。当使用序列特异的抑制剂来抑制细胞内的特异 microRNA 时, 常同时转入 $3'$-UTR 区含有该 microRNA 互补序列的报告基因载体来验证 microRNA 的作用是否被阻断。同样, 为了验证预测的靶基因是否被 microRNA 所抑制，可将预测靶基因的 microRNA 互补位点或 3′-UTR 序列克隆入报告基因序列的下游，然后通过分析报告基因的表达情况来验证靶基因预测的正确与否[31,45,47,49,50]。Bartel 等通过将 HOXB8 上的 mir-196 的互补位点克隆入报告基因的 3′-UTR 区，成功证实 mir-196 介导了 HOXB8 的转录后调控[25,35]。常用的 microRNA 报告基因载体主要是双萤光素酶报告基因载体，如 PROMEGA 公司的 PGL-3，Ambion 公司的 pMIR-REPORT™ microRNA Expression Reporter Vector System 等。采用合适的报告基因系统验证 microRNA 对其靶基因的调控作用，简便易行，但仍存在一定局限性，即不能完全模拟细胞内真实的调控环境。因此，在探讨特异 microRNA 在某一生理或病理过程中的功能，寻找其靶基因时，应选择合适的细胞模型或其他有效的实验工具，以真实体现 microRNA 的调控作用，为其功能研究奠定基础。Zhu 等抑制 mir-21 在细胞系中的表达，进而利用改进的 2-D 电泳检测了蛋白水平某些基因表达的改变，发现抑癌基因 TPM1 表达明显增高，进而选择报告基因系统加以验证，并将该抑癌基因的编码区及非编码区全长克隆到合适的质粒，得到重组质粒后，与 mir-21 共转染，确证 TPM1 在翻译水平受到 mir-21 的调控[79]。通过重组方式虽未完全模拟真实的调控环境，但也间接验证了 2-D 电泳的结果，在靶基因验证实验中也可借鉴。

第五节 microRNA 功能研究的策略

以上所述的实验方法用于体内或体外 microRNA 研究，使详细阐明 microRNA 的作用机制成为可能[27]。MicroArray 可高通量检测细胞或组织在不同状态、不同发育过程中，基因组内所有 microRNA 的表达特征，可揭示特异 microRNA 在这些状态下的改变，以提示其可能行使重要的调控功能[37,72]。抑制 Dicer 的表达可获得所有成熟 microRNA 缺失的模型，探讨 microRNA 基因在形态发生、细胞分化发育等过程中的功能。非病毒载体或病毒载体以及化学合成的前体分子用于 microRNA 过表达，反义核酸分子特异抑制单个 microRNA 表达，两者相结合则可很好地用于 microRNA 功能研究。通常认为 microRNA 在翻译水平发挥其调控作用，近来的实验结果则表明 microRNA 也可在 mRNA 稳定状态下发挥其调控作用。microRNA 如何发挥作用与其靶基因密切相关，因此靶基因预测鉴定是研究 microRNA 功能的一个切入点。目前，多种生物信息学软件可以提供 microRNA 作用靶基因的预测结果。报告基因系统体外验证靶基因无疑是一种快速的方法，因此，多家公司开发相应的产品应用于此。但是该系统不能完全模拟体内作用环境，结果存在一定假阳性，尚需辅以蛋白质印迹（Western Blot）在蛋白水平检测并确证之。验证了特异 microRNA 的靶基因之后，可根据靶基因的功能去进一步阐述 microRNA 所发挥的功能。然而，由于 microRNA 作用机制的特殊性，决定了单个 microRNA 调控多个靶基因或多个 microRNA 调控同一个靶基因，因此确认了一个靶基因只是揭示了该 microRNA 基因功能的冰山一角[36]。microRNA 是细胞内的一类调控分子，如同转录因子，其独特的作用方式使功能研究需要新的方法，以完整地阐释 microRNA 在生命活动中的重要功能[22,23,29,38,46,80,81]。

参 考 文 献

[1] Alvarez-Garcia I, Miska E A. MicroRNA functions in animal development and human disease. Development, 2005, 132 (21): 4653-4662.

[2] Ambros V. MicroRNA pathways in flies and worms: growth, death, fat, stress, and timing. Cell, 2003, 113 (6): 673-676.

[3] Ambros V, Chen X. The regulation of genes and genomes by small RNAs. Development, 2007, 134 (9): 1635-1641.

[4] Ambros V, Lee R C. Identification of microRNAs and other tiny noncoding RNAs by cDNA cloning. Methods Mol Biol, 2004, 265: 131-158.

[5] Ambros V, Lee R C, Lavanway A, Williams P T, Jewell D. MicroRNAs and other tiny endogenous RNAs in C. elegans. Curr Biol, 2003, 13 (10): 807-818.

[6] Baskerville S, Bartel D P. Microarray profiling of microRNAs reveals frequent coexpression with neighboring miRNAs and host genes. RNA, 2005, 11 (3): 241-247.

[7] Berezikov E, Guryev V, van de Belt J, Wienholds E, Plasterk R H, Cuppen E. Phylogenetic shadowing and computational identification of human microRNA genes. Cell, 2005, 120 (1): 21-24.

[8] Beuvink I, Kolb F A, Budach W, Garnier A, Lange J, Natt F, et al. A novel microarray approach reveals new tissue-specific signatures of known and predicted mammalian microRNAs. Nucleic Acids Res, 2007, 35 (7): e52.

[9] Bostjancic E, Zidar N, Stajner D, Glavac D. MicroRNA miR-1 is Up-regulated in Remote Myocardium in Patients with Myocardial Infarction. Folia Biol (Praha), 2010, 56 (1): 27-31.

[10] Brennecke J, Hipfner D R, Stark A, Russell R B, Cohen S M. Bantam encodes a developmentally regulated microRNA that controls cell proliferation and regulates the proapoptotic gene hid in Drosophila. Cell, 2003, 113 (1): 25-36.

[11] Calin G A, Croce C M. MicroRNA signatures in human cancers. Nat Rev Cancer, 2006, 6 (11): 857-866.

[12] Calin G A, Dumitru C D, Shimizu M, Bichi R, Zupo S, Noch E, et al. Frequent deletions and down-regulation of micro- RNA genes miR15 and miR16 at 13q14 in chronic lymphocytic leukemia. Proc Natl Acad Sci USA, 2002, 99 (24): 15524-15529.

[13] Calin G A, Sevignani C, Dumitru C D, Hyslop T, Noch E, Yendamuri S, et al. Human microRNA genes are frequently located at fragile sites and genomic regions involved in cancers. Proc Natl Acad Sci USA, 2004, 101 (9): 2999-3004.

[14] Chang J, Nicolas E, Marks D, Sander C, Lerro A, Buendia M A, et al. miR-122, a mammalian liver-specific microRNA, is processed from hcr mRNA and may downregulate the high affinity cationic amino acid transporter CAT-1. RNA Biol, 2004, 1 (2): 106-113.

[15] Chen C, Ridzon D A, Broomer A J, Zhou Z, Lee D H, Nguyen J T, et al. Real-time quantification of microRNAs by stem-loop RT-PCR. Nucleic Acids Res, 2005, 33 (20): e179.

[16] Chen C, Tan R, Wong L, Fekete R, Halsey J. Quantitation of microRNAs by real-time RT-qPCR. Methods Mol Biol, 2011, 687: 113-134.

[17] Chen J F, Murchison E P, Tang R, Callis T E, Tatsuguchi M, Deng Z, et al. Targeted deletion of Dicer in the heart leads to dilated cardiomyopathy and heart failure. Proc Natl Acad Sci USA, 2008, 105 (6):

2111-2116.

[18]　Chen P Y, Manninga H, Slanchev K, Chien M, Russo J J, Ju J, et al. The developmental miRNA profiles of zebrafish as determined by small RNA cloning. Genes Dev, 2005, 19 (11): 1288-1293.

[19]　Chen S J, Chen H C. Analysis of targets and functions coregulated by microRNAs. Methods Mol Biol, 2011, 676: 225-241.

[20]　Cheng A M, Byrom M W, Shelton J, Ford L P. Antisense inhibition of human miRNAs and indications for an involvement of miRNA in cell growth and apoptosis. Nucleic Acids Res, 2005, 33 (4): 1290-1297.

[21]　Cimmino A, Calin G A, Fabbri M, Iorio M V, Ferracin M, Shimizu M, et al. miR-15 and miR-16 induce apoptosis by targeting BCL2. Proc Natl Acad Sci USA, 2005, 102 (39): 13944-13949.

[22]　Esau C, Kang X, Peralta E, Hanson E, Marcusson E G, Ravichandran L V, et al. MicroRNA-143 regulates adipocyte differentiation. J Biol Chem, 2004, 279 (50): 52361-52365.

[23]　Fazi F, Rosa A, Fatica A, Gelmetti V, De Marchis M L, Nervi C, et al. A minicircuitry comprised of microRNA-223 and transcription factors NFI-A and C/EBPalpha regulates human granulopoiesis. Cell, 2005, 123 (5): 819-831.

[24]　Gurtowski J, Cancio A, Shah H, Levovitz C, George A, Homann R, et al. Geoseq: a tool for dissecting deep-sequencing datasets. BMC Bioinformatics, 2010, 11: 506.

[25]　Hornstein E, Mansfield J H, Yekta S, Hu J K, Harfe B D, McManus M T, et al. The microRNA miR-196 acts upstream of Hoxb8 and Shh in limb development. Nature, 2005, 438 (7068): 671-674.

[26]　Hui A B, Lenarduzzi M, Krushel T, Waldron L, Pintilie M, Shi W, et al. Comprehensive MicroRNA Profiling for Head and Neck Squamous Cell Carcinomas. Clin Cancer Res, 2010, 16 (4): 1129-1139.

[27]　Huttenhofer A, Schattner P, Polacek N. Non-coding RNAs: hope or hype? Trends Genet, 2005, 21 (5): 289-297.

[28]　Hutvagner G, Simard M J, Mello C C, Zamore P D. Sequence-specific inhibition of small RNA function. PLoS Biol, 2004, 2 (4): E98.

[29]　Hwang H W, Mendell J T. microRNAs in cell proliferation, cell death, and tumorigenesis. Br J Cancer, 2007, 96 Suppl: R40-44.

[30]　Isalan M. Construction of semi-randomized gene libraries with weighted oligonucleotide synthesis and PCR. Nat Protoc, 2006, 1 (1): 468-475.

[31]　Iwama H, Masaki T, Kuriyama S. Abundance of microRNA target motifs in the 3'-UTRs of 20527 human genes. FEBS Lett, 2007, 581 (9): 1805-1810.

[32]　Jiang J, Lee E J, Gusev Y, Schmittgen T D. Real-time expression profiling of microRNA precursors in human cancer cell lines. Nucleic Acids Res, 2005, 33 (17): 5394-5403.

[33]　Johnston R J, Hobert O. A microRNA controlling left/right neuronal asymmetry in Caenorhabditis elegans. Nature, 2003, 426 (6968): 845-849.

[34]　Kanellopoulou C, Muljo S A, Kung A L, Ganesan S, Drapkin R, Jenuwein T, et al. Dicer-deficient mouse embryonic stem cells are defective in differentiation and centromeric silencing. Genes Dev, 2005, 19 (4): 489-501.

[35]　Kawasaki H, Taira K. MicroRNA-196 inhibits HOXB8 expression in myeloid differentiation of HL60 cells. Nucleic Acids Symp Ser (Oxf), 2004, (48): 211-212.

[36]　Keene J D, Komisarow J M, Friedersdorf M B. RIP-Chip: the isolation and identification of mRNAs, microRNAs and protein components of ribonucleoprotein complexes from cell extracts. Nat Protoc, 2006, 1 (1): 302-307.

[37]　Kelly T K, De Carvalho D D, Jones P A. Epigenetic modifications as therapeutic targets. Nat Biotechn-

ol, 2010, 28 (10): 1069-1078.

[38] Kent O A, Mendell J T. A small piece in the cancer puzzle: microRNAs as tumor suppressors and oncogenes. Oncogene, 2006, 25 (46): 6188-6196.

[39] Kiriakidou M, Nelson P T, Kouranov A, Fitziev P, Bouyioukos C, Mourelatos Z, et al. A combined computational-experimental approach predicts human microRNA targets. Genes Dev, 2004, 18 (10): 1165-1178.

[40] Kloosterman W P, Wienholds E, de Bruijn E, Kauppinen S, Plasterk R H. In situ detection of miRNAs in animal embryos using LNA-modified oligonucleotide probes. Nat Methods, 2006, 3 (1): 27-29.

[41] Krek A, Grun D, Poy M N, Wolf R, Rosenberg L, Epstein E J, et al. Combinatorial microRNA target predictions. Nat Genet, 2005, 37 (5): 495-500.

[42] Krichevsky A M, King K S, Donahue C P, Khrapko K, Kosik K S. A microRNA array reveals extensive regulation of microRNAs during brain development. RNA, 2003, 9 (10): 1274-1281.

[43] Krutzfeldt J, Poy M N, Stoffel M. Strategies to determine the biological function of microRNAs. Nat Genet, 2006, 38 Suppl: S14-19.

[44] Krutzfeldt J, Rajewsky N, Braich R, Rajeev K G, Tuschl T, Manoharan M, et al. Silencing of microRNAs in vivo with "antagomirs". Nature, 2005, 438 (7068): 685-689.

[45] Landi D, Barale R, Gemignani F, Landi S. Prediction of the biological effect of polymorphisms within microRNA binding sites. Methods Mol Biol, 2011, 676: 197-210.

[46] Le Sage C, Nagel R, Egan D A, Schrier M, Mesman E, Mangiola A, et al. Regulation of the p27 (Kip1) tumor suppressor by miR-221 and miR-222 promotes cancer cell proliferation. EMBO J, 2007, 26 (15): 3699-3708.

[47] Lee Y S, Dutta A. The tumor suppressor microRNA let-7 represses the HMGA2 oncogene. Genes Dev, 2007, 21 (9): 1025-1030.

[48] Lei L, Jin S, Gonzalez G, Behringer R R, Woodruff T K. The regulatory role of Dicer in folliculogenesis in mice. Mol Cell Endocrinol, 2010, 315 (1-2): 63-73.

[49] Lewis B P, Burge C B, Bartel D P. Conserved seed pairing, often flanked by adenosines, indicates that thousands of human genes are microRNA targets. Cell, 2005, 120 (1): 15-20.

[50] Lewis B P, Shih I H, Jones-Rhoades M W, Bartel D P, Burge C B. Prediction of mammalian microRNA targets. Cell, 2003, 115 (7): 787-798.

[51] Liang R Q, Li W, Li Y, Tan C Y, Li J X, Jin Y X, et al. An oligonucleotide microarray for microRNA expression analysis based on labeling RNA with quantum dot and nanogold probe. Nucleic Acids Res, 2005, 33 (2): e17.

[52] Lin S L, Chang D C, Ying S Y. Isolation and identification of gene-specific microRNAs. Methods Mol Biol, 2006, 342: 313-320.

[53] Lin S L, Ying S Y. Gene silencing in vitro and in vivo using intronic microRNAs. Methods Mol Biol, 2006, 342: 295-312.

[54] Liu C, Yu J, Yu S, Lavker R M, Cai L, Liu W, et al. MicroRNA-21 acts as an oncomir through multiple targets in human hepatocellular carcinoma. J Hepatol, 2010, 53 (1): 98-107.

[55] Mansfield J H, Harfe B D, Nissen R, Obenauer J, Srineel J, Chaudhuri A, et al. MicroRNA-responsive "sensor" transgenes uncover Hox-like and other developmentally regulated patterns of vertebrate microRNA expression. Nat Genet, 2004, 36 (10): 1079-1083.

[56] Maroney P A, Yu Y, Nilsen T W. MicroRNAs, mRNAs, and translation. Cold Spring Harb Symp Quant Biol, 2006, 71: 531-535.

[57] Mayr C, Hemann M T, Bartel D P. Disrupting the pairing between let-7 and Hmga2 enhances oncogenic

transformation. Science, 2007, 315 (5818): 1576-1579.

[58] Mishima Y, Giraldez A J, Takeda Y, Fujiwara T, Sakamoto H, Schier A F, et al. Differential regula-
      tion of germline mRNAs in soma and germ cells by zebrafish miR-430. Curr Biol, 2006, 16 (21): 2135-
      2142.

[59] Miska E A, Alvarez-Saavedra E, Townsend M, Yoshii A, Sestan N, Rakic P, et al. Microarray analysis
      of microRNA expression in the developing mammalian brain. Genome Biol, 2004, 5 (9): R68.

[60] Neely L A, Patel S, Garver J, Gallo M, Hackett M, McLaughlin S, et al. A single-molecule method for
      the quantitation of microRNA gene expression. Nat Methods, 2006, 3 (1): 41-46.

[61] Nelson P T, Baldwin D A, Scearce L M, Oberholtzer J C, Tobias J W, Mourelatos Z. Microarray-based,
      high-throughput gene expression profiling of microRNAs. Nat Methods, 2004, 1 (2): 155-161.

[62] Olive V, Bennett M J, Walker J C, Ma C, Jiang I, Cordon-Cardo C, et al. miR-19 is a key oncogenic
      component of mir-17-92. Genes Dev, 2009, 23 (24): 2839-2849.

[63] Oulas A, Poirazi P. Utilization of SSCprofiler to predict a new miRNA gene. Methods Mol Biol, 2011,
      676: 243-252.

[64] Poy M N, Eliasson L, Krutzfeldt J, Kuwajima S, Ma X, Macdonald PE, et al. A pancreatic islet-specific
      microRNA regulates insulin secretion. Nature, 2004, 432 (7014): 226-230.

[65] Rehmsmeier M, Steffen P, Hochsmann M, Giegerich R. Fast and effective prediction of microRNA/tar-
      get duplexes. RNA, 2004, 10 (10): 1507-1517.

[66] Rosa A, Spagnoli F M, Brivanlou A H. The miR-430/427/302 family controls mesendodermal fate speci-
      fication via species-specific target selection. Dev Cell, 2009, 16 (4): 517-527.

[67] Scaria V, Hariharan M, Maiti S, Pillai B, Brahmachari S K. Host-virus interaction: a new role for mi-
      croRNAs. Retrovirology, 2006, 3: 68.

[68] Schmittgen T D, Jiang J, Liu Q, Yang L. A high-throughput method to monitor the expression of mi-
      croRNA precursors. Nucleic Acids Res, 2004, 32 (4): e43.

[69] Sluijter J P, van Mil A, van Vliet P, Metz C H, Liu J, Doevendans P A, et al. MicroRNA-1 and -499
      Regulate Differentiation and Proliferation in Human-Derived Cardiomyocyte Progenitor Cells. Arterio-
      scler Thromb Vasc Biol, 2010, 30: 859-868.

[70] Spriggs K A, Bushell M, Willis A E. Translational regulation of gene expression during conditions of cell
      stress. Mol Cell, 2010, 40 (2): 228-237.

[71] Streichert T, Otto B, Lehmann U. MicroRNA profiling using fluorescence-labeled beads: data acquisi-
      tion and processing. Methods Mol Biol, 2011, 676: 253-268.

[72] Su X, Chakravarti D, Cho M S, Liu L, Gi Y J, Lin Y L, et al. TAp63 suppresses metastasis through
      coordinate regulation of Dicer and miRNAs. Nature, 2010, 467 (7318): 986-990.

[73] Sun Y, Koo S, White N, Peralta E, Esau C, Dean N M, et al. Development of a micro-array to detect
      human and mouse microRNAs and characterization of expression in human organs. Nucleic Acids Res,
      2004, 32 (22): e188.

[74] Tang F, Hajkova P, Barton S C, Lao K, Surani M A. MicroRNA expression profiling of single whole
      embryonic stem cells. Nucleic Acids Res, 2006, 34 (2): e9.

[75] Thomson J M, Parker J, Perou C M, Hammond S M. A custom microarray platform for analysis of mi-
      croRNA gene expression. Nat Methods, 2004, 1 (1): 47-53.

[76] Wang Z. The guideline of the design and validation of MiRNA mimics. Methods Mol Biol, 2011, 676:
      211-223.

[77] Yu J, Wang F, Yang G H, Wang F L, Ma Y N, Du Z W, et al. Human microRNA clusters: genomic
      organization and expression profile in leukemia cell lines. Biochem Biophys Res Commun, 2006, 349

(1)：59-68.

[78] Zhao C, Sun G, Li S, Lang M F, Yang S, Li W, et al. MicroRNA let-7b regulates neural stem cell pro-liferation and differentiation by targeting nuclear receptor TLX signaling. Proc Natl Acad Sci USA, 2010, 107 (5)：1876-1881.

[79] Zhu S, Si M L, Wu H, Mo Y Y. MicroRNA-21 targets the tumor suppressor gene tropomyosin 1 (TPM1) . J Biol Chem, 2007, 282 (19)：14328-14336.

[80] 王芳，余佳，张俊武. 小 RNA（MicroRNA）研究方法. 中国生物化学与分子生物学报，2006，22 (10)：772-779.

[81] 刘长征，杨克恭，陈松森. 基因组内三个信息层相互作用决定美臀表型产生. 中国生物化学与分子生物学报，2006，22 (3)：177-183.

第四章 microRNA 新基因的预测、
克隆鉴定及注册

　　人类基因组测序计划已经完成，展示出大量基因序列，但是要读懂这些纷杂的序列，需要克隆其编码的基因并完成功能研究。针对传统基因，即蛋白质编码基因的克隆方法有多种，辅以生物信息学分析，可使基因的功能研究得以顺利进行。基因组测序结果展现的不仅是蛋白质编码基因，还有大量非编码调控序列和非编码 RNA 基因等。此类序列不编码任何形式的蛋白质产物，但是在生命活动中发挥重要的作用。microRNA 便是一种重要的非编码 RNA 基因，研究发现 microRNA 存在于大多数物种基因组内，在进化过程中高度保守，提示其可能发挥重要的功能。人类基因组内也隐藏着大量的含有特殊茎-环结构的 microRNA 前体，经过转录加工得到成熟的 20 个核苷酸左右的分子，在人体生理或病理过程中发挥重要的调控作用。尽管目前研究已发现数百种 microRNA，但是预计仍有大量 microRNA 还不为人知，需要依靠相关的生物信息学软件预测新 microRNA 以及根据 microRNA 的分子特征设计特异的克隆方法，发现新的 microRNA 分子。目前的策略可概括为小分子 RNA 富集纯化、末端修饰及连接已知序列、克隆、测序，并通过分子生物学相关方法确认之[9,29]。新 microRNA 的克隆及验证将为系统阐释 microRNA 的复杂功能奠定基础。

第一节 microRNA 新基因的预测及注册程序

　　物种间高度的序列保守性及前体呈茎-环结构是 microRNA 的两个重要特点。研究者们正是基于 microRNA 的这两个特点，通过生物信息学预测和实验验证，在多个物种内发现了数以千计的 microRNA。其生物信息学预测基本原理是，首先利用已知的 microRNA 前体序列对目标物种的全基因组正反链序列进行同源性扫描，获得大量同源性由高到低的候选基因序列，然后通过各种 RNA 二级结构分析及预测软件结合动力学分析对这些基因序列进行进一步筛选。其最终结果仍需通过 Northern Blot 等实验方法进行验证才能提交注册[2,19,20,35]。

　　目前，研究者多使用如下软件和网络资源对候选 microRNA 基因序列进行二级结构分析和新序列筛选。

一、MiRscan

　　MiRscan（http：//genes. mit. edu/mirscan/）是以已被实验验证的 50 对线虫 pre-microRNA 茎-环结构序列数据库为基础，对候选前体 microRNA 序列对进行二级结构分析，并通过评分来判断其为新 microRNA 的可能性大小。如图 4-1 的 MiRscan 序列提交主页所示，直接输入 200bp 左右大小候选基因序列进入该页面的

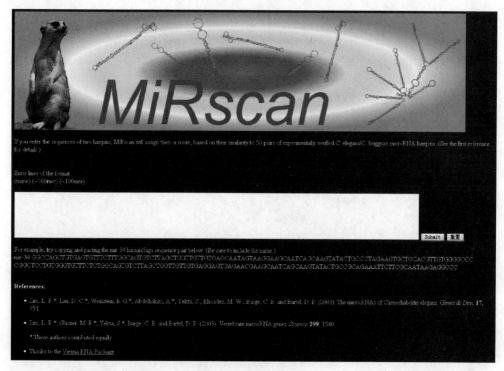

图 4-1　MiRscan 主页

序列提交框，然后单击提交框右侧的 Submit 即可
获得候选前体 microRNA 二级结构可行性评分及
图形化结果。图 4-2 显示了以 microRNA-34 为例，
在 MiRscan 主页的序列提交框提交了前体 microR-
NA-34 序列后生成的茎-环二级结构。

二、RNAfold

　　MiRscan 是较简单的 RNA 二级结构预测程
序，其应用范围具有一定的局限性，只能分析与
50 对线虫 pre-microRNA 茎-环结构同源的序列。
而 RNAfold（http：//rna. tbi. univie. ac. at/cgi-
bin/RNAfold. cgi）是 RNA 研究领域最常用的二
级结构分析程序，其序列提交长度可达 7000bp，
还可设置相关动力学系数，故许多研究者也常常
使用它来进行 microRNA 基因的二级结构预测分
析。图 4-3 显示了 RNAfold 的序列提交界面。与
MiRscan 相似，可以在 RNAfold 主页面的序列提
交框直接输入候选 microRNA 基因序列，提交后
即可获得动力学分析结果。

图 4-2　经 MiRscan 分析的人
microRNA-34 的茎-环
二级结构（见彩图）
红色为保守的核苷酸序列，红色泡
状为成熟 microRNA-34 序列

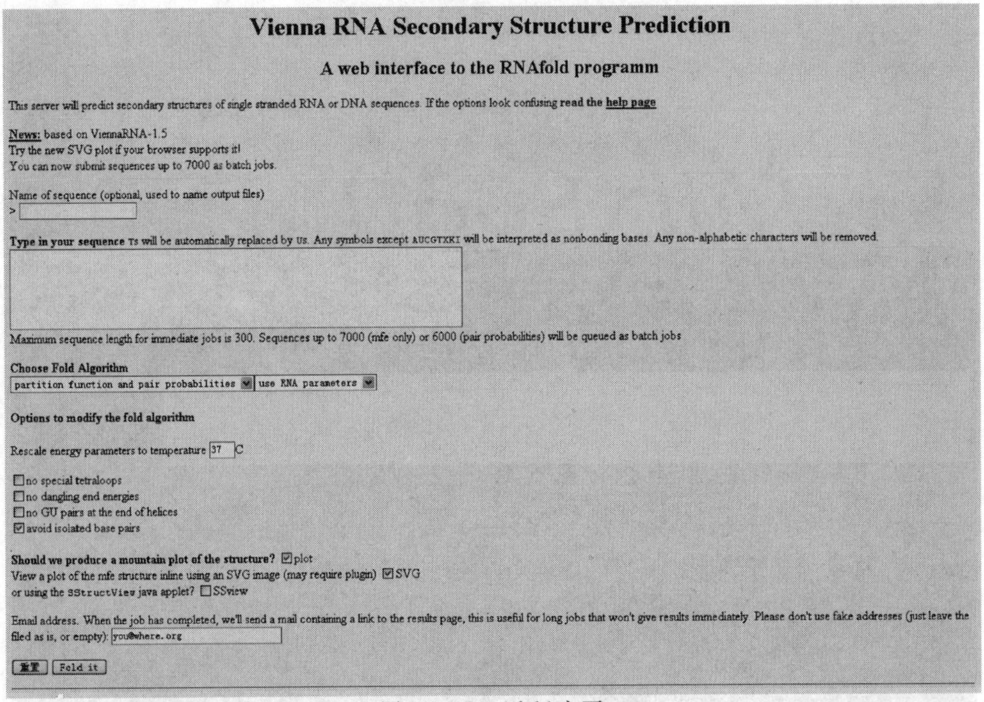

Vienna RNA Secondary Structure Prediction

A web interface to the RNAfold programm

This server will predict secondary structures of single stranded RNA or DNA sequences. If the options look confusing read the **help page**

News: based on ViennaRNA-1.5
Try the new SVG plot if your browser supports it!
You can now submit sequences up to 7000 as batch jobs.

Name of sequence (optional, used to name output files)
>

Type in your sequence Ts will be automatically replaced by Us. Any symbols except AUCGTXKI will be interpreted as nonbonding bases. Any non-alphabetic characters will be removed.

Maximum sequence length for immediate jobs is 300. Sequences up to 7000 (mfe only) or 6000 (pair probabilities) will be queued as batch jobs.

Choose Fold Algorithm
partition function and pair probabilities ∨ use RNA parameters ∨

Options to modify the fold algorithm

Rescale energy parameters to temperature 37 C

☐ no special tetraloops
☐ no dangling end energies
☐ no GU pairs at the end of helices
☑ avoid isolated base pairs

Should we produce a mountain plot of the structure? ☑ plot
View a plot of the mfe structure inline using an SVG image (may require plugin) ☑ SVG
or using the SStructView java applet? ☐ SSview

Email address. When the job has completed, we'll send a mail containing a link to the results page, this is useful for long jobs that won't give results immediately. Please don't use fake addresses (just leave the filed as is, or empty) you@where.org

[重置] [Fold it]

图 4-3　RNAfold 主页

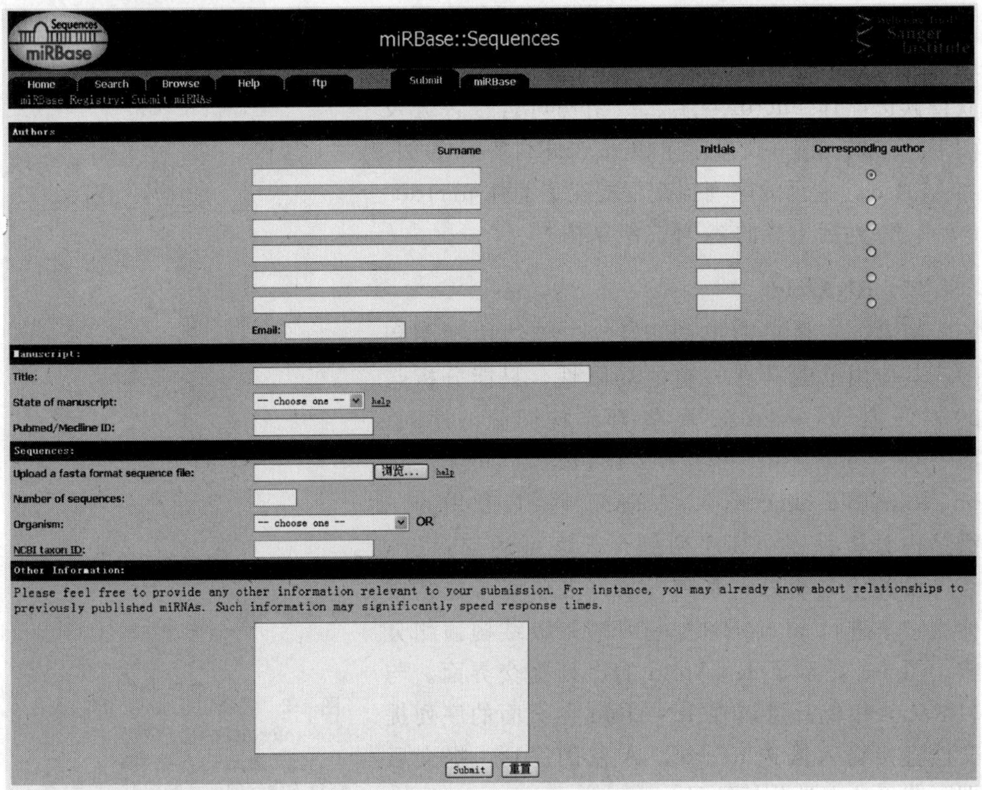

图 4-4　新 microRNA 基因注册网页

三、其他 microRNA 二级结构预测网络资源

如需进行更加复杂和详细的 microRNA 二级结构分析及预测，可通过以下链接获得更多 RNA 二级结构分析程序及软件：Vienna RNA Package（http://www.tbi. univie. ac. at/～ivo/RNA/）；the DINAMelt Server（http://www. bioinfo. rpi. edu/applications/hybrid/quikfold. php）；Mfold-3. 2（http://www. bioinfo. rpi. edu/％7Ezukerm/export/）。

四、新 microRNA 的注册程序

新的 microRNA 序列主要在 "microRNA Base" 网站进行注册，其界面如图 4-4 所示，该页面网络链接为 http：//microrna. sanger. ac. uk/registry/。填写页面要求的各项信息并提交即可方便地注册新发现的 microRNA。

第二节　microRNA 新基因的克隆及鉴定方法

一、新 microRNA 基因克隆及鉴定方法的原理及应用

迄今为止，在人类基因内已发现几百种 microRNA，但是这可能是其中一部分，仍有大量新的 microRNA 基因有待生物工作者去克隆、验证，并深入研究其在生命活动中所发挥的作用[6]。目前，哺乳动物基因组内新 microRNA 研究主要以生物信息学方法和直接克隆的方法。现在常用的直接克隆方法源自 Thomas Tuschl 针对 siRNA 的克隆方法，多个实验小组经过改善后用于 microRNA 克隆表达研究。新 microRNA 的克隆方法均基于其经典的定义[1,3,22]。首先，成熟的 microRNA 经过一系列的转录加工过程，以 20 个核苷酸左右的分子表达于生物组织，可以用 Northern Blot 等实验方法加以分析，或可以克隆自小分子 RNA 库；其次，microRNA 源自基因组内含有经典二级结构的 RNA 前体，并且在多种生物内应高度保守；此外，microRNA 的加工成熟过程中有多种特异核酸酶的参与，如 Dicer 等[7,9,23]。目前常用的 microRNA 克隆及鉴定方法需满足上述定义，一般分为两种研究策略，一种是以实验方法为基础，并辅以生物信息学验证经典 RNA 结构的正向分析法[21]，最早发现的 microRNA、Let-7 与 Lin-4 等便是经此方法鉴定的；另一种是基于生物信息学并辅以实验验证的研究策略[5,8,10,11]。

microRNA 克隆步骤源自小分子干扰 RNA 的克隆方法，只是部分细节处有所变动。通过已知 microRNA 的实验验证，结果显示该克隆方法对于内源性 microRNA 的克隆是高效的。microRNA 克隆所依赖的结构特征是其特异的 5′端磷酸基团与 3′末端羟基基团，以 T4 RNA 连接酶在分子末端加上连接子，此后利用 RT-PCR 方法扩增获得目的片段，克隆到合适的载体，测序验证。microRNA 克隆过程中，总 RNA 分离、富集，根据分子量用 PAGE 纯化，获得小分子 RNA 以及分子末端，一系列修饰反应是不可或缺的。所得到的小分子 RNA 需要生物信息学方法与分子生物学方法确认，进而注册到 microRNA 数据库，获得标准编号及名称。

克隆研究不仅可以获得新的 microRNA 基因，而且可以提供精确的表达信息。

本节将综合多种克隆方法，详细介绍 microRNA 基因的克隆策略（见图 4-5）[12,13,26,28]。本策略首先是通过变性聚丙烯酰胺凝胶富集 20～25 个核苷酸的 RNA 分子，在其 5′端与 3′端加上连接子（adapter），经 RT-PCR 获得大量基因片段，克隆至相应的载体，构建 cDNA 文库，对单克隆进行测序及后续的分析。在获取 cDNA 第一条链时，为引入引物退火所需序列，需要在成熟 microRNA 的 3′

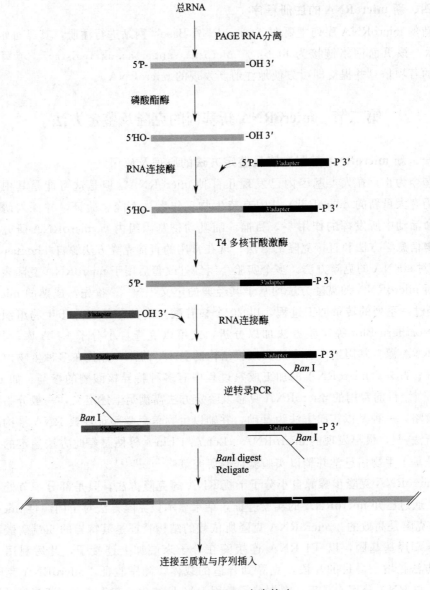

图 4-5　microRNA 克隆策略

（引自 Michael M Z. Cloning microRNAs from mammalian tissues.
Methods Mol Biol，2006，342：189-207）

端加上连接子序列，然后在逆转录酶作用下，完成 RT 反应。在该步反应中，为避免 RNA 分子或连接子发生自连，在连接反应前，小 RNA 分子一般需进行去磷酸化处理，而连接子的 3′端则用非核苷酸基团封闭。或者将连接子的 3′端进行预腺苷酸化处理，去掉小 RNA 分子去磷酸化的处理，同时利用 poly(A) 聚合酶将连接子替换为 poly(A) 尾，而逆转录反应的引物则可选用 oligo(dT)。在加 3′端连接子且经磷酸化处理之后，准备进行 RT 反应时，需要考虑 5′端连接子的连接。但是在有些报道所用的策略中可以忽略此步骤，如 Clontech 的 SMART 技术，有兴趣的可作为参考。在最后的 PCR 扩增步骤中，克隆至载体时可能会混杂一些长片段序列，而近来此步反应经类似于 SAGE 方法的改进，将 RNA 相对分子质量限定在 5～35nt 之间，使得小 RNA 分子库更加高效实用[4,18,24]。得到的新 microRNA 尚需生物信息学验证，如保守性分析、基因组定位分析以及前体二级结构分析等，然后需 microRNA 表达分析方法的验证等，进而注册[2,19,20,38]。

二、新 microRNA 基因克隆技术的步骤（正向基因分析法）

1. 组织或细胞总 RNA 提取方法

总 RNA 提取对于后续实验至关重要，高质量的 RNA 将确保小分子 RNA 不会丢失。目前，多个公司开发出 RNA 提取试剂盒，可获得高质量 RNA。但是，一些基于纯化柱结合 RNA 进行纯化的试剂盒，可能会损失部分 RNA，提醒相关工作者在使用过程中应仔细阅读试剂盒说明书，选择合适的纯化策略[15,16]。常规的 Trizol 方法也可获得较好的结果。

(1) 材料

① Trizol (Invitrogen, Carlsbad, CA)；

② 氯仿；

③ 异丙醇；

④ 75％乙醇（预冷）；

⑤ 无水乙醇；

⑥ 去离子甲酰胺（Sigma）；

⑦ 3mol/L 醋酸钠；

⑧ DEPC 水（DEPC Sigma 产品）；

⑨ 10×MOPS 缓冲液（200mmol/L MOPS，pH 7.0；10mmol/L EDTA；50mmol/L 醋酸钠）；

⑩ 5×RNA 上样缓冲液（35％去离子甲酰胺；4×MOPS 缓冲液；4mmol/L EDTA；0.9mol/L 甲醛；0.16％溴酚蓝与二甲苯青；$2\mu g/mL$ EB）；

⑪ 1.2％琼脂糖凝胶［含 1×MOPS 缓冲液；2％（体积分数）12.3mol/L 甲醛］；

⑫ 20mg/mL 糖原（Roche, Indianapolis, IN）；

⑬ 组织、细胞；

⑭ 无 RNA 酶枪头、离心管（Axygen）；

⑮ 冷冻离心机等。

注：未标明产品来源的试剂均为国产分析纯试剂。

（2）操作步骤

① 取适量组织或细胞，加入合适体积的 Trizol（1mL Trizol/100mg 组织或 10^7 个细胞），充分裂解变性，室温放置 3～5min。组织需经研磨、破碎，以达到充分变性的目的。

② 1mL 组织或细胞裂解物移至 1.5mL 离心管，加入 200μL 氯仿，充分混匀后于室温放置 3～5min。

③ 12000g 于 4℃ 离心 15min。

④ 取离心后的上清液移至新的离心管中，加入 500μL 异丙醇，充分混匀后于室温放置 3min。

⑤ 12000g 于 4℃ 离心 10min。

⑥ 弃上清后加入预冷的 75％乙醇（DEPC 水配制），洗涤沉淀。

⑦ 7500g 于 4℃ 离心 5min。

⑧ 弃上清后，晾干沉淀，加入适量体积 DEPC 水溶解。

⑨ 取适量体积总 RNA 加入 5×RNA 上样缓冲液，70℃变性 5min，冰浴后进行甲醛变性琼脂糖凝胶电泳，鉴定质量。

⑩ 浓度测定后于−80℃保存备用。若长期保存需置于无水乙醇中于−80℃保存。

2. 小分子 RNA 分离纯化及富集

变性聚丙烯酰胺方法是用于小分子 RNA 分离纯化的首选技术，且易于操作。根据分子量选择合适凝胶部位，切胶后洗脱获得所需片段。

（1）材料

① PAGE mini 胶装置（Bio-Rad）；

② 15％-8mol/L 尿素变性胶（丙烯酰胺、尿素为 Sigma 产品）；

③ 电泳仪（Bio-Rad）；

④ 10×TBE 缓冲液（890mmol/L Tris-borate；20mmol/L EDTA）；

⑤ 上样缓冲液［去离子甲酰胺，18mmol/L EDTA（pH 8.0）；0.025％二甲苯青；0.025％溴酚蓝］；

⑥ Radiolabeled Decade™ RNA 分子量标准（Ambion，Austin，TX）；

⑦ 荧光成像仪（Amersham Biosciences，Pittsburgh，PA）；

⑧ SYBR Green Ⅱ（Invitrogen，Carlsbad，CA）；

⑨ 磷屏成像仪（Amersham Biosciences）；

⑩ 0.3mol/L 醋酸钠（DEPC 水配制）；

⑪ 无水乙醇；

⑫ Elutrap® Electroelution 系统（Schleicher&Schuell，Dassel，Germany）；

⑬ 20mg/mL 糖原（Roche，Indianapolis，IN）；

⑭ 75％乙醇（预冷）。

注：未标明产品来源的试剂均为国产分析纯试剂。

（2）步骤

① 取 500μg 总 RNA，加入等体积上样缓冲液，于 90℃加热 5min。

② 将凝胶预热至 45℃后加入样品，同时在样品旁的加样孔中加入 RNA marker 与合成的对照品。避免三者之间交叉污染。

③ 于 40～45℃恒温进行电泳。

④ 待溴酚蓝行至凝胶底部，取下凝胶以 SYBR Green Ⅱ（以 0.5×TBE 缓冲液 1∶10000 稀释）进行染色，并通过荧光成像仪分析结果。

⑤ 以荧光成像仪所得结果对比凝胶，选定 18～24nt 分子范围，以备回收小 RNA 分子。

⑥ 切下合适范围内的凝胶片段被动洗脱或电洗脱，其中电洗脱是首选的方法。

⑦ 选用被动洗脱时，以 0.3mol/L 醋酸钠覆盖凝胶片段，95℃加热 5min，于 4℃孵育过夜。

⑧ 选择电洗脱时，切下 1cm 凝胶片段，以 Elutrap® Electroelution 系统进行洗脱。

⑨ 于 4W 运行 45min 后，电极反转运行 20s。

⑩ 收集洗脱液置于离心管中，调整为 0.3mol/L 醋酸钠体系。

⑪ 被动洗脱或电洗脱所得洗脱液加入 2.5 倍体积的无水乙醇，于 −20℃孵育过夜。加入 20μg 糖原可提高 RNA 沉淀效率。

⑫ 14000g 于 4℃离心 20min。

⑬ 以预冷的 75％乙醇洗涤沉淀，离心弃上清后，空气浴干燥沉淀。

⑭ 以合适体积的 DEPC 水溶解沉淀，并测定 RNA 浓度。

3. 小分子 RNA 片段的修饰

microRNA 末端的特异结构特征是克隆方法所依赖的分子基础，经过磷酸化、去磷酸化等修饰，连接上已知序列的连接子，完成 microRNA 克隆过程。

（1）材料

① 小牛肠碱性磷酸酶（CIP）；

② Tris 饱和酚（体积比 1∶1，pH 8.0）；

③ 氯仿；

④ 20mg/mL 糖原（Roche, Indianapolis, IN）；

⑤ 3mol/L 醋酸钠缓冲液；

⑥ 无水乙醇；

⑦ MIR 3′连接子：5′ p-UUUAACCGCGAATTCCAG-p 3′；

⑧ MIR 5′连接子：5′ACGGAATTCCTCACTrArArA 3′；

⑨ T4 RNA 连接酶，10×连接缓冲液，0.1％乙酰化 BSA（Amersham Biosciences）；

⑩ RNasin RNase 抑制剂（Promega，Madison，WI）；

⑪ 15% 8mol/L 尿素变性聚丙烯酰胺凝胶（丙烯酰胺、尿素为 Sigma 产品）；

⑫ 上样缓冲液；

⑬ SYBR Green Ⅱ（Invitrogen，Carlsbad，CA）；

⑭ T4 多核苷酸激酶（Amersham Biosciences）；

⑮ 反应终止液（8mol/L 尿素，50mmol/L EDTA）；

⑯ 12% 8mol/L 尿素变性聚丙烯酰胺凝胶（丙烯酰胺、尿素为 Sigma 产品）。

注：未标明产品来源的试剂均为国产分析纯试剂。

（2）步骤

① 小分子 RNA 去磷酸化

a. 取 PAGE 纯化的小分子 RNA 加入 26μL 反应体系中，另加入 3μL 10×CIP 缓冲液，0.5μL CIP。

b. 50℃ 孵育 30 min 后，加 DEPC 水增加反应体系至 100μL，以酚氯仿抽提。

c. 取水相至新离心管中，用 70μL 氯仿再次抽提。

d. 取水相加入 1μL 20 mg/mL 糖原、10μL 3mol/L 醋酸钠及无水乙醇，于 −20℃ 孵育 2h 或过夜。

e. 16000g 于 4℃ 离心 20min。

f. 弃上清，以预冷的 75% 乙醇洗涤沉淀，空气浴干燥。

g. 以合适体积 DEPC 水溶解沉淀。

② 3′连接子与 5′连接子添加于小分子 RNA

a. 连接子连接于 microRNA，连接子序列见材料部分所示。

b. 3′连接子连接于小分子 RNA，取 4μL（约 0.4μg）去磷酸化的 RNA 分子、1μL 100μmol/L MIR 3′连接子寡核苷酸于 PCR 管中。

c. 65℃ 加热 3 min，冰浴后离心。

d. 加入 1μL 10× RNA 连接酶缓冲液、0.5μL（40U/μL）RNasin RNA 酶抑制剂、0.5μL（40U/μL）T4 RNA 连接酶、2μL DEPC 水、1μL 0.1% BSA。混匀离心甩下粘于管壁的液体，于 14℃ 孵育过夜。

③ PAGE 纯化含 3′连接子的小分子 RNA

a. 连接后加入 1.5 倍体积上样缓冲液，于 15% 8mol/L 尿素变性聚丙烯酰胺凝胶分离纯化，加入 Decade RNA 分子量标准、3′连接子对照品以及未连接的 RNA 分子作为参照。

b. 以 SYBR Green Ⅱ（以 0.5×TBE 缓冲液 1：10000 稀释）染色 10min，并通过荧光成像仪分析结果。

c. 切下相应分子量的凝胶片段（约 40nt）。

d. 将凝胶片段置于加入 300μL 0.3mol/L 醋酸钠缓冲液的离心管中，95℃ 加热 5min，于 4℃ 洗脱过夜。

e. 将过夜洗脱物移至新的离心管中，加入 40μg 糖原及 750μL 无水乙醇，混匀后于−20℃孵育 2h 或过夜。

　　f. 16000g 于 4℃离心 20min。

　　g. 以预冷的 75％乙醇洗涤沉淀，空气浴干燥。

　　h. 将沉淀溶解于合适体积 DEPC 水。

　　④ 小分子 RNA 的 5′磷酸化反应

　　a. 取上述产物 17μL，加 2μL 10×多核苷酸激酶反应缓冲液、0.5μL 9U/μL T4 多核苷酸激酶，轻轻混匀，37℃孵育 30min。

　　b. 68℃加热 5min，灭活多核苷酸激酶。

　　c. 加 DEPC 水至 100μL，加入等体积酚氯仿抽提。

　　d. 取水相以 60μL 氯仿再次抽提。

　　e. 取水相加 10μL 3mol/L 醋酸钠缓冲液、20μg 糖原及 300μL 无水乙醇，混匀后于−20℃孵育至少 2h。

　　f. 16000g 于 4℃离心 20min。

　　g. 以预冷的 75％乙醇洗涤沉淀，空气浴干燥。

　　h. 用 DEPC 水溶解沉淀。

　　⑤ 添加 5′连接子序列

　　a. 取含 3′连接子小分子 RNA 溶液于 70℃加热 3 min，冰浴。然后加入 1μL 10×T4 RNA 连接缓冲液、1μL 100μmol/L MIR 5′连接子寡核苷酸、0.5μL（40 U/μL）RNasin RNA 酶抑制剂、0.5μL（40U/μL）T4 RNA 连接酶、1μL 0.1％去乙酰化 BSA（BSA 最后加入）于 PCR 管中。

　　b. 混匀离心甩下粘于管壁的液体，于 14℃孵育过夜。

　　⑥ PAGE 纯化含 3′连接子与 5′连接子的小 RNA 分子

　　a. 连接反应后，以反应终止液终止连接。

　　b. 95℃加热 2 min，以预热 12％ 8mol/L 尿素变性聚丙烯酰胺凝胶分离纯化小 RNA 分子。

　　c. 电泳于 45℃恒温进行。

　　d. 待溴酚蓝行至凝胶底部，取下凝胶以 SYBR Green Ⅱ（以 0.5×TBE 缓冲液 1∶10000 稀释）染色 10min，并通过荧光成像仪分析结果。

　　e. 切下连接后的片段置于 300μL 0.3mol/L 醋酸钠缓冲液，95℃加热 5min，于 4℃洗脱过夜。

　　f. 洗脱物加入 2μL 20mg/mL 糖原与 900μL 无水乙醇，于−20℃至少孵育 2h。

　　g. 16000g 于 4℃离心 20min。

　　h. 弃上清，以预冷的 75％乙醇洗涤沉淀，空气浴干燥。

　　i. 将沉淀溶解于合适体积的 DEPC 水，取适量体积作为逆转录的模板。

　　4. 加入连接子后克隆及测序鉴定

　　(1) 材料

　　① Superscript Ⅱ 和 5×反应缓冲液（Invitrogen，Carlsbad，CA）；

② 0.1mol/L DTT（Sigma 产品）；

③ RNasin RNA 酶抑制剂（Promega，Madison，WI）；

④ 10mmol/L dNTP（Promega，Madison，WI）；

⑤ *Ban*Ⅰ-MIR 3′引物：5′-CTAGCTTGGTGCCTGGAATTCGCGGTTAAA -3′；

⑥ *Ban*Ⅰ-MIR 5′引物：5′-CCAACAGGCACCACGGAATTCCTCACTAAA -3′；

⑦ 5U/μL *Taq* plus DNA 聚合酶及 10×反应缓冲液；

⑧ PCR 仪；

⑨ Tris 饱和酚 1∶1（体积比），pH 8.0；

⑩ 氯仿；

⑪ 3mol/L 醋酸钠缓冲液；

⑫ 无水乙醇；

⑬ 2% 琼脂糖（Sigma 产品）；

⑭ 50×TAE 缓冲液；

⑮ 20mg/mL EB；

⑯ 低分子量 DNA marker；

⑰ 20U/μL *Ban*Ⅰ 及 10×内切酶缓冲液（New England Biolabs，Ipswich，MA）；

⑱ 3U/μL T4 DNA 连接酶（Promega，Madison，WI）；

⑲ 2×快速连接缓冲液（Promega，Madison，WI）；

⑳ 100bp DNA ladder（New England Biolabs，Ipswich，MA）；

㉑ 1.5%琼脂糖（Sigma 产品）；

㉒ 50ng/μL pGEM-T Easy 载体（Promega，Madison，WI）；

㉓ *E. coli* 菌株 DH5α；

㉔ LB-琼脂固体培养基：LB 培养基［10g/L 胰化蛋白胨（Oxoid），5g/L 酵母提取物（Oxoid），10g/L NaCl］及 15g/L 琼脂；铺板前加入合适浓度的青霉素；

㉕ 100mmol/L IPTG（Sigma 产品）；

㉖ 40mg/mL X-gal（溶解于二甲基酰胺）；

㉗ 10μmol/L M13 上游引物：5′-CGCCAGGGTTTTCCCAGTCACGAC-3′；

㉘ 10μmol/L M13 下游引物：5′-TCACACAGGAAACAGCTATGAC-3′；

㉙ 碱性磷酸酶（New England Biolabs，Ipswich，MA）；

㉚ 20 U/μL 大肠杆菌核酸外切酶Ⅰ（New England Biolabs，Ipswich，MA）。

注：未标明产品来源的试剂均为国产分析纯试剂。

（2）步骤

① RT-PCR 扩增含有 microRNA 的片段

a. 取 5μL 经 PAGE 纯化并含有双连接子的小分子 RNA，0.5μL 100μmol/L *Ban*Ⅰ-MIR 3′引物、1μL dNTP 及 6μL DEPC 水。

b. 70℃加热 5 min，冰浴后离心。

c. 加入 4μL 5×Superscript Ⅱ第一条链合成缓冲液、2μL 0.1mol/L DTT 及 0.5μL RNasin RNA 酶抑制剂，混匀并离心。

d. 42℃孵育 2 min 后加入 1μL 200U/μL Superscript Ⅱ逆转录酶，于 42℃孵育 50min。

e. 70℃加热 10 min 使逆转录酶灭活。

f. 冰浴备用。

g. PCR 反应体系：4μL cDNA 模板，1μL 10μmol/L *Ban*Ⅰ-MIR 3′引物，1μL 10μmol/L *Ban*Ⅰ-MIR 5′引物，5μL 10×*Taq* plus DNA 聚合酶缓冲液，1μL 10mmol dNTP，0.5μL 5U/μL *Taq* plus DNA 聚合酶，38.5μL DEPC 水。

h. PCR 反应过程：94℃，3min。35 个循环为 94℃，30s；55℃，30s；72℃，60s；72℃，7min。

i. 取 5μL PCR 产物琼脂糖凝胶电泳鉴定，分子量约 80bp。

j. 剩余反应产物加 DEPC 水至 100μL，酚氯仿抽提。

k. 取水相以 60μL 氯仿再次抽提。

l. 取水相加 10μL 3mol/L 醋酸钠缓冲液及 250μL 无水乙醇，混匀后于−20℃孵育 2h 或过夜。

m. 沉淀物 16000*g* 于 4℃离心 15min。

n. 以 75%乙醇洗涤沉淀后，空气浴干燥。

② 酶切反应

a. 将沉淀溶解于合适体积的 DEPC 水，取 17.5μL 溶解物、2μL 10×*Ban*Ⅰ缓冲液及 0.5μL 20U/μL *Ban*Ⅰ内切酶，于 37℃孵育 3h。

b. 70℃加热 20 min，灭活内切酶。

c. 反应产物加 DEPC 水至 100μL，酚氯仿抽提。

d. 取水相以 60μL 氯仿再次抽提。

e. 取水相加 10μL 3mol/L 醋酸钠缓冲液及 250μL 无水乙醇，混匀后于−20℃孵育 2h 或过夜。

f. 沉淀物 16000*g* 于 4℃离心 15min。

g. 以 75%乙醇洗涤沉淀后，空气浴干燥，并溶于合适体积 DEPC 水。

③ 连接反应

a. 取 8.5μL 酶切产物，加入 8μL 2×快速连接缓冲液、0.5μL 3U/μL T4 DNA 连接酶，于室温孵育 90min。

b. 低融点琼脂糖凝胶电泳分离，加入 100bp DNA ladder，电泳足够时间以区分 200~600bp 的连接产物。

c. 紫外下切下 200~600bp 的片段。

d. 取洗脱目的产物加入 1μL 20mg/mL 糖原、30μL 3mol/L 醋酸钠缓冲液及 750μL 无水乙醇，于−20℃至少孵育 1h 或过夜。

e. 取出沉淀物 16000*g* 于 4℃离心 20min。

f. 弃上清，以 400μL 75％乙醇洗涤沉淀，并于空气浴干燥。

g. 将沉淀溶于合适体积的 DEPC 水。

④ DNA 聚合酶扩增反应

a. 取 10μL 溶解物加入 2.5μL *Taq* plus DNA 聚合酶缓冲液、0.5μL 2U/μL *Taq* plus DNA 聚合酶、0.5μL 10mmol/L dNTP 及 11.5μL 双蒸水。

b. 混匀离心后，于 37℃孵育 30min。

c. 反应产物加 DEPC 水至 100μL，酚氯仿抽提。

d. 取水相以 80μL 氯仿再次抽提。

e. 取水相加 10μL 3mol/L 醋酸钠缓冲液及 300μL 无水乙醇，混匀后于－20℃孵育至少 1h。

f. 取出沉淀物 16000g 于 4℃离心 15min。

g. 以 75％乙醇洗涤沉淀，并于空气浴干燥。

h. 将沉淀溶解于合适体积的 DEPC 水，用于后续连接反应。

⑤ 片段连接载体反应

a. 连接反应体系：4μL 上述产物，0.5μL 50ng/μL pGEM-T easy 载体，5μL 2×快速连接缓冲液，0.5μL 3U/μL T4 DNA 连接酶。混匀离心后，4℃孵育过夜。

b. 转化至 *E. coli* DH5α。

c. 涂菌于含青霉素抗性的 LB 琼脂固体培养基平皿，蓝白斑筛选。

d. 37℃孵育过夜。

⑥ 菌落 PCR 法鉴定阳性克隆

a. 用无菌枪头从培养平皿中挑取单个白斑，接种至新的 LB 琼脂固体培养基平皿，且含青霉素抗性，做好标记。

b. 用挑菌枪头在含 50μL 无菌水的离心管内搅动，使菌落进入无菌水。

c. 99℃加热 5 min 以裂解菌体。

d. 离心至少 2 min 以沉淀细菌碎片，取上清备用。

e. 菌落 PCR 反应体系：5μL 细菌裂解物，0.5μL 10μmol/L M13 上游引物，0.5μL 10μmol/L M13 下游引物，0.5μL 10mmol/L dNTP，2.5μL 10×*Taq* plus DNA 聚合酶反应缓冲液，0.2μL *Taq* plus DNA 聚合酶，15.8μL DEPC 水。

f. 菌落 PCR 反应过程：94℃，2min. 35 个循环为 94℃，30s；55℃，30s；72℃，60s；72℃，7min。

g. TAE 琼脂糖凝胶电泳鉴定，选择 PCR 片段长度 300bp 以上的阳性克隆。

h. 取 6μL PCR 反应产物至新的离心管中，加入 0.5μL 20U/μL *E. coli* 核酸外切酶，1.5μL 1U/μL 碱性磷酸酶。

i. 混匀离心后于 37℃孵育 30min，80℃加热 15min，使酶灭活。

j. 取上述反应产物 2～4μL 作为测序模板。

k. 分析所得序列，确认新的 microRNA 基因。首先排除已经存在的 microRNA，此外排除某些转录物的降解产物，如 rRNA、tRNA、mRNA 等。

l. 选择相应的生物信息学软件，分析所得序列，进一步确认。

5. PAGE/Northern Blot 验证

分子生物学的实验方法是确认 microRNA 不可或缺的方法，PAGE/Northern Blot 无疑是最为有效且常用的方法。寡核苷酸探针标记、尿素变性 PAGE、样品处理、Northern Blot 法等在后续章节详细介绍，在此不再赘述。

三、新 microRNA 基因克隆技术的步骤（反向分析法）

由于直接克隆的方法受限于某些 microRNA 表达丰度低或表达于某些特殊细胞等原因，难于克隆，以致许多信息遗漏。因此，尚需反向分析法加以弥补。

目前，通过分析基因组内的序列对 microRNA 进行预测的策略有多种，此类方法一般基于以下原则：①分析序列的二级结构是否具有 microRNA 的特征；②分析候选 microRNA 所在序列及发夹结构的保守性；③分析候选 microRNA 所在序列及结构的热力学稳定性；④分析与已知 microRNA 的序列相关性。目前多种新 microRNA 基因预测软件依赖于 microRNA 的保守性。如 MiRscan，基于已经实验验证的 microRNA 的结构特征，以此预测秀丽线虫及人类基因组内的新 microRNA，后经实验证实，该策略是有效的[17,25]。另一个基于保守性分析的预测软件是 snarloop，预测了 140～300 个秀丽线虫的新 microRNA。miRseeker 在依赖序列保守性的同时，参考了其他结构的保守性，如多样性的环形结构及更为保守的茎-环结构等，该软件预测了果蝇基因组内 48 个候选新 microRNA 基因。保守性并不局限于 microRNA 本身结构的独特性，其可能靶基因调控序列的保守性也是一个有效的参考因素。Xie 等通过分析一些蛋白质编码基因 3′-UTR 保守的模体与已知 microRNA 的种子序列的相关性，利用此相关性，通过一些基因新的 3′-UTR 保守模体预测了人类基因组内 129 个候选的 microRNA，基于此原则业已预测了拟南芥、果蝇及蠕虫等基因组内的新 microRNA 基因。二级结构的热力学稳定性可以区分 microRNA 与其他的 RNA，如 tRNA 或 rRNA 等。Bonnet 等发现与其他 RNA 相比，microRNA 折叠所需的自由能明显低于其他 RNA 序列。RNAz 软件依据热力学稳定性与二级结构的保守性相结合的原则，预测非编码 RNA，已成功预测了多个物种基因组内的新 microRNA 基因[40]。近来一些基于类型比对策略的预测方法，通过分析基因组基因序列与已知 microRNA 基因在序列及二级结构等不同水平的同源性或保守性也可预测一些新的 microRNA 基因。但是基于保守性原则所开发的预测软件有一明显的缺陷，即一些保守性较差的 microRNA 可能在分析过程中丢失。因此，多个研究小组提出了一种称作 *ab initio* 的预测策略，该方法仅依赖 microRNA 特异的结构特征，如折叠所需的自由能、确切的茎-环结构长度、环形结构的大小以及茎-环结构内核苷酸组成等。基于该策略的预测软件亦可成功预测新的 microRNA。此外，有一种预测方法基于 microRNA 往往成簇存在的原则，通过已知 microRNA 去预测其上下游列存在的新 microRNA 基因，实验结果显示该方法也是切实可行的[39]。

上述预测方法的具体应用步骤在相关章节有详细的阐述，在此不再赘述。需要指出的是，不同的预测软件有其优势，同时存在缺点，相互结合使用则可事半功倍。无论何种预测软件，在得到新的 microRNA 基因后，尚需分子生物学方法的验证，进而方可注册。microRNA 经转录加工得到的成熟分子一般约 22 个核苷酸左右。确定成熟 microRNA 的 5′末端，对于下游的研究工作十分重要。因此，克隆及测序验证是后生物信息学预测的一种有效方法，可参考上述操作步骤。对于验证成熟序列或并不验证确切末端的序列可参考图示策略（见图 4-6），选择克隆策略或基于杂交的方法[9,39]。新 microRNA 预测方法在小 RNA 文库克隆策略中只起到辅助作用，如后续序列分析验证等[36]。来源于 PCR 方法的克隆策略，一条通用引物与 5′连接子互补，另一条引物则与 microRNA 3′末端重叠，使得从小 RNA 文库中克隆 microRNA 切实可行，但是该策略只可确定 microRNA 5′末端。另一直

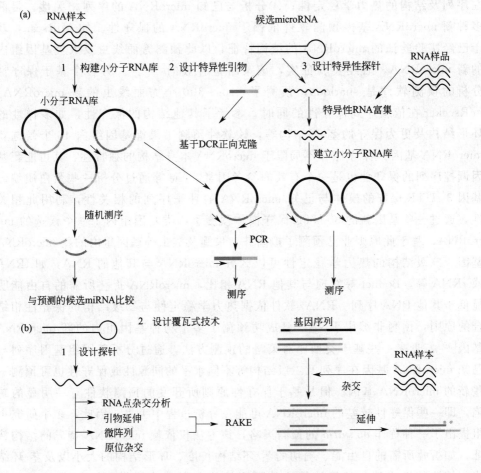

图 4-6　候选 microRNA 的分子生物学验证策略

（引自 Berezikov E，Cuppen E，Plasterk R H. Approaches to microRNA discovery.
Nat Genet，2006，38 Suppl：S2-7）

接克隆的方法需要设计一条与预测 microRNA 基因互补的寡核苷酸，且经生物素等方法标记，可用于富集特异的 cDNA，该策略可获悉 microRNA 的完整序列[37]。相关的操作步骤见上述章节。

多种 RNA 杂交方法也可用于验证预测的新 microRNA 基因，如 PAGE/Northern Blot 方法，可以同时给予研究者表达水平及分子量大小等信息，当然也可用于验证预测的 microRNA 基因。关于 PAGE/Northern Blot 方法的操作步骤及注意事项在后续章节有详细阐述。该方法缺点在于对一些表达丰度较低 microRNA 缺乏敏感性。引物延伸法也是基于杂交反应的策略，在该策略中，首先设计一条比预测 microRNA 短些的引物，以 RNA 为模板，用逆转录酶催化延伸反应，再以凝胶电泳分析延伸产物。该方法的缺点在于只能确定 microRNA 的 5′末端。RAKE 方法（RNA-primed array-based Klenow extention assay）与上述方法基于相反的原则，该方法最早用于研究已知 microRNA 的表达情况。在该方法中，microRNA 与基因芯片上探针杂交，以 Klenow 酶催化延伸反应，可高通量分析 microRNA 的 3′末端。原位杂交方法是近来发展的一种 microRNA 检测方法，亦可用于验证预测的新 microRNA 基因，同时也可分析组织内 microRNA 的表达特征。具体操作方法见相关章节。原位杂交的缺点是不能提供 microRNA 分子量及序列信息，因此在验证预测的新 microRNA 基因时存在一定局限性[30~34]。

综上所述，新 microRNA 基因的研究策略主要基于克隆以及生物信息学预测，基于 microRNA 不同特征的策略，既有优点，亦有不可避免的缺点，因此根据所研究对象的不同，选择最佳的研究策略，或联合使用几种不同的方法可完成对新 microRNA 基因的验证工作，为开展后续功能研究奠定基础[14,27]。

四、小结

以上介绍的克隆策略虽然可提供精确的 microRNA 表达信息，但是效率比较低，步骤也较为烦琐，需经过改善方可更有效地进行克隆。此外，实验过程中涉及总 RNA 提取、小分子 RNA 组分 PAGE 纯化以及修饰、克隆，因此高质量的低分子量 RNA 组分对于实验研究至关重要，这也是 microRNA 研究的第一步，目前的 RNA 纯化方法包括有机溶剂抽提和乙醇沉淀，或者是采用更加方便快捷的硅胶膜离心柱的方法来纯化 RNA。由于硅胶膜离心柱通常只富集较大分子的 RNA（200nt 以上），小分子 RNA 往往被漏掉，因而该方法不适用于小分子 RNA 的分离纯化。有机溶剂抽提能够较好地保留小分子 RNA，但是后继的沉淀步骤比较费时费力。Ambion 公司开发的多种产品可有效提取高质量的小分子 RNA，如 mir-Vana microRNA Isolation 试剂盒，采用玻璃纤维滤膜离心柱（glass fiber filter，GFF），既能够有效富集 10mol 以上的 RNA 分子，又能够兼备离心柱快速离心纯化的优点，是一个不错的选择，具体操作过程可见相关技术手册。对于特别稀有的分子，由于需要分离大量 RNA 而导致高背景而降低灵敏度，还可以进一步富集 10~200bp 的小分子 RNA 来提高灵敏度。RNA 可快速被 RNA 酶降解，因此，

RNA 提取过程中应尽量避免 RNA 酶污染，玻璃器具可用干烤方法使 RNA 酶失活，其他离心管、枪头等可选用 Axygen 的产品。

PAGE 纯化目的 RNA 分子时需加入分子量相当的合成对照品和 RNA 分子量对照，以确保所洗脱的 RNA 组分为实验所需。

生物信息学方法对于 microRNA 克隆是非常有效的，分子生物学方法加以确认，排除某些转录物的降解片段和已存在的 microRNA 基因（可参照 Sanger 数据库所记载的 microRNA）。在病毒基因内也存在 microRNA 基因，这对于病毒本身复制及对宿主的影响至关重要，相关克隆方法将在后续相关章节详述。获得新的 microRNA 基因对于系统阐述其功能及其所涉及的调控网络研究将大有裨益。

参 考 文 献

[1] Agius P, Ying Y, Campbell C. Bayesian unsupervised learning with multiple data types. Stat Appl Genet Mol Biol, 2009, 8 (1): Article27.

[2] Ambros V, Bartel B, Bartel D P, Burge C B, Carrington J C, Chen X, et al. A uniform system for microRNA annotation. RNA, 2003, 9 (3): 277-279.

[3] Ambros V, Lee R C. Identification of microRNAs and other tiny noncoding RNAs by cDNA cloning. Methods Mol Biol, 2004, 265: 131-158.

[4] Bandyopadhyay S, Mitra R. TargetMiner: microRNA target prediction with systematic identification of tissue-specific negative examples. Bioinformatics, 2009, 25 (20): 2625-2631.

[5] Barad O, Meiri E, Avniel A, Aharonov R, Barzilai A, Bentwich I, et al. MicroRNA expression detected by oligonucleotide microarrays: system establishment and expression profiling in human tissues. Genome Res, 2004, 14 (12): 2486-2494.

[6] Bartel D P. MicroRNAs: genomics, biogenesis, mechanism, and function. Cell, 2004, 116 (2): 281-297.

[7] Bentwich I. Identifying human microRNAs. Curr Top Microbiol Immunol, 2008, 320: 257-269.

[8] Bentwich I, Avniel A, Karov Y, Aharonov R, Gilad S, Barad O, et al. Identification of hundreds of conserved and nonconserved human microRNAs. Nat Genet, 2005, 37 (7): 766-770.

[9] Berezikov E, Cuppen E, Plasterk RH. Approaches to microRNA discovery. Nat Genet, 2006, 38 Suppl: S2-7.

[10] Berezikov E, van Tetering G, Verheul M, van de Belt J, van Laake L, Vos J, et al. Many novel mammalian microRNA candidates identified by extensive cloning and RAKE analysis. Genome Res, 2006, 16 (10): 1289-1298.

[11] Brameier M, Wiuf C. Ab initio identification of human microRNAs based on structure motifs. BMC Bioinformatics, 2007, 8: 478.

[12] Chang K, Elledge S J, Hannon G J. Lessons from Nature: microRNA-based shRNA libraries. Nat Methods, 2006, 3 (9): 707-714.

[13] Chen P Y, Manninga H, Slanchev K, Chien M, Russo J J, Ju J, et al. The developmental miRNA profiles of zebrafish as determined by small RNA cloning. Genes Dev, 2005, 19 (11): 1288-1293.

[14] Chen X, Jorgenson E, Cheung S T. New tools for functional genomic analysis. Drug Discov Today, 2009, 14 (15-16): 754-760.

[15] Chomczynski P. A reagent for the single-step simultaneous isolation of RNA, DNA and proteins from cell

and tissue samples. Biotechniques, 1993, 15 (3): 532-534, 536-537.

[16] Chomczynski P, Sacchi N. Single-step method of RNA isolation by acid guanidinium thiocyanate-phenol-chloroform extraction. Anal Biochem, 1987, 162 (1): 156-159.

[17] Doran J, Strauss W M. Bio-informatic trends for the determination of miRNA-target interactions in mammals. DNA Cell Biol, 2007, 26 (5): 353-360.

[18] Fu H, Tie Y, Xu C, Zhang Z, Zhu J, Shi Y, et al. Identification of human fetal liver miRNAs by a novel method. FEBS Lett, 2005, 579 (17): 3849-3854.

[19] Griffiths-Jones S. The microRNA Registry. Nucleic Acids Res, 2004, 32 (Database issue): D109-111.

[20] Griffiths-Jones S, Grocock R J, van Dongen S, Bateman A, Enright AJ. miRBase: microRNA sequences, targets and gene nomenclature. Nucleic Acids Res, 2006, 34 (Database issue): D140-144.

[21] Hertel J, Hofacker I L, Stadler P F. SnoReport: computational identification of snoRNAs with unknown targets. Bioinformatics, 2008, 24 (2): 158-164.

[22] Huang T H, Fan B, Rothschild M F, Hu Z L, Li K, Zhao S H. MiRFinder: an improved approach and software implementation for genome-wide fast microRNA precursor scans. BMC Bioinformatics, 2007, 8: 341.

[23] Huttenhofer A, Brosius J, Bachellerie J P. RNomics: identification and function of small, non-messenger RNAs. Curr Opin Chem Biol, 2002, 6 (6): 835-843.

[24] Lagos-Quintana M, Rauhut R, Yalcin A, Meyer J, Lendeckel W, Tuschl T. Identification of tissue-specific microRNAs from mouse. Curr Biol, 2002, 12 (9): 735-739.

[25] Lim L P, Lau N C, Weinstein E G, Abdelhakim A, Yekta S, Rhoades M W, et al. The microRNAs of Caenorhabditis elegans. Genes Dev, 2003, 17 (8): 991-1008.

[26] Long J E, Chen H X. Identification and characteristics of cattle microRNAs by homology searching and small RNA cloning. Biochem Genet, 2009, 47 (5-6): 329-343.

[27] Mendes N D, Freitas A T, Sagot M F. Current tools for the identification of miRNA genes and their targets. Nucleic Acids Res, 2009, 37 (8): 2419-2433.

[28] Michael M Z. Cloning microRNAs from mammalian tissues. Methods Mol Biol, 2006, 342: 189-207.

[29] Oulas A, Karathanasis N, Poirazi P. Computational identification of miRNAs involved in cancer. Methods Mol Biol, 2011, 676: 23-41.

[30] Pfeffer S, Lagos-Quintana M, Tuschl T. Cloning of small RNA molecules. Curr Protoc Mol Biol, 2005.

[31] Pfeffer S, Sewer A, Lagos-Quintana M, Sheridan R, Sander C, Grasser FA, et al. Identification of microRNAs of the herpesvirus family. Nat Methods, 2005, 2 (4): 269-276.

[32] Stark A, Kheradpour P, Parts L, Brennecke J, Hodges E, Hannon G J, et al. Systematic discovery and characterization of fly microRNAs using 12 Drosophila genomes. Genome Res, 2007, 17 (12): 1865-1879.

[33] Stark A, Lin M F, Kheradpour P, Pedersen J S, Parts L, Carlson J W, et al. Discovery of functional elements in 12 Drosophila genomes using evolutionary signatures. Nature, 2007, 450 (7167): 219-232.

[34] Tilesi F, Fradiani P, Socci V, Willems D, Ascenzioni F. Design and validation of siRNAs and shRNAs. Curr Opin Mol Ther, 2009, 11 (2): 156-164.

[35] van der Burgt A, Fiers MW, Nap J P, van Ham R C. In silico miRNA prediction in metazoan genomes: balancing between sensitivity and specificity. BMC Genomics, 2009, 10: 204.

[36] Xu Y, Zhou X, Zhang W. MicroRNA prediction with a novel ranking algorithm based on random walks. Bioinformatics, 2008, 24 (13): i50-58.

[37] Yousef M, Showe L, Showe M. A study of microRNAs in silico and in vivo: bioinformatics approaches to microRNA discovery and target identification. FEBS J, 2009, 276 (8): 2150-2156.

[38] Zhou Z S, Huang S Q, Yang Z M. Bioinformatic identification and expression analysis of new microRNAs from Medicago truncatula. Biochem Biophys Res Commun, 2008, 374 (3): 538-542.

[39] Zhu E, Zhao F, Xu G, Hou H, Zhou L, Li X, et al. mirTools: microRNA profiling and discovery based on high-throughput sequencing. Nucleic Acids Res, 2010, 38 (Web Server issue), W392-397.

[40] Zuker M. Mfold web server for nucleic acid folding and hybridization prediction. Nucleic Acids Res, 2003, 31 (13): 3406-3415.

第五章　microRNA 表达分析方法

microRNA 在特异的生理或病理状态下的功能及作用机制研究，其起始步骤便是分析 microRNA 的表达特征，开展相关研究的方法主要有 microRNA 基因芯片分析、microRNA 实时定量 PCR 分析、PAGE/Northern Blot 分析以及 microRNA LNA-ISH 原位杂交等，本章将逐一详细阐述其原理、操作步骤及相关注意事项。

第一节　microRNA 基因芯片分析

一、基本原理

存在于人类基因组内的 microRNA 基因预计有 1000 多种，单个 microRNA 可作用于多个靶基因，多个 microRNA 也可作用于单个靶基因[1,4]。microRNA 数量众多，调控过程复杂，要研究其功能，需要高通量的研究技术。生物芯片是近年来发展起来的高效率、高通量的检测技术，目前已广泛应用于多种生物分子的研究。microRNA 基因芯片已成为重要的研究技术，多个研究小组发展出不同的 microRNA 基因芯片表达分析平台，为 microRNA 高效率、高通量研究奠定了基础[2,3,22,24]。

生物芯片实际上是一种微型生物传感器，在不同的基质（如玻璃、硅片、尼龙膜、金属、凝胶等）表面有序地点阵排列了一系列生物分子，固定在每一点阵上的分子都是已知的，然后在相同条件下，点阵上的分子与其"配体"分子反应，反应结果用核素、荧光、化学发光或酶标法显示，再通过计算机软件分析，综合成可读总信息，实现对化合物、蛋白质、核酸、细胞或其他生物组分准确、快速、高通量的筛选或检测。在生命体中基因信息的阅读、储存、转录和翻译均是通过分子识别的规则进行的，将核酸包含的大量的可通过碱基互补识别的分子序列应用已知序列的核酸探针进行杂交，对未知基因进行高通量分析，基因芯片正是基于此而产生的。microRNA 基因芯片的使用原理与上述相同，目前已广泛用于特异组织或细胞内 microRNA 表达谱的研究[3,20,21,26]。microRNA 基因芯片对 microRNA 表达特征的研究是间接的，在分析过程中仍存在特异性和敏感度不高等缺点，因此，所得结果存在一定的假阳性，需要辅助其他更为准确的表达研究方法加以验证，如 PAGE/Northern Blot 等[9,18,23]。

二、microRNA 微阵列检测平台

目前 microRNA 基因芯片有两种不同的使用平台，分别为 Fabricated 微阵列和原位合成微阵列（*in situ* synthesized microarrays）。前者是将已定的寡核苷酸探

针通过 5′末端氨基基团固定在基质表面。后者是根据需要从 3′至 5′方向设计并合成寡核苷酸探针，通过 3′末端将其固定于基质表面，用于表达检测[6~8,27]。

1. Fabricated microRNA 微阵列

Fabricated microRNA 微阵列检测平台首先将寡核苷酸探针固定在尼龙膜表面，此类探针往往含有三个拷贝的目标 microRNA 分子，实验证明多个拷贝叠加并不十分必要，靠近基质表面的互补序列杂交信号较低，可能是远离基质的序列更自由，与靶分子结合更容易。因此预制探针需考虑增加连接子序列，确保互补序列的自由度。

2. *In situ* synthesized microRNA microarrays

In situ synthesized microarrays 检测平台寡核苷酸探针根据已知成熟 microR-NA 分子的序列设计，探针的方向对于杂交分析至关重要。

3. RNA 样品的标记方法

待检测 RNA 样品的纯度与标记效率对于 microRNA 微阵列平台的使用及改善检测的敏感度至关重要。总 RNA 提取与纯化在 microRNA 基因克隆部分已有详细介绍，多个公司开发的 RNA 纯化试剂盒可提供微阵列检测所用的样品，在此不作赘述。目前 RNA 样品的标记方法有直接标记和间接标记两种。

（1）直接标记法　最常用的总 RNA 标记方法是以生物素标记的 8 个核苷酸作为随机引物，通过逆转录，可以对最少 $2.5\mu g$ 的 RNA 样品完成标记反应。由于大多数被标记的 RNA 分子为 rRNA 或 tRNA，只有丰度高的 microRNA 才会被标记进而完成表达检测，丰度低的 microRNA 则不易检测到。另外一种标记方法是利用 T4 RNA 连接酶催化荧光标记的二核苷酸连接于待标记的 RNA 分子。该方法可特异识别成熟 microRNA 3′末端的羟基基团，可避免标记某些 RNA 的降解产物，因此具有更高的检测效率、特异性以及敏感度，但是待标记总 RNA 样品需 $25\mu g$。

Babak 等采用了一种将荧光共价标记 RNA 分子的方法，该方法选用 $7\mu g$ 总 RNA 样品标记，序列分析显示 microRNA 分子至少含有 1 个 G，据此将荧光标记于 G 用于表达检测。该方法与前两种标记方法的不同之处，也是其应用的优势是采用双色杂交，提高了敏感度，检测假阳性也有所降低。但是由于标记特异发生在 G 上，需同时兼顾 microRNA 的丰度及 microRNA 序列中的 G 含量。

Ambion 公司研发的 mirVANA™ microRNA-labeling 试剂盒，采用一种不同的标记方法，选用 poly-A 聚合酶将几十个核苷酸添加到含 3′羟基的 RNA 分子末端，据此可将荧光标记或胺修饰的核苷酸添加到 microRNA 分子中，提高了检测的敏感性。该标记方法所需 RNA 量较少，$10\mu g$ 总 RNA 经过分子量分离纯化，得到的小分子 RNA 组分即可完成表达检测。具体使用方法可见 Ambion 网页（http：//www. ambion. com/techlib/tn/116/8. html）。

化学修饰将标记物直接连接于样品内的 microRNA 也是一种有效的标记方法，通过 PAGE 法分离纯化 $90\mu g$ 总 RNA 得到小分子 RNA，经过化学修饰添加标记物，用于 microRNA 表达的高通量检测。该方法的创新之处在于通过链霉亲和素在杂交后处理步骤中添加了 QD（Quantum Dot）粒子，大大提高了检测的敏感度。QD 的相关信息可见 Quantum Dot 公司的网页（http：//www. qdots. com/live/index. asp）。

RAKE 是另一种新的基因芯片检测方法，是以 Klenow 酶催化将生物素标记的 dATP 固定于芯片上。该微阵列平台将预先合成的寡核苷酸探针通过 5′末端固定在基质上，3′末端含有 microRNA 互补序列，通过三个胸苷与 5′末端 21 个核苷酸分开，这与 Klenow 酶催化添加的三个 dATP 相匹配。芯片与 RNA 样品杂交后，可以用核酸外切酶 I 去除单链分子。接下来的检测步骤通过链霉亲和素连接荧光基团完成。所需 RNA 样品可以用 Ambion RNA 分离试剂盒富集低分子 RNA 组分，$4\mu g$ 纯化后的 RNA 分子即可完成杂交分析。该平台选用了 Klenow 酶特异地识别 microRNA 3′末端，并使用 RNA 酶处理，大大提高了杂交特异性，而选用 Ambion RNA 分离试剂盒的富集低分子 RNA 组分来检测会使实验更方便快捷。

Genisphere（详见 http：//www. genisphere. com/array_detection_900microRNA. html）提供了一种更为敏感的检测方法，该平台的核心技术在于 3DNA 含有多个可以与靶 RNA 连接的单链，连接反应是通过将 polyA 尾巴添加到 microRNA 分子末端，以 oligo-dT 与之匹配。连接有寡核苷酸的 microRNA 固定于芯片基质上，标记的 3DNA 则正是通过特异捕获这段寡核苷酸完成杂交的，通过常规方法检测荧光完成信号分析。

以上介绍的多个芯片检测平台均以不同的催化修饰反应直接标记靶 RNA，高通量分析 microRNA 的表达情况（见表 5-1 和表 5-2）。

（2）扩增反应标记法 Miska 等以荧光标记 Cy3 的引物，采用 PCR 方法获得经标记的双链产物，通过变性解链与基因芯片杂交。本方法的一个非常明显的缺点是快速退火可能会使标记的分子丢失，达不到检测的目的。然而，本方法可以通过改变 T_m 值来降低检测的假阳性问题，Barad 等将 T_m 值提高到 60℃，可以区分探针与靶 RNA 分子仅一个错配的情况。Baskerville 与 Bartel 等改进该方法，杂交时仅用标记的单链分子，而标记链则通过变性 PAGE 分离获得。通过增加凝胶分离步骤，结合双色杂交及其他分析技术，提高了敏感度，降低了假阳性，但是同时也增加了实验用时。

将 T7 RNA 聚合酶启动子序列催化添加至 microRNA 的 3′末端是一种与上述不同的扩增方法。该方法以标准的双链 cDNA 文库为起始物，利用 T7 RNA 聚合酶催化反向标记，微阵列固定的探针具有与成熟 microRNA 分子相同的有义链，可以用于检测低丰度 microRNA 的表达特征，因此具有较高的敏感性与精确性。但是该方法所用的 RNA 较多，制备双链 cDNA 文库时需要 $300\mu g$ 的总 RNA。此外 T7 RNA 聚合酶启动子序列也可催化添加至 microRNA 的 5′末端，使得微阵列固定的探针也可为反义链。

目前各种标记方法均有研究小组应用，且取得了较好的结果（见表 5-1），研究人员可根据实验需要选择合适的 microRNA 微阵列检测平台。

表 5-1　microRNA 微阵列常用的检测方法

研究小组或公司所选用的研究平台	标 记 方 法	是否需要扩增反应	总 RNA 使用量
Liu 等（2004）GeneMachine OmniGrid 100 使用 Bioscience Code Link-activated slides	以生物素标记的 8 个核苷酸作为随机引物，利用逆转录反应进行标记	否	2.5μg
Thomson 等（2004）GeneMachine OmniGrid 100 Microarrayer 使用 Corning GAPS-2 slides	利用 T4 RNA 连接酶催化荧光标记的二核苷酸连接于待标记的 RNA 分子	否	25μg
Babak 等（2004）Agilent 公司 in-situ synthesized microarrays	荧光共价标记 RNA 序列中的 G	否	7μg
Ambion 公司 专利保护，未公开	选用 polyA 聚合酶将几十个核苷酸添加到含 3′羟基的 RNA 分子末端，据此可将荧光标记或胺修饰的核苷酸添加到 microRNA 分子	否	10μg
Nelson 等（2004）GeneMachine OmniGrid 100 使用 Bioscience Code Link-activated slides	以 Klenow 酶催化将生物素标记的 dATP 固定于芯片上	否	小分子 RNA 组分 4μg
Liang 等（2005）Glycidyloxipropyltri-methoxysilane-（GOPTS） activated glass slides（Sigma）. PixSys 5500 spotting robot（Cartesian Technology）	化学修饰将标记物直接连接于样品内的 microRNA	否	
Genisphere 公司	该平台的核心技术在于 3DNA 含有多个可以与靶 RNA 连接的单链，连接反应是通过将 polyA 尾巴添加到 microRNA分子末端，以 oligo-dT 与之匹配	否,但也可选用扩增标记	
Miska 等（2004）MicroGrid TAS Ⅱ arrayer using Amersham Bioscience CodeLink-activated slides	以荧光标记 Cy3 的引物采用 PCR 方法获得经标记的双链产物，通过变性解链，与基因芯片杂交	需要	
Baskerville，Bartel（2005）Probes spotted onto Amersham Bioscience CodeLink-activated slides	同上，但是分离标记的单链	需要	
Barad 等（2004）Agilent Technologies in situ synthesized microarrays	将 T7 RNA 聚合酶启动子序列催化添加至 microRNA 的 3′末端	需要	300μg

三、microRNA 微阵列杂交后处理及分析

微阵列杂交后需要进一步处理，获得杂交信号，经分析后得到某些基因的表达特征。目前使用多种微阵列检测平台，且杂交后的洗脱及处理方法也略有不同，这里比较几种不同处理策略，提供给读者最佳的处理条件，以期获得最佳的检测结果。microRNA 分子量小，因此需谨慎选择杂交温度及洗脱条件，以提高检测敏感度及降低假阳性。Baskerville[6]、Bartel[6] 及 Barad[3] 的研究小组选择较高的杂交温度，如 57℃、60℃，获得较好的结果。某些研究小组则选择更为严谨的洗脱条件，将洗脱温度提高至 42℃，伴随含较高盐离子浓度的洗脱缓冲液，若选用较低洗脱温度时，选择较低盐离子浓度的洗脱缓冲液。表 5-2 对比了几种不同的洗脱条

件，供大家参考。

表 5-2 microRNA 微阵列杂交常用的几种洗脱条件

研究小组或公司	杂 交 条 件	洗 脱 条 件
Liu 等(2004)	6×SSPE（0.9mol/L NaCl；60mmol/L 磷酸钠缓冲液；8mmol/L EDTA，pH 7.4）；30%甲酰胺于 25℃杂交 18h	0.75 TNT（Tris-HCl，NaCl，Tween-20）于 37℃洗涤 40min
Thomson 等(2004)	0.4mol/L Na_3PO_4，pH7.0；0.8% BSA；5% SDS；12%甲酰胺于 37℃杂交 2h	以 2×SSC，0.025% SDS，于 25℃洗涤 1 次；8×SSC 洗涤 3 次；4×SSC 洗涤 3 次
Babak 等(2004)	1mol/L NaCl；0.5%肌氨酸钠；50mmol/L 甲磺酸乙酯，pH 6.5；33%甲酰胺；40μg 大马哈鱼精子蛋白于 42℃杂交 16～24h	6×SSPE，0.005% 肌氨酸，洗涤 30s；0.06×SSPE 洗涤 30s
Ambion 公司	未公开数据	未公开数据
Nelson 等(2004)	5×SSC；5%甲酰胺于 25℃杂交 18h	2×SSC 于 37℃洗涤 1min，三次
Liang 等(2005)	甲酰胺预杂交及杂交液（未公开配方）于 37℃杂交过夜	1×SSC，0.5% SDS 于 37℃洗涤 10min
Genisphere 公司	杂交液（未公开配方）于 50～54℃杂交过夜（16～20h）	预热的 2×SSC，0.2% SDS 于 42℃洗涤 15min；2×SSC 于室温洗涤 10～15min；0.2×SSC 于室温洗涤 10～15min
Miska 等(2004)	5×SSC，0.1% SDS，0.1mg/mL 经剪切的变性鲑鱼精子 DNA 在 50℃、6h	未公开数据
Baskerville，Bartel(2005)	3.5×SSC，1% BSA，0.1% SDS，0.1mg/mL 鲱鱼精子 DNA（Sigma），0.2mg/mL 酵母 tRNA（Sigma），0.4mg/mL polyA RNA 于 57℃杂交 6h	2×SSC，0.1% SDS 于 50℃洗涤 5min；0.1×SSC，0.1% SDS 洗涤 10min；洗涤 3 次；用 0.1×SSC 洗涤 1min，洗涤温度未公开
Barad 等(2004)	杂交液（见 Agilent 操作手册）于 60℃杂交过夜	未公开数据

1. microRNA 微阵列应用讨论

目前已有许多 microRNA 微阵列的研究结果见诸报道，通过该高通量的检测平台得到了数据库内已存在的 microRNA 的表达特征，如多种恶性肿瘤、细胞分化过程中等特异状态下 microRNA 的表达谱，这对于进一步开展 microRNA 的功能研究提供了大量有用的信息[11,14～16,19,28]。但是，microRNA 微阵列仍避免不了假阳性问题，杂交后的处理步骤中，因洗涤条件不同对检测结果有较大的影响。故所得杂交信息需要用其他方法，如 PAGE/Northern Blot、实时定量 PCR 等技术加以确认方可。microRNA 微阵列用于 microRNA 表达检测，特异性是非常关键的，而合适对照品的使用可以增加检测数据的可信度。较为常用的对照物是丰度较高的 RNA 分子，如 tRNA、rRNA 等，可以显示待检 RNA 组分中此类 RNA 分子的含量。阴性对照的设置也是非常重要的，可以确保杂交反应的特异性以及杂交结果的可信性。另一类对照在常规微阵列中非常常用，称为 spike-in 对照。设置此类对照可以改善探针标记效率和杂交效率等方法学特征数据。

Lu 等利用一种新的技术检测了 334 种人类肿瘤组织中的 217 种 microRNA 的表达特征，获得的信息可用于分析肿瘤发生及分级，对于肿瘤临床诊断具有积极的意义[25]。该研究平台称为 microbead，是 Lu minex 研发的一种新技术平台，称作 xMAP（http：//www. lu minexcorp. com/01 _ xMAPTechnology/index. html），可确保不同 microbead 具有一致性。microbead 有不同的荧光染料混合物，经激光激活后可完成杂交信号检测。根据实验需要将待检测样品包装在磁珠表面，一个反应便可检测出 100 种不同的样品。用于基因表达分析时，将寡核苷酸探针包装在磁珠上，与经荧光标记的 mRNA 杂交，信息读取采用 Lu minex Reader 完成。每种 microbead 读取两次，第一次确保检测一致性，第二次则是读取杂交信号强度。该研究平台用于 microRNA 表达分析时，首先将与 microRNA 序列互补的寡核苷酸探针固定于磁珠上，与 PCR 扩增添加生物素标记的 microRNA 库杂交。杂交后洗涤，与藻红蛋白-链霉亲和素共孵育，放入 Lu minex Reader 进行信号读取。Lu 等即是通过该方法获取了多种肿瘤组织中 microRNA 的表达谱。GENACO 以磁珠为基质，发展了一种新的方法，称为 mirMASA（http：//gene. genaco. com/mirmasa. html）。寡核苷酸探针具有其独特性，LNA（locked nucleic acid）修饰是一大特征。另外，在杂交中寡核苷酸探针是由捕获和检测探针串联而成的，捕获探针部分与目的 microRNA 的一半序列互补，而检测探针则与目的 microRNA 的另一半序列互补。杂交结合后，检测步骤仍通过添加藻红蛋白-链霉亲和素完成。目前研究结果显示该方法可有效用于 microRNA 的表达研究，且与 PAGE/Northern Blot 的结果较为一致。

四、microRNA-基因芯片分析 microRNA 表达特征（以 Affymetrix microR-NA 基因芯片操作为例）

1. 简介

microRNA 参与细胞增殖、分化及凋亡等重要的生命活动，其作为一种基因表达的重要调控分子，近年来其调控功能备受重视[1,4,5,30]。但是目前有关 microRNA 调控研究的未知领域还很多，而开展相关研究的初始步骤便是揭示某种生理或病理过程中 microRNA 的特异表达谱。研究 microRNA 表达谱的方法很多，microRNA-基因芯片则是唯一可以做到高通量的分析技术。目前 microRNA-基因芯片已广泛用于高通量分析 microRNA 表达特征，多家公司开发出相关的产品。笔者实验室曾选用了 Exiqon、Affymetrix 等公司的产品分析 microRNA 在肝细胞癌、胆管癌等恶性肿瘤组织中的表达特征，高通量筛选在肿瘤组织特异表达的 microRNA，进行深入的功能研究[10,12,13]。本节仅以 Affymetrix 公司的操作步骤简单介绍 microRNA-基因芯片的运用方法。

Affymetrix 公司 microRNA-基因芯片分析所用的标记方法是 FlashTag 试剂盒，可标记总 RNA、特异降解的 RNA 分子以及一些小分子 RNA，包括 microR-NA、snRNA、hnRNA 及 piRNA 等。FlashTag 试剂盒可快速标记 RNA 分子，标记简单、精确、敏感性高。FlashTag 试剂盒标记具有高敏感性，缘于 Genisphere 公司特有的 3DNA 树突状化合物信号扩增技术。3DNA 是一种具有多个标记位点的单链或双链树突状分子。其他标记方法只可完成单位点标记，而 Genisphere 公司的方法可以在靶 RNA 分子上标记约 15 个生物素分子，因此提高了敏感性。取 RNA 约 1μg，标记靶 RNA 分子步骤首先完成加尾反应，进而进行生物素信号分子连接反应，整个反应步骤完成不到 1h。标记好的靶 RNA 分子可用于后续的芯片杂交反应（in-process ELOSA QC assay），标记反应图示见图 5-1。

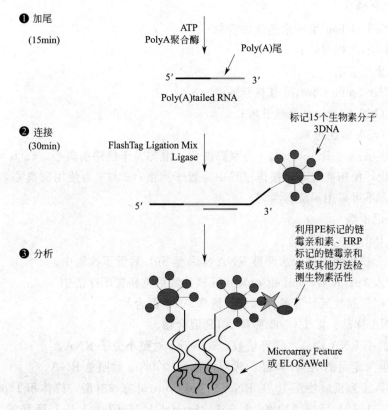

图 5-1　microRNA 标记及杂交策略

2. FlashTag 标记步骤

（1）RNA 纯化　富集含小分子 RNA 的总 RNA 可以选择 Millipore 公司或 Qiagen 公司的试剂盒。以 Millipore 公司产品（Millipore cat. no. 42413）简述操作步骤。

① 以 50μL 10mmol/L Tris-HCl（pH 8.0）稀释总 RNA 样品。

② 于 80℃ 热处理 3min 后立即冰浴 3min。

③ 以 50μL 10mmol/L Tris-HCl（pH 8.0）活化 Microcon 分离柱，于 13000g 离心 3min。

④ 弃去收集的穿透液，将 Microcon 分离柱放入新的离心管中。

⑤ 将 50μL 总 RNA 样品加入 Microcon 分离柱中，于 13000g 离心 7min。

⑥ 收集约 45μL 的洗脱液，即为小分子 RNA，测浓度备用。

（2）FlashTag 标记

① 材料

a. 10×反应缓冲液；

b. 25mmol/L MnCl$_2$；

c. ATP 混合物；

d. PAP 酶；

e. 5×FlashTag 生物素连接混合物；

f. T4 DNA 连接酶；

g. 终止反应液；

h. RNA Spike Control 寡核苷酸；

i. ELOSA Spotting 寡核苷酸；

j. ELOSA 阳性对照。

注意事项：a、b、e、g 与 i 为室温融化，混匀并于使用前离心；c、h 与 j 为于冰浴中融化，使用前离心，操作过程中应置于冰浴；d 与 f 为使用前离心，始终置于冰浴中，不可以用涡旋器混匀。

② 标记步骤

a. 加 Poly（A）尾

ⓐ 以无核酸酶去离子水调整 RNA 样品至 8μL 后置于冰浴中。

ⓑ 加入 2μL RNA Spike Control 寡核苷酸后重新置于冰浴中。

ⓒ 根据样品性质计算稀释因子，稀释 ATP 混合物。

总 RNA 样品：以 1:500 稀释 ATP 混合物。

定量的小 RNA 样品：稀释倍数，5000/ng 对照小分子 RNA。

富集但未定量的 RNA 样品：稀释倍数，1000/μg 对照总 RNA。

ⓓ 加入下列反应物至 10μL RNA Spike Control 寡核苷酸，终体积 15μL。

ⓔ 1.5μL 10×反应缓冲液；1.5μL 25mmol/L MnCl$_2$；1.0μL 稀释的 ATP 混合物；1.0μL PAP 酶。

注意事项：如果同时进行至少 5 个标记反应，足量总混合物可在本步骤一起准备。轻轻混匀后离心，不可以用涡旋器混匀。

ⓕ 于 37℃热处理 15min。

b. FlashTag 连接反应

ⓐ 将 15μL 加尾的 RNA 分子离心后置于冰浴。

ⓑ 加入 4μL 5×FlashTag 生物素连接混合物。

ⓒ 加入 2μL T4 DNA 连接酶。

ⓓ 轻轻混匀后离心。

ⓔ 于 25℃孵育 30min。

ⓕ 加入 2.5μL 终止反应液以终止反应。将 23.5μL 连接样品混匀并离心。

ⓖ 取 2μL 标记样品进行质控分析（ELOSA QC assay），剩余 21.5μL 可用于 Affymetrix GeneChip microRNA 杂交分析。

注意事项：标记样品于冰浴中可放置 6h，于－20℃可保存 2 周以上。

3. Affymetrix microRNA-基因芯片杂交

（1）杂交炉、microRNA-基因芯片及 RNA 标记样品

① 选择 Affymetrix 杂交炉 640 或 645，设置杂交温度为 48℃，设置转速为 60r/min。打开杂交炉进行预热。

② 将 microRNA-基因芯片放置于室温 10～15min，根据样品做相应标记。

③ 在杂交样品混合液加入时，用 20μL 或 200μL 枪头插入封闭膜，使之通风。

④ 下载并安装 Affymetrix microRNA 基因芯片文件压缩包。文件链接：http://www. affy metrix. co/ products_services/arrays/specific/mi_rna. affx♯1_4。

⑤ 上传样品及芯片信息。查阅更详细的可参阅下述文件：http://www. affymetrix. com/support/downloads/manuals/agcc_command_console_user_guide. pdf。

（2）microRNA 基因芯片杂交

① 取出下面步骤③中所用的试剂至室温。

② 将 20×真核细胞杂交对照完全融化，并于 65℃预热处理 5min。

③ 将下述试剂加入 21.5μL 生物素标记的 RNA 样品，制备基因芯片杂交混合液：50μL 2×杂交混合物；10μL 无核酸酶去离子水；5μL 去离子甲酰胺；10μL 二甲基亚砜；5μL 20×真核细胞杂交对照；1.7μL Control 寡核苷酸；B2，3nmol/L。

④ 终体积 103.2μL，于 99℃孵育 5min，后于 45℃孵育 5min。

⑤ 取上述样品 100μL 后加入芯片。

⑥ 去掉用于芯片通风的枪头。

⑦ 封闭芯片，降低样品的蒸发或防止泄漏。

⑧ 基因芯片置于预热的杂交炉中。

⑨ 基因芯片于 48℃杂交 16h。

（3）基因芯片洗脱、染色及扫描　详细信息可参考 http://www. affymetrix. com/products_ services/reagents/specific/hyb_wash_stain_kit. affx♯1_4 以及 http://www. affymetrix. com/support/downloads/manuals/agcc_command_console_user_guide. pdf。

① 芯片于杂交炉杂交 16h 后，取出并除去封闭膜。

② 将每张芯片上的杂交反应液吸出放于 96 孔板中，短时间保存于冰浴，若长期保存则需放置于－80℃，重复实验备用。

③ 将每张芯片加入芯片杂交缓冲液。

④ 在芯片洗涤染色前将之放于室温。

⑤ 注意事项：芯片可放于杂交缓冲液中 3h，以备洗涤与染色。

⑥ 将装有染色试剂的小瓶放置于基因芯片洗涤工作站的样品支架上：将装有 $600\mu L$ 琥珀色染液 1 的小瓶放置于样品支架 1；将装有 $600\mu L$ 透明染液 2 的小瓶放置于样品支架 2；将装有 $600\mu L$ 基因芯片固定缓冲液放置于样品支架 3。

⑦ 用洗脱工作液 FS450_0003 在基因芯片洗涤工作站对基因芯片进行洗脱及染色。

a. 杂交后洗脱步骤♯1，用洗脱缓冲液 A 于 25℃以 2mixes/循环洗脱芯片 10 个循环。

b. 杂交后洗脱步骤♯2，用洗脱缓冲液 B 于 50℃以 15mixes/循环洗脱芯片 8 个循环。

c. 洗脱后染色步骤♯1，用染色液 1 于 25℃对探针芯片染色 10min。

d. 染色后洗脱步骤♯1，用洗脱缓冲液 A 于 30℃以 4 mixes/循环洗脱芯片 10 个循环。

e. 洗脱后染色步骤♯2，用染色液 2 于 25℃对探针芯片染色 10min。

f. 洗脱后染色步骤♯3，用染色液 1 于 25℃对探针芯片染色 10min。

g. 用洗脱缓冲液 A 于 35℃，以 4 mixes/循环洗脱芯片 15 个循环。

⑧ 将基因芯片固定缓冲液加入。

⑨ 在芯片扫描之前，检查芯片上的缓冲液是否存在气泡，若有加入固定缓冲液去除之，以封闭膜封闭，检查芯片表面是否存在污渍，轻轻清洁后，扫描。

（4）基因芯片扫描　　扫描步骤参见 http://www.affymetrix.com/support/downloads/manuals/agcc_command_console_user_guide.pdf。

（5）扫描数据分析　　利用 microRNA QC 工具软件进行数据总结、标准化分析以及质控分析，参阅 www.affymetrix.com/products_services/arrays/specific/mi_rna.affx♯1_4。质控分析图如图 5-2 所示（笔者实验室分析结果）。

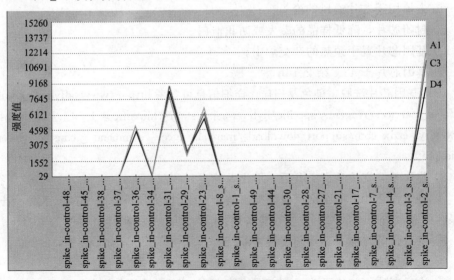

图 5-2　RNA 质控分析

五、microRNA-基因芯片分析讨论

基因芯片分析的优势在于可完成对大量基因的高通量检测，在用于 microRNA 表达研究时，在支持物上固定 microRNA 探针，可对样品同时进行大量 microRNA 基因的表达分析，microRNA 探针可根据相关数据库进行升级，数据库则可参阅本书前部分的生物信息学分析章节。

基因芯片分析虽然具有高通量分析的优点，但是不可避免地存在较高的假阳性，需要用其他方法进行验证，如 PAGE/Northern Blot 分析等，Northern Blot 方法是经典的 RNA 表达研究方法，结果精确，可用于基因芯片结果的验证，避免选择 microRNA 实时定量 PCR 方法，因其同样存在假阳性的缺点[17,29]。

用于基因芯片分析的 RNA 样品需经高纯度纯化方可使用，可在一定程度上降低假阳性信号，多家公司开发出相关的 RNA 纯化试剂盒，如 Qiagen、Millipore 等，以 Qiagen 公司的 QIAcube 试剂盒最为常用，且效果较为理想。在纯化步骤中应避免因纯化方法的缺陷而损失相关分子信息。

第二节 microRNA PAGE/Northern Blot 分析

Northern 杂交（Northern Blot）是用于检测真核生物内 RNA 含量及其分子量的有效方法。常规 Northern Blot 通过变性琼脂糖凝胶电泳分离 RNA，进而转膜、杂交，检测所得信号。microRNA 是 18～22 个碱基左右的 RNA 分子，琼脂糖电泳不能有效地将之分离，变性聚丙烯酰胺凝胶则是对小 RNA 分子进行分离的最佳方法。随后转膜、杂交，检测所得信号，评估目的 RNA 的丰度。近年来，多种新颖的实验方法也可用于 RNA 丰度分析，如基因芯片、实时定量 PCR 等，此类方法虽然有其优势，但 Northern Blot 因其精确性高，仍是不可替代的方法[33～36,38,39,46]。

核酸杂交是用于 DNA 或 RNA 含量检测的方法，分别称为 Southern Blot、Northern Blot。两者原理基本相同，选用琼脂糖凝胶分离 DNA 或 RNA 分子，转移至尼龙膜，选择标记好的探针与膜杂交，根据标记方法不同选用最佳的信号检测方法，完成对目的基因的有效分析。Northern Blot 的基本操作步骤是：提取纯化组织或细胞内全 RNA，变性琼脂糖凝胶电泳对之进行有效分离，进而转移并固定至膜上，经预杂交对膜进行封闭，在适于特异探针与目的 RNA 杂交条件下将膜同探针孵育，此后广泛洗膜以去除非特异结合的探针，最后利用放射自显影或化学放光法，在膜上得到紧密结合探针的影像分布[42,48]。Northern Blot 所用探针有多种标记方法，如切口平移法、随机引物法、末端标记法、单链 DNA 标记法、寡核苷酸标记法等。标记物则可分为放射性标记与非放射性标记法，前者敏感度高于后者，但易产生放射性污染，对环境及科研人员有一定损害，因此要根据所需敏感度及实验需要选择标记物及标记方法，以获得最佳杂交结果。microRNA 分子量小，常规的变性琼脂糖凝胶不能将其有效分离，故选择变性聚丙烯酰胺凝胶（PAGE）

分离之。之后，转膜、杂交、检测目的基因的杂交信号。杂交结果分析之后，探针可以从膜上洗去，膜则可重复用于后续实验的检测。

一、PAGE/Northern Blot 方法原理及应用

microRNA 分子量小，用常规的变性琼脂糖凝胶难以有效分离，因此通常选择 PAGE 分离 RNA 样品，转膜并经紫外交联固定后杂交特异探针，检测目的 RNA 基因的信号强度[31,32]。PAGE/Northern Blot 与常规核酸杂交技术原理相同，均是根据碱基互补原理，设计特异探针，与膜杂交，经放射自显影后分析杂交信号。只是凝胶选择的是分离效率更高的 PAGE，而不是琼脂糖。microRNA 的 PAGE/Northern Blot 可提供准确的杂交信息，尤其选择同位素标记的探针杂交，更能有效检测低丰度的 RNA 分子，尽管近几年检测基因表达的高通量研究平台，如基因芯片等技术发展迅速，但是经典的 Northern Blot 方法仍不可替代，它在验证芯片结果及降低其可能的假阳性方面起着至关重要的作用。因此，该方法是目前也是 microRNA 表达研究的重要技术[40,41,43~45]。

二、PAGE/Northern Blot 的实验步骤

microRNA PAGE/Northern Blot 易于操作，且可有效检测目的 RNA 基因。实验流程简介如下。

1. RNA 提取

microRNA 克隆方法部分已有详细介绍，在此不作赘述。

2. 样品处理

（1）材料

① 上样缓冲液（50％甘油、0.25％ 二甲苯青、0.25％溴酚蓝、10mmol/L EDTA）；

② 去离子甲酰胺（Sigma 产品）；

③ 45％聚丙烯酰胺储存液（Sigma 产品）；

④ 尿素（Sigma 产品）；

⑤ 过硫酸铵（APS）（Sigma 产品）；

⑥ TEMED（Invitrogen，Carlsbad，CA）；

⑦ 5×TBE 储存液；

⑧ 0.2mol/L EDTA（缓冲液均以 DEPC 水配制）；

⑨ 尼龙膜（Millipore）；

⑩ 同位素 γ-^{32}P；

⑪ T4 多核苷酸激酶（New England Biolabs，Ipswich，MA）；

⑫ 10％ SDS（Sigma 产品）；

⑬ 20×SCC；

⑭ 10 mmol/L Tris-HCl（pH 7.4）；

⑮ X 胶片及片盒等。

注：未标明产品来源的试剂均为国产分析纯试剂。

（2）步骤

① 样品处理

a. 选择适量 RNA 样品，加入上样缓冲液及去离子甲酰胺，后者占终体积的 1/2。

b. 样品混匀并于 55℃孵育 30min，冰浴 5min 后以 PAGE 分离。

② PAGE 分离、转膜和固定

a. 15％ PAGE 配制（10mL）：DEPC 水，1mL；5×TBE，2mL；45％聚丙烯酰胺，3.33mL；尿素，4.8g；10％ APS，75μL；TEMED，4μL。

b. 待凝胶聚合后点样并于电流 20mA 下电泳分离。

c. 电泳完毕于 200mA 转膜。

d. 紫外交联固定 RNA 于膜上，待杂交。

③ 寡核苷酸探针的制备。探针标记可选择放射性同位素或非放射性发光物，由于同位素敏感度高，故仅以放射性同位素标记为例，介绍标记过程。

a. 取 10μL 10μmol/L 寡核苷酸探针，5μL T4 多核苷酸激酶反应缓冲液，1μL T4 多核苷酸激酶，5μL 1μmol/L γ-^{32}P 溶液混合。

b. 样品混匀并于 37℃孵育 1h，无须再次纯化探针，即可加入杂交管内，进行杂交。

④ 杂交、洗膜、压片和放射自显影

a. 标记的特异探针于 37℃杂交过夜。

b. 取出杂交膜以洗膜液（0.1％ SDS；1×SCC）于室温洗涤 5min，重复 2 次。

c. 杂交膜以漂洗液（0.1％ SDS；2×SCC）于 37℃洗涤 5min。

d. 在印迹纸上晾干膜，然后让膜于 −70℃下在含增感屏的暗盒内对 X 射线片（Kodak XAR-5 或相应的胶片）放射自显影 24～48h 或根据放射性强度调整自显影的时间。

e. 杂交结果分析。

提取高质量的总 RNA，通过 PAGE/Northern Blot 分离，转膜、紫外交联固定 RNA 于尼龙膜上，进而与同位素标记的寡核苷酸探针杂交，压片放射自显影得到较为理想的结果（图 5-3）[42]。

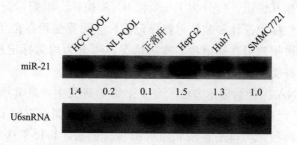

图 5-3　使用同位素 γ-^{32}P 标记寡核苷酸探针杂交的结果

本图为本室研究 microRNA -21 在肝细胞癌组织及肝癌细胞系中的表达特征

⑤ 去除 Northern 印迹膜上的放射性。从固定有 RNA 的尼龙膜上洗去放射性标记的探针，可将膜在如下的任一溶液中温育 1～2h[37]。

a. 大体积的 10mmol/L Tris-HCl（pH7.4），0.2%SDS，预热到 70～75℃。

b. 足量 50% 去离子甲酰胺，0.1×SCC，0.1%SDS，预热到 68℃。

三、探针标记方法使用及讨论

1. PAGE/Northern Blot 电泳中 RNA 量的标准化

对多个样品进行比较分析时，需使加入凝胶泳道中 RNA 的量相同，这是一个十分棘手的问题。有几种可行的方法，但各有其优缺点。

（1）加入等量的 RNA　在细胞或组织的总 RNA 样品中，rRNA 是主要的成分，在紫外吸收的物质中超过 75%。等量总 RNA 的 Northern Blot 分析表明了目标 mRNA 稳定状态的浓度如何随细胞 rRNA 的含量而变化，但是 18S 或 28S rRNA 的含量在不同的哺乳动物组织或细胞系差别不大，因此可用作标准化的参照物。

（2）根据 mRNA 含量对样品标准化　内源性组成性表达的管家基因如亲环素、β-肌动蛋白，甘油-3-磷酸脱氢酶三个基因以中等丰度水平表达。对目的基因杂交信号强度总是相对这三者而言，但后来证实管家基因的表达水平在不同哺乳动物和不同细胞系中并不总是恒定的。因此用作标准化参考物有一定的缺陷。

（3）加入等量的 poly(A)+ RNA 对样品标准化　RNA 样品中 poly(A)+ 的含量可以通过和放射性标记的 poly(dT) 探针进行狭缝杂交或点杂交进行比较。在每个泳道内加入等量的 poly(A)+ RNA 用以 RNA 上样标准化。这是一个比较好的方法，因为它可以测量细胞内特定 mRNA 的浓度相对于基因转录物总量的变化。

（4）用合成的假基因对样品标准化　多家实验室采用体外合成的 RNA 作为外加标准来测量不同细胞 RNA 样本中目的基因的表达。合成的假基因与野生型大小不同，在细胞裂解时以已知量加入，根据杂交信号强度估计内源性目的基因的表达。

样品标准化方法有多种，可根据实验需要选择最佳的方法。

2. 探针的分类及标记方法

核酸探针根据其性质，可分为 DNA 和 RNA 探针。根据标记物是否具有放射性，可分为放射性标记探针和非放射性标记探针。根据是否存在互补链，可分为单链和双链探针。根据放射性标记物的掺入情况，可分为均匀标记和末端标记探针。下面简单探讨各种类型探针的标记方法[50～54]。

（1）双链 DNA 探针的标记方法　分子生物学研究中，最常用的探针即为双链 DNA 探针，它广泛应用于基因的鉴定、临床诊断等方面。双链 DNA 探针的合成方法主要有下列两种：切口平移法和随机引物合成法。切口平移法（nick translation）：当双链 DNA 分子的一条链上产生切口时，*E. coli* DNA 聚合酶Ⅰ就可将核苷酸连接到切口的 3′羟基末端。同时该酶具有从 5′→3′的核酸外切酶活性，能从切口的 5′端除去核苷酸。由于在切去核苷酸的同时又在切口的 3′端补上核苷酸，从而使切口沿着 DNA 链移动，用放射性核苷酸代替原先无放射性的核苷酸，将放射性同位素掺入到合成新链中。最合适的切口平移片段一般为 50~500 个核苷酸。切口平移反应受几种因素的影响：①产物的比活性取决于 $[\alpha\text{-}^{32}P]$ dNTP 的比活性和模板中核苷酸被置换的程度；②DNA 酶 I 的用量和 *E. coli* DNA 聚合酶的质量会影响产物片段的大小；③DNA 模板中的抑制物如琼脂糖会抑制酶的活性，故应使用仔细纯化后的 DNA。随机引物合成法：随机引物合成双链探针是使寡核苷酸引物与 DNA 模板结合，在 Klenow 酶的作用下，合成 DNA 探针。合成产物的大小、产量、比活性依赖于反应中模板、引物、dNTP 和酶的量。通常产物平均长度为 400~600 个核苷酸。利用随机引物进行反应的优点是：①Klenow 片段没有5′→3′外切酶活性，反应稳定，可以获得大量的有效探针；②反应时对模板的要求不严格，用微量制备的质粒 DNA 模板也可进行反应；③反应产物的比活性较高，可达 4×10^9 cpm/μg 探针；④随机引物反应还可以在低熔点琼脂糖中直接进行。

（2）单链 DNA 探针的标记方法　用双链探针杂交检测另一个同源性较差的 DNA 时，探针序列与被检测序列间有很多错配，而两条探针互补链之间的配对却十分稳定，即形成自身的无效杂交，结果使检测效率下降，采用单链探针则可解决这一问题。单链 DNA 探针的合成方法主要有下列两种：①以 M13 载体衍生序列为模板，用 Klenow 片段合成单链探针；②以 RNA 为模板，用逆转录酶合成单链 cDNA 探针。

（3）末端标记 DNA 探针的标记方法　以 Klenow 片段催化 DNA 探针标记其 3′末端。

（4）寡核苷酸探针的标记方法　利用寡核苷酸探针可检测到靶基因上单个核苷酸的点突变。常用的寡核苷酸探针主要有两种：单一已知序列的寡核苷酸探针和许多简并性寡核苷酸探针组成的寡核苷酸探针库。单一已知序列寡核苷酸探针能与它们的目的序列准确配对，可以准确地设计杂交条件，以保证探针只与目的序列杂交而不与序列相近的非完全配对序列杂交，对于一些未知序列的目的片段则无效。

（5）RNA 探针的标记方法　许多载体如 pBluescript、pGEM 等均带有来自噬菌体 SP6 或 *E. coli* 噬菌体 T7 或 T3 的启动子，它们能特异性地被各自噬菌体编码的依赖于 DNA 的 RNA 聚合酶所识别，合成特异性的 RNA。在反应体系中若加入经标记的 NTP，则可合成 RNA 探针。RNA 探针一般都是单链，它具有单链 DNA 探针的优点，又具有许多 DNA 单链探针所没有的优点，主要是 RNA：DNA 杂交体比 DNA：DNA 杂交体有更高的稳定性，所以在杂交反应中 RNA 探针比相同比活性的 DNA 探针所产生信号要强。RNA：RNA 杂交体用 RNA 酶 A 酶切比 S1 酶切 DNA：RNA 杂交体容易控制，所以用 RNA 探针进行 RNA 结构分析比用 DNA 探针效果好。噬菌体依赖 DNA 的 RNA 聚合酶所需的 rNTP 浓度比 Klenow 片段所需的 dNTP 浓度低，因而能在较低浓度放射性底物的存在下合成高比活性的全长探针。用来合成 RNA 的模板能转录许多次，所以 RNA 的产量比单链 DNA 高。

并且用来合成 RNA 的模板能转录多次，可获得比单链 DNA 更高产量的 RNA。反应完毕后，用无 RNA 酶的 DNA 酶Ⅰ处理，即可除去模板 DNA，而单链 DNA 探针则需通过凝胶电泳纯化才能与模板 DNA 分离。另外噬菌体依赖于 DNA 的 RNA 聚合酶不识别克隆 DNA 序列中的细菌、质粒或真核生物的启动子，对模板的要求也不高，故在异常位点起始 RNA 合成的比率很低。因此，当将线性质粒和相应的依赖 DNA 的 RNA 聚合酶及 4 种 rNTP 一起保温时，所有 RNA 的合成都由这些噬菌体启动子起始。而在单链 DNA 探针合成中，若模板中混杂其他 DNA 片段，则会产生干扰。但它也存在着不可避免的缺点，因为合成的探针是 RNA，它对 RNase 特别敏感，因而所用的器皿试剂等均应仔细地去除 RNase。另外，如果载体没有充分酶切，则等量超螺旋 DNA 会合成极长的 RNA，它有可能带上质粒的序列而降低特异性。

本研究选用 T4 噬菌体多核苷酸激酶标记 DNA 5′末端，该酶可将 [γ-^{32}P] ATP 的 γ 磷酸残基转移到去磷酸化的单链、双链 DNA 和 RNA 的 5′羟基端。此外，该酶以低得多的效率将磷酸残基恢复至位于双链 DNA 切口的 5′羟基上。T4 噬菌体多核苷酸激酶是一个分子质量约为 142kD 的四聚体蛋白，催化 ^{32}P 向 DNA 5′端转移，以正向反应、交换反应两种方式进行。经此方式标记的寡核苷酸探针不用进一步纯化，即可与固定有小 RNA 分子的尼龙膜杂交[47,49]。

3. 探针标记物的放射性与非放射性选择

放射性标记核酸探针在使用中的限制促使非放射性标记核酸探针的研制迅速发展，在许多方面已代替放射性标记，推动分子杂交技术的广泛应用。目前已形成两大类非放射性标记核酸技术，即酶促反应标记法和化学修饰标记法。酶促反应标记探针是用缺口平移法、随机引物法或末端加尾法等把修饰的核苷酸如生物素-11-dUTP 掺入到探针 DNA 中，制成标记探针。该方法敏感度高于化学修饰法，但操作程序复杂，产量低，成本高。化学修饰法是将不同标记物用化学方法连接到 DNA 分子上，方法简单，成本低，适用于大量制备（＞50μg），如光敏生物素标记核酸方法，不需昂贵的酶，只需光照 10～20min，生物素就结合在 DNA 或 RNA 分子上。非放射性标记核酸探针方法很多，现介绍常用的几种方法。

（1）生物素或地高辛标记　生物素标记与地高辛标记的核苷酸是最广泛使用的，如生物素-11-dUTP，可用缺口平移或末端加尾标记法。实验发现生物素可共价连接在嘧啶环的 5 位上，合成 TTP 或 UTP 的类似物。在离体条件下，这种生物素化 dUTP 可作为大肠杆菌多聚酶Ⅰ（DNA 酶Ⅰ）的底物掺入带有缺口的 DNA 或 RNA，得到生物素标记的核酸探针。这种标记方法称为缺口平移法。用标记在 DNA 上的生物素与链霉亲和素-酶（过氧化物酶或碱性磷酸酶）标记物进行检测。地高辛标记方法也有类似之处，操作简便且无放射性污染。

（2）光敏生物素标记　光敏生物素有一个连接臂，一端连接生物素，另一端有芳基叠氮化合物。在可见光照射下，芳基叠氮化合物可能变成活化芳基硝基苯，很容易与 DNA 或 RNA 的腺嘌呤 N-7 位置特异结合，大约每 50 个碱基结合一个生物素，所以只用于标记大于 200 个核苷酸的片段。光敏生物素的醋酸盐很容易溶于水，与核酸形成的共价结合很稳定。此法有以下优点：方法简便易行，快速省时，不需昂贵的酶和 dUTP 等，只需光照，探针稳定，$-20℃$ 可保存 12 个月以上。适用于 DNA 和 RNA、抗体和酶等标记。在原位分子杂交、斑点杂交和 Southern 印迹杂交中也可应用。

（3）生物素-补骨脂素标记　生物素-补骨脂素是另一种生物素光敏物质，在长波长紫外线照射下与嘧啶碱基发生光化学反应，加成到 DNA 中，去除小分子后，得到生物素标记核酸探针。此法可标记单链或双链 DNA 或 RNA 及寡核苷酸，灵敏度与放射性探针相当。标记方法：取 DNA 或片段 $0.5\mu g$ 加 $50\mu L$ TE（pH8.0）缓冲液中，再加入 $5\mu g$ 生物素-补骨脂素，溶解后，置 365nm 紫外光下距离 5cm，直接照射 20min，加等体积的 TE，移入用 TE 平衡的 Sephadex G-50 柱（高1.0cm），离心法过柱，收集液体即为 Bio-DNA 探针。

（4）生物素-α-氨基乙酸-N-羟基琥珀标记　此法是在亚硫酸盐催化下，生物素酰肼可置换寡核苷酸探针中胞嘧啶上的氨基，使生物素结合到 DNA 分子上而制成生物素化 DNA 探针。此法优点是采用通用试剂和技术，检测效率高。

（5）异羟基洋地黄毒苷标记　1988 年德国 Boehringer Manheims 公司推出了一种地高辛标记 DNA 检测试剂盒。其是先将地高辛苷元通过一手臂连接至 dUTP上，用随机引物法标记 DNA 制成探针。平均每 20～25 个核苷酸中标记一个地高辛苷元，然后用抗地高辛抗体的 Fab 片段与碱性磷酸酶的复合物和 NBT-BCIP 底物显色检测，灵敏度达 0.1pg DNA，因此可做 $1\mu g$ 哺乳动物 DNA 中单拷贝基因分析。此种探针有高度的灵敏性和特异性，安全稳定，操作简便，可避免内源性干扰，是一种很有推广价值的非放射性标记探针。

（6）光敏 2,4-二硝基苯（光敏 DNP）标记　光敏 DNP 由一连接臂组成，一端是 2,4-二硝基苯，另一端有芳基叠氮化合物。此法适用于含氨基检测基团。其敏感性和光敏生物素标记探针相同，检测时需要抗 DNP 抗体和免疫化学显色。

（7）三硝基苯磺酸（TNBS）标记　在温和的条件下，TNBS 将核酸的胞嘧啶转化为 N-甲氧基-5,6-二氢嘧啶-6-磺酸盐衍生物，对胞嘧啶残基进行磺化修饰制成磺化半抗原探针。此法十分简便，也可用于蛋白质的标记。

（8）生物素化的 RNA 探针标记　RNA 探针比 cDNA 探针的敏感性提高了 10倍以上，它们是单链，不需变性，也没有互补链的干扰，与靶基因杂交比 DNA 探针更稳定。

（9）辣根过氧化物酶标记　此法就是利用特殊的酶底物，氧化后把产生的能量转变为光能放出，称为化学发光。杂交后与探针结合的酶催化相应的发光剂，经增强剂将光能放大，在 X 光片上显示杂交信号。此方法灵敏度与同位素标记水平相当，简便快速，安全，是一种特异性好的检测手段，具有广泛的应用前景。

（10）聚合酶链式反应标记　聚合酶链式反应（PCR）或称体外基因倍增技术，它利用一对位于待扩增的 DNA 序列两端的取向相对的 DNA 引物，在 DNA 聚合酶的介导下，经过多次变性、退火和延伸过程的重复性循环，大量合成靶 DNA 序列。在标记 dNTP 存在时，经 PCR 反应产生的靶 DNA 片段均掺入了标记物，用此法标记的探针标记率高达 97.4%。此法重复性好，简便、快速、特异，不要求模板 DNA 的纯度，可以大量制备。此法有普遍应用价值。

　　虽然非放射性同位素发展迅速，但应用到 microRNA 研究中效果并不佳。编者实验室曾采用地高辛标记试剂盒做比较，microRNA 所得杂交信号很弱，远低于同位素标记，以 U6 作为内参，杂交结果可以很好地说明标记效率的高低（图5-4）。其他非同位素标记的方法因未做过比较分析，效果尚不可知。Ambion 公司开发出用于 microRNA 标记的试剂盒，可用于比较。

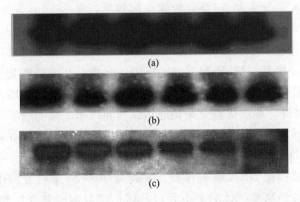

图 5-4　U6 snRNA 放射性与非放射性标记比较

(a)、(c) 总 RNA 上样量为 $50\mu g$，(b) 总 RNA 上样量为 $25\mu g$；

(a)、(b) 为放射性标记自显影结果，(c) 为地高辛标记结果

第三节　microRNA 的实时定量 PCR 检测

　　实时定量 PCR（real time PCR）技术，是指在 PCR 反应体系中加入荧光基团，利用荧光信号积累实时监测整个 PCR 进程，最后通过标准曲线对未知模板进行定量分析的方法[56,72,73]。在实时定量 PCR 技术中，有一个很重要的概念，即 Ct 值（C 代表 cycle，t 代表 threshold），Ct 值的含义是：每个反应管内的荧光信号到达设定的阈值时所经历的循环数。研究表明，每个模板的 Ct 值与该模板的起始拷贝数的对数存在线性关系，起始拷贝数越多，Ct 值越小。利用已知起始拷贝数的标准品可做出标准曲线，其中横坐标代表起始拷贝数的对数，纵坐标代表 Ct 值。因此，只要获得未知样品的 Ct 值，即可从标准曲线上计算出该样品的起始拷贝数。实时定量 PCR 中所使用的荧光化学可分为两种：荧光探针和荧光染料[58,59,62,71]。

　　① TaqMan 荧光探针：PCR 扩增时在加入一对引物的同时加入一个特异性的荧光探针，该探针为一寡核苷酸，两端分别标记一个报告荧光基团和一个淬灭荧光

基团。探针完整时，报告基团发射的荧光信号被淬灭基团吸收；PCR 扩增时，Taq 酶的 $5'—3'$ 外切酶活性将探针酶切降解，使报告荧光基团和淬灭荧光基团分离，从而荧光监测系统可接收到荧光信号，即每扩增一条 DNA 链，就有一个荧光分子形成，实现了荧光信号的累积与 PCR 产物形成的完全同步。② SYBR Green 荧光染料：在 PCR 反应体系中，加入过量 SYBR 荧光染料，SYBR 荧光染料特异性地掺入 DNA 双链后，发射荧光信号，而不掺入链中的 SYBR 染料分子不会发射任何荧光信号，从而保证荧光信号的增加与 PCR 产物的增加完全同步。

SYBR Green 荧光染料法在 PCR 反应需要设计一对特异性引物，不需设计特异性荧光探针，但是由于 SYBR Green 荧光染料为双链 DNA 特异性染色，它不仅可以和基因的特异扩增产物结合，也会同非特异性 PCR 产物结合，从而影响结果判断，故引物设计及 PCR 条件优化显得尤为重要，要求务必确保 PCR 扩增产物的条带清晰且单一。实际应用中常用溶解曲线分析判断产物特异性，在溶解曲线分析过程中，随着温度从低于产物溶解温度缓慢升到高于产物溶解温度，实时仪器连续监测每个样品的荧光值。基于产物长度和 GC 含量的不同，扩增产物会在不同的温度解链。随着产物的解链，可以看到荧光值的降低并被仪器所测量。对溶解曲线进行微分可以计算出溶解曲线峰。溶解曲线峰值反映了 PCR 反应中实际扩增得到的产物。这些峰是凝胶电泳中条带的类似物，每一个峰值代表一种产物的特性。因此，准确的 SYBR Green 定量 PCR 结果要求溶解曲线分析中产物为特征性的单一峰。TaqMan 探针法除了一对特异性引物外，还增加了一条和模板互补的基因特异性探针（通常 20～30bp），探针上 $5'$ 端和 $3'$ 端分别标记了一个报告荧光基团和一个淬灭荧光基团。TaqMan 探针法可提高定量 PCR 的专一性；每扩增一个特异产物只释放一个分子的荧光染料，仪器检测的是特异扩增的结果，非特异产物对检测信号没有影响。引物设计基本一样，但都需要实验验证。TaqMan 探针设计有一定难度，需要验证效果，探针的合成和双荧光标记成本高[55,60]。可以根据实验目的和条件自行选择。

最初，实时定量 PCR 被用于定量检测 microRNA 前体的表达（图 5-5）[61]。与杂交方法相比，PCR 方法可以高度灵敏地检测出低丰度表达的靶分子，并适于高通量筛选。PCR 扩增前的逆转录反应可以使用随机引物或基因特异的引物，简要过程如下：首先将纯化的小分子量 RNA 与引物混合，经变性、复性过程使引物与模板配对；然后加入逆转录酶、底物、DTT 以及 RNA 酶抑制剂的混合物逆转录生成 cDNA；再以 cDNA 为模板进行实时定量 PCR。PCR 引物设计遵循以下几个原则：①上下游引物都定位于小 RNA 前体的茎-环结构上；②假设小 RNA 前体的 $3'$ 或 $5'$ 端与成熟小 RNA 相同（允许向假设的小 RNA 前体的末端扩充多至 4 个核苷酸）；③引物长度在 18～24 个核苷酸之间，退火温度在 49～59℃之间，$3'$ 端不要出现 GC 等[57,69,70]。

现在，实时定量 PCR 技术更多地应用于成熟 microRNA 的定量分析中，并就此发展和延伸出许多优化方法和高通量分析技术[61]。

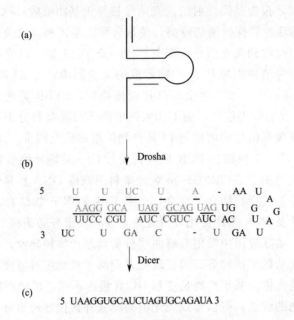

图 5-5　用于检测 microRNA 前体的实时定量 PCR 引物设计

（引自 Liang R Q，et al. An oligonucleotide microarray for microRNA expression analysis based
on labeling RNA with quantum dot and nanogold probe. Nucleic Acids Res，2005，**33**：e17）

在成熟 microRNA 的实时定量 PCR 检测中所使用的逆转录引物主要有两种：具有茎-环结构的 RT 引物和线性 RT 引物（图 5-6）[56]。实验证实，茎-环结构引物与线性引物相比具有更高的扩增效率和扩增特异性，因此，现在针对单个成熟 microRNA 的实时定量 PCR 检测通常采用具有茎-环结构的 RT 引物（图5-7）[56,66]。

miRNA 分析		合成的成熟 miRNA			合成的 miRNA 前体	
		完全匹配 C_T	错配 C_T	ΔC_T (Mismatch vs. match)	C_T	ΔC_T (Precursor vs.)
let-7a	环形	16.5	33.1	16.6	29.5	13.0
	线形	23.6	38.3	14.7	30.4	6.8

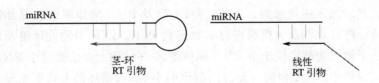

图 5-6　以 *let-7* 为例，分别使用茎-环结构 RT 引物（looped）和
线形 RT 引物（linear）进行实时定量扩增的比较

（引自 Caifu Chen，et al. Real-time quantification of microRNAs by stem-loop RT-PCR.
Nucleic Acids Research，2005，33：e1790）

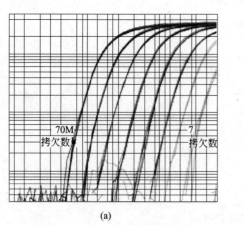 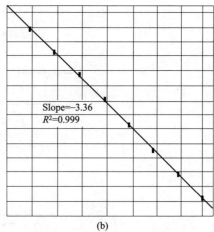

图 5-7　以 *lin-4* 为例，使用茎-环结构 RT 引物进行实时定量 PCR 分析结果

（a）不同拷贝数的模板两对应的 PCR 扩增曲线；（b）根据（a）图绘制的标准曲线

（引自 Caifu Chen，et al. Real-time quantification of microRNAs by stem-loop RT-PCR.

Nucleic Acids Research，2005，33：e1790）

　　成熟 microRNA 的实时定量 PCR 检测中使用的茎-环结构 RT 引物含有一段共有序列和一段特异性序列（图 5-6），特异性序列能高效结合于成熟小 RNA 3′末端进行逆转录反应，从而定量检测成熟 microRNA 的表达（图 5-8）[56]。成熟小 RNA 商品化的检测试剂盒已被应用于研究中，如 ABI 公司的 miVrna。

　　应用 PCR 方法既可检测 microRNA 前体又可检测成熟 microRNA 的表达，这对研究 microRNA 的表达调控具有重要意义。研究者可以根据发育过程中不同阶段 microRNA 的表达差异准确观察存在于 microRNA 基因转录水平或其后两种 RNA 酶Ⅲ（Drosha 和 Dicer）作用过程的调控，从而帮助我们深入了解 microRNA 的起源和发生。由于实时定量 PCR 的高度灵敏性（可检测到总量低至纳克级的样品），Tang 等使用该技术对单个人胚胎干细胞中 220 个小 RNA 的表达谱进行了考察（图 5-9）[64,65]。这种在单个细胞水平的检测方法的建立对于研究 microRNA 在那些数量有限的细胞群体（例如原始生殖细胞等）中的作用有重要意义。

　　随着实时定量技术的不断发展，在以上方法基础上又出现了许多改进的操作，比如，

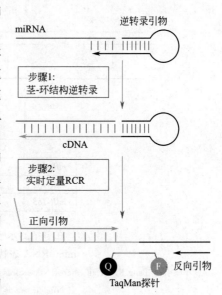

图 5-8　成熟 microRNA 的实时定量 PCR 检测步骤

（引自 Caifu Chen，et al. Real-time quantification of microRNAs by stem-loop RT-PCR. Nucleic Acids Research，2005，33：e1790）

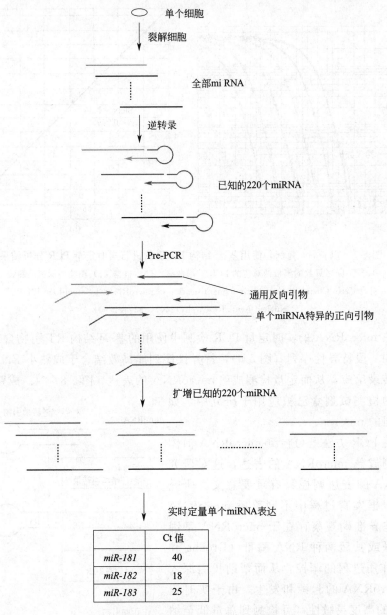

图 5-9　在单细胞水平使用实时定量 PCR 方法检测
microRNA 表达水平的实验流程示意图

［引自 Tang F，et al. MicroRNA expression profiling of single whole embryonic stem cells.

Nucleic Acids Res，2006，34(2)：e9］

在 microRNA 分子两端加上人工接头（linker），以接头序列结合 microRNA 序列
设计 PCR 的上下游引物用于实时定量检测，这样可以兼顾扩增的特异性和高通量
试验的需求。此外，PCR 产物还可用于 TA 克隆测序，直接通过测序结果验证产
物的特异性（图 5-10)[63]。

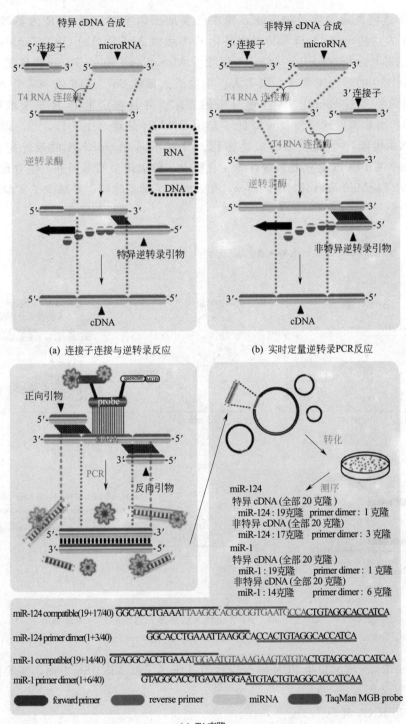

(a) 连接子连接与逆转录反应　　　　(b) 实时定量逆转录PCR反应

(c) TA克隆

图 5-10　以 miR-124 和 miR-1 为例，接头法实时定量 PCR 试验流程示意图

[引自 Mishima T，et al. RT-PCR-based analysis of microRNA（miR-1 and -124）expression in mouse CNS. Brain Res，2007，1131（1）：37-43]

为了适应高通量实验的需求，现在已发展出以实时定量 PCR 为基础的 mi-croRNA 表达的 array 分析，其中商品化的产品如 ABI 公司的 OBT-TaqMan 低密度表达谱芯片分析。ABI 公司的 RT 引物库 Megaplex Primer Pools 提供了 Sanger MiRBase v10 的综合覆盖度，覆盖人、小鼠或大鼠的 667、518 或 303 个 microR-NA，能满足已知 microRNA 图谱分析的需求。并且在定量 PCR 实验前引入了 DNA 预扩增步骤，这样便显著降低了起始 RNA 样品量（图 5-11）[74]。即使 1ng 的总 RNA 也能产生高质量的表达图谱。针对不同 microRNA 的荧光定量探针 *Taq*Man-MGB 和 PCR 引物预埋在 384 孔板上，除去内参照基因外，包含最多 381 个独特的 TaqMan microRNA assays，有效缩短了准备时间，并减少了实验的不确定性。

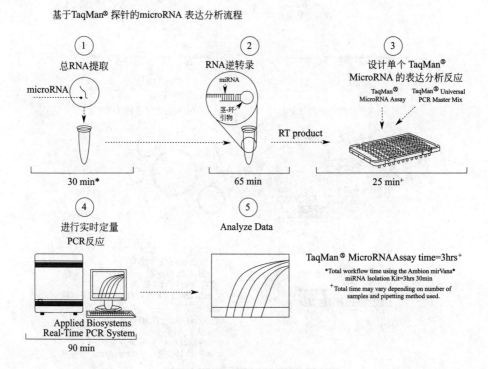

图 5-11　ABI 公司的 OBT-TaqMan 低密度表达谱芯片分析流程图
（引自 https://products.appliedbiosystems.com）

microRNA 实时定量 PCR 操作步骤如下所述。以 miR-156 为例，实验流程示意如图 5-12 所示。

1. 总 RNA 提取

详细方法见上。

2. 小分子 RNA 分离纯化及富集

详细方法见上。

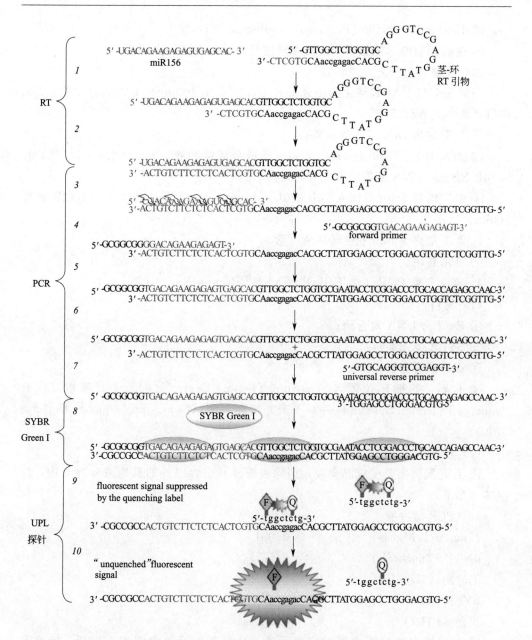

图 5-12　miR-156 的实时定量 PCR 实验流程

(引自 Erika Varkonyi-Gasic, Roger P Hellens. Plant Epigenetics: Methods and Protocols.
Methods in Molecular Biology, vol. 631, DOI 10. 1007/978-1-60761-646-7 _ 10[64])

3. 递转录反应

(1) 材料

① Superscript Ⅱ 和 5×反应缓冲液 (Invitrogen, Carlsbad, CA);

② 0.1mol/L DTT (Sigma 产品);

③ RNasin RNA 酶抑制剂 (Promega, Madison, WI);

④ 10mmol/L dNTP（Promega，Madison，WI）；

⑤ 逆转录引物（依据不同实验需求选择和设计不同引物）。

（2）步骤

① 取 5μL 经 PAGE 纯化的小分子 RNA，0.5μL 100μmol/L 逆转录引物，1μL dNTP 及 6μL DEPC 水。

② 70℃加热 5min，冰浴后离心。

③ 加入 4μL 5×Superscript Ⅱ 第一条链合成缓冲液、2μL 0.1mol/L DTT 及 0.5μL RNasin RNA 酶抑制剂，混匀并离心。

④ 42℃孵育 2min 后加入 1μL 200U/μL Superscript Ⅱ 逆转录酶，于 42℃孵育 50min。

⑤ 70℃加热 10min 使逆转录酶灭活。

⑥ 冰浴备用。

4. 实时定量 PCR（以 TaKaRa SYRB® Premix Ex Taq™ 为例）

（1）材料

① Ex *Taq* DNA 聚合酶；

② SYBR 荧光染料；

③ dNTP 混合物；

④ 仪器：热循环仪器（GeneAmp Thermal Cycler 9600）＋计算机（装有 Sequence Detection System 软件）＋荧光检测系统（GeneAmp Sequence Detector 5700）。

（2）步骤

① 首先配制主要反应混合液，即除去模板和引物以外的其他成分混合物，反应体系如下：

10×PCR 缓冲液	2.5μL
25mmol/L MgCl$_2$	2.0μL
dNTP（2mmol/L）	2.5μL
Taq 酶（5U/μL）	0.3μL
SYBR Green Ⅰ	2.5μL
灭菌 dd H$_2$O	8.2μL

② 按照样本数配制主要反应混合液，分至各管后再分别加入模板：标准品 1μL，cDNA 1μL，引物 1 和引物 2（浓度均为 4μmol/L）各 2.5μL，充分混匀注意避免形成气泡，尽量小心准确移液，而且因为要避免荧光干扰、污染，PCR 管应不与他物接触，把反应管放入仪器。

③ 操作 SDS 软件

a. 选择样品（反应）类型和取名。

b. 输入各个样品名称，每个重复样品的名字必须相同。

c. 设置"引物/探针"。

d. 设定标准样品的相应浓度值。

e. 编辑热学过程。Stage 1：94℃、10s，60℃、34s，共 40 个循环。Stage 2：62～92℃缓慢升温，产生熔点曲线［melting curve，或称解离曲线（dissociation curve)］。

f. 保存设置，单击 Run，整套设备开始自动运行。PCR 开始并且荧光数据被收集。

如图 5-13 所示，使用茎-环结构 RT 引物进行实时定量 microRNA 扩增时具有较高的特异性（＋RT 组，在 40～60bp 左右有一条特异扩增带；－RT 组，为无

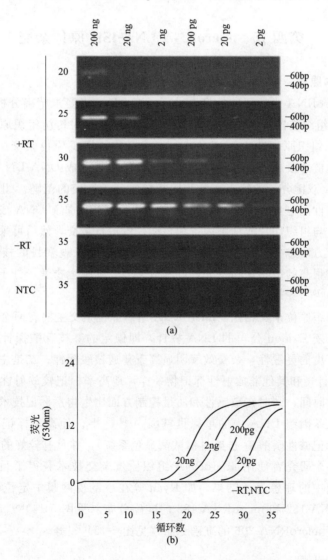

图 5-13　实时定量 PCR 的灵敏度和特异性检测实验流程

（引自 Erika Varkonyi-Gasic，Roger P Hellens. Plant Epigenetics：Methods and Protocols. Methods in Molecular Biology，vol. 631，DOI 10. 1007/978-1-60761-646-7 _ 10)

RT 引物组，没有扩增条带；NTC 组，为无模板组，也没有扩增条带）。另一方面，其灵敏度也可达到 pg 级别。

g. 查看分析结果，作出标准曲线，计算待测 microRNA 拷贝数。

实时定量 PCR 的方法现已经成为 microRNA 的定量检测的主要工具，一方面它与其他分子生物学技术相结合使定量极微量的 microRNA 基因表达成为可能；另一方面荧光标记核酸化学技术和寡核苷酸探针杂交技术的发展，使定量 PCR 技术有一个足够的基础为广大临床诊断实验室所接受，将有助于 microRNA 应用于临床诊断和治疗[63,67,68]。

第四节   microRNA LNA-ISH 原位杂交

一、基本原理

随着 microRNA 表达研究的深入进行，不少研究者要求精确分析目的 microR-NA 在生物体组织或器官中的详细分布状况，而来源于对传统组织原位杂交改进后的 microRNA 组织原位杂交可满足这一要求。传统组织原位杂交的基本原理是，两条核苷酸单链片段在适宜的条件下通过氢键结合，形成 DNA-DNA、DNA-RNA 或 RNA-RNA 双键分子的特点，属于固相核酸分子杂交的范畴。组织原位杂交以标记的（放射性同位素和生物素、地高辛等非放射性物质）DNA 或 RNA 片段作为核酸探针，与组织切片或细胞内待测核酸片段进行杂交，然后可采用放射自显影或化学发光等方法进行杂交结果显示，在光镜或电镜下观察目的核酸的存在与定位。此方法有很高的敏感性和特异性，已成为当今细胞生物学、分子生物学研究的重要手段之一[77~79,82]。

与传统组织原位杂交相比，microRNA 组织原位杂交主要有两个特点，一是研究者多使用丹麦 Exiqon 公司的 LNA 探针，即锁定的寡核苷酸探针进行杂交，该种探针具有高度的灵敏性，杂交效率明显高于普通核酸探针；二是主要使用地高辛标记 LNA 探针。和其他非放射性标记物一样，地高辛标记较放射性标记系统更安全、方便、省时间，同时在敏感性和质量控制方面比生物素标记技术要优越，甚至可以检测出人基因组 DNA 中的单拷贝基因[76,80,83,84]。地高辛标记法的显示颜色为紫蓝色（标记碱性磷酸酶-抗碱性磷酸酶显色系统），并具有较好的反差背景。

目前，多个研究者使用 microRNA 组织原位杂交技术获得了目的 microRNA 在特异性组织中的理想表达结果。如 Ryan 等在小鼠视网膜中定位了 microRNA-181、microRNA-182 和 microRNA-183 的准确分布（见图 5-14）[81]，Darnell 等在鸡胚中定位了 microRNA-206 的准确分布（见图 5-15）[75]等。

二、实验步骤

1. 地高辛标记寡核苷酸探针的合成

使用 DIG 寡核苷酸加尾试剂盒末端标记 miRCURY™ LNA 检测探针。

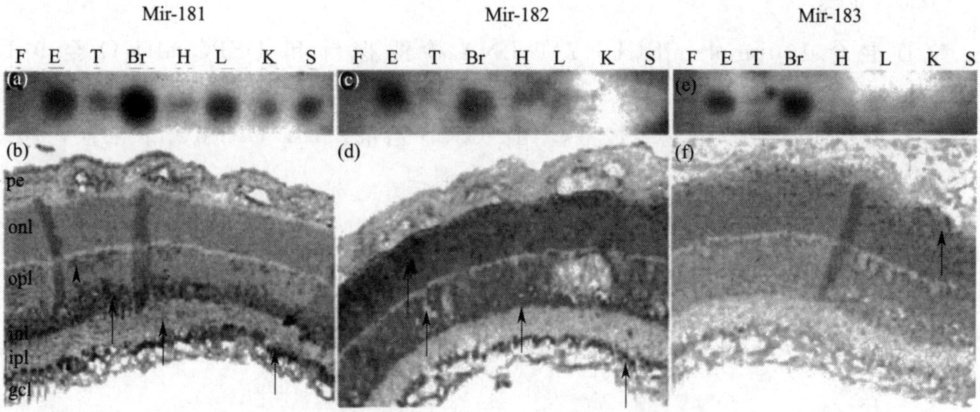

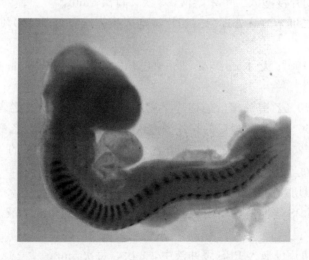

图 5-14　小鼠 microRNA-181、microRNA-182、microRNA-183 的
多组织及视网膜各层表达检测（见彩图）

图（a），（c），（e）microRNA-181、microRNA-182、microRNA-183 在小鼠多个组织中表达的 Northern
杂交检测结果（^{32}P 标记反义 LNA 探针）；图（b），（d），（f）：microRNA-181、microRNA-182、
microRNA-183 的在小鼠视网膜各层中表达的组织原位杂交检测结果（地高辛标记反义 LNA 探针）

F—趾甲；E—眼；T—舌；Br—脑；H—心；L—肝；K—肾；S—脾

［引自 Ryan D G，Oliveira-Fernandes M，Lavker R M. MicroRNAs of the mammalian eye
display distinct and overlapping tissue specificity. Mol Vis，2006，12：1175-1184］

图 5-15　microRNA-206 在鸡胚中的原位表达检测（见彩图）

［引自 Darnell D K，Kaur S，Stanislaw S，Konieczka J H，Yatskievych T A，
Antin P B. MicroRNA expression during chick embryo
development. Dev Dyn，2007，236（1）：333］

（1）材料　miRCURY^{TM} LNA 检测探针（Exiqon cat♯　），DIG 寡核苷酸加尾
试剂盒（Roche cat♯ 3-353-583）。

（2）步骤

① 混合 100pmol miRCURY™ LNA 检测探针和 DEPC-ddH$_2$O 至 9μL 体积。

② 分别加入 4μL 反应缓冲液，4μL CoCl$_2$ 溶液，1μL DIG-dUTP 溶液，1μL dATP 溶液及 1μL 含 400 单位末端转移酶，混匀。

③ 37℃孵育 30min，然后置冰浴。

④ 加入 5μL EDTA（0.1mol/L，pH8.0）终止反应。

（3）探针的纯化

① 材料　Sephadex G25 Column（Amersham Biosciences cat♯ 27-5325-01）。

② 步骤

a. 上下颠倒 Sephadex G25 Column 数次使充分混匀，拧掉 Column 盖及底。

b. 将 Column 置于一 1.5mL 离心管中离心，1000g，1min，弃离心管中液体。

c. 将已标记 miRCURY™ LNA 检测探针加入 Column 中离心，1000g，5min，离心产物即为纯化后的地高辛标记寡核苷酸探针。

2. 使用地高辛标记寡核苷酸探针对石蜡包埋组织进行 microRNA 原位杂交

（1）去组织切片石蜡

① 材料　二甲苯，乙醇，0.1% DEPC-ddH$_2$O。

② 步骤

a. 将石蜡切片浸泡入二甲苯溶液，3 次，每次 5min。

b. 将经过二甲苯溶液处理后的切片浸泡入预先准备好的 100%无水乙醇中，2 次，每次 5min。

c. 将经过 100%无水乙醇处理后的切片浸泡入预先准备好的 70%乙醇中，5min。

d. 将经过 70%乙醇处理后的切片浸泡入预先准备好的 50%乙醇中，5min。

e. 将经过 50%乙醇处理后的切片浸泡入预先准备好的 25%乙醇中，5min。

f. 将经过 25%乙醇处理后的切片浸泡入预先准备好的 0.1% DEPC 水中，1min。

（2）去组织切片内在蛋白

① 材料　PBS 缓冲液，蛋白酶 K，甘氨酸，4%多聚甲醛溶液。

② 步骤

a. 将组织切片浸泡入 PBS 缓冲液中，2 次，每次 5min。

b. 将经步骤 a. 处理的组织切片浸泡入终浓度为 10μg/mL 蛋白酶 K 溶液中，37℃孵育 5min。

c. 将经步骤 b. 处理的组织切片浸泡入含 0.2%甘氨酸的 PBS 缓冲液中，30s。

d. 将经步骤 c. 处理的组织切片浸泡入 PBS 缓冲液中，2 次，每次 30s。

e. 在 4%多聚甲醛溶液中固定切片，10min。

f. 用 PBS 缓冲液冲洗切片 3 次。

（3）预杂交

① 材料　预杂交缓冲液（50%去离子甲酰胺，5×SSC 缓冲液，0.1% Tween，9.2mmol/L 的柠檬酸，50μg/mL 肝素，500μg/mL 酵母 RNA），调整 pH 至 6.0。

② 步骤　将组织切片置于一封闭小盒中，室温，2h。

（4）杂交

① 材料　地高辛标记寡核苷酸探针（具体方法见上）。

② 步骤

a. 使用预杂交缓冲液稀释地高辛标记寡核苷酸探针浓度为 200nmol/L。

b. 加入 200μL 探针溶液至每张切片。

c. 组织切片置于封闭小盒中杂交，室温，24h。

（5）切片冲洗

① 材料　2×SSC 缓冲液，切片洗液（50%去离子甲酰胺，2×SSC 缓冲液），PBST 缓冲液。

② 步骤

a. 使用 2×SSC 缓冲液室温漂洗组织切片，2 次。

b. 将经步骤 a. 处理后的组织切片放入切片洗液中，置摇床上缓慢漂洗，室温，3 次，每次 30min。

c. 将经步骤 b. 处理后的组织切片放入 PBST 缓冲液中，置摇床上缓慢漂洗，室温，5 次，每次 5min。

（6）免疫反应

① 材料　Blocking 缓冲液（含 2%绵羊血清，2mg/mL BSA 的 PBST 缓冲液）；交联碱性磷酸酶的抗地高辛抗体 Fab 段，PBST 缓冲液；AP 缓冲液（100mmol/L Tris-HCl pH9.5，50mmol/L $MgCl_2$，100mmol/L NaCl，0.1% Tween-20）。

② 步骤

a. 将已冲洗组织切片置于 Blocking 缓冲液，室温，1h。

b. 加入交联碱性磷酸酶的抗地高辛抗体 Fab 段（1∶2000 稀释），4℃孵育，过夜。

c. 孵育后的组织切片放入 PBST 缓冲液中，置摇床上缓慢漂洗，室温，5 次，每次 5min。

d. 孵育后的组织切片放入 AP 缓冲液中，置摇床上缓慢漂洗，室温，3 次，每次 5min。

（7）显色反应、装片及显微镜观测

① 材料　NBT/BCIP 碱性磷酸酶底物。PBST 缓冲液。

② 步骤　该步操作视具体所用显色底物试剂盒和组织不同而定。

a. 将组织切片浸入 NBT/BCIP 碱性磷酸酶底物溶液中，详细底物浓度及显色反应时间视所用显色底物试剂盒和组织不同而定。

b. 已进行显色反应的组织切片放入 PBST 缓冲液，置摇床上缓慢漂洗，室温 3 次，每次 5min。

c. 将步骤 b. 处理后组织切片用 100％甘油处理后装片，或经由 100％无水乙醇脱水后装片，显微镜下观测。

参 考 文 献

[1] Ambros V. The functions of animal microRNAs. Nature, 2004, 431 (7006): 350-355.

[2] Babak T, Zhang W, Morris Q, Blencowe BJ, Hughes TR. Probing microRNAs with microarrays: tissue specificity and functional inference. RNA, 2004, 10 (11): 1813-1819.

[3] Barad O, Meiri E, Avniel A, Aharonov R, Barzilai A, Bentwich I, et al. MicroRNA expression detected by oligonucleotide microarrays: system establishment and expression profiling in human tissues. Genome Res, 2004, 14 (12): 2486-2494.

[4] Bartel D P. MicroRNAs: genomics, biogenesis, mechanism, and function. Cell, 2004, 116 (2): 281-297.

[5] Bartel D P, Chen C Z. Micromanagers of gene expression: the potentially widespread influence of metazoan microRNAs. Nat Rev Genet, 2004, 5 (5): 396-400.

[6] Baskerville S, Bartel D P. Microarray profiling of microRNAs reveals frequent coexpression with neighboring miRNAs and host genes. RNA, 2005, 11 (3): 241-247.

[7] Beuvink I, Kolb F A, Budach W, Garnier A, Lange J, Natt F, et al. A novel microarray approach reveals new tissue-specific signatures of known and predicted mammalian microRNAs. Nucleic Acids Res, 2007, 35 (7): e52.

[8] Brenner S, Johnson M, Bridgham J, Golda G, Lloyd D H, Johnson D, et al. Gene expression analysis by massively parallel signature sequencing (MPSS) on microbead arrays. Nat Biotechnol, 2000, 18 (6): 630-634.

[9] Calin G A, Liu C G, Sevignani C, Ferracin M, Felli N, Dumitru C D, et al. MicroRNA profiling reveals distinct signatures in B cell chronic lymphocytic leukemias. Proc Natl Acad Sci USA, 2004, 101 (32): 11755-11760.

[10] Calin G A, Sevignani C, Dumitru C D, Hyslop T, Noch E, Yendamuri S, et al. Human microRNA genes are frequently located at fragile sites and genomic regions involved in cancers. Proc Natl Acad Sci USA, 2004, 101 (9): 2999-3004.

[11] Camarillo C, Swerdel M, Hart R P. Comparison of Microarray and Quantitative Real-Time PCR Methods for Measuring MicroRNA Levels in MSC Cultures. Methods Mol Biol, 2011, 698: 419-429.

[12] Chen P Y, Manninga H, Slanchev K, Chien M, Russo JJ, Ju J, et al. The developmental miRNA profiles of zebrafish as determined by small RNA cloning. Genes Dev, 2005, 19 (11): 1288-1293.

[13] Einat P. Methodologies for high-throughput expression profiling of microRNAs. Methods Mol Biol, 2006, 342: 139-157.

[14] Gao J, Yang T, Han J, Yan K, Qiu X, Zhou Y, et al. MicroRNA expression during osteogenic differentiation of human multipotent mesenchymal stromal cells from bone marrow. J Cell Biochem, 2011, 112: 1844-1856.

[15] Havelange V, Stauffer N, Heaphy C C, Volinia S, Andreeff M, Marcucci G, et al. Functional implications of microRNAs in acute myeloid leukemia by integrating microRNA and messenger RNA expression profiling. Cancer, 2011: 1-11.

[16] Hu D L, Liu Y Q, Chen F K, Sheng Y H, Yang R, Kong X Q, et al. Differential expression of mi-

croRNAs in cardiac myocytes compared to undifferentiated P19 cells. Int J Mol Med，2011，28 (1)：59-64.

[17] Jacobsen N，Andreasen D，Mouritzen P. Profiling MicroRNAs by Real-Time PCR. Methods Mol Biol，2011；732：39-54.

[18] Keene J D，Komisarow J M，Friedersdorf M B. RIP-Chip：the isolation and identification of mRNAs，microRNAs and protein components of ribonucleoprotein complexes from cell extracts. Nat Protoc，2006，1 (1)：302-307.

[19] Keller P，Gburcik V，Petrovic N，Gallagher I J，Nedergaard J，Cannon B，et al. Gene-chip studies of adipogenesis-regulated microRNAs in mouse primary adipocytes and human obesity. BMC Endocr Disord，2011，11 (1)：7.

[20] Krichevsky A M，King K S，Donahue C P，Khrapko K，Kosik K S. A microRNA array reveals extensive regulation of microRNAs during brain development. RNA，2003，9 (10)：1274-1281.

[21] Lagos-Quintana M，Rauhut R，Lendeckel W，Tuschl T. Identification of novel genes coding for small expressed RNAs. Science，2001，294 (5543)：853-858.

[22] Liang R Q，Li W，Li Y，Tan C Y，Li J X，Jin Y X，et al. An oligonucleotide microarray for microRNA expression analysis based on labeling RNA with quantum dot and nanogold probe. Nucleic Acids Res，2005；33 (2)：e17.

[23] Liu C，Yu J，Yu S，Lavker R M，Cai L，Liu W，et al. MicroRNA-21 acts as an oncomir through multiple targets in human hepatocellular carcinoma. J Hepatol，2010，53 (1)：98-107.

[24] Liu C G，Calin G A，Meloon B，Gamliel N，Sevignani C，Ferracin M，et al. An oligonucleotide microchip for genome-wide microRNA profiling in human and mouse tissues. Proc Natl Acad Sci USA，2004，101 (26)：9740-9744.

[25] Lu J，Getz G，Miska E A，Alvarez-Saavedra E，Lamb J，Peck D，et al. MicroRNA expression profiles classify human cancers. Nature，2005，435 (7043)：834-838.

[26] Nelson P T，Baldwin D A，Scearce L M，Oberholtzer J C，Tobias J W，Mourelatos Z. Microarray-based，high-throughput gene expression profiling of microRNAs. Nat Methods，2004，1 (2)：155-161.

[27] Saba R，Booth S A. Target labelling for the detection and profiling of microRNAs expressed in CNS tissue using microarrays. BMC Biotechnol，2006，6：47.

[28] Wang F，Niu G，Chen X，Cao F. Molecular imaging of microRNAs. Eur J Nucl Med Mol Imaging，2011，38 (8)：1572-9.

[29] Yu J，Wang F，Yang G H，Wang F L，Ma Y N，Du Z W，et al. Human microRNA clusters：genomic organization and expression profile in leukemia cell lines. Biochem Biophys Res Commun，2006，349 (1)：59-68.

[30] Yue J. miRNA and vascular cell movement. Adv Drug Deliv Rev，2011，63 (8)：616-22.

[31] Ambros V. The functions of animal microRNAs. Nature，2004，431 (7006)：350-355.

[32] Ambros V，Lee R C. Identification of microRNAs and other tiny noncoding RNAs by cDNA cloning. Methods Mol Biol，2004，265：131-158.

[33] Baskerville S，Bartel D P. Microarray profiling of microRNAs reveals frequent coexpression with neighboring miRNAs and host genes. RNA，2005，11 (3)：241-247.

[34] Calin G A，Dumitru C D，Shimizu M，Bichi R，Zupo S，Noch E，et al. Frequent deletions and down-regulation of micro RNA genes miR15 and miR16 at 13q14 in chronic lymphocytic leukemia. Proc Natl Acad Sci USA，2002，99 (24)：15524-15529.

[35] Calin G A，Liu C G，Sevignani C，Ferracin M，Felli N，Dumitru C D，et al. MicroRNA profiling reveals distinct signatures in B cell chronic lymphocytic leukemias. Proc Natl Acad Sci USA，2004，101

(32)：11755-11760.

[36] Fazi F，Rosa A，Fatica A，Gelmetti V，De Marchis M L，Nervi C，et al. A minicircuitry comprised of microRNA-223 and transcription factors NFI-A and C/EBPalpha regulates human granulopoiesis. Cell，2005，123 (5)：819-831.

[37] He A，Zhu L，Gupta N，Chang Y，Fang F. Overexpression of micro ribonucleic acid 29，highly up-regulated in diabetic rats，leads to insulin resistance in 3T3-L1 adipocytes. Mol Endocrinol，2007，21 (11)：2785-2794.

[38] Kloosterman W P，Wienholds E，de Bruijn E，Kauppinen S，Plasterk R H. In situ detection of miR-NAs in animal embryos using LNA-modified oligonucleotide probes. Nat Methods，2006，3 (1)：27-29.

[39] Krutzfeldt J，Poy M N，Stoffel M. Strategies to determine the biological function of microRNAs. Nat Genet，2006，38 Suppl：S14-19.

[40] Lau N C，Lim L P，Weinstein E G，Bartel D P. An abundant class of tiny RNAs with probable regula-tory roles in Caenorhabditis elegans. Science，2001，294 (5543)：858-862.

[41] Lee R C，Ambros V. An extensive class of small RNAs in Caenorhabditis elegans. Science，2001，294 (5543)：862-864.

[42] Liu C，Yu J，Yu S，Lavker R M，Cai L，Liu W，et al. MicroRNA-21 acts as an oncomir through mul-tiple targets in human hepatocellular carcinoma. J Hepatol，2010，53 (1)：98-107.

[43] Pfeffer S，Sewer A，Lagos-Quintana M，Sheridan R，Sander C，Grasser F A，et al. Identification of microRNAs of the herpesvirus family. Nat Methods，2005，2 (4)：269-276.

[44] Pfeffer S，Zavolan M，Grasser F A，Chien M，Russo J J，Ju J，et al. Identification of virus-encoded microRNAs. Science，2004，304 (5671)：734-736.

[45] Poy M N，Eliasson L，Krutzfeldt J，Kuwajima S，Ma X，Macdonald P E，et al. A pancreatic islet-spe-cific microRNA regulates insulin secretion. Nature，2004，432 (7014)：226-230.

[46] Sun Y，Koo S，White N，Peralta E，Esau C，Dean N M，et al. Development of a micro-array to detect human and mouse microRNAs and characterization of expression in human organs. Nucleic Acids Res，2004，32 (22)：e188.

[47] Yao E，Ventura A. A new role for miR-182 in DNA repair. Mol Cell，2011，41 (2)：135-137.

[48] Yu J，Wang F，Yang G H，Wang F L，Ma Y N，Du Z W，et al. Human microRNA clusters：genomic organization and expression profile in leukemia cell lines. Biochem Biophys Res Commun，2006，349 (1)：59-68.

[49] Zheng J，Xue H，Wang T，Jiang Y，Liu B，Li J，et al. miR-21 downregulates the tumor suppressor P12 CDK2AP1 and stimulates cell proliferation and invasion. J Cell Biochem，2011，112 (3)：872-880.

[50] ［美］J. 萨姆布鲁克等著．金冬雁等．分子克隆实验指南．北京：科学出版社，1992.

[51] ［美］J. 萨姆布鲁克等著．分子克隆实验指南．黄培堂等译．北京：科学出版社，2002.

[52] 卢圣栋主编．现代分子生物学实验技术．北京：科学技术出版社，1993.

[53] 吴冠芸，潘华珍，吴翚．生物化学与分子生物学实验常用数据手册．北京：科学出版社，1999.

[54] 方福德．microRNA 的研究方法与应用．北京：中国协和医科大学出版社，2008.

[55] Bandres E，Cubedo E，Agirre X，Malumbres R，Zarate R，Ramirez N，et al. Identification by Real-time PCR of 13 mature microRNAs differentially expressed in colorectal cancer and non-tumoral tis-sues. Mol Cancer，2006，5：29.

[56] Chen C，Ridzon D A，Broomer A J，Zhou Z，Lee D H，Nguyen J T，et al. Real-time quantification of microRNAs by stem-loop RT-PCR. Nucleic Acids Res，2005，33 (20)：e179.

[57] Chen M X，Ai L，Xu M J，Chen S H，Zhang Y N，Guo J，et al. Identification and characterization of microRNAs in Trichinella spiralis by comparison with Brugia malayi and Caenorhabditis elegans. Parasitol

Res，2011.

[58] Choong M L，Yang H H，McNiece I. MicroRNA expression profiling during human cord blood-derived CD34 cell erythropoiesis. Exp Hematol，2007，35 (4)：551-564.

[59] Huang G L，Zhang X H，Guo G L，Huang K T，Yang K Y，Shen X，et al. Clinical significance of miR-21 expression in breast cancer：SYBR-Green I-based real-time RT-PCR study of invasive ductal carcinoma. Oncol Rep，2009，21 (3)：673-679.

[60] Jiang J，Lee E J，Gusev Y，Schmittgen T D. Real-time expression profiling of microRNA precursors in human cancer cell lines. Nucleic Acids Res，2005，33 (17)：5394-5403.

[61] Liang R Q，Li W，Li Y，Tan C Y，Li J X，Jin Y X，et al. An oligonucleotide microarray for microRNA expression analysis based on labeling RNA with quantum dot and nanogold probe. Nucleic Acids Res，2005，33 (2)：e17.

[62] Liu R，Zhang C，Hu Z，Li G，Wang C，Yang C，et al. A five-microRNA signature identified from genome-wide serum microRNA expression profiling serves as a fingerprint for gastric cancer diagnosis. Eur J Cancer，2011，47 (5)：784-791.

[63] Mishima T，Mizuguchi Y，Kawahigashi Y，Takizawa T. RT-PCR-based analysis of microRNA (miR-1 and -124) expression in mouse CNS. Brain Res，2007，1131 (1)：37-43.

[64] Nelson P T，Baldwin D A，Scearce L M，Oberholtzer J C，Tobias J W，Mourelatos Z. Microarray-based, high-throughput gene expression profiling of microRNAs. Nat Methods，2004，1 (2)：155-161.

[65] Schmittgen T D，Jiang J，Liu Q，Yang L. A high-throughput method to monitor the expression of microRNA precursors. Nucleic Acids Res，2004，32 (4)：e43.

[66] Shi R，Chiang V L. Facile means for quantifying microRNA expression by real-time PCR. Biotechniques，2005，39 (4)：519-525.

[67] Tang F，Hajkova P，Barton S C，Lao K，Surani M A. MicroRNA expression profiling of single whole embryonic stem cells. Nucleic Acids Res，2006，34 (2)：e9.

[68] Tang F，Hajkova P，Barton S C，O'Carroll D，Lee C，Lao K，et al. 220-plex microRNA expression profile of a single cell. Nat Protoc，2006，1 (3)：1154-1159.

[69] Wach S，Nolte E，Szczyrba J，Stohr R，Hartmann A，Orntoft T，et al. MiRNA profiles of prostate carcinoma detected by multi-platform miRNA screening. Int J Cancer，2011.

[70] Wang F，Niu G，Chen X，Cao F. Molecular imaging of microRNAs. Eur J Nucl Med Mol Imaging，2011.

[71] Wu X M，Liu M Y，Ge X X，Xu Q，Guo W W. Stage and tissue-specific modulation of ten conserved miRNAs and their targets during somatic embryogenesis of Valencia sweet orange. Planta，2011，233 (3)：495-505.

[72] Xie S S，Li X Y，Liu T，Cao J H，Zhong Q，Zhao S H. Discovery of porcine microRNAs in multiple tissues by a Solexa deep sequencing approach. PLoS One，2011，6 (1)：e16235.

[73] Zhang H H，Wang X J，Li G X，Yang E，Yang N M. Detection of let-7a microRNA by real-time PCR in gastric carcinoma. World J Gastroenterol，2007，13 (20)：2883-2888.

[74] Erika Varkonyi-Gasic and Roger P. Hellens. Plant Epigenetics：Methods and Protocols. Methods in Molecular Biology，2010，vol. 631，DOI 10. 1007/978-1-60761-646-7 _ 10.

[75] Darnell D K，Kaur S，Stanislaw S，Davey S，Konieczka J H，Yatskievych T A，et al. GEISHA：an in situ hybridization gene expression resource for the chicken embryo. Cytogenet Genome Res，2007，117 (1-4)：30-35.

[76] Darnell D K，Kaur S，Stanislaw S，Konieczka J H，Yatskievych T A，Antin P B. MicroRNA expression during chick embryo development. Dev Dyn，2006，235 (11)：3156-3165.

［77］ Habbe N，Koorstra J B，Mendell J T，Offerhaus G J，Ryu J K，Feldmann G，et al. MicroRNA miR-155 is a biomarker of early pancreatic neoplasia. Cancer Biol Ther，2009，8（4）：340-346.

［78］ Kauppinen S，Vester B，Wengel J. Locked nucleic acid：high-affinity targeting of complementary RNA for RNomics. Handb Exp Pharmacol，2006，173：405-422.

［79］ Kidner C，Timmermans M. In situ hybridization as a tool to study the role of microRNAs in plant development. Methods Mol Biol，2006，342：159-179.

［80］ Nelson P T，Baldwin D A，Kloosterman W P，Kauppinen S，Plasterk R H，Mourelatos Z. RAKE and LNA-ISH reveal microRNA expression and localization in archival human brain. RNA，2006，12（2）：187-191.

［81］ Ryan D G，Oliveira-Fernandes M，Lavker R M. MicroRNAs of the mammalian eye display distinct and overlapping tissue specificity. Mol Vis，2006，12：1175-1184.

［82］ Ryu J K，Hong S M，Karikari C A，Hruban R H，Goggins M G，Maitra A. Aberrant MicroRNA-155 expression is an early event in the multistep progression of pancreatic adenocarcinoma. Pancreatology，2010，10（1）：66-73.

［83］ Wienholds E，Kloosterman W P，Miska E，Alvarez-Saavedra E，Berezikov E，de Bruijn E，et al. MicroRNA expression in zebrafish embryonic development. Science，2005，309（5732）：310-311.

［84］ Yamamichi N，Shimomura R，Inada K，Sakurai K，Haraguchi T，Ozaki Y，et al. Locked nucleic acid in situ hybridization analysis of miR-21 expression during colorectal cancer development. Clin Cancer Res，2009，15（12）：4009-4016.

第六章 microRNA 表达的干预方法——过表达

目前 microRNA 过表达研究经常选用的方法有瞬时转染化学合成的前体分子，如 Ambion 公司的产品 Pre-miR™ microRNA Precursor 分子，此类分子融合有 Dicer 加工位点，导入细胞后可获得特异 microRNA 的过表达。另外，过表达实验中经常选用的系统还有非病毒表达载体以及病毒表达载体系统。本章将详细介绍此类表达体系，为读者提供 microRNA 过表达研究的方法。

第一节 化学合成的 microRNA mimics

目前，多家生物公司推出了经化学合成的 microRNA mimics（模拟物），可有效模拟内源性 microRNA 的功能，因此可以用于在体外水平对特异 microRNA 的分子机制和生物功能的研究[1,2]。较为常用且效果良好的 microRNA mimics 有 Ambion 公司的 Pre-miR™ miRNA 前体分子、Dharmacon 公司的 miRIDIAN microRNA Mimics、QIAGEN 公司的 miScript microRNA Mimics 等，国内亦有多家公司开发了同类产品，但效果略差。本节将简单介绍部分产品。

Pre-miR™ miRNA 前体分子是 Ambion 公司设计的经化学修饰的双链 RNA 小分子，可模拟内源性成熟 microRNA 分子的功能。该分子与 siRNA 分子相似，但又不尽相同。通过细胞转染或电转化方法导入细胞内，从而完成特异 microRNA 的过表达，进行相关的功能研究。Pre-miR™ miRNA 前体分子经过细致地设计和修饰，可确保转染细胞后得到正确的 RNA 序列分子，并经过进一步内源性加工过程得到成熟的 microRNA 分子，该分子可掺入 RNA 沉默诱导复合物，发挥调控功能。与通过质粒过表达的策略相比，化学合成的 microRNA 模拟物具有以下优点：①剂量可控性，通过调控模拟物浓度进行细胞转染；②易于转，由于化学合成的 microRNA 模拟物分子量很小，可以很容易地转染至细胞内。经实验验证，Ambion 公司的 Pre-miR™ miRNA 前体分子可有效用于特异 microRNA 的靶基因筛选（萤光素酶双报告基因系统）以及在体外水平进行的分子机制、生物功能研究[19~21]。

miRIDIAN microRNA Mimics 是 Dharmacon 公司研制的双链寡核苷酸分子，经进一步化学修饰保持其在细胞内的稳定性，经转染至细胞内后可进入 microRNA 的作用途径，模拟内源性特异 microRNA 的功能。miRIDIAN microRNA Mimics 每条链的分子量以及双链的整合特征分别经 MALDI-TOF 质谱法和非变性聚丙烯酰胺凝胶电泳鉴定。该模拟物同样具有 Ambion 公司 Pre-miR™ miRNA 前体分子的优点。

miScript microRNA Mimics 是 QIAGEN 公司合成的 microRNA 模拟物，可以

用于 miRNA 功能和基因调控的研究[30]。该产品具有以下优点：①模拟内源成熟型 miRNA，可方便快捷地用于细胞转染；②基于 miRBase 中的所有人类、小鼠和大鼠的 miRNA 而设计；③以灵活的规格、包装和纯度提供；④为 miRBase 中未列出的 miRNA 提供定制的模拟物；⑤可通过 GeneGlobe 查询。

上述化学合成的 microRNA 模拟物均可有效地进行 microRNA 的分子机制及相关的功能研究，同时也可用于动物水平的功能研究，但是由于分子量小，半衰期短，因此要进行长效功能研究或开展体内治疗性的研究仍需真核细胞表达系统。广大科研工作者可根据自己的研究需要选择不同的体系[3,4,7,25,27~29]。

第二节　真核系统过表达——非病毒载体瞬时表达载体的构建

非病毒载体可通过转染将外源基因导入细胞或动物体内，获得外源基因的瞬时表达，也可构建稳定表达细胞系，获得长期高效表达。本节仅介绍构建特异 microRNA 重组质粒，瞬时转染细胞而获得过表达的方法，以用于 microRNA 靶基因分析或初步的功能研究。

1. 材料

① 寡核苷酸引物。上游引物：5′-GACGAATTCGTAACATCTGCCTCTGT-GATTCTCAGG-3′；下游引物：5′-ATACGGGCCCTGTAGGAAATGACAG-GCTGATGC-3′。

② 组织或细胞系 293A 等。

③ 基因组 DNA 提取试剂盒。

④ 质粒 pEGFP-C1（见图 6-1）(Promega，Madison，WI)。

⑤ *Taq* plus DNA 聚合酶。

⑥ 10×*Taq* plus DNA 聚合酶缓冲液。

⑦ dNTP (Promega，Madison，WI)。

⑧ 50×TAE 缓冲液。

⑨ 20mg/mL EB。

⑩ 3U/μL T4 DNA 连接酶 (Promega，Madison，WI)。

⑪ 2×快速连接缓冲液 (Promega，Madison，WI)。

⑫ DL2000 DNA marker（天泽基因工程公司）。

⑬ 100bp DNA ladder（天泽基因工程公司）。

⑭ 1.5%琼脂糖（Sigma 产品）。

⑮ 50 ng/μL pGEM-T 载体 (Promega，Madison，WI)。

⑯ *E. coli* 菌株 DH5α。

⑰ LB-琼脂固体培养基：LB 培养基［10g/L 胰化蛋白胨（Oxoid），5g/L 酵母提取物（Oxoid），10g/L NaCl］及 15 g/L 琼脂；铺板前加入合适浓度的青霉素。

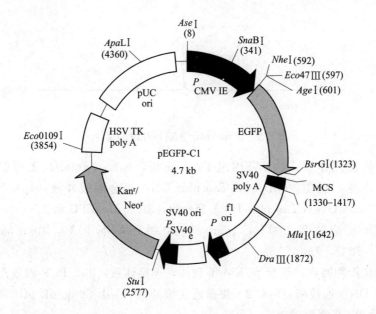

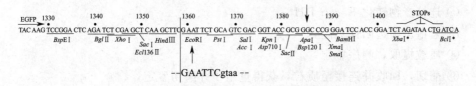

图 6-1 pEGFP-C1 质粒图谱及多克隆位点序列

⑱ 100mmol/L IPTG（Sigma 产品）。

⑲ 40mg/mL X-gal（溶解于二甲基酰胺）。

⑳ 10×快速连接缓冲液（Promega，Madison，WI）。

㉑ 内切酶（NEB biolabs）。

㉒ 10×内切酶反应缓冲液（NEB biolabs）。

㉓ DNA 凝胶回收试剂盒（TIANGEN 生物公司）。

㉔ 质粒小量提取试剂盒（博大泰克生物公司）。

㉕ Effectene 转染试剂盒（QIAGEN 生物公司）。

㉖ DLR 萤光素酶双报告基因检测系统（Promega，Madison，WI）。

注：未标明产品来源的试剂均为国产分析纯试剂。

2. 实验步骤

① 基因组 DNA 提取：取组织或培养的细胞系，利用基因组 DNA 提取试剂盒提取基因组 DNA，用作 PCR 扩增的模板。

② 引物设计：根据研究的特异 microRNA 基因，选择包含该 microRNA 前体的一段序列设计引物。研究发现，所选择的片段至少应在前体两侧各自延伸 40nt

（见图 6-2）。

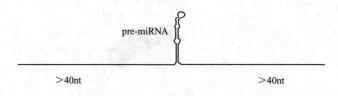

图 6-2 含 microRNA 前体片段的选择

③ PCR 反应体系：4μL 基因组 DNA 模板，1μL 10μmol/L 上游引物，1μL 10μmol/L 下游 5′引物，5μL 10×*Taq* plus DNA 聚合酶缓冲液，1μL 10mmol/L dNTP，0.5μL 5U/μL *Taq* plus DNA 聚合酶，38.5μL DEPC 水。

④ PCR 反应过程：94℃，3min；35 个循环如下 94℃，30s；55℃，30s；72℃，60s；72℃，7min。

⑤ PCR 产物回收并连接 pGEM-T 载体，连接体系：3μL PCR 回收产物，1μL 3U/μL T4 DNA 连接酶，5μL 2×快速连接缓冲液，1μL 50ng/μL pGEM-T 载体。混匀离心后于 4℃孵育过夜。

⑥ 连接产物转化 *E. coli* DH5α。

⑦ 蓝白斑筛选阳性克隆。

⑧ 质粒提取，测序鉴定。

⑨ 酶切，回收并连接至质粒，获得重组子并酶切鉴定。

⑩ 利用 QIAGEN Effectene 转染试剂盒将重组子与含靶基因的质粒共转染 293-T。

⑪ 通过 PAGE/Northern Blot 检测特异 microRNA 的表达，并利用萤光素酶双报告基因检测系统检测报告基因的表达，用以筛选靶基因。

第三节 microRNA 腺病毒过表达系统

以下主要介绍病毒载体用于 microRNA 的过表达。

非病毒载体虽然可以实现特异 microRNA 的过表达，但是对于一些转染效率低的细胞系或原代培养的细胞并不适用[32]。据此，病毒载体表达系统便成为实验研究的首选方法[9,14,16,23]。病毒载体用于外源基因表达的优势以及各类病毒载体的优缺点在方法概述部分已有分析，在此不做赘述。这里仅对腺病毒载体的构建方法加以介绍，供读者参考。

1. 材料

① 寡核苷酸引物

上游引物：5′-CGAAGATCTGGATGAGGCCAGCATAGGAG-3′；

下游引物：5′-ATTTGCGGCCGCTCTTACCTGTGGCTCCAAAGTCA-3′。

② 菌株：BJ5183、DH10B、DH5α。

③ 质粒（见图 6-3）：pGEM-T easy 质粒、pAdTrack-CMV、pAdEasy-1。

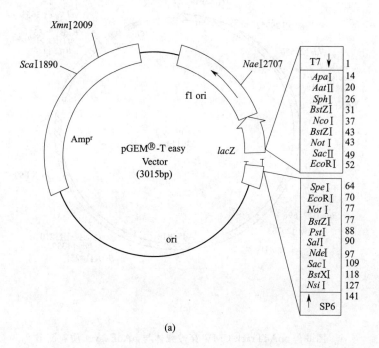

(a)

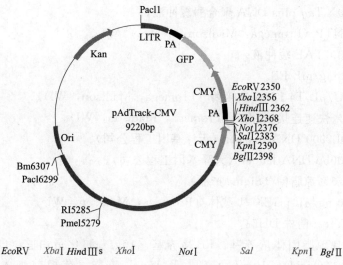

(b)

图 6-3

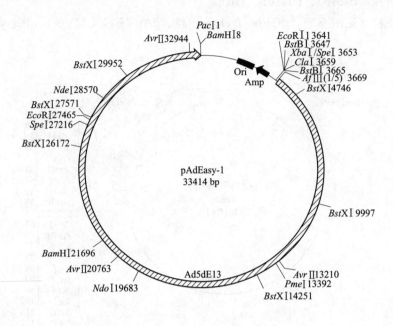

图 6-3　pAdTrack-CMV 穿梭载体与 pAdEasy-1 质粒图谱

④ *Taq* plus DNA 聚合酶。

⑤ 10×*Taq* plus DNA 聚合酶缓冲液。

⑥ dNTP（Promega，Madison，WI）。

⑦ 50×TAE 缓冲液。

⑧ 20mg/mL EB。

⑨ 3U/μL T4 DNA 连接酶（Promega，Madison，WI）。

⑩ 2×快速连接缓冲液（Promega，Madison，WI）。

⑪ DL2000 DNA marker（天泽基因工程公司）。

⑫ 100bp DNA ladder（天泽基因工程公司）。

⑬ 1.5%琼脂糖（Sigma 产品）。

⑭ 50 ng/μL pGEM-T 载体（Promega，Madison，WI）。

⑮ *E. coli* 菌株 DH5α。

⑯ LB-琼脂固体培养基：LB 培养基［10g/L 胰化蛋白胨（Oxoid），5g/L 酵母提取物（Oxoid），10g/L NaCl］及 15g/L 琼脂；铺板前加入合适浓度的抗生素。

⑰ 100mmol/L IPTG（Sigma 产品）。

⑱ 40mg/mL X-gal（溶解于二甲基酰胺）。

⑲ 10×快速连接缓冲液（Promega，Madison，WI）。

⑳ 限制性内切酶 （NEB biolabs）。

㉑ 10×内切酶反应缓冲液 （NEB biolabs）。

㉒ DNA 凝胶回收试剂盒 （TIANGEN 生物公司）。

㉓ 质粒小量提取试剂盒 （博大泰克生物公司）。

㉔ Effectene 转染试剂盒 （QIAGEN 生物公司）。

㉕ 甘油。

注：未标明产品来源的试剂均为国产分析纯试剂。

2. 实验步骤

(1) 重组腺病毒载体构建 如图 6-4 所示。

① 利用常规方法制备 DH10B 和 BJ5183 电转感受态，置－80℃备用。

② 按照非病毒载体构建方法获得 pAdTrack-CMV 重组子。

③ 转化 *E. coli* DH10B，铺卡那霉素抗性 LB 平板。

④ 挑取单克隆接种于 5mL 卡那霉素抗性 LB 液体培养基中，37℃振摇过夜，用菌液 PCR 鉴定或提取质粒，进行酶切鉴定。

⑤ 提取穿梭质粒，经 *Pme* I 酶切 4h 或过夜，使其充分线性化。

⑥ 凝胶回收线性化质粒 DNA。

⑦ 将回收的线性化载体与 pAdEasy-1 以约 10∶1 的比例共转化入 BJ5183 感受态细胞，铺卡那霉素抗性 LB 平板，置于 37℃孵箱内培养 14～16h。

⑧ 挑取较小的克隆 15～20 个，接种于卡那霉素抗性 LB 培养基中，37℃振摇过夜。

⑨ 提取质粒，进行凝胶电泳分析，挑取分子量大的重组质粒，以 PCR 的方法鉴定筛选重组子。

⑩ 将带有目的基因的重组子分别用 *Bam*H I 及 *Pac* I 酶切鉴定。

⑪ 取适量经鉴定正确的重组质粒转化 *E. coli* DH10B，铺卡那霉素抗性 LB 平板，置于 37℃孵箱内培养过夜。

⑫ 挑单个阳性克隆于含卡那霉素抗性的液体 LB 培养基，37℃振摇过夜 (20h)，提取质粒。

⑬ 取 5μg 所得质粒用 *Pac* I 酶切 4～6h 或过夜。

⑭ 酚、氯仿抽提线性化酶切的质粒。

⑮ 以氯仿＋异戊醇（体积比为 24∶1）重复抽提。

⑯ 经乙醇沉淀后溶解于 50μL 0.1×TE 溶液或 MilliQ 级别纯水中，－20℃冻存备用。

⑰ 将上一步线性化的质粒转染 HEK293 细胞。

⑱ 将以上线性化的腺病毒质粒转染接种在 T25 flask 中以达 70%～80%密度的 HEK293 细胞，具体操作按 LipofectA mine 2000 转染标准程序。HEK293 细胞用 4mL OPTIMEMI 清洗一遍（注意必须先预温至 37℃）。

⑲ 观察转染液中是否已有浑浊形成，若已形成，往 T25 flask 中逐滴加入转染液，边加边轻轻摇晃混匀，37℃，5% CO_2 孵箱内培养 4～8h。

⑳ 移去转染液，加入含 10% 完全培养液 6mL。

㉑ 上述转染的细胞约 7～10d 左右可用荧光显微镜观察，至细胞基本全部呈绿色且 30%～50% 细胞悬浮时，收集细胞及培养液，于 −80～37℃，冻融 4 次，2000g 离心收集上清，用于再次扩增病毒。

㉒ 以上步收集病毒液再次感染 293A 细胞，2～3d 后，细胞有 50% 左右悬浮，重复⑧步骤，增加病毒滴度，约 3～5 次。

㉓ 每种重组病毒感染约 15 个 $10cm^2$ 平皿，收集细胞，PBS 洗 2 次，离心后以 PBS 重悬（约 1～2mL），反复冻融 3～4 次，离心收集上清。

㉔ ㉓步上清液以 Amicon Ultra-15 （1000000 MW）柱纯化病毒，测定病毒滴度。

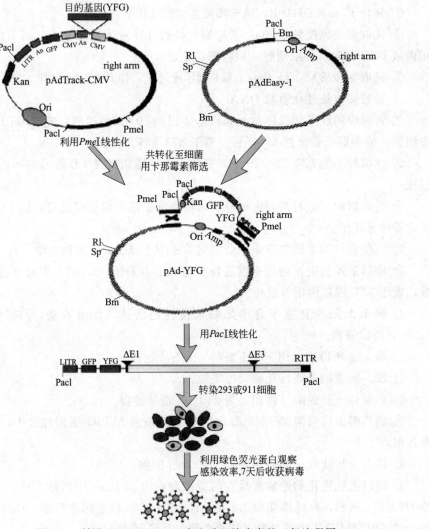

图 6-4　利用 AdEasy system 产生重组腺病毒的一般流程图

（2）病毒滴度测定

系列稀释法：病毒液反复冻融后置于冰上，本实验使用 96 孔板或 24 孔板（初步能估计病毒滴度的情况下使用），每个条件 3 孔，系列稀释设置如表 6-1 所示。

表 6-1　病毒系列稀释法

离心管 #	病毒上清	293 培养基	病毒滴度/(IU/mL)
1	5μL 病毒上清	5mL	N/A
2	5μL 病毒上清	5mL	N/A
3	200μL #2 离心管	1.8mL	1.00×10^8
4	1mL #3 离心管	1mL	2.00×10^8
5	1mL #4 离心管	1mL	4.00×10^8
6	1mL #5 离心管	1mL	8.00×10^8
7	1mL #6 离心管	1mL	1.60×10^9
8	1mL #7 离心管	1mL	3.20×10^9
9	1mL #8 离心管	1mL	6.40×10^9
10	1mL #9 离心管	1mL	1.28×10^{10}
11	1mL #10 离心管	1mL	2.56×10^{10}
12	1mL #11 离心管	1mL	5.12×10^{10}
13	1mL #12 离心管	1mL	1.02×10^{11}
14	1mL #13 离心管	1mL	2.05×10^{11}

选择已知滴度样品作为标准品

准备好上述稀释病毒液，从离心管 3 到离心管 14 每次取 100μL 一次稀释，每个条件重复三次，加入到 96 孔板中。培养 16～18h，观察荧光，找到一个稀释条件，再增加稀释倍数细胞不能全绿，而低倍数则细胞均为绿色，每个条件至少 2/3 符合标准。查找表 6-1 即可得出病毒滴度 MOI。

（3）重组腺病毒扩增及纯化

① 一旦重组病毒已被纯化和鉴定，即可在 293 细胞中进行大量扩增。如果要把病毒用氯化铯梯度离心纯化，则必须至少有 3×10^8 的细胞，这样才能正确分辨出病毒带。注意每次扩增都将会剩下一些病毒，这些病毒先不必丢弃，以便下一步扩增失败时备用。每次扩增最好都用最低代的病毒颗粒，这样产生突变型病毒的可能性会大大降低。

② 在 $10cm^2$ 培养皿或 $75cm^2$ 培养瓶中加入 10mL 5％ FBS DMEM 培养 5×10^6 293 细胞。

③ 取 0.5μL 首次扩增的病毒保存液，加入 DMEM 5％至 1mL，混匀，这样稀释得到的 MOI 值约为 5。

④ 移去培养液，小心加入病毒混合液，切勿破坏细胞单层，十字形慢慢晃动 3 次，37℃ CO_2 孵箱中培养 90min。

⑤ 加入 9mL 5％FBS DMEM。再培养 72h，这时在 10mL 溶液中大约有 $5 \times 10^9 \sim 5 \times 10^{10}$ 个病毒颗粒，进行 MOI 测定以估计病毒颗粒。

⑥ −80∼37℃冻融3次。

⑦ 转入15mL无菌离心管中，台式离心机上以最大速率离心10min，收集上清冻存于−20℃或−80℃。

⑧ 3个175cm² 培养瓶中各加入10^7 个293细胞进行培养。

⑨ 将3mL细胞裂解液上清加入12mL DMEM 5%中，混匀。移去细胞培养液，每瓶小心加入5mL混合液，十字形慢慢晃动混匀3次，37℃ 5%CO_2 孵箱中培养90min。此时MOI值约为25。

⑩ 加入DMEM 5%至30mL。

⑪ 再培养48∼72h。此时10mL培养液病毒量约为$3×10^{10}∼3×10^{11}$。

⑫ 准备CsCl密度梯度离心法纯化腺病毒。

⑬ 3次冻融法裂解细胞，20%PEG8000/2.5mol/L NaCl，消毒灭菌50mL离心管、2000mL烧杯，透析袋，透析液，CsCl(1.1g/mL、1.3g/mL、1.4g/mL)。

⑭ 细胞冻融后离心，4℃ 12000g×10min，取上清。

⑮ 每20mL上清中加入10mL 20% PEG8000 与 2.5mol/L NaCl，混匀后冰浴1h。

⑯ 离心，4℃ 12500g×30min，弃上清。

⑰ 收集沉淀，溶于5mL 1.1g/mL CsCl中。

⑱ 离心，4℃ 8000g×5min，取上清。

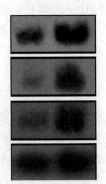

⑲ 制备不连续CsCl密度梯度：依次加入2mL 1.4g/mL CsCl、3mL 1.3g/mL CsCl、5mL上清。

⑳ 离心，20℃ 60000g×2h，吸出病毒带（1.3∼1.4g/mL之间）。

㉑ 转入透析袋，4℃透析过夜后分装保存。

㉒ 透析缓冲液：50mmol/L MgCl₂ 10mL，甘油100mL，10×PBS 100mL，加入双蒸水定容至1000mL。

㉓ CsCl溶液：用灭菌20mmol/L Tris-HCl（pH8.0）配制。

图 6-5　腺病毒载体表达 mir-29a/b/c 的 PAGE/Northern Blot 分析

3. 结果分析

利用PAGE/Northern Blot方法检测腺病毒载体过表达效果，方法见相关章节。编者曾通过此方法获得mir-29a/b/c的高效表达（图6-5）[12]。

第四节　microRNA 的慢病毒过表达系统

逆转录病毒也是研究常用的外源基因表达系统。逆转录病毒可以携带外源基因整合到宿主基因组内，从而实现目的基因的稳定表达。但是逆转录病毒只能感染正在分裂的细胞，有插入突变和激活癌基因的危险，并且滴度低。在此，仅对目前实验研究经常选用的一种逆转录病毒，即慢病毒表达系统加以探讨。慢病毒具有逆转录病毒的基本结构特征，但也有与逆转录病毒不同之处。慢病毒与其他逆转录病毒相同之处，是其基因组经逆转录后能整合到宿主 DNA 中，但是由于经过改造，不会在宿主细胞内增殖，不会导致宿主细胞死亡，而且感染或转化的细胞能够连续传代。这种载体的最大优势是能感染静止细胞以及不产生嵌合体实验动物。多个实验室选择慢病毒表达系统对特异 microRNA 进行过表达研究，如 Fazi 等采用慢病毒表达载体 pRRLcPPT 对 mir-223 进行过表达，并以此为工具较为深入地研究了 mir-223 在造血细胞分化过程中的功能[7,31]。有关慢病毒表达系统的构建方法与腺病毒载体相似，在此不作赘述。读者可根据实验要求选择合适的表达体系。

慢病毒（lentivirus）是逆转录病毒的一种，需要相当长的孵育时间，所以称之为"慢"病毒。它包括 HIV（人免疫缺陷病毒）、FIV（猫免疫缺陷病毒）和其他病毒。慢病毒属于逆转录病毒科，但其基因组结构复杂，除 *gag*、*pol* 和 *env* 这 3 个和单纯逆转录病毒相似的结构基因外，还包括 4 个辅助基因：*vif*、*vpr*、*nef*、*vpu* 和 2 个调节基因 *tat* 和 *rev*。慢病毒载体的构建原理就是将 HIV 基因组中的顺式作用元件（如包装信号、长末端重复序列）和编码反式作用蛋白的序列进行分离，分别构建在独立的质粒表达系统上。载体系统包括包装成分和载体成分：包装成分由 HIV 基因组去除了 *env*、*vif*、*vpr*、*vpu*、*nef* 等包装、逆转录和整合所需的顺式作用序列而构建，能反式提供产生病毒颗粒所需的蛋白；载体成分与包装成分互补，含有包装、逆转录和整合所需的 HIV 顺式作用序列。同时具有异源启动子控制下的多克隆位点及在此位点插入的目的基因。为降低两种成分同源重组产生有复制能力的病毒（RCV）的可能性，将包装成分的 5′LTR 换成巨细胞病毒（CMV）立即早期启动子，3′LTR 换成 SV40 polyA 位点等。将包装成分分别构建在两个质粒上，即一个表达 *gag* 和 *pol*、另一个表达 *env*。在慢病毒发展的过程中，经历了三代变化，由三质粒表达系统发展到四质粒表达系统。三质粒表达系统包括包装质粒、包膜蛋白质粒和转移质粒。其中包装质粒在 CMV 启动子的控制下，表达 HIV 复制所需的全部反式激活蛋白，但不产生病毒包膜蛋白及辅助蛋白 vpu；包膜蛋白质粒编码水泡性口炎病毒 G 蛋白（VSV-G），应用 VSV-G 包膜的假构型慢病毒载体扩大了载体的靶细胞嗜性范围，而且增加了载体的稳定性，允许通过高速离心对载体进行浓缩，提高了滴度；转移质粒中除含有包装、逆转录及整合所需的顺式序列，还保留 350bp 的 *gag* 和 *RRE*，并在其中插入目的基因或标志基因（*copGFP*）。将载体系统分成三个质粒最大的益处是使序列重叠的机会大大减少，减少载体重组过程中产生 RCV 的可能性。第一代的包装质粒中仍然保留了 HIV 的附属基因，而第二代慢病毒载体系统删除了 HIV 的所有附属基因，在不影响病毒的滴度和转染能力的基础上增加了载体的安全性。第三代载体系统，即四质粒表达系统的建立进一步减少了 HIV 包装结构的序列同源性，减少重组成 RCV 的可能性，辅助基因被去除。但由于 *gag-pol* 的转运需要 *rev*，另加上一个含 *rev* 的质粒。慢病毒的最大优势在于能感染分裂和非分裂的细胞，因此可以感染众多干细胞和难转染的细胞，极大地提高了外源基因的表达效率[8,22,24]。

在 2004 年的时候，Pfeffer 发现当人细胞系潜伏感染爱泼斯坦-巴尔疱疹病毒时表达病毒来源的 microRNA。生物信息学分析这些 microRNA 的靶基因发现它们与细胞中有关增殖、凋亡、免疫反应及其他极度重要的通路之间存在预测上的联系。HIV 也被预测能够表达一小部分 microRNA，这些 microRNA 存在广泛的预测靶基因。反过来，T 细胞 microRNA 被预测与病毒转录产物相互作用。在慢病毒介导的 microRNA 表达技术产生之前，细胞中 microRNA 的过表达和抑制主要就是通过转染体外合成的 microRNA 前体、成熟 microRNA 分子或者抑制 microRNA 的小分子来实现的。尽管这些分子的设计达到了最优，但是合成的 microRNA 分子忽略了 pri-microRNA 这一天然表达形式。pri-microRNA 包括了有关 microRNA 表达及细胞内加工的关键的生物元件，并经常被加工成数个 microRNA 分子。合成的 microRNA 分子的另一个弊端就是它们的过表达效应是瞬时的，经常在转染后 4~5d 消失。而慢病毒表达载体能够以天然的形式表达每个单独的 microRNA 前体并保存预测的发夹结构，从而保证其与内源加工机器及调控元件之间的相互作用。慢病毒表达系统同时也能保证 microRNA 进入细胞后有稳定的过表达/敲除效率[6,11,13,15,33]。

但是由于 HIV 慢病毒载体的自然宿主是人类，在操作与慢病毒有关的实验时需要生物防护。虽然最初使用 HIV 慢病毒载体时体内体外试验都没产生 PCR 阳性结果，但其生物安全性还需要进一步验证，焦点在如何阻止形成有复制能力的 HIV 病毒，构建一个更为安全的模式。

一、重组慢病毒转移载体的构建

以美国 System Bioscience（SBI）的慢病毒载体为例（见图 6-6），可见这两个载体均是以 HIV 病毒为基础的重组载体。microRNA 过表达的载体构建时在 CMV 启动子下游插入的片段不仅仅是成熟 microRNA，还包括了其茎环结构区及其上下游 300~500bp 的旁侧序列，以使 microRNA 的表达尽量与天然形式相同，经过 Drosha 与 Dicer 的切割过程来产生成熟 microRNA 分子。而 microRNA 敲除载体在 H1 启动子下游插入一段序列，使其能转录形成不对称的发夹结构。发夹结构双链部分中的一条链的序列与成熟 microRNA 不完全相同以保证不产生成熟 microRNA 分子；而另一链与 microRNA 序列完全互补，从而能与内源 microRNA 结合来抑制其与靶基因的相互作用。为了确保基因的表达不相互干扰，过表达及敲除载体均采用了双表达系统，即 copGFP 的表达是由另一个启动子 EF1 介导的，不同于 CMV 启动子及 H1 启动子。除了以上两个载体外，也可以根据自己实验室的情况将 microRNA 序列及敲除序列构建在 HIV 或 FIV 来源的质粒上[5,10,17,18]。

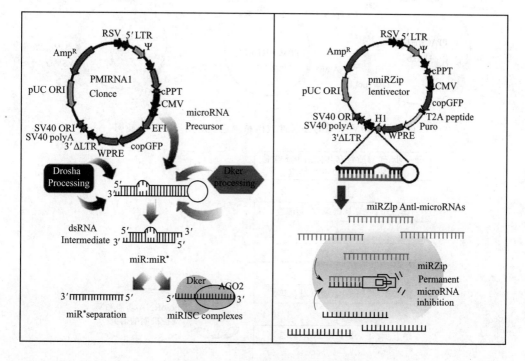

图 6-6 SBI 慢病毒载体及作用机制

WPRE 表示 WPRE 元件，增强 CMV 启动子驱动的转录产物的稳定性及翻译；SV40 polyA 表示 SV40 多聚腺苷酸信号，使转录以及重组转录产物的加工能够有效地停止；5′LTR 表示混合 RSV-5′LTR 启动子，保证在 293 细胞中病毒转录产物全长的高表达量；cPPT，GAG，LTR 表示遗传元件，包装、转导以及将病毒表达产物稳定整合到基因组 DNA 的必需元件；SV40 ORI 表示用以在哺乳动物细胞中稳定繁殖该质粒；pUC ORI 表示用来在大肠杆菌（*E. coli*）中稳定并增加该质粒的表达量；Amp^R 表示氨苄青霉素抗性，用于 *E. coli* 中的筛选；copGFP 表示绿色荧光蛋白，被用作荧光标记来监视细胞转染和转导的阳性率

二、慢病毒的包装

SBI 公司的 HIV 来源的慢病毒包装体系采用了第三代四质粒系统，除了携带外源基因的转移质粒外，还包括了包装质粒 pPACKH1-GAG、转运质粒 pPACKH1-REV 和包膜质粒 pVSV-G，统称为包装混合质粒（见图 6-7），另外还提供了一个阳性对照质粒 pSIH-H1-siLuc-copGFP。包装过程采用了由脂质体 Lipofectamine™ 和 Plus™ reagent 介导的顺时转染方式，操作流程及后续步骤见图 6-8。在整个转染过程中需要注意的是必须要有一个不含目的片段的空载体作为阳性对照，同时在 copGFP 不对我们的实验造成影响时，构建的转移质粒和空载体都必须能够表达 copGFP。即使如果我们自己构建的转移质粒恰好不含 copGFP 表达框，也可以将带有 copGFP 的阳性对照质粒与转移质粒在转染时以 1∶100 的比例混合，因为绿色荧光及阳性对照是我们后续检测转染、转导效率，测定病毒滴度，获得稳定细胞株的重要条件。

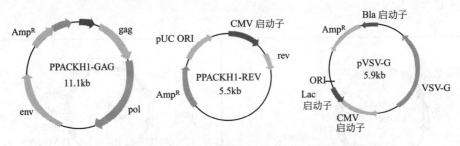

图 6-7 HIV 来源的慢病毒载体系统包装所用质粒的功能图

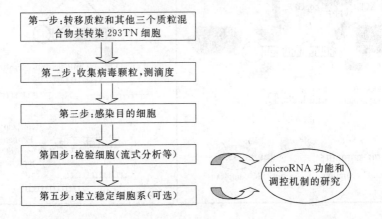

图 6-8 通过瞬时转染产生假病毒颗粒并转导效应表达质粒进入靶细胞过程示意图

为了提高慢病毒包装的效率，在做准备工作时有两点非常重要。一是重组转移质粒的质量，另一点是包装细胞系的选择。由于转染的效率与质粒的质量有着密切的联系，因此在提取质粒时最好使用氯化铯离心法或者 QIAGEN 公司的无内毒素质粒提取试剂盒。转染时质粒的浓度调整到 $0.2\sim2\mu g/\mu L$，溶于灭菌 TE 缓冲液，每 10cm 培养皿或 $75cm^2$ 培养瓶转染 $2\mu g$ 转移质粒及 $20\mu L(10\mu g)$ 包装混合质粒。另一方面需要选择转染效率高的细胞系。目前最优化的转染细胞系为 293TN 细胞，该细胞系来源于 HEK293 细胞并能组成性地表达 SV40 T 抗原和新霉素抗性基因，培养条件为 DMEM 培养基并添加 10% 的热失活胎牛血清、4mmol/L 谷氨酰胺、1.5g/L 葡萄糖、100 单位/mL 青霉素 G 和 $100\mu g/L$ 链霉素。该细胞良好的生长状态是保证瞬时转染效率的必要条件，因此培养过程中要随时观察，每到 $70\%\sim80\%$融合率时（约生长 $1\sim2d$）以 $1:3\sim1:5$ 的比例进行传代。包装病毒最常用的方法为瞬时转染，包括使用脂质体及磷酸钙沉淀两种方法，SBI 公司的指导方式也为脂质体转染法。但是最近有报道表明了可以使用类似扩增细菌的方法来大量产生慢病毒颗粒。即使用 PEI 转染悬浮的 HEK293 细胞后将上清移入锥形瓶中在轨道摇床上摇动以扩增病毒颗粒，并通过肝素亲和色谱的方法获得浓缩纯净的病毒颗粒。这种新方法可以大大提高病毒颗粒的产量和效率，在将来有很大的应用前景[26]。

一般病毒的产生在瞬时转染后的 48h 达到高峰，因此在此时间收集转染后的上清。为了增加病毒的滴度，可以对上清的病毒颗粒进行浓缩。具体步骤如下：上清与 PEG-itTM 病毒沉淀溶液混匀后 4℃存放 24～48h，后于 $50000g$、4℃超速离心，得到的沉淀即包含病毒颗粒。除了这种沉淀超速离心的方法，也可以采取阳离子亲和色谱或者直接超速离心的方法。将获得的沉淀溶于更小体积的培养基中以增加其浓度。最后，无论浓缩与否，最好对上清进行假病毒颗粒滴度的测定。虽然这步对于感染细胞也不是必需的，但是测定后有利于更有效地感染细胞。通过测定滴度，我们可以确定收获的假病毒颗粒具有活性并控制每个靶细胞中整合病毒构建物的拷贝数，同时也能够确定被假病毒转导的靶细胞所占的比例。

在测定滴度时感染细胞的步骤与转导目的细胞的步骤基本相同，在此就不再赘述，请参见下一节。本节主要说明如何计算滴度。首先，对由含 copGFP 载体重组形成的病毒颗粒进行滴度测定时，主要采取流式细胞分析的方法，即计算带有荧光的细胞的百分比。也可以采用显微镜观察阳性细胞百分比的方法，计算 5～10 个随机视野的平均值。但是镜下观察显然不是很准确。病毒滴度＝感染细胞所占比例×细胞感染时细胞数目×相应病毒稀释因子❶感染时培养基的体积。其次，若转移质粒中不含有 copGFP，而含有嘌呤霉素等抗性基因，可以根据抗性筛选来测定滴度。即先用有限稀释的方法将感染后的细胞培养在含有 1μg/mL 嘌呤霉素的完全培养基中，两天一换液，一周后计数每个浓度中形成细胞克隆的数目。克隆数目×细胞稀释因子/所有参与筛选的细胞数即为感染细胞所占的比例，之后再根据之前的算式计算出滴度。另外，如果转移质粒中含有 H2Kk 报告基因，也可通过对感染后的细胞进行 FITC-H2Kk 染色及流式细胞分析来测定滴度。需要注意的是，采用筛选方式得到的滴度往往要比采用流式分析方法得到的滴度低一些，测定时也与目的细胞的种类及筛选条件存在很大关系。

三、转导及稳定表达细胞系的建立

当得到具有活性且滴度合适的病毒颗粒后，就可以感染目的细胞了。具体操作步骤如下。

① 感染前 24h 在 24 孔板中铺目的细胞，加 0.5mL 完全培养基并调整细胞数目为 $0.5×10^5$。感染也可在其他体系中进行，可以根据细胞生长选择并相应调节培养基用量和细胞数目。

② 准备含有终浓度为 5μg/mL 的 polybrene❷ 的混合培养基。感染当天将培养基换为 0.5mL 的混合培养基。

③ 向细胞中添加病毒来感染细胞；推荐使用不同体积的病毒浓缩液来感染细胞，同时还有包含一组阳性对照病毒颗粒的感染；感染后过夜培养。

---

❶ 病毒稀释因子为感染细胞时所加病毒液体体积与培养基总体积的比值。例如，将 1μL 病毒液加入 0.5mL 培养基中稀释因子即为 500。在感染细胞时每个稀释因子都要做三个复孔的重复。

❷ polybrene 能够通过中和电荷来增强病毒颗粒和细胞膜之间的结合。最适的 polybrene 浓度（通常为 2～10μg/mL）及作用时间因细胞而异，实践过程中需要注意。

④ 第二天更换培养基，换为 1mL 完全培养基并培养过夜。

⑤ 24h 后观察细胞，对于生长较快的细胞此时融合率较高，可以进行 1∶3 或 1∶5 的传代。继续培养 48h。

⑥ 此时可以对细胞进行分析，但是仅代表了细胞瞬时表达外源基因的能力。若要获得外源基因整合到基因组中的稳定细胞株则需要继续培养一段时间，通过流式细胞术筛选 copGFP 阳性细胞或者嘌呤霉素抗性筛选的方法来获得。感染及筛选后的荧光和成熟 microRNA 表达照片参见图 6-9。

与传统的转染相同，慢病毒感染细胞也与目的细胞的种类有很大的关系。一些贴壁细胞系，如 293、HT1080、HeLa 等，能够达到 100% 的感染效率。而一些贴壁细胞，如 K562、HL-60、MOLT-4 等，感染效率很低。因此为了进行后续实验，流式筛选或者抗性筛选出阳性细胞才能提高 microRNA 的表达效率。

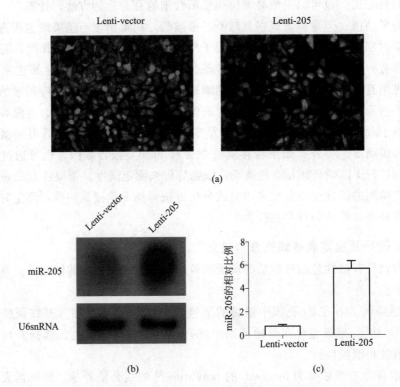

图 6-9　慢病毒 Lenti-205 感染人皮肤上皮细胞后荧光照片（见彩图）
成熟 microRNA-205（a）的 Northern Blot 鉴定（b）及定量分析（c）

四、有关 microRNA 过表达研究的讨论

非病毒载体与病毒载体在外源基因表达的实验研究中均有广泛应用。在 microR-NA 靶基因分析或功能研究时，如果细胞株转染效率高并且不需要稳定表达，则可优先选择非病毒载体，此举可节约实验用时。毕竟无论是腺病毒载体还是其他病毒载体，重组质粒构建、病毒包装及病毒上清纯化等均较耗费时间。但是如果所选实验细

胞株转染效率很差，或选择使用原代细胞时，无疑病毒表达系统独具优势。此外，病毒表达体系构建及应用过程中有些步骤需注意，如重组质粒应完全线性化，否则往往产生较高的背景，从而降低重组率，而将线性化质粒去磷酸化有助于降低背景信号。病毒用氯化铯梯度离心纯化时，至少需 3×10^8 的细胞，才能正确分辨出病毒带。每次扩增时都会剩下一些病毒，这些病毒可不必丢弃，以备下一步扩增失败时备用。而每次扩增应选择最低代的病毒颗粒，此举产生突变型病毒的可能性会大大降低等。实验过程中的些许细节问题关系研究成败，因此需倍加小心[34~36]。

过表达是基因功能研究的必选策略，目前研发的多种表达体系可以对传统基因以及新型的基因 microRNA 完成过表达研究。

参考文献

[1]　Ambros V, Lee R C, Lavanway A, Williams P T, Jewell D. MicroRNAs and other tiny endogenous RNAs in C. elegans. Curr Biol, 2003, 13 (10): 807-818.

[2]　Baroukh N, Ravier M A, Loder M K, Hill E V, Bounacer A, Scharfmann R, et al. MicroRNA-124a regulates Foxa2 expression and intracellular signaling in pancreatic beta-cell lines. J Biol Chem, 2007, 282 (27): 19575-19588.

[3]　Cheng A M, Byrom M W, Shelton J, Ford L P. Antisense inhibition of human miRNAs and indications for an involvement of miRNA in cell growth and apoptosis. Nucleic Acids Res, 2005, 33 (4): 1290-1297.

[4]　Cimmino A, Calin G A, Fabbri M, Iorio M V, Ferracin M, Shimizu M, et al. miR-15 and miR-16 induce apoptosis by targeting BCL2. Proc Natl Acad Sci USA, 2005, 102 (39): 13944-13949.

[5]　Cockrell A S, Kafri T. Gene delivery by lentivirus vectors. Mol Biotechnol, 2007, 36 (3): 184-204.

[6]　Dull T, Zufferey R, Kelly M, Mandel R J, Nguyen M, Trono D, et al. A third-generation lentivirus vector with a conditional packaging system. J Virol, 1998, 72 (11): 8463-8471.

[7]　Fazi F, Rosa A, Fatica A, Gelmetti V, De Marchis M L, Nervi C, et al. A minicircuitry comprised of microRNA-223 and transcription factors NFI-A and C/EBPalpha regulates human granulopoiesis. Cell, 2005, 123 (5): 819-831.

[8]　Federico M. From lentiviruses to lentivirus vectors. Methods Mol Biol, 2003, 229: 3-15.

[9]　Felli N, Fontana L, Pelosi E, Botta R, Bonci D, Facchiano F, et al. MicroRNAs 221 and 222 inhibit normal erythropoiesis and erythroleukemic cell growth via kit receptor down-modulation. Proc Natl Acad Sci USA, 2005, 102 (50): 18081-18086.

[10]　Gomez M C, Pope C E, Kutner R H, Ricks D M, Lyons L A, Ruhe M T, et al. Generation of domestic transgenic cloned kittens using lentivirus vectors. Cloning Stem Cells, 2009, 11 (1): 167-176.

[11]　Hariharan M, Scaria V, Pillai B, Brahmachari S K. Targets for human encoded microRNAs in HIV genes. Biochem Biophys Res Commun, 2005, 337 (4): 1214-1218.

[12]　He A, Zhu L, Gupta N, Chang Y, Fang F. Overexpression of micro ribonucleic acid 29, highly up-regulated in diabetic rats, leads to insulin resistance in 3T3-L1 adipocytes. Mol Endocrinol, 2007, 21 (11): 2785-2794.

[13]　Heiser C R, Ernst J A, Barrett J T, French N, Schutz M, Dube M P. Probiotics, soluble fiber, and L-Glutamine (GLN) reduce nelfinavir (NFV) -or lopinavir/ritonavir (LPV/r) -related diarrhea. J Int Assoc Physicians AIDS Care (Chic), 2004, 3 (4): 121-129.

[14]　Iwama H, Masaki T, Kuriyama S. Abundance of microRNA target motifs in the 3'-UTRs of 20527 hu-

man genes. FEBS Lett，2007，581（9）：1805-1810.

[15] Kafri T，Blomer U，Peterson D A，Gage F H，Verma I M. Sustained expression of genes delivered directly into liver and muscle by lentiviral vectors. Nat Genet，1997，17（3）：314-317.

[16] Krutzfeldt J，Poy M N，Stoffel M. Strategies to determine the biological function of microRNAs. Nat Genet，2006，38 Suppl：S14-19.

[17] Kuroda H，Kutner R H，Bazan N G，Reiser J. Simplified lentivirus vector production in protein-free media using polyethylenimine-mediated transfection. J Virol Methods，2009，157（2）：113-121.

[18] Kutner R H，Zhang X Y，Reiser J. Production，concentration and titration of pseudotyped HIV-1-based lentiviral vectors. Nat Protoc，2009，4（4）：495-505.

[19] Lee D Y，Deng Z，Wang C H，Yang B B. MicroRNA-378 promotes cell survival，tumor growth，and angiogenesis by targeting SuFu and Fus-1expression. Proc Natl Acad Sci USA，2007，104（51）：20350-20355.

[20] Lee Y S，Dutta A. The tumor suppressor microRNA let-7represses the HMGA2 oncogene. Genes Dev，2007，21（9）：1025-1030.

[21] Liu C，Yu J，Yu S，Lavker R M，Cai L，Liu W，et al. MicroRNA-21 acts as an oncomir through multiple targets in human hepatocellular carcinoma. J Hepatol，2010，53（1）：98-107.

[22] Luo F，Yee J K，Huang S H，Wu L T，Jong A Y. Downregulation of human Cdc6 protein using a lentivirus RNA interference expression vector. Methods Mol Biol，2006，342：287-293.

[23] Mishima Y，Stahlhut C，Giraldez A J. miR-1-2 gets to the heart of the matter. Cell，2007，129（2）：247-249.

[24] Naldini L，Blomer U，Gage F H，Trono D，Verma I M. Efficient transfer，integration，and sustained long-term expression of the transgene in adult rat brains injected with a lentiviral vector. Proc Natl Acad Sci USA，1996，93（21）：11382-11388.

[25] Rodriguez A，Vigorito E，Clare S，Warren M V，Couttet P，Soond D R，et al. Requirement of bic/microRNA-155 for normal immune function. Science，2007，316（5824）：608-611.

[26] Segura M M，Garnier A，Durocher Y，Coelho H，Kamen A. Production of lentiviral vectors by large-scale transient transfection of suspension cultures and affinity chromatography purification. Biotechnol Bioeng，2007，98（4）：789-799.

[27] Thai T H，Calado D P，Casola S，Ansel K M，Xiao C，Xue Y，et al. Regulation of the germinal center response by microRNA-155. Science，2007，316（5824）：604-608.

[28] Xiao J，Lin H，Luo X，Wang Z. miR-605 joins p53 network to form a p53：miR-605：Mdm2 positive feedback loop in response to stress. EMBO J，2011，30（3）：524-532.

[29] Yao E，Ventura A. A new role for miR-182 in DNA repair. Mol Cell，2011，41（2）：135-137.

[30] Yu J，Ryan D G，Getsios S，Oliveira-Fernandes M，Fatima A，Lavker R M. MicroRNA-184 antagonizes microRNA-205 to maintain SHIP2 levels in epithelia. Proc Natl Acad Sci USA，2008，105（49）：19300-19305.

[31] Yu S C，Chen S U，Lu W，Liu T Y，Lin C W. Expression of CD19 and lack of miR-223 distinguish extramedullary plasmacytoma from multiple myeloma. Histopathology，2011.

[32] Zhao L J，Jian H，Zhu H. Specific gene inhibition by adenovirus-mediated expression of small interfering RNA. Gene，2003，316：137-141.

[33] Zufferey R，Dull T，Mandel R J，Bukovsky A，Quiroz D，Naldini L，et al. Self-inactivating lentivirus vector for safe and efficient in vivo gene delivery. J Virol，1998，72（12）：9873-9880.

[34] ［美］J. 萨姆布鲁克等著. 分子克隆实验指南. 金冬雁等译. 北京：科学出版社，1992.

[35] 卢圣栋. 现代分子生物学实验技术. 北京：中国协和医科大学出版社，1999.

[36] 司徒镇强，吴军正. 细胞培养. 北京：世界图书出版公司，1996.

第七章 microRNA 表达的干预方法——表达抑制

　　microRNA 表达抑制的方法有多种，基于基因水平的策略特异针对 microRNA 的成熟及作用机制，如 Dicer 酶的抑制、调控位点的突变以及基因敲除转基因动物的获取等[16,28,34]。基于非基因水平的策略则与传统基因研究相似，主要以经过各种方法修饰的反义寡核苷酸分子为主，如 2′-O-甲基化修饰的寡核苷酸分子、Antagomirs、ASO 以及某些公司开发的抑制分子（Exiqon 的 LNA-microRNA 与 Ambion 的 microRNA 抑制剂）等。

第一节　反义核酸分子的抑制策略——化学合成的 microRNA 抑制剂

　　尽管目前针对 microRNA 表达抑制的方法存在较多缺陷，但是这些抑制方法仍是必不可少的。多个实验室及生物公司开发出针对单一 microRNA 表达抑制的分子，这些寡核苷酸分子与特异 microRNA 序列互补，经多种方法加以修饰，以稳定其在细胞水平或体内水平的活性。这些分子对特异 microRNA 的表达抑制是不可逆的，可有效完成单个 microRNA 分子某些功能的研究。如 Meister、Hutvagner、Leaman 等选用的 2′-O-甲基化修饰的寡核苷酸分子、Krutzfeldt 等选用的 Antagomirs、Esau 等选用的 ASO 以及 Exiqon 的 LNA-microRNA 与 Ambion 的 microRNA 抑制剂等。经过各种方法修饰的反义寡核苷酸分子可以特异地与成熟 microRNA 分子退火，以诱导其降解或形成双链，阻遏其功能的发挥。由于不同的产品在不同种属中的效率不尽相同，如经 2′-O-甲基化修饰的寡核苷酸分子在果蝇中可发挥抑制作用，但是在线虫中则效率较差，因此广大科研工作者应根据自己的研究系统，选择最合适的抑制剂，进而开展相关的研究工作。以下将根据不同产品的特点简单讲述其应用的条件及特点。

一、Antagomirs

　　Antagomirs 是经胆固醇共价修饰的寡核苷酸分子，与特异 microRNA 序列互补，可有效抑制其表达。Krutzfeldt 等利用此寡核苷酸分子抑制肝脏特异表达的 mir-122，为 mir-122 的功能研究奠定了基础，本节仅简介 Antagomirs 的使用方法及相关抑制结果，对功能研究不做分析。

1. 材料

（1）化学合成的 Antagomirs，特异针对 mir-122 以及其突变分子。

（2）实验动物：6 周龄小鼠。

（3）静脉注射装置。

（4）总 RNA 提取所需试剂及仪器，详见本书相关章节。

（5）PAGE/Northern Blot 所需试剂及仪器，详见本书相关章节。

（6）其他所需试剂详见文献 "Silencing of microRNAs in vivo with 'antagomirs'"。

2. 实验步骤

（1）化学合成特异针对 mir-122 的寡核苷酸分子及相关对照。

（2）胆固醇共价修饰。

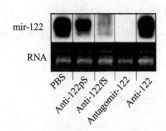

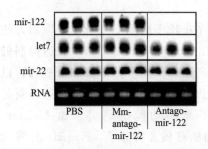

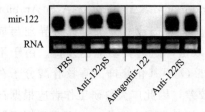

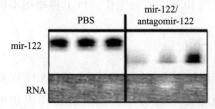

图 7-1 Antagomirs mir-122 抑制效果
［引自 Krutzfeldt J，Rajewsky N，Braich R，
Rajeev K G，Tuschl T，Manoharan M，Stoffel
M. Silencing of microRNAs in vivo with
antagomirs. 2005，438（7068）：685-689］

（3）取实验小鼠，以 80mg/kg 剂量经尾静脉注射 Antagomirs mir-122 及相关对照分子。

（4）Antagomirs 注射实验小鼠 3d，处死后分离肝脏组织，所得组织于－80℃保存备用。

（5）取组织利用 Trizol 及相关有机试剂或其他合适方法提取总 RNA（具体步骤见相关章节）。

（6）PAGE/Northern Blot 分析（具体步骤见相关章节）。

（7）相关功能研究。

3. 抑制结果分析

Krutzfeldt 等利用 Antagomirs mir-122 静脉注射实验小鼠，获得了较好的抑制结果，说明该方法可有效用于特异 microRNA 体内功能的研究（见图 7-1）。此外 Krutzfeldt 等最近的研究结果显示 Antagomirs 优先结合硫代修饰的基团，且靶片段长度在 19nt 以上具有较高的效率，并可区别存在单个核苷酸中不同的 microRNA 分子。研究还发现 Antagomirs 对 microRNA 表达的抑制与 P-body 加工过程有所区别，是与 RNAi 不同的抑制基因表达机制。由于 Antagomirs 受到血脑屏障的阻隔，经尾静脉注射时，中枢神经系统的靶 microRNA 表达不受影响，但是经脑皮层直接注射则可获得理想的抑制效果，这为以后以 microRNA 为靶标用于临床疾病治疗奠定了基础[17,21,32]。

二、ASO（antisense oligonucleotide）

ASO 是另外一种体内特异抑制目的 microRNA 表达的单链 RNA 分子，结构与上述 Antagomirs 有所不同（见图 7-2）。该分子保存完整的磷酸基团，且有 2′-O-甲基化修饰，以达到体内稳定性增强的目的。Esau 等利用 ASO 处理实验动物 4 周，取得了对肝脏特异 mir-122 表达的抑制，并发现 mir-122 在脂代谢过程中发挥着调控作用[6,9]。但是，ASO 的应用存在两个问题，首先是 ASO 注射动物体内发挥抑制作用是否与处理时间存在相关性，另外经尾静脉注射后是否也影响到肝脏以外的其他组织，这两点仍需进一步实验确证。

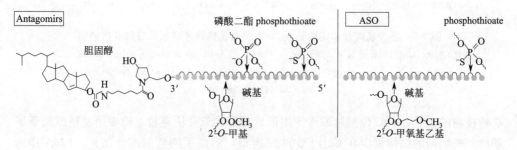

图 7-2　Antagomirs 与 ASO 结构比较

三、2′-O-甲基化修饰的寡核苷酸分子

2′-O-甲基化修饰的寡核苷酸对特异 microRNA 的功能抑制是不可逆转的，体外及体内水平均表现出阻断 microRNA 对靶基因 mRNA 的影响，这种抑制作用是通过特异针对 RISC 的引导小分子 RNA 完成的。2′-O-甲基化修饰改善了所修饰寡核苷酸的稳定性，使其能抵抗核酸酶的降解。Hutvagner 等利用果蝇胚胎提取物及 HeLa 细胞提取物，体外水平研究发现 2′-O-甲基化修饰的寡核苷酸可阻碍 RISC 复合物的形成，通过转染将 2′-O-甲基化修饰的寡核苷酸导入 HeLa 细胞，则在细胞水平得到特异 microRNA 表达的抑制，将特异抑制 let-7 microRNA 的 2′-O-甲基化修饰的寡核苷酸注射线虫，在体内水平得到 let-7 microRNA 缺失的表型[14,15]。Meister 等也利用相同的方法得到了针对特异 microRNA 表达抑制的结果[23]。可见 2′-O-甲基化修饰的寡核苷酸可有效地抑制目的 microRNA 表达，是 microRNA 功能研究的有力工具。Angie 等通过此修饰方法合成了含有多个 microRNA 的抑制分子库，获得了大量参与细胞增殖及凋亡的 microRNA 信息，并通过构建含有某些特异 microRNA 作用位点的报告基因载体，验证了 microRNA 抑制分子对调控作用的抑制（见图 7-3）[4]。目前已有多项报道显示，该分子可以在多种肿瘤细胞系中，针对特异的 microRNA 分子发挥有效的抑制作用，可用于体外水平的分子机制或生物功能研究。

四、LNA-microRNA 与 Ambion Anti-miR™microRNA 抑制剂

锁定核酸（locked nucleic acid, LNA）是一种新型的寡核酸衍生物，结构中 β-D-

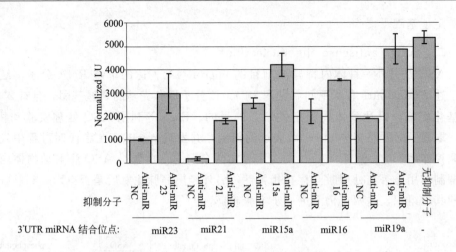

图 7-3　报告基因载体实验验证 $2'$-O-甲基化修饰的寡核苷酸的表达抑制

[引自 Cheng A M，Byrom M W，Shelton J，Ford L P. Antisense inhibition of human microRNAs and indications for an involvement of microRNA in cell growth and apoptosis. Nucleic Acids Res，2005，33（4）：1290-1297]

呋喃核糖的 $2'$-O、$4'$-C 位通过缩水作用形成环形的氧亚甲基桥、硫亚甲基桥或胺亚甲基桥，呋喃糖的结构锁定在 C3$'$ 内型的 N 构型，形成了刚性的缩合结构。LNA 作为一种新的反义核酸，具有与 DNA/RNA 强大的杂交亲和力、反义活性、抗核酸酶能力、水溶性好及体内无毒性等优点。因此目前在基础研究中得到广泛应用，Exiqon 据此修饰寡核苷酸分子，特异针对某些 microRNA 并抑制其表达，用于其功能研究。编者实验室已成功应用 LNA-microRNA 联合双报告基因检测系统于 microRNA 的靶基因研究，详见萤光素酶双报告基因载体构建章节[19]。目前，Exiqon 公司又开发了新一代的 microRNA 抑制剂，通过更为高级的设计算法重新调整了抑制分子的长度、序列以及 LNA™ 的定位，这些调整使得抑制效率、特异性更强，抑制分子的稳定性更好，并且降低了自身的互补性。miRCURY LNA™ microRNA 抑制剂分子量小，因此在细胞水平进行实验研究具有较高的转染效率，经改进后稳定性增强可以进行长效实验，且有报道显示 LNA™ microRNA 抑制剂可用于动物水平开展 microRNA 的功能研究。由于经 LNA 修饰的反义寡核苷酸分子结合力及稳定性更强，因此用于动物实验时，所需浓度较低，随之而来的毒副作用也较低。Santaris Pharma 公司在丹麦已在进行相关产品的Ⅰ期临床试验，预示该产品具有良好的应用前景[3,26,31]。

　　Anti-miR™ microRNA Inhibitors 是 Ambion 公司开发研制的特异抑制内源性 microRNA 表达的 RNA 分子，经过一系列修饰后可抵抗 RNA 酶的降解，改善其活性并延长了作用时限。Anti-miR™ microRNA Inhibitors 已被多个实验室用于 microRNA 表达抑制，结果显示该抑制分子不仅可单独用于表达抑制后的功能研究，也可联合双报告基因载体用于靶基因分析。另外也可直接注射线虫，用于体内实验研究。Ambion 公司所提供 5$'$ 末端经过修饰的 Anti-miR™ microRNA Inhibitors 也可用于特异 microRNA Northern Blot 分析。

五、Dharmacon miRIDIAN microRNA 与 miScript miRNA 抑制剂

Dharmacon miRIDIAN microRNA Hairpin Inhibitors 是新一代化学合成的特异 microRNA 抑制剂，根据最新的 microRNA sanger 数据库序列设计，可有效用于 microRNA 的功能及分子机制研究，具有转染效率高、稳定性强等特点。

miScript miRNA Inhibitors 是 QIAGEN 公司推出的 microRNA 特异抑制剂，经化学合成并经修饰的单链 RNA 分子，可用于 miRNA 功能和基因调控的研究，有效抑制内源 miRNA，用于细胞水平的转染抑制剂。此类抑制剂基于 miRBase 中的所有人类、小鼠和大鼠的 miRNA 而设计，广大科研工作者可灵活选择规格、包装和纯度，亦可为 miRBase 中未列出的 miRNA 提供定制的抑制剂。此外，QIAGEN 公司的产品可进行高纯度纯化，以便用于特异 microRNA 的体内分子机制及相关功能研究。

上述产品均为商品化试剂，相应产品供应商所提供的试剂使用手册对其使用方法及注意事项有详述，读者可根据试验需要选择合适的方法，以获得好的实验结果。

第二节　基因水平的抑制策略

基因敲除小鼠广泛用于基因功能的研究，据此已有多种相似的技术用于 microR-NA 调控研究。Dicer 是 microRNA 成熟过程中必需的加工酶，条件性敲除 microRNA 加工因子 Dicer，可得到所有成熟 microRNA 的缺失体。实验研究表明，Dicer 突变或敲除所得模式动物小鼠，其表型的变化可以阐释 microRNA 在许多发育过程中所发挥的重要作用。如 Dicer 缺失的小鼠胚胎在发育 7.5d 便停止发育，并且伴随 *Oct4* 等干细胞标志基因的低表达[10,18,24,29]。可见，microRNA 在维持干细胞早期发育过程中可能发挥了极为重要的作用。条件性 Dicer 失活可以表明 microRNA 在细胞凋亡、肢体形成等过程中也是不可或缺的。同样的实验结果显示，Dicer 在肺发育过程中，可以调控肺上皮组织形成。以上结果均显示 microRNA 在生命体活动中发挥重要功能，但是所提供的仅是所有 microRNA 共同作用的结果，而单个 microRNA 发挥什么作用仍无从可知。由此引申出在 Dicer 缺失的情况下，获得全部 microRNA 的缺失体后，再单独过表达某一特异的 microRNA、microRNA 家族或 microRNA 基因簇，进而可以直接用于其功能研究。如在斑马鱼中 Dicer 缺失表达，会导致原胚肠上皮异样，并影响到脑形成、心脏发育。而在发育的斑马鱼胚胎中注射 miR-430 则可修复脑缺陷。可见，microRNA 在形态发生过程中有着不可替代的功能[11,20,30]。

microRNA 通过与其靶基因的调控序列相互作用，在转录后水平调控靶基因的表达，并以此方式参与生物体多种生理、病理过程[1,2,25]。据此可选择突变调控位点来阻断 microRNA 与其靶基因之间相互作用，达到抑制调控作用的目的。单个 microRNA 的基因敲除小鼠已成功用于 microRNA 的功能研究，为详细阐述 mi-croRNA 的功能提供了有力的实验工具。但是，microRNA 调控是一个极其复杂的网络，单一 microRNA 分子可以作用于多个靶基因，而多个 microRNA 分子也可作用于相同的靶基因，这使得抑制单个 microRNA 基因时，可能通过其他途径使

表型得以代偿，为 microRNA 功能研究增加了难度。另外一些功能高度相关的家族内且序列甚至可以完全相同，这使得通过表达抑制来研究某个 microRNA 的功能变得尤其困难。如 *Let-7* 家族、*miR17-92* 基因簇均有多个成员，改变其中单个 microRNA 会影响到相关 microRNA 的功能，这更增加了研究难度，研究蛋白质编码基因内含子区域 microRNA 也会存在相同的问题。microRNA 作用位点突变用于功能研究仅限于靶基因明确受某 microRNA 调控的情况，因而也不适用于靶基因尚不十分明确的 microRNA 功能研究。因此，通过抑制 microRNA 表达水平研究特异 microRNA 的功能存在一定的技术难点，需要详细分析 microRNA 本身的特异之处以及参考相关实验方法为其功能研究提供更为方便且实用的技术平台。

第三节　基于病毒表达系统的 microRNA 抑制策略

通过研究 microRNA 发挥作用的分子机制，可见对特异 microRNA 的功能进行抑制，除了直接针对 microRNA 分子本身，阻断其与靶基因 mRNA 之间的相互作用也不失为一种策略，即针对 microRNA 作用的种子序列设计抑制分子。据此，多个研究小组报道了他们的研究成果，包括 microRNA sponge、TuD RNA、miR-mask 等。

一、microRNA sponge

Ebert 等推测在细胞内导入一个含有与特异 microRNA 具有更强结合力 3'-UTR，可以阻断 microRNA 对其他靶基因 mRNA 的抑制作用。他采取的策略是通过基因工程方法构建多个连续的 microRNA 的结合位点，类似一个 sponge（海绵），并将其克隆至某个蛋白质编码基因的 3'-UTR，可选择一些常用的标签蛋白。为了提高 sponge 的稳定性，在序列中加入几个不配对碱基，以防止掺入沉默诱导复合物后被快速降解（见图 7-4）[7,8,27]。下面将结合已有文献报告与笔者的工作简单讲述 microRNA sponge 的构建及应用。

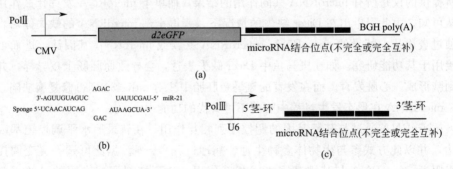

图 7-4　microRNA sponge 的构建

［引自 Ebert M S，Neilson J R，Sharp P A. MicroRNA sponges：competitive inhibitors of small RNAs in mammalian cells. Nat Methods，2007，4（9）：721-726］

1. 材料

microRNA sponge 引物：

5′-TCAACATCAGGACATAAGCTAGATCTCAACATCAGGACATAAGC-
TAGATCTCAACATCAGGACATAAGCTAGATCTCAACATCAGGACATAAG-
CTAGATCTCAACATCAGGACATAAGCTAGATCTCAACATCAGGACATAA-
GCTA-3′

注意事项：其他常规试剂可参考克隆实验所需试剂。

2. 操作步骤

① 以 10μmol/L 寡核苷酸溶解 microRNA-21 sponge 引物。

② 等量加入引物至退火缓冲液中，煮沸 10min，自然降至室温。

③ 退火产物连接至目的载体上的 eGFP 3′-UTR。

④ 转化至 *E. coli* DH5α。

⑤ 根据实验需要选择合适的表达体系，如真核载体或病毒表达系统，构建步骤参见相关章节。

目前已有多项报道显示，microRNA sponge 可以有效抑制内源性 microRNA 的功能，Robert A. Weinberg 实验室利用 microRNA-9 sponge 在乳腺癌细胞及动物模型进行了分子机制及功能实验，取得了较好的效果（见图 7-5）[22]。

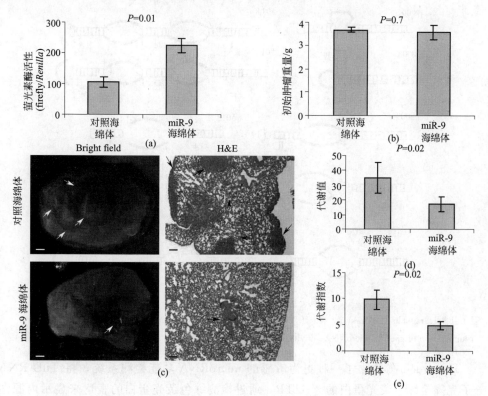

图 7-5　microRNA-9 sponge（海绵体）的应用（见彩图）

（引自 Ma L, Young J, Prabhala H, Pan E, Mestdagh P, Muth D, et al. miR-9, a MYC/MYCN-activated microRNA, regulates E-cadherin and cancer metastasis. Nat Cell Biol, 2010, 12（3）：247-256）

但是该策略存在一个缺陷，由于是针对 microRNA 的种子序列发挥抑制作用，因此 sponge 可以抑制作用位点相同的同一家族 microRNA 的功能，再次提醒有意应用者注意。

二、TuD RNA 分子

Haraguchi 等利用基因工程方法克隆了一种 microRNA decoys，将其命名为 TuD RNA 分子。该策略是将 microRNA 的结合位点通过调整结合序列以及结合序列之间的碱基数目，并通过分析 TuD RNA 的二级结构以获得最佳的抑制效率（见图 7-6)[13]。然后克隆至 RNA 聚合酶Ⅲ启动子完成表达，从而发挥抑制内源性成熟 microRNA 的功能，而且这种抑制作用可以长达 1 个月左右。

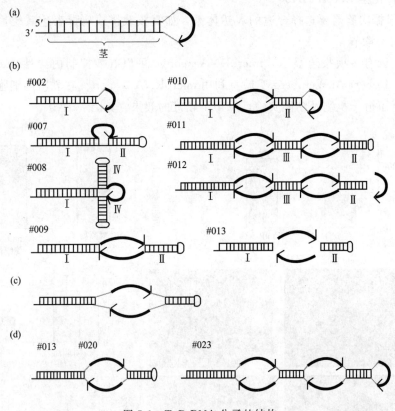

图 7-6　TuD RNA 分子的结构

［引自 Haraguchi T，Ozaki Y，Iba H. Vectors expressing efficient RNA decoys achieve the long-term suppression of specific microRNA activity in mammalian cells. Nucleic Acids Res，2009，37（6）：e43］

Haraguchi 等发展了一种更为敏感的 microRNA 功能检测系统，将 TuD RNA 分子克隆至绿色荧光蛋白的 3′-UTR，通过检测绿色荧光蛋白的表达来显示内源性 microRNA 的活性[13]。TuD RNA 分子基于茎环结构设计，将 microRNA 结合位点置于茎环结构中，为适用于 RNA 聚合酶Ⅲ转录，茎环结构 3′末端有 2～4 个核苷酸的突出端。同时为了易于与沉默诱导复合物结合，与 microRNA 相互作用，茎环臂的长度也经过实验验证，以获得最佳抑制效果。与 microRNA 的结合位点完全互补时，易导致 mRNA 的降解，因此，Haraguchi 等在结合位点内加入几个不配对的碱基，既可以发挥抑制效果，又可保持稳定性，使得抑制效果更为长效。有意采用此抑制策略的人员可根据实验要求设计茎环臂、microRNA 结合位点之间的连接子长度等，以满足实验需要。

　　Haraguchi 等选择了最佳的 TuD RNA 分子后将其克隆至慢病毒载体，TuD RNA 表达盒可见图示（见图 7-7）。

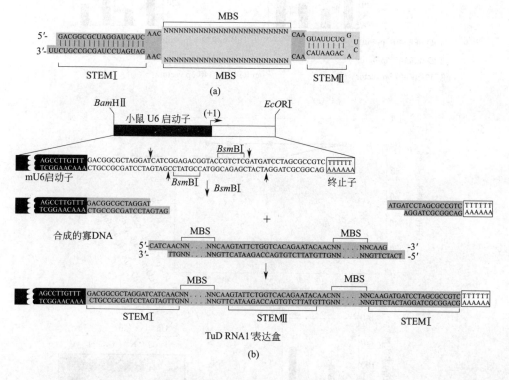

图 7-7　TuD RNA 表达盒

〔引自 Haraguchi T，Ozaki Y，Iba H. Vectors expressing efficient RNA decoys achieve the long-term suppression of specific microRNA activity in mammalian cells. Nucleic Acids Res，2009，37 (6)：e43〕

　　构建的慢病毒表达系统感染细胞后，可见 TuD RNA 主要定位于胞质中，少部分位于核内。经过萤光素酶双报告基因试验以及特异 microRNA 下游的靶基因表达，结果显示 TuD RNA 可有效抑制内源性 microRNA 的功能（见图 7-8）[13]。

三、miR-mask

　　Xiao 等发展了一种新的 microRNA 抑制策略，同样是基于成熟 microRNA 的作用机制，称为 miR-mask。与 microRNA sponge 相比，miR-mask 是单链反义 RNA 分子，经 2′-O-甲基化修饰，可以覆盖靶基因 mRNA 3′-UTR microRNA 的结合位点，因此其抑制作用具有较高的特异性。目前，该策略已有效应用于斑马鱼细

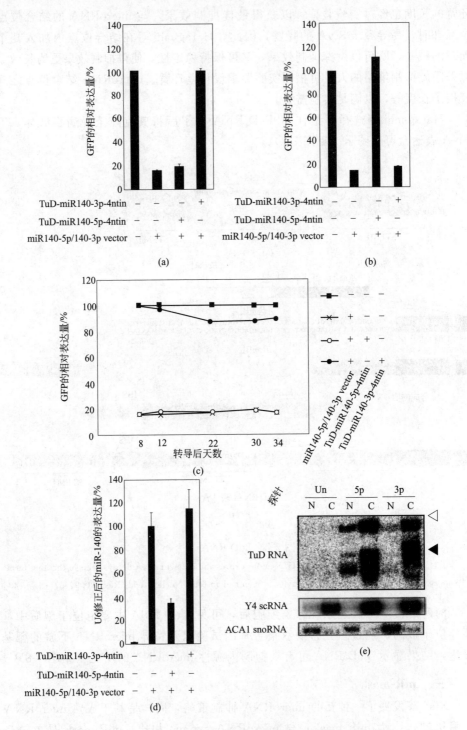

图 7-8　TuD RNA（*miR-140*）的抑制效率以及细胞内定位分析

[引自 Haraguchi T，Ozaki Y，Iba H. Vectors expressing efficient RNA decoys achieve the long-term suppression of specific microRNA activity in mammalian cells. Nucleic Acids Res，2009，37（6）：e43]

胞内 microRNA-430 功能的抑制，影响 TGF-beta 信号通路[5,11,33]。尽管存在一些未知的副作用或脱靶效应较低，但是用于肿瘤治疗时，miR-mask 可能特异性地抑制多种信号通路，所带来的效果亦存在不可预见性。

四、小分子抑制药物

目前有许多化合物可以调节内源性 microRNA 的表达，此类化合物可以通过影响相关的信号通路或转录因子进而影响特异 microRNA 的表达，或者可以调节 microRNA 的加工或成熟。通过小分子化合物库，鉴定特异的小分子可以直接作为治疗药物。近来，Gumireddy 等[12]通过构建萤光素酶双报告基因检测系统，筛选了可以抑制癌 microRNA microRNA-21 的表达，从而对肿瘤进行有效治疗的小分子化合物，如 diazobenzene1 等。经过更加深入的研究，该策略可能发展成为一种对肿瘤进行联合治疗的有效方法。

五、小结

以上将目前实验中所用的 microRNA 表达抑制方法加以概述，无论是基因水平的抑制方法还是非基因水平的寡核苷酸分子，对特异 microRNA 均具有抑制作用，但是也存在一定的缺陷，提醒读者在选择实验方法及试剂时，应综合考虑多方面的因素，如选择体内水平研究还是体外水平研究，选择体外细胞水平研究时，应考虑处理后的细胞是否可以传代等[35~37]。

microRNA 由于位于"垃圾"序列内，以前常常被忽视，尽管现在相关的报道越来越多，但是 microRNA 仍被神秘面纱所遮掩。这类小分子 RNA 貌似简单，但其实无论加工成熟机制以及作用机制都非常复杂[38]。前面已提及，microRNA 的调控功能可能是一个复杂的网络，任何从点着手的研究工作仅能提供其功能的冰山一角。而且单独影响某个 microRNA 分子的表达情况，其功能或可能产生的表型或许可经过其他分子或途径得以代偿，这使得功能研究工作存在诸多困难。因此，需要广大致力于非编码 RNA 基因研究的工作者积极探求新的方法。

参考文献

[1] Ambros V. The functions of animal microRNAs. Nature，2004，431 (7006)：350-355.

[2] Bartel D P. MicroRNAs：genomics，biogenesis，mechanism，and function. Cell，2004，116 (2)：281-297.

[3] Castoldi M，Vujic Spasic M，Altamura S，Elmen J，Lindow M，Kiss J，et al. The liver-specific microRNA miR-122 controls systemic iron homeostasis in mice. J Clin Invest，2011，121 (4)：1386-1396.

[4] Cheng A M，Byrom M W，Shelton J，Ford L P. Antisense inhibition of human miRNAs and indications for an involvement of miRNA in cell growth and apoptosis. Nucleic Acids Res，2005，33 (4)：1290-1297.

[5] Choi W Y，Giraldez A J，Schier A F. Target protectors reveal dampening and balancing of Nodal agonist and antagonist by miR-430. Science，2007，318 (5848)：271-274.

[6] Davis S，Propp S，Freier S M，Jones L E，Serra M J，Kinberger G，et al. Potent inhibition of microRNA in vivo without degradation. Nucleic Acids Res，2009，37 (1)：70-77.

[7] Ebert M S，Neilson J R，Sharp P A. microRNA sponges：competitive inhibitors of small RNAs in mam-

malian cells. Nat Methods, 2007, 4 (9): 721-726.

[8]　Ebert M S, Sharp P A. Emerging roles for natural microRNA sponges. Curr Biol, 2010, 20 (19): R858-861.

[9]　Esau C, Davis S, Murray S F, Yu X X, Pandey S K, Pear M, et al. miR-122 regulation of lipid metabolism revealed by in vivo antisense targeting. Cell Metab, 2006, 3 (2): 87-98.

[10]　Faber C, Horst D, Hlubek F, Kirchner T. Overexpression of Dicer predicts poor survival in colorectal cancer. Eur J Cancer, 2011.

[11]　Giraldez A J, Mishima Y, Rihel J, Grocock R J, Van Dongen S, Inoue K, et al. Zebrafish MiR-430 promotes deadenylation and clearance of maternal mRNAs. Science, 2006, 312 (5770): 75-79.

[12]　Gumireddy K, Young D D, Xiong X, Hogenesch J B, Huang Q, Deiters A. Small-molecule inhibitors of microrna miR-21 function. Angew Chem Int Ed Engl, 2008, 47 (39): 7482-7484.

[13]　Haraguchi T, Ozaki Y, Iba H. Vectors expressing efficient RNA decoys achieve the long-term suppression of specific microRNA activity in mammalian cells. Nucleic Acids Res, 2009, 37 (6): e43.

[14]　Hutvagner G, Simard M J, Mello C C, Zamore P D. Sequence-specific inhibition of small RNA function. PLoS Biol, 2004, 2 (4): E98.

[15]　Hutvagner G, Zamore P D. A microRNA in a multiple-turnover RNAi enzyme complex. Science, 2002, 297 (5589): 2056-2060.

[16]　Kanellopoulou C, Muljo S A, Kung A L, Ganesan S, Drapkin R, Jenuwein T, et al. Dicer-deficient mouse embryonic stem cells are defective in differentiation and centromeric silencing. Genes Dev, 2005, 19 (4): 489-501.

[17]　Krutzfeldt J, Rajewsky N, Braich R, Rajeev K G, Tuschl T, Manoharan M, et al. Silencing of microRNAs in vivo with "antagomirs". Nature, 2005, 438 (7068): 685-689.

[18]　Lee Y, Jeon K, Lee J T, Kim S, Kim V N. MicroRNA maturation: stepwise processing and subcellular localization. EMBO J, 2002, 21 (17): 4663-4670.

[19]　Liu C, Yu J, Yu S, Lavker R M, Cai L, Liu W, et al. MicroRNA-21 acts as an oncomir through multiple targets in human hepatocellular carcinoma. J Hepatol, 2010, 53 (1): 98-107.

[20]　Liu W, Guan Y, Collodi P. A zebrafish cell culture assay for the identification of microRNA targets. Zebrafish, 2010, 7 (4): 343-348.

[21]　Ma L, Reinhardt F, Pan E, Soutschek J, Bhat B, Marcusson E G, et al. Therapeutic silencing of miR-10b inhibits metastasis in a mouse mammary tumor model. Nat Biotechnol, 2010, 28 (4): 341-347.

[22]　Ma L, Young J, Prabhala H, Pan E, Mestdagh P, Muth D, et al. miR-9, a MYC/MYCN-activated microRNA, regulates E-cadherin and cancer metastasis. Nat Cell Biol, 2010, 12 (3): 247-256.

[23]　Meister G, Landthaler M, Dorsett Y, Tuschl T. Sequence-specific inhibition of microRNA- and siRNA-induced RNA silencing. RNA, 2004, 10 (3): 544-550.

[24]　Murchison E P, Stein P, Xuan Z, Pan H, Zhang M Q, Schultz R M, et al. Critical roles for Dicer in the female germline. Genes Dev, 2007, 21 (6): 682-693.

[25]　Novina C D, Sharp P A. The RNAi revolution. Nature, 2004, 430 (6996): 161-164.

[26]　Obad S, Dos Santos C O, Petri A, Heidenblad M, Broom O, Ruse C, et al. Silencing of microRNA families by seed-targeting tiny LNAs. Nat Genet, 2011, 43 (4): 371-378.

[27]　Reichel M, Li J, Millar A A. Silencing the silencer: strategies to inhibit microRNA activity. Biotechnol Lett, 2011.

[28]　Schmitter D, Filkowski J, Sewer A, Pillai R S, Oakeley E J, Zavolan M, et al. Effects of Dicer and Argonaute down-regulation on mRNA levels in human HEK293 cells. Nucleic Acids Res, 2006, 34

(17)：4801-4815.

[29]　Suarez Y, Fernandez-Hernando C, Pober J S, Sessa W C. Dicer dependent microRNAs regulate gene expression and functions in human endothelial cells. Circ Res, 2007, 100 (8): 1164-1173.

[30]　Thatcher E J, Bond J, Paydar I, Patton J G. Genomic organization of zebrafish microRNAs. BMC Genomics, 2008, 9: 253.

[31]　Torres A G, Fabani M M, Vigorito E, Gait M J. MicroRNA fate upon targeting with anti-miRNA oligonucleotides as revealed by an improved Northern-blot-based method for miRNA detection. RNA, 2011.

[32]　van Solingen C, Seghers L, Bijkerk R, Duijs J M, Roeten M K, van Oeveren-Rietdijk A M, et al. Antagomir-mediated silencing of endothelial cell specific microRNA-126 impairs ischemia-induced angiogenesis. J Cell Mol Med, 2009, 13 (8A): 1577-1585.

[33]　Wang Z. The principles of MiRNA-masking antisense oligonucleotides technology. Methods Mol Biol, 2011, 676: 43-49.

[34]　Wienholds E, Koudijs M J, van Eeden F J, Cuppen E, Plasterk R H. The microRNA-producing enzyme Dicer1 is essential for zebrafish development. Nat Genet, 2003, 35 (3): 217-218.

[35]　金冬雁等. 分子克隆实验指南. 第 2 版. 北京：科学出版社, 1999.

[36]　卢圣栋. 现代分子生物学实验技术. 北京：中国协和医科大学出版社, 1999, 435-444.

[37]　司徒镇强, 吴军正. 细胞培养. 北京：世界图书出版公司, 1996, 298-301.

[38]　刘长征, 杨克恭, 陈松森. 基因组内三个信息层相互作用决定美臀表型产生. 中国生物化学与分子生物学报, 2006, 22 (3): 177-183.

第八章　靶基因预测分析及萤光素酶双报告基因系统验证

microRNA 的靶基因预测及验证是研究其分子机制及生物功能的必需步骤，本章将详细介绍各种 microRNA 靶基因预测软件的使用以及萤光素酶双报告基因系统在 microRNA 靶基因初筛步骤中的应用。

第一节　生物信息学预测——microRNA 靶基因分析软件的设计及使用

microRNA 靶基因的预测相对于 microRNA 新基因预测具有更大的难度，这是因为目前已知的 microRNA 靶基因数量非常有限，不能为预测提供充足的依据，而且对预测候选基因的鉴定步骤相对烦琐，很难实现高通量和规模化。研究者从已知的 microRNA 与靶基因的相互作用中得出这样的结论，microRNA 序列 5′端的 2—8 位核苷酸几乎无一例外地与靶 mRNA 序列 3′-UTR（3′-非翻译区）完全互补[3,7,22,36]。因此，这一特点被各种靶基因预测方法广泛采用，同时结合 microRNA 与靶基因形成二聚体的热力学稳定性和二级结构分析软件如 MFold、RNAFold 和 RNAhybrid，以及 microRNA 的 3′端与靶基因的互补情况等作为其他限制条件来进行 microRNA 靶基因预测[29,38,39]。目前，不同的研究小组开发出多个 microRNA 靶基因预测软件并实现大部分预测结果资源共享，现介绍如下。

1. microRNA Targets

microRNA Base 网站除了提供关于 microRNA 本身的大量信息之外，同时也提供 microRNA 靶基因预测数据供研究者查询（http://www.ebi.ac.uk/enright-srv/microcosm/htdocs/targets/v5/）。它由英国 Sanger 中心 Enright 实验室建立并维护，虽然建立较晚，但它提供的靶基因预测信息是最为庞大和完善的，而且更新及时，预测精确，也是最常用的 microRNA 靶基因预测网络资源之一。图 8-1 为其查询界面，它提供多种查询入口供研究者选择，界面友好、智能，目前已经更新至第五版[16,25]。

图 8-2 显示了 miRBase Targets 目前所搜集物种中 microRNA 及其预测靶基因综合信息。单击 No. Targets 栏的目标物种对应复选框，可进入详细的下级靶基因预测数据库。因为一个蛋白编码基因可能会被多个 microRNA 负调控，即其 3′-UTR 可能含有多个不同 microRNA 的"种子"互补位点。而 miRBase Targets 也以此方式显示预测结果，如图 8-3 所示，左侧列出了蛋白编码基因名和注释，右侧

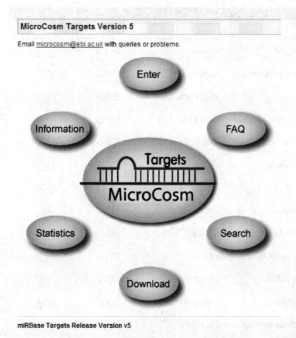

图 8-1 miRBase Targets 主界面

则显示了对应的 microRNA 结合位点数目和结合种类，单击最右侧相应 View 复选框可获取详细的序列配对信息。

处于不断成熟过程中的 microRNA 预测和靶基因预测方法提示，microRNA 可能调控比例达 30%，甚至更高的人类基因数。因此，高效而准确的 microRNA 和靶基因预测软件能极大地帮助我们研究这类分子在多种生理学和病理学过程中的重要调控作用。

2. PicTar

PicTar（http：//www. pictar. org/）是一种更为改进的可以在脊椎动物、线虫和果蝇中预测 microRNA 靶基因的软件，应用广泛。它既可以预测单一 microRNA 的靶基因，也可预测多个 microRNA 协同作用的靶基因，同时考虑到靶基因结合位点在各物种中的保守性以及预测的靶基因与 microRNA 的表达一致性[26,43]。

PicTar 的界面简洁明快（见图 8-4），初学者极易上手，对目的 microRNA 的靶基因预测结果注释准确、清楚，还可进行组织特异性靶基因预测，是进行 microRNA 生物信息学分析的必备工具之一。

我们以 microRNA-223 为例使用 PicTar 预测其靶基因。图 8-5 显示了部分预测结果，PicTar 同样也以表格形式详细地列出了预测靶基因名、注释、结合动力学评分、基因组特点链接并按评分高低排列。

3. TargetScan

TargetScan（http：//www. targetscan. org/）是 Lewis 等开发的用来预测哺乳

Species	Taxonomy	No. miRNAs	No. Transcripts	No. Targets	
Aedes aegypti	Insecta	67	16043	11721	View
Anopheles gambiae	Insecta	67	13492	9605	View
Bos taurus	Vertebrata	544	29658	29513	View
Caenorhabditis briggsae	Rhabditida	113	13785	6716	View
Caenorhabditis elegans	Rhabditida	114	23201	19474	View
Canis familiaris	Vertebrata	537	24946	24917	View
Danio rerio	Vertebrata	233	24752	23331	View
Dasypus novemcinctus	Vertebrata	537	15552	14777	View
Drosophila melanogaster	Insecta	78	15342	11438	View
Drosophila pseudoobscura	Insecta	73	12416	5920	View
Echinops telfairi	Vertebrata	537	16582	16003	View
Gallus gallus	Vertebrata	555	22433	22343	View
Gasterosteus aculeatus	Vertebrata	172	25610	24441	View
Homo sapiens	Vertebrata	587	38329	37431	View
Loxodonta africana	Vertebrata	537	15717	14939	View
Macaca mulatta	Vertebrata	535	31619	31369	View
Monodelphis domestica	Vertebrata	533	25610	25572	View
Mus musculus	Vertebrata	576	30036	29747	View
Oryctolagus cuniculus	Vertebrata	545	15441	14822	View
Pan troglodytes	Vertebrata	542	34407	5175	View
Rattus norvegicus	Vertebrata	556	30261	30170	View
Takifugu rubripes	Vertebrata	173	22100	20859	View
Tetraodon nigroviridis	Vertebrata	174	28005	25296	View
Xenopus tropicalis	Vertebrata	199	24830	22907	View

图 8-2　miRBase Targets 物种分类预测

动物 microRNA 靶基因的软件，是最早出现的靶基因预测软件之一，它提供网络实时服务，至今仍是使用频率最高的 microRNA 靶基因预测软件。它是基于在mRNA 的 3′非编码区搜索与 microRNA 的 5′端第 2～8 个核苷酸（被称为"种子"序列）完全互补的序列，并以 RNAFold 软件计算结合位点的热力学稳定性，最后得到评分最高的 mRNA 序列。其最新的版本 TargetScan 采用了改进的算法：以腺苷酸之后的长度为 6 个核苷酸的序列作为"种子"进行扫描，并且要求这段序列定位于保守区内，而其旁侧序列的保守性相对较低[9,19,40]。此外，TargetScan 不需要计算配对区的自由能，使靶基因的搜索范围进一步缩小。

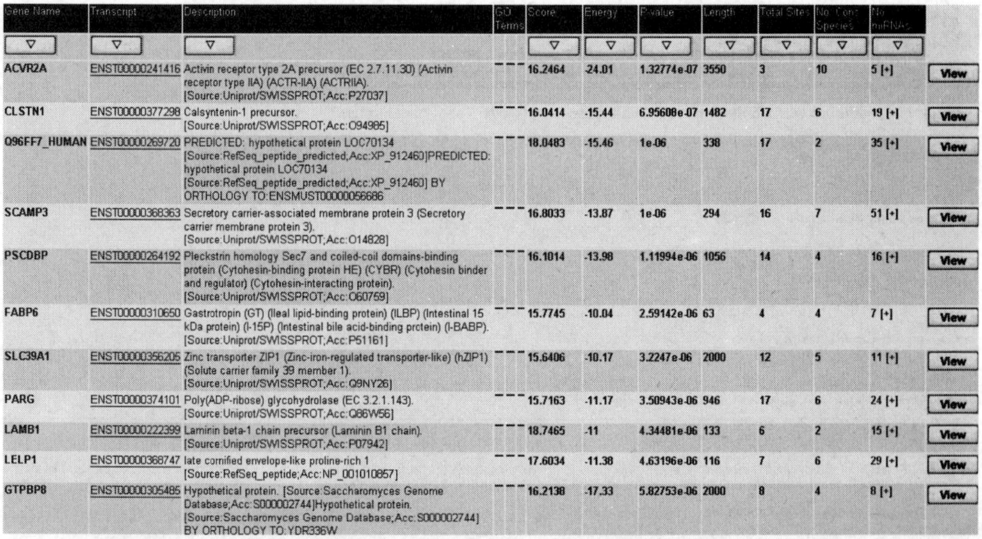

Gene Name	Transcript	Description	GO Terms	Score	Energy	P-value	Length	Total Sites	No. Cons Species	No. miRNAs	
ACVR2A	ENST00000241416	Activin receptor type 2A precursor (EC 2.7.11.30) [Activin receptor type IIA) (ACTR-IIA) (ACTRIIA). [Source:Uniprot/SWISSPROT;Acc:P27037]		16.2464	-24.01	1.32774e-07	3550	3	10	5 [+]	View
CLSTN1	ENST00000377298	Calsyntenin-1 precursor. [Source:Uniprot/SWISSPROT;Acc:O94985]		16.0414	-15.44	6.95608e-07	1482	17	6	19 [+]	View
Q96FF7_HUMAN	ENST00000269720	PREDICTED: hypothetical protein LOC70134 [Source:RefSeq_peptide_predicted;Acc:XP_912460]PREDICTED: hypothetical protein LOC70134 [Source:RefSeq_peptide_predicted;Acc:XP_912460] BY ORTHOLOGY TO:ENSMUST00000056686		18.0483	-15.46	1e-06	338	17	2	35 [+]	View
SCAMP3	ENST00000368363	Secretory carrier-associated membrane protein 3 (Secretory carrier membrane protein 3). [Source:Uniprot/SWISSPROT;Acc:O14828]		16.8033	-13.87	1e-06	294	16	7	51 [+]	View
PSCDBP	ENST00000264192	Pleckstrin homology Sec7 and coiled-coil domains-binding protein (Cytohesin-binding protein HE) (CYBR) (Cytohesin binder and regulator) (Cytohesin-interacting protein). [Source:Uniprot/SWISSPROT;Acc:O60759]		16.1014	-13.98	1.11994e-06	1056	14	4	16 [+]	View
FABP6	ENST00000310650	Gastrotropin (GT) (Ileal lipid-binding protein) (ILBP) (Intestinal 15 kDa protein) (I-15P) (Intestinal bile acid-binding protein) (I-BABP). [Source:Uniprot/SWISSPROT;Acc:P51161]		15.7745	-10.04	2.59142e-06	63	4	4	7 [+]	View
SLC39A1	ENST00000356205	Zinc transporter ZIP1 (Zinc-iron-regulated transporter-like) (hZIP1) (Solute carrier family 39 member 1). [Source:Uniprot/SWISSPROT;Acc:Q9NY26]		15.6406	-10.17	3.2247e-06	2000	12	5	11 [+]	View
PARG	ENST00000374101	Poly(ADP-ribose) glycohydrolase (EC 3.2.1.143). [Source:Uniprot/SWISSPROT;Acc:Q86W56]		15.7163	-11.17	3.50943e-06	946	17	6	24 [+]	View
LAMB1	ENST00000222399	Laminin beta-1 chain precursor (Laminin B1 chain). [Source:Uniprot/SWISSPROT;Acc:P07942]		18.7465	-11	4.34481e-06	133	6	4	15 [+]	View
LELP1	ENST00000368747	late cornified envelope-like proline-rich 1 [Source:RefSeq_peptide;Acc:NP_001010857]		17.6034	-11.38	4.63196e-06	116	7	6	29 [+]	View
GTPBP8	ENST00000305485	Hypothetical protein. [Source:Saccharomyces Genome Database;Acc:S000002744]Hypothetical protein. [Source:Saccharomyces Genome Database;Acc:S000002744] BY ORTHOLOGY TO:YDR336W		16.2138	-17.33	5.82753e-06	2000	8	4	8 [+]	View

图 8-3　miRBase Targets 中预测含已知 microRNA 结合位点的人类基因

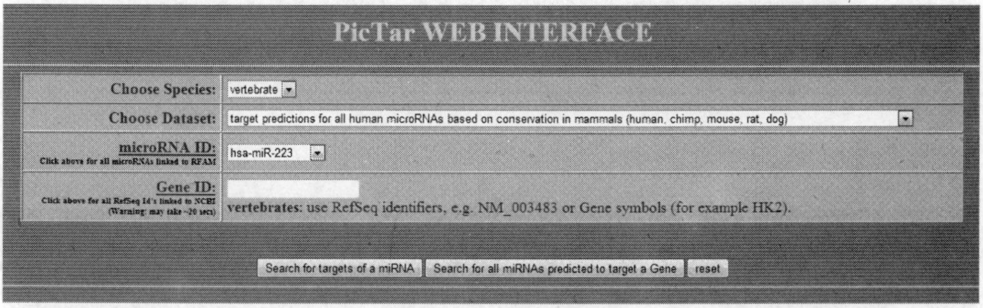

PicTar WEB INTERFACE

Choose Species:	vertebrate ▾
Choose Dataset:	target predictions for all human microRNAs based on conservation in mammals (human, chimp, mouse, rat, dog) ▾
microRNA ID: Click above for all miRNAs linked to RFAM	hsa-miR-223 ▾
Gene ID: Click above for all RefSeq Id's linked to NCBI (Warning: may take ~20 secs)	vertebrates: use RefSeq identifiers, e.g. NM_003483 or Gene symbols (for example HK2).

Search for targets of a miRNA | Search for all miRNAs predicted to target a Gene | reset

图 8-4　PicTar 主页

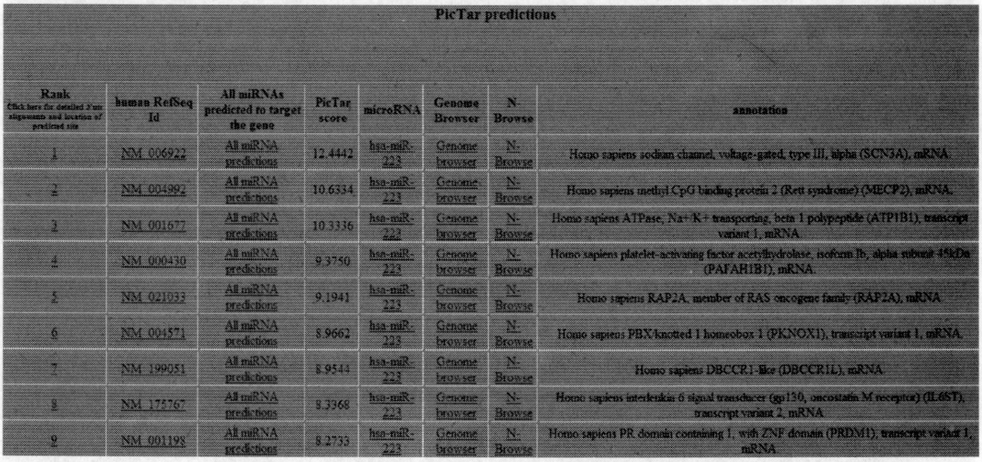

PicTar predictions

Rank Click here for detailed 3'utr alignments and location of predicted site	human RefSeq Id	All miRNAs predicted to target the gene	PicTar score	microRNA	Genome Browser	N-Browse	annotation
1	NM_006922	All miRNA predictions	12.4442	hsa-miR-223	Genome browser	N-Browse	Homo sapiens sodium channel, voltage-gated, type III, alpha (SCN3A), mRNA
2	NM_004992	All miRNA predictions	10.6334	hsa-miR-223	Genome browser	N-Browse	Homo sapiens methyl CpG binding protein 2 (Rett syndrome) (MECP2), mRNA
3	NM_001677	All miRNA predictions	10.3336	hsa-miR-223	Genome browser	N-Browse	Homo sapiens ATPase, Na+ K+ transporting, beta 1 polypeptide (ATP1B1), transcript variant 1, mRNA
4	NM_000430	All miRNA predictions	9.3750	hsa-miR-223	Genome browser	N-Browse	Homo sapiens platelet-activating factor acetylhydrolase, isoform Ib, alpha subunit 45kDa (PAFAH1B1), mRNA
5	NM_021033	All miRNA predictions	9.1941	hsa-miR-223	Genome browser	N-Browse	Homo sapiens RAP2A, member of RAS oncogene family (RAP2A), mRNA
6	NM_004571	All miRNA predictions	8.9662	hsa-miR-223	Genome browser	N-Browse	Homo sapiens PBX/knotted 1 homeobox 1 (PKNOX1), transcript variant 1, mRNA
7	NM_199051	All miRNA predictions	8.9544	hsa-miR-223	Genome browser	N-Browse	Homo sapiens DBCCR1-like (DBCCR1L), mRNA
8	NM_175767	All miRNA predictions	8.3368	hsa-miR-223	Genome browser	N-Browse	Homo sapiens interleukin 6 signal transducer (gp130, oncostatin M receptor) (IL6ST), transcript variant 2, mRNA
9	NM_001198	All miRNA predictions	8.2733	hsa-miR-223	Genome browser	N-Browse	Homo sapiens PR domain containing 1, with ZNF domain (PRDM1), transcript variant 1, mRNA

图 8-5　PicTar 预测 microRNA-223 靶基因所得部分结果

TargetScan 网页主界面简洁、明了，可根据研究者的需要进行不同的检索，如图 8-6 所示。

图 8-6　TargetScan 主页

Target gene	Gene name	Conserved sites				Previous TargetScan publication(s)	Links to sites in UTRs
		total	8mer	7mer-m8	7mer-1A		
MEF2C	MADS box transcription enhancer factor 2, polypeptide C (myocyte enhancer factor 2C)	2	1	1	0	2005	Sites in UTR
ACVR2A	activin A receptor, type IIA	1	1	0	0	-	Sites in UTR
ALCAM	activated leukocyte cell adhesion molecule	1	1	0	0	2005	Sites in UTR
APRIN	androgen-induced proliferation inhibitor	1	1	0	0	2005	Sites in UTR
ATP2B1	ATPase, Ca++ transporting, plasma membrane 1	1	1	0	0	2005	Sites in UTR
ATP7A	ATPase, Cu++ transporting, alpha polypeptide (Menkes syndrome)	1	1	0	0	2005	Sites in UTR
C13orf18	chromosome 13 open reading frame 18	1	1	0	0	2005	Sites in UTR
CALML4	calmodulin-like 4	1	1	0	0	2005	Sites in UTR
CBFB	core-binding factor, beta subunit	1	1	0	0	2005	Sites in UTR
FBXO8	F-box protein 8	1	1	0	0	2005	Sites in UTR
FLJ38101	hypothetical protein FLJ38101	1	1	0	0	2005	Sites in UTR
IGF1R	insulin-like growth factor 1 receptor	1	1	0	0	2005	Sites in UTR
KPNA3	karyopherin alpha 3 (importin alpha 4)	1	1	0	0	-	Sites in UTR
LMO2	LIM domain only 2 (rhombotin-like 1)	1	1	0	0	2005	Sites in UTR
LOC149018	No Description	1	1	0	0	2005	Sites in UTR
NFIA	nuclear factor I/A	1	1	0	0	2005	Sites in UTR
PCTK2	PCTAIRE protein kinase 2	1	1	0	0	2005	Sites in UTR
PHF20L1	PHD finger protein 20-like 1	1	1	0	0	2005	Sites in UTR
PKNOX1	PBX/knotted 1 homeobox 1	1	1	0	0	2005	Sites in UTR
PLEKHH1	pleckstrin homology domain containing, family H (with MyTH4 domain) member 1	1	1	0	0	2005	Sites in UTR
PTBP2	polypyrimidine tract binding protein 2	1	1	0	0	2005	Sites in UTR
PURB	purine-rich element binding protein B	1	1	0	0	2005	Sites in UTR
RASA1	RAS p21 protein activator (GTPase activating protein) 1	1	1	0	0	2005	Sites in UTR

图 8-7　TargetScan 预测 microRNA-223 靶基因所得部分结果

我们以 microRNA-223 为例使用 TargetScan 预测其靶基因。图 8-7 显示了部分预测结果，以表格形式详细地列出了预测靶基因名、全称、靶位点个数和位置分布等信息。TargetScan 功能强大，内容详细，数据准确，是进行 microRNA 靶基因预测最常用的软件之一。

4. microRNA. org-Targets and Expression

microRNA. org-Targets and Expression（http：//www. microrna. org/microrna/home. do）是由 Betel D.、Wilson M. 等人创建的，可用于人、小鼠、果蝇和线虫 microRNA 靶基因预测的网站。除了对 microRNA 靶基因进行预测之外，还能查询到 microRNA 在各组织中的表达情况。该网站的优点是数据全面，更新较快。

microRNA. org-Targets and Expression 的主页界面非常的简洁，明了（见图 8-8）。还是以 microRNA-223 为例使用 microRNA. org-Targets and Expression 预测其靶基因[5,8,22]。图 8-9 显示了部分预测结果，按评分对结果进行排列。

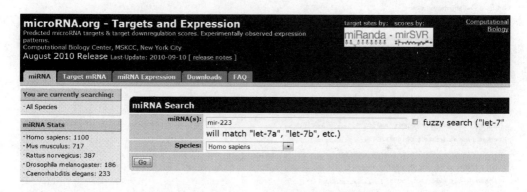

图 8-8　microRNA. org-Targets and Expression 主页

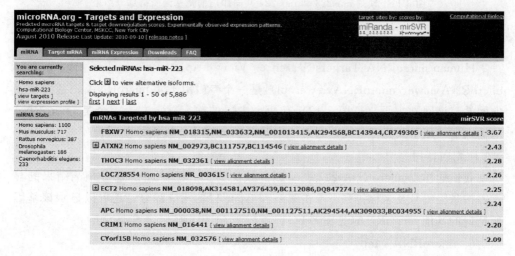

图 8-9　microRNA. org-Targets and Expression 预测 microRNA-223 靶基因所得部分结果

另外，microRNA. org-Targets and Expression 还可同时查询多个 microRNA 靶基因预测结果。例如在主页界面 microRNA Search 栏输入"mir-223，mir-224"，单击 GO 按钮，出现如图 8-10 所示的界面。在 Links 栏下方单击 view targets 链接，可分别浏览各自预测靶基因的结果，如需查看两个 microRNA 共同作用的靶基因，可选中 microRNA 栏下方两个 microRNA 前的小方框，然后单击下方的 [view mRNAs targeted by ALL selected microRNAs] 链接即可查看结果（见图 8-11）。

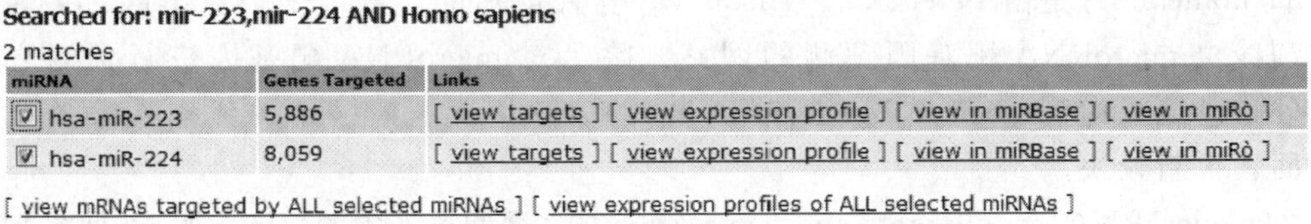

Searched for: mir-223,mir-224 AND Homo sapiens

2 matches

miRNA	Genes Targeted	Links
☑ hsa-miR-223	5,886	[view targets] [view expression profile] [view in miRBase] [view in miRò]
☑ hsa-miR-224	8,059	[view targets] [view expression profile] [view in miRBase] [view in miRò]

[view mRNAs targeted by ALL selected miRNAs] [view expression profiles of ALL selected miRNAs]

图 8-10   同时搜索 mir-223，mir-224 的结果显示

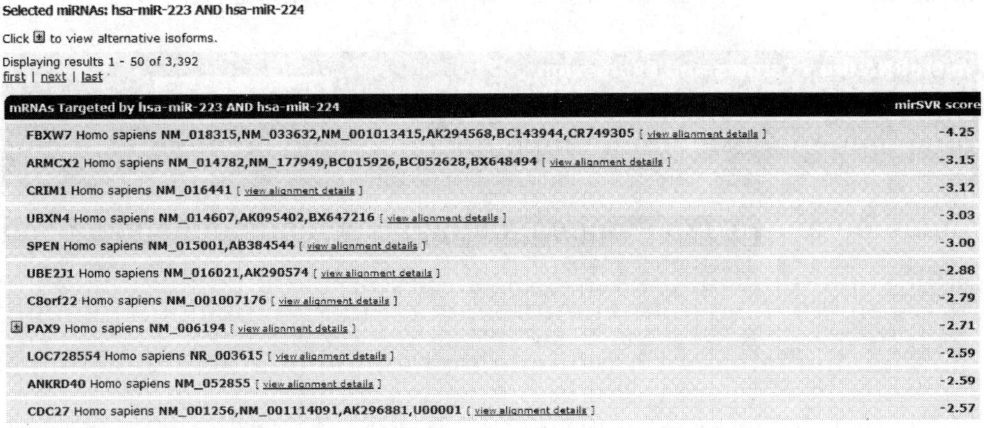

Selected miRNAs: hsa-miR-223 AND hsa-miR-224

Click ⊞ to view alternative isoforms.

Displaying results 1 - 50 of 3,392

first | next | last

mRNAs Targeted by hsa-miR-223 AND hsa-miR-224	mirSVR score
FBXW7 Homo sapiens NM_018315,NM_033632,NM_001013415,AK294568,BC143944,CR749305 [view alignment details]	-4.25
ARMCX2 Homo sapiens NM_014782,NM_177949,BC015926,BC052628,BX648494 [view alignment details]	-3.15
CRIM1 Homo sapiens NM_016441 [view alignment details]	-3.12
UBXN4 Homo sapiens NM_014607,AK095402,BX647216 [view alignment details]	-3.03
SPEN Homo sapiens NM_015001,AB384544 [view alignment details]	-3.00
UBE2I1 Homo sapiens NM_016021,AK290574 [view alignment details]	-2.88
C8orf22 Homo sapiens NM_001007176 [view alignment details]	-2.79
⊞ PAX9 Homo sapiens NM_006194 [view alignment details]	-2.71
LOC728554 Homo sapiens NR_003615 [view alignment details]	-2.59
ANKRD40 Homo sapiens NM_052855 [view alignment details]	-2.59
CDC27 Homo sapiens NM_001256,NM_001114091,AK296881,U00001 [view alignment details]	-2.57

图 8-11   预测 mir-223 和 mir-224 共同作用的靶基因所得部分结果

5. Human microRNA Targets-Search & View

Human microRNA Targets-Search & View（http：//cbio. mskcc. org/cgi-bin/microRNAviewer/microRNAviewer. pl）是一个专门用于人 microRNA 靶基因预测的网站。该网站主页（见图 8-12）有两个主要的输入框，左边一个是 microRNA 的输入框，用于预测靶基因；右边一个是可输入基因，查询该基因被哪些 microRNA 所靶向作用[14,21]。

我们同样以 microRNA-223 靶基因的预测为例。图 8-13 为部分预测结果的显示，按基因编号及名称排列，单击第一列 Gene 栏的相应编号，还可以显示该基因所靶向的其他 microRNA（见图 8-14）。

6. microRNA Map

microRNA Map（http：//microRNAmap. mbc. nctu. edu. tw/）是由 Hsu S. D. 、

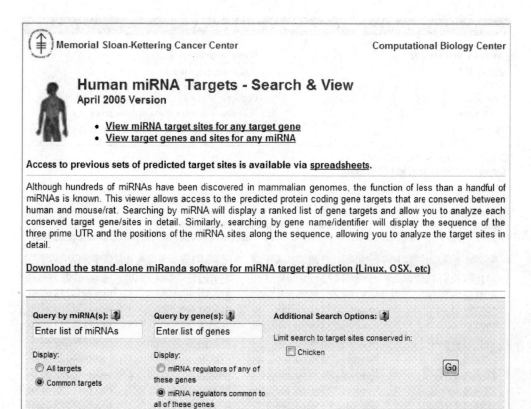

图 8-12　Human microRNA Targets-Search & View 主页

Chu C. H. 等人共同开发的用于多个物种 microRNA 靶基因预测的网站。目前已更新至 2.0 版本，可预测的物种包括人、鼠、蟾鱼、鸡、果蝇、线虫、犬等。microRNA Map 收集了经实验验证的 microRNA 及其靶基因，并不断更新。同时利用三个靶基因预测工具 miRanda、RNAhybrid 和 TargetScan 对 microRNA 的靶基因进行预测[22,23,33]。

　　microRNA Map 的主页看起来色彩丰富、分类清晰（见图 8-15）。同样以 mir-223 为例，在种属栏选择 Homo Sapiens，单击 Search 按钮，会出现 hsa-mir-223 的染色体定位信息，再单击 ID 栏对应的 microRNA 名称，在出现的界面中会包含较为丰富的内容，包括 hsa-mir-223 的染色体定位和二级结构等详细信息、在人的各种肿瘤组织及正常组织中的表达情况（见图 8-16）以及其他种属 mir-223 相关信息的链接（见图 8-17）。在页面最底端，则是对 hsa-mir-223 靶基因的预测结果，单击相应的基因编号，即可浏览该靶基因的详细信息（见图 8-18），包括基因在染色体上的定位，其与 hsa-mir-223 在各组织中表达情况的对比，以及不同预测软件所得结构列表。

Human miRNA Targets April 2005 Version, Using Ensembl build 27.1

Query by miRNA(s): ❓

hsa-miR-223

Display:
○ All targets
● Common targets

Query by gene(s): ❓

Enter list of genes

Display:
○ miRNA regulators of any of these genes
● miRNA regulators common to all of these genes

Genes targeted by: hsa-miR-223
[Download Results (Excel Format)]

Found 164 genes.
Sorted from highest to lowest scoring.
Prepend "ENSG00000" to gene in summary table to get ENSEMBL gene id.
Legend: gga - Gallus gallus (Chicken)   mmu - Mus musculus (Mouse)   rno - Rattus norvegicus (Rat)

Gene	Gene Name	Hits	Hit by	Conserved in	Gene	Gene Name	Hits	Hit by	Conse
143878	RHOB	2	hsa-miR-223	mmu, rno	160199	PKNOX1	1	hsa-miR-223	mmu, r
080493	SLC4A4	2	hsa-miR-223	mmu, rno, gga	144285	SCN1A	1	hsa-miR-223	mmu, r
165359		2	hsa-miR-223	mmu, rno	116251	RPL22	1	hsa-miR-223	mmu, r
138430		2	hsa-miR-223	mmu, rno, gga	162599	NFIA	1	hsa-miR-223	mmu, r
102753	KPNA3	2	hsa-miR-223	mmu, rno	168564		1	hsa-miR-223	
121989	ACVR2	1	hsa-miR-223	mmu, rno	075702		1	hsa-miR-223	
136531	SCN2A2	1	hsa-miR-223	mmu, rno	001461		1	hsa-miR-223	
133026	MYH10	1	hsa-miR-223	mmu, rno, gga	154122	ANKH	1	hsa-miR-223	
163145	C1QTNF7	1	hsa-miR-223	mmu, rno	070961	ATP2B1	1	hsa-miR-223	
129007		1	hsa-miR-223	mmu, rno, gga	171603	CLSTN1	1	hsa-miR-223	mmu, r

图 8-13 Human microRNA Targets-Search & View 预测 microRNA-223 靶基因所得部分结果

Human miRNA target sites for ENSG00000143878 (RHOB)

ENSG00000143878 (RHOB): ENSEMBL: Transforming protein RhoB (H6). [SWISSPROT:P01121]
Scroll to the right to see details of miRNA target sites.
Click on miRNA names to see details of miRNA/target sequence matches.

miRNA target sites that are conserved in Chicken are highlighted: ■ Chicken
Where possible, we provide explicit sequence alignments between the Human & Mouse (or Human & Rat) target transcripts.

Gene	Human Transcript	Mouse/Rat Transcript	UCSC Genome Browser	Human miRNA target sites
RHOB	ENST00000272233	ENSMUSG00000054364		183:miR-214, 208:miR-96, 211:miR-183, 334:miR-331, 626:miR-223, 843:miR-19b, 843:miR-19a, 935:let-7e, 935:let-7d, 1263:miR-223, 1293:miR-30a-5p, 1293:miR-30c, 1294:miR-30d, 1295:miR-30b, 1296:miR-30e, 1310:miR-21
RHOB	ENST00000272233	ENSRNOG00000021403		145:miR-423, 146:miR-296, 183:miR-214, 208:miR-96, 211:miR-183, 334:miR-331, 626:miR-223, 843:miR-19b, 843:miR-19a, 935:let-7e, 935:let-7d, 1263:miR-223, 1293:miR-30a-5p, 1293:miR-30c, 1294:miR-30d, 1295:miR-30b, 1296:miR-30e, 1310:miR-21

图 8-14 RHOB 基因所靶向的所有 microRNA

7. miRGen

miRGen（http：//www. diana. pcbi. upenn. edu/cgi-bin/miRGen/v3/Targets. cgi）采用多种目标预测程序，将潜在的动物 microRNA 和基因组注释整合起来，目标是研究 microRNA 基因组的组成和 microRNA 的功能间的关系。提供给用户 microRNA 在基因组上的定位、相关基因、假基因、预测的基因以及 CpG 岛等

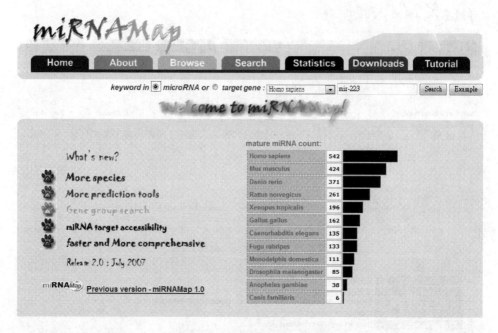

图 8-15　microRNA Map 主页

◉ QPCR microRNA expression profile

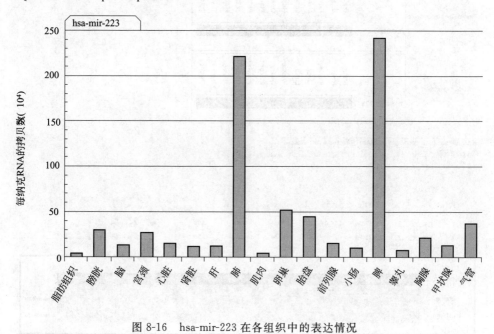

图 8-16　hsa-mir-223 在各组织中的表达情况

信息[1,6,34]。

　　miRGen 主页简洁、明快（见图 8-19），其特点是在 Target Type 一栏，既可

图 8-17　hsa-mir-223 简略信息

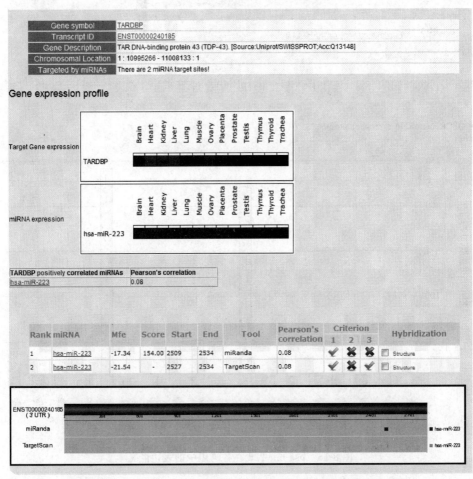

图 8-18　microRNA Map 预测 microRNA-223 靶基因所得部分结果

选择单一预测工具进行预测，也可选择多种预测工具组合进行预测，从而得到不同要求的预测结果。图 8-20 是以 hsa-mir-223 为例所得预测靶基因的部分结果。由于 miRGen 可运用多种预测工具联合对 microRNA 靶基因进行预测，大大提高了预测的准确性。

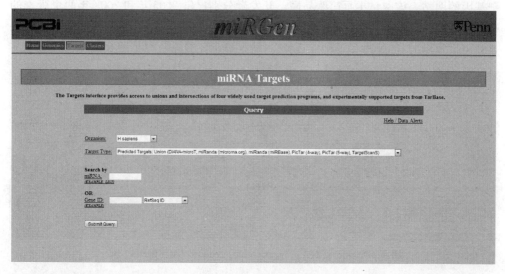

图 8-19　miRGen 主页

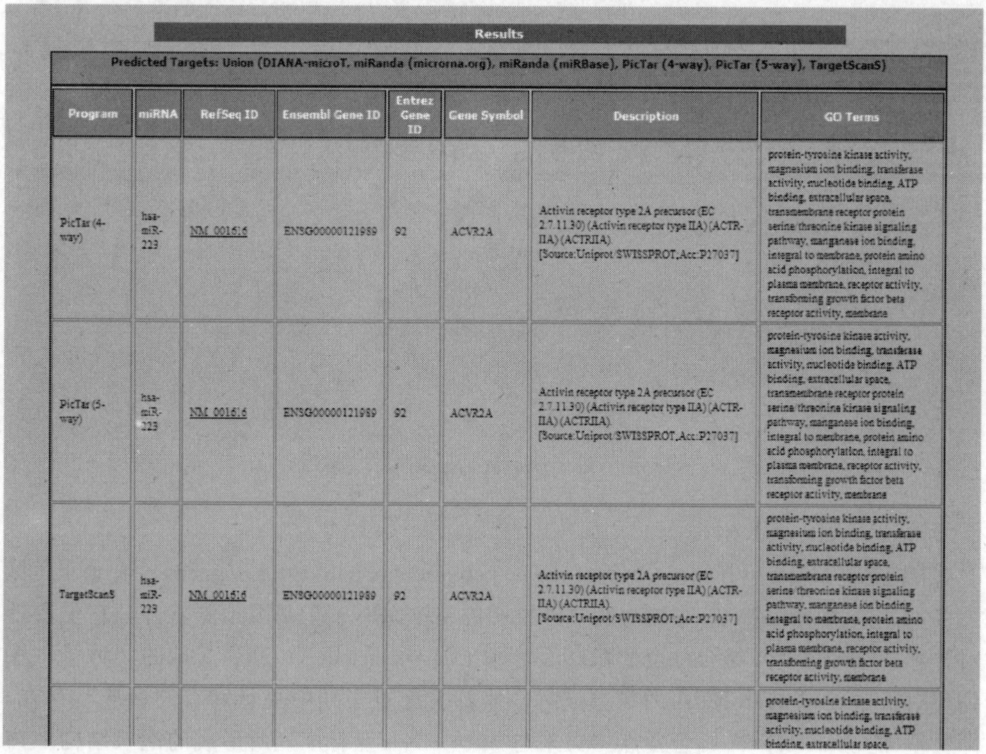

图 8-20　miRGen 预测 microRNA-223 靶基因所得部分结果

8. microRNA-Target Gene Prediction at EMBL

microRNA-Target Gene Prediction at EMBL（http：//www. russell. embl. de/microRNAs/）是由 Alexander Stark、Julius Brennecke 等人开发用于预测果蝇 microRNA 靶基因的网站。该网站主页简明易懂，开发者分别提供 2005 年和 2003 年两个版本的靶基因预测结果供使用者下载，预测结果以 Excel 表格方式显示[20,42]。此网站的缺点是可供预测的 microRNA 较少，且预测结果显示比较杂乱（见图 8-21 和图 8-22）。

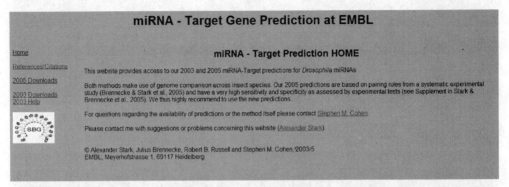

图 8-21　microRNA-Target Gene Prediction at EMBL 主页

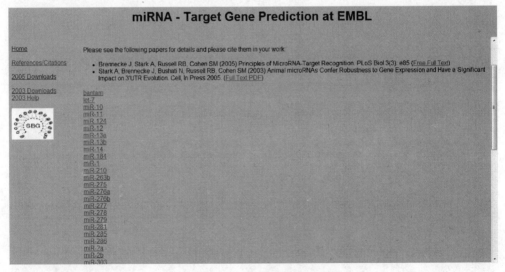

图 8-22　显示部分可预测的 microRNA

9. DIANA-MicroT

DIANA-MicroT（http：//www. diana. pcbi. upenn. edu/cgi-bin/micro＿t. cgi）（见图 8-23）是由 Kiriakidou 等编写的一种特殊的 microRNA 靶基因预测软件。它主要针对含单一 microRNA 结合位点的靶基因，除了要与 microRNA 序列 5′端的"种子"序列配对外还要与 microRNA 的 3′端配对，并要求配对序列中央最好有"囊泡"存在，即靶基因上 microRNA 结合位点中央未与 microRNA 互补序列所形成的泡状结构。该软件在线虫中的预测结果成功对应了多个已验证的 microRNA 靶基因[24,37,40,41]。

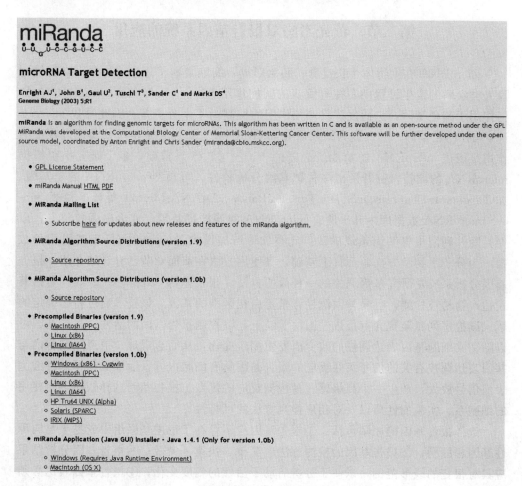

图 8-23 DIANA-MicroT 主页

miRanda

microRNA Target Detection

Enright AJ[1], John B[1], Gaul U[2], Tuschl T[3], Sander C[1] and Marks DS[4]
Genome Biology (2003) 5:R1

miRanda is an algorithm for finding genomic targets for microRNAs. This algorithm has been written in C and is available as an open-source method under the GPL. MiRanda was developed at the Computational Biology Center of Memorial Sloan-Kettering Cancer Center. This software will be further developed under the open source model, coordinated by Anton Enright and Chris Sander (miranda@cbio.mskcc.org).

- GPL License Statement

- miRanda Manual HTML PDF

- **MiRanda Mailing List**

    ○ Subscribe here for updates about new releases and features of the miRanda algorithm.

- **MiRanda Algorithm Source Distributions (version 1.9)**

    ○ Source repository

- **MiRanda Algorithm Source Distributions (version 1.0b)**

    ○ Source repository

- **Precompiled Binaries (version 1.9)**
    ○ Macintosh (PPC)
    ○ Linux (x86)
    ○ Linux (IA64)
- **Precompiled Binaries (version 1.0b)**
    ○ Windows (x86) - Cygwin
    ○ Macintosh (PPC)
    ○ Linux (x86)
    ○ Linux (IA64)
    ○ HP Tru64 UNIX (Alpha)
    ○ Solaris (SPARC)
    ○ IRIX (MIPS)

- **miRanda Application (Java GUI) Installer - Java 1.4.1 (Only for version 1.0b)**

    ○ Windows (Requires Java Runtime Environment)
    ○ Macintosh (OS X)

图 8-24 miRanda 主页

10. miRanda

miRanda（http：//www. microrna. org/miranda ＿ new. html）由 Enright 和 John 等人编写，可用于果蝇、鲑鱼和人 microRNA 的靶基因预测。miRanda 主要强调 microRNA 与靶基因连接位点的进化保守性，亦偏重于以 microRNA 序列 5′端搜索靶基因，并仍然采用 RNAFold 计算热力学稳定性。该算法的预测结果覆盖了 10 个已验证 microRNA 靶基因中的 9 个，其假阳性率估计为24％～39％[18,22,35,40]。

miRanda 主页（见图 8-24）可提供 Windows、Linux 和 Macintosh 三种不同版本的本地化软件下载，研究者可自行使用其对目的 microRNA 的靶基因进行预测，缺点是内容更新较慢。

11. 其他 microRNA 靶基因预测网站

① RNAhybrid（http：//bibiserv. techfak. uni-bielefeld. de/rnahybrid/submission. html）；

② miRacle（http：//miracle. igib. res. in/miracle/）。

第二节　萤光素酶双报告基因系统的应用

microRNA 在生物体生长发育、胚胎形成、细胞增殖、分化、凋亡、脂肪代谢及人类疾病的发生过程中发挥着重要的调控作用[10~13,15,17]。然而，microRNA 如何作用于其靶基因，进而发挥其调控作用的机制尚不十分清楚。因此寻找 microRNA 调控的靶基因，并以此为线索研究 microRNA 在某一特定生理或病理过程中的作用是阐述 microRNA 的功能所必需的[2,4,27,28,30~32]。目前，多个研究小组根据 microRNA 的调控机制开发出多种靶基因分析软件，可预测 microRNA 的靶基因。如 Targetscan/TargetscanS、PicTar、miRanda、DIANA-MicroT 等，可预测 Sanger microRNA 数据库内几乎所有 microRNA 的调控靶基因，并给出调控位点，以便克隆并利用报告基因系统确认。此类软件可提供大量 microRNA 靶基因相关数据，为分子生物学方法验证打下基础，其使用方法在前面章节已有详细介绍。报告基因分析系统是研究基因调控的一种简便方法。报告基因（reporter gene）是指其表达产物易被检测，且易与内源性背景蛋白相区别的基因。该技术通过将已确定的顺式调控序列克隆到含有报告基因的质粒上，以控制报告基因的活性。报告基因可以随宿主细胞基因表达调控的改变而发生相应变化，从而直观地"报道"细胞内与基因表达调控有关的信号级联反应。报告基因具有细胞内背景活性低且可以将细胞表面信号放大，产生一个高敏感、易检测反应的优点。报告基因选择依赖于所使用的细胞系、实验的性质以及对相应检测方法的可行性。

选择报告基因的原则包括：①报告基因应不存在于宿主基因组中或易于与内源性基因相区别；②报告基因的检测方法应简单、快速、灵敏；③报告基因分析结果应具有很宽的线形范围，以便于分析启动子活性的幅度变化；④报告基因表达必须对受体细胞或生物生理活动不产生影响。报告基因分析系统的发现给基因表达调控研究带来了新的希望，在短短的几年内，报告基因系统的研究已取得了快速的发展。有关报告基因系统的选择使用及其研究进展将在讨论部分详述，在此仅对适用于 microRNA 调控研究的萤光素酶双报告基因系统加以概述，并详细介绍所涉及的操作步骤。萤光素酶双报告基因测试是以萤火虫与海洋腔肠萤光素酶结合使用的先进共报告基因测试技术。在用萤火虫萤光素酶定量基因表达时，通常采用第二个报告基因来减少实验因素变化带来的误差。但传统的共报告基因由于其各自测试方法、处理要求以及检测特点存在明显差异，导致使用不便。Promega 公司开发出以萤火虫萤光素酶检测与海洋腔肠萤光素酶结合使用的双报告基因检测系统，结合 pRL 载体系统，表达第二个报告基因海洋腔肠萤光素酶，在单管中即可进行双萤光素酶报告基因测试。该系统用于双报告基因的检测快速、灵敏、简便，使得 microRNA 调控机制的研究得以顺利进行。

一、萤光素酶双报告基因检测系统

1. 简介

双报告基因检测系统用于实验研究中作相关或成比例的检测，通常以一个报告基因作为内对照，使另一个报告基因的检测均一化。在基因表达调控的实验研究中，带有报告基因的载体与以不同报告基因作为对照的第二个载体共转染细胞，经过培养后，采用检测试剂盒所提供的试剂，裂解细胞并通过相关的检测系统，分析所得信号与实验研究的关系。通常将报告基因偶联待研究的启动子，报告基因表达水平的相对改变与启动子的转录活性改变相关。偶联到组成型启动子的第二个报告基因，提供转录活性的内对照，使研究结果不受实验条件干扰。通过双报告基因系统可减少某些内在变化因素所带来的实验误差，如细胞数目、细胞活性的差别及细胞转染效率、裂解效率等。使用萤火虫萤光素酶结合氯霉素乙酰转移酶、β-半乳糖苷酶、葡萄糖醛酸糖苷酶的双报告基因系统，近几年在实验研究中已普遍使用，为科研工作带来了方便。但这些双报告基因组合具有一定的缺点，如辅助报告基因的检测较为复杂，因此削弱了萤光素酶检测简便易行的优势。如萤光素酶定量及测试几秒钟内即可完成，但氯霉素乙酰转移酶、β-半乳糖苷酶、葡萄糖醛酸糖苷酶检测则相对来说较为麻烦，测试前需要长时间的保温方可。此外，氯霉素乙酰转移酶等报告基因灵敏度不高且检测具有一定的线性应答范围，细胞活性也会对这类报告基因的使用产生干扰。如许多类型的细胞有 β-半乳糖苷酶与葡萄糖醛酸糖苷酶的内源性表达，这对于报告基因的定量分析有一定的影响，细胞内的去乙酰化酶则会干扰氯霉素乙酰转移酶的检测。高温预处理细胞裂解液在一定程度上会降低内源性 β-半乳糖苷酶与氯霉素乙酰转移酶的影响，但高温处理会同时失活萤光素酶，不利于其检测。这导致在此类双报告基因系统检测中，必须分开处理共转染的细胞裂解液，以不同步骤来检测各自报告基因的活性，这无疑增加了实验的复杂性。理想的双报告基因系统应能以萤光素酶的检测速度、灵敏度及线性范围来完成检测，且两个报告基因能同时检测。Promega

公司研发的双萤光素酶系统是以萤火虫萤光素酶与海洋腔肠萤光素酶结合使用，所提供的检测试剂可使检测在单管中完成。

　　萤火虫与海洋腔肠萤光素酶均具有生物发光报告基因检测方便的优点，但是两者进化起源有所不同，且具有不同的酶结构，对发光底物的要求也不尽相同。Promega 公司据此差异研发了 DLR 检测试剂盒，使结合萤火虫与海洋腔肠萤光素酶的双报告基因系统的检测更加快捷、敏感。萤火虫萤光素酶是一个 61ku 单亚基蛋白，在翻译后即可作为报告基因用于检测反应。该酶可以在 ATP、Mg^{2+} 以及 O_2 存在下，通过甲虫萤光素的氧化反应而发光（见图 8-25）。在常规反应条件萤光素的氧化反应发生时，需以萤光素-AMP 为中间体，转换过程非常缓慢，在与底物及酶混合后，产生"闪烁"但是衰减迅速的光信号。Promega 研发的具有专利保护的检测试剂，可定量检测萤火虫萤光素酶活力。通过添加辅酶 A（CoA）增强快速酶转换，提高了反应动力，从而得到持续的"闪烁"发光信号。海洋腔肠萤光素酶是分子量为 36ku 单亚基蛋白，与萤火虫荧光素酶相同，酶活性不需翻译后修饰，在翻译后即可作为报告基因检测。Promega 公司的 DLR 检测系统选用相同的 PLB 裂解液裂解细胞并可分步测定萤火虫与海洋腔肠萤光素酶活性。在完成萤火虫萤光素酶活性检测后，湮灭其酶活性并同时激活海洋腔肠萤光素酶，可及时检测，使得单管反应即可获得两种酶活性结果。目前，报告基因系统在基因表达调控研究中应用非常广泛，而萤光素酶双报告基因检测系统无疑使实验研究更加便捷。

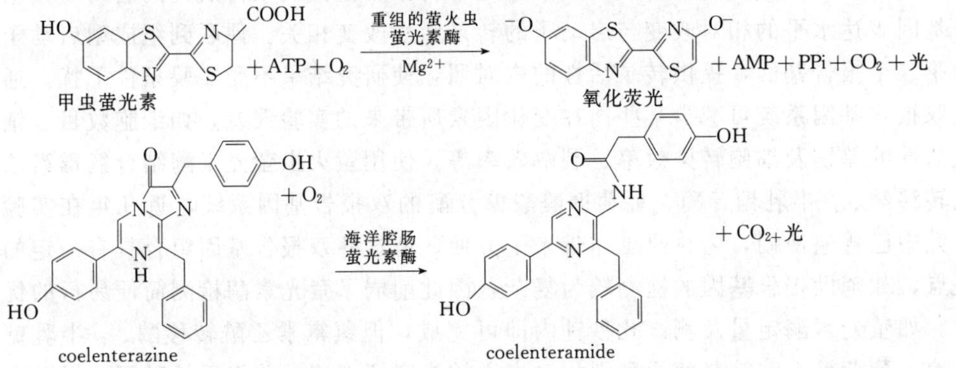

图 8-25　发光反应图

　　萤光素酶双报告基因系统的检测原理及检测步骤可参见 Promega 的相关手册，在此仅介绍 DLR 检测系统的使用步骤及在基因表达调控研究特别是 microRNA 靶基因分析实验研究中的应用。

2. 萤光素酶双报告基因检测系统的应用步骤

（1）材料

① 质粒 pGL3-basic、control/phRL-TK(Promega，Madison，WI)（见图 8-26）；

② 细胞系；

③ 转染试剂盒（QIAGEN）；

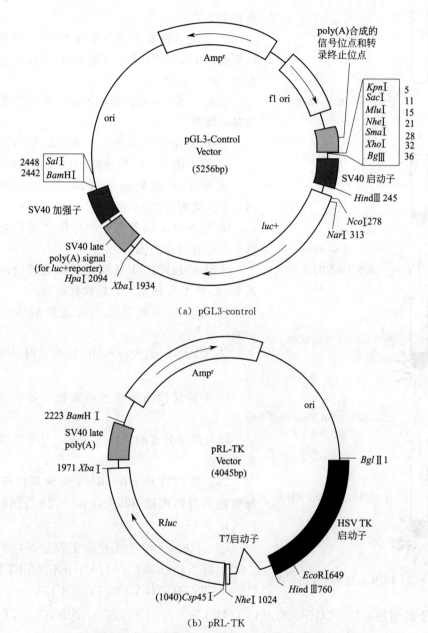

(a) pGL3-control

(b) pRL-TK

靶基因克隆至 Rluc 终止密码子后，poly(A) 前的 *Xba* I 和 *Not* I 之间

图 8-26　pGL3-control/basic 及 phRL-TK 质粒图谱

④ 细胞培养皿等耗材（BD Falcon）；

⑤ DLR-双报告基因检测系统（Promega，Madison，WI）；

⑥ 荧光管，酶标仪等。

(2) 步骤（见图 8-27）

① PLB 裂解液准备，使用前取 DLR 检测试剂盒内的 5×储备液，以去离子水

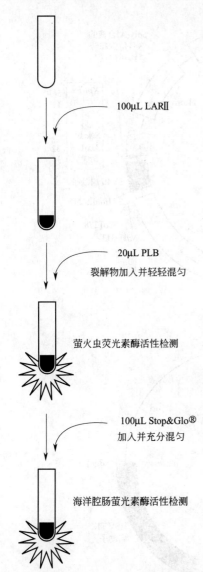

图 8-27　DLR 检测系统使用步骤

稀释至 1×。

② 萤光素酶检测试剂 Ⅱ（LARⅡ）准备，以试剂盒内 LARⅡ 缓冲液溶解 LAR 反应底物，保存于－80℃备用。

③ Stop&Glo 检测试剂准备，使用前将 50× 储备液稀释至 1×。

④ 细胞种于 24 孔板，转染后培养 24h。

⑤ 弃上清后，以预冷的 PBS 洗涤细胞。

⑥ 将 PLB 裂解液以 100μL/孔加入培养板内，于室温孵育 15min。

⑦ 细胞脱离培养板，吹打使之充分裂解后移至离心管内待检测。

⑧取 100μL LARⅡ 加入到荧光管内，并加入 20μL PLB 裂解物，轻轻吹打混匀。

⑨ 酶标仪检测萤火虫萤光素酶活性，并记录。

⑩ 加入 100μL Stop&Glo 检测试剂，吹打混匀。

⑪ 酶标仪检测海洋腔肠萤光素酶活性，并记录。

以对照萤光素酶活性为标准，分析实验萤光素酶活性。

二、含与特异 microRNA 完全互补序列的报告基因载体构建（以 hsa-mir-223 为例）

1. 材料

① 引物（上海生工生物工程公司）

上游引物：5′-CTAGAGGGGTATTTGA-CAAACTGACAGAATTCGG-3′；

下游引物：5′-CCGGCCGAATTCTGTCAGTTTGTCAAATACCCCT-3′。

② pGL3-basic 质粒测序引物（上海生工生物工程公司）。

③ 实验用细胞系及 *E. coli* 菌株：293-T 及 DH5α 均为本室保存。

④ 质粒 pGL3-basic/control 及 phRL-TK 载体（Promega，Madison，WI）。

⑤ 10×退火缓冲液（NEB biolabs）。

⑥ 3U/μL T4 DNA 连接酶（Promega，Madison，WI）。

⑦ 10×快速连接缓冲液（Promega，Madison，WI）。

⑧ 内切酶 *Xba*Ⅰ、*Not*Ⅰ（NEB biolabs）。

⑨ 内切酶反应缓冲液（NEB biolabs）。

⑩ DNA 凝胶回收试剂盒（TianGen 生物公司）。

⑪ 质粒小量提取试剂盒（博大泰克生物公司）。

注：未标明产品来源的试剂均为国产分析纯试剂。

2. 实验步骤

① 将 mir-223 完全互补序列的正义链与互补链寡核苷酸引物配制成 $20\mu mol/L$ 溶液。

② 各取上述引物 $10\mu L$ 混合，加入 $2\mu L$ $10\times$ 退火缓冲液。

③ 充分混匀并离心，94℃变性 10min，然后室温自然冷却 30min。

④ 取 phRL-TK 质粒经内切酶 $Xba\mathrm{I}$、$Not\mathrm{I}$ 双酶切。酶切体系：phRL-TK 质粒 $10\mu L$，$Xba\mathrm{I}/Not\mathrm{I}$ 各 $0.5\mu L$，$10\times$ 内切酶反应缓冲液 $2\mu L$，充分混匀，离心后于 37℃孵育 2h。

⑤ 酶切产物经低熔点琼脂糖凝胶分离并通过 TianGen 公司的凝胶回收试剂盒回收酶切产物。

⑥ 连接反应体系：phRL-TK 酶切回收片段 $8\mu L$，退火产物 $8\mu L$，T4 DNA 连接酶 $1\mu L$，$10\times$ T4 DNA 连接酶 $2\mu L$。混匀并离心，于 15℃孵育过夜。

⑦ 连接产物转化 *E. coli* DH5α。

⑧ 挑取单克隆培养后，提取重组质粒并酶切鉴定。

⑨ DNA 测序验证后，用于靶基因分析的对照。

⑩ 转染合适细胞系可验证 microRNA 作用机制。

3. 结果分析

将 mir-223 的完全互补序列克隆至萤光素酶报告基因下游 3′-UTR，整个模式符合 microRNA 功能作用机制（见图 8-28）。图 8-28 显示共转染后 inhibitor 组萤光素酶活性明显高于三个对照组，这表明外源性 mir-223-inhibitor 瞬时转染 K562 和 HEL 细胞能够抑制内源性 mir-223 的功能作用。

三、构建含有靶基因 3′-UTR 作用位点的重组质粒

1. 材料

① 根据相关靶基因分析软件，获取含特异 microRNA 作用位点的片段并设计上下游引物（以 E-CAV2/E-INSIG1 3′-UTR 的选择扩增为例）。

E-CAV2 上游引物：5′-CGCTCTAGATGATCATAAGGCTAGGTAGAG-G-3′（*Xba*I）；

E-CAV2 下游引物：5′-ATTTGCGGCCGCTTTATAGGCCCTCACAAGT-G-3′（*Not*I）；

E-CAV2 上游引物：5′-CGCTCTAGATGTTCCATTTAGACTGGGC-3′（*Xba*I）；

E-CAV2 下游引物：5′-ATTTGCGGCCGCCTTACTGCACATACTTCAT-

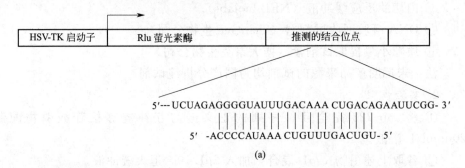

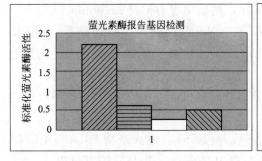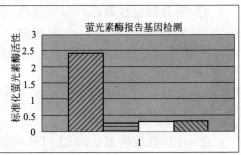

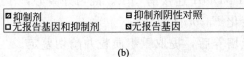

(b)

图 8-28　含 mir-223 完全互补序列的重组质粒构建及报告基因检测

CTCTG-3′（*Not* Ⅰ）。

② Pre-microRNA-29a/b/c 分子（Ambion）或构建相应过表达载体。

③ Trizol（Invitrogen，Carlsbad，CA）。

④ 氯仿。

⑤ 异丙醇。

⑥ 75％乙醇（预冷）。

⑦ 无水乙醇。

⑧ 去离子甲酰胺（Sigma）。

⑨ 3mol/L 醋酸钠。

⑩ DEPC 水（DEPC Sigma 产品）。

⑪ 10×MOPS 缓冲液（200mmol/L MOPS pH 7.0；10mmol/L EDTA；50mmol/L 醋酸钠）。

⑫ 5×RNA 上样缓冲液（35％去离子甲酰胺；4×MOPS 缓冲液；4mmol/L EDTA；0.9mol/L 甲醛；0.16％溴酚蓝与二甲苯青；2μg/mL EB）。

⑬ 1.2％琼脂糖凝胶［含 1×MOPS 缓冲液；2％（体积比）12.3mol/L 甲醛］。

⑭ 组织、细胞。

⑮ 无 RNA 酶枪头、离心管（Axygen）。

⑯ 冷冻离心机等。

⑰ 24 孔培养板及其他细胞培养用耗材（BD Falcon）。

⑱ 逆转录试剂盒（Invitrogen）。

⑲ *Taq* plus DNA 聚合酶。

⑳ 10×*Taq* plus DNA 聚合酶缓冲液。

㉑ dNTP(Promega，Madison，WI)。

㉒ 50×TAE 缓冲液。

㉓ 20mg/mL EB。

㉔ 3U/μL T4 DNA 连接酶（Promega，Madison，WI）。

㉕ 2×快速连接缓冲液（Promega，Madison，WI）。

㉖ DL2000 DNA marker(天泽基因工程公司)。

㉗ 100bp DNA ladder（天泽基因工程公司）。

㉘ 1.5％琼脂糖（Sigma 产品）。

㉙ 质粒 pGL3-basic 及 phRL-TK 载体（Promega，Madison，WI）。

㉚ 50ng/μL pGEM-T 载体（Promega，Madison，WI）。

㉛ *E. coli* 菌株 DH5α。

㉜ LB-琼脂固体培养基：LB 培养基［10g/L 胰化蛋白胨（Oxoid），5g/L 酵母提取物（Oxoid），10g/L NaCl］及 15g/L 琼脂；铺板前加入合适浓度的青霉素。

㉝ 100mmol/L IPTG(Sigma 产品)。

㉞ 40mg/mL X-gal(溶解于二甲基酰胺)。

㉟ 10×快速连接缓冲液（Promega，Madison，WI）。

㊱ 限制性内切酶 *Not*Ⅰ/*Xba*Ⅰ（NEB biolabs）。

㊲ 内切酶反应缓冲液（NEB biolabs）。

㊳ DNA 凝胶回收试剂盒（TianGen 生物公司）。

㊴ 质粒小量提取试剂盒（博大泰克生物公司）。

㊵ Effectene 转染试剂盒（QIAGEN 生物公司）。

㊶ Dual-Luciferase® 双萤光素酶报告基因检测系统（Promega，Madison，WI）。

㊷ 抗体 E-CAV2/E-INSIG1(BD pharmigen)。

注：未标明产品来源的试剂均为国产分析纯试剂。

2. 实验步骤

① 组织或细胞总 RNA 提取，步骤见前文所述。

② 总 RNA 质量鉴定并用于 RT-PCR。

③ RT，以 Invitrogen 反转录反应试剂盒操作手册进行。

④ PCR 反应体系：取 RT 产物 3μL，上游引物、下游引物各 1μL，2.5mmol/L dNTP 4μL，$10\times$ *Taq* plus DNA 聚合酶缓冲液 5μL，5U/μL *Taq* plus DNA 聚合酶 1μL，加去离子水至终体积 50μL。

⑤ PCR 反应过程：94℃，3min；35 个循环如下，94℃，30s；55℃，30s；72℃，60s；72℃，7min。

⑥ PCR 产物回收，低熔点琼脂糖凝胶电泳分离并采用 TianGen 凝胶回收试剂盒回收 PCR 产物。

⑦ PCR 产物连接至 pGEM-T 质粒，并转化 *E. coli* DH5α。

⑧ 蓝白斑筛选阳性克隆。

⑨ DNA 测序鉴定阳性克隆。

⑩ 酶切回收并克隆至 phRL-TK 质粒，获得重组质粒 3′-UTR-E-CAV2-phRL-TK。

⑪ 重组质粒提取并测定浓度。

⑫ 将 293-T 细胞种于 24 孔培养板，培养过夜。

⑬ 以 QIAGEN Effectene 转染试剂盒操作手册，取前体分子或过表达载体与 pGL3-basic 及重组质粒 3′-UTR-E-CAV2-phRL-TK 共转染 24~48h。

⑭ 裂解细胞，以 DLR 双萤光素酶报告基因检测系统检测报告基因活性，参见上述步骤。

3. 结果分析

由图 8-29 可见，过表达 mir-29a/b/c 可显著降低克隆 E-CAV2 3′-UTR 的报告基因活性，表达下调 5 倍左右［见图 8-29(a)］。初步确认为其调控靶基因，但尚需蛋白水平进一步验证。通过 Western Blot 方法筛选了表达 E-CAV2 的细胞系，用作细胞模型，通过腺病毒载体表达 mir-29a/b/c，收集上清感染模型细胞系，可以发现 E-CAV2 在 mir-29a/b/c 作用下，表达下调［见图 8-29 (b)］。确认 *E-CAV2* 为 mir-29a/b/c 的靶基因，并以此为线索，开展相关的功能研究。

四、萤光素酶双报告基因系统用于 microRNA 靶基因分析的讨论

Promega 公司开发的双报告基因载体结合 DLR 检测系统使用，使得基因表达调控研究方便易行。系统提供了两种质粒 pGL3/phRL，选择合适的酶切位点，将与特异 microRNA 完全互补的序列以及含有特异 microRNA 调控位点的 3′-UTR 1000bp 左右的片段，克隆至 pGL3 或 phRL 之一，获得重组质粒，另一质粒则作为对照共转染细胞，用于靶基因分析。比较 pGL3 与 phRL 两种质粒可发现，pGL3 质粒克隆酶切位点较少，且为稀有酶，价格昂贵，无疑增加了实验成本。而选择 phRL 质粒则可供选择的酶切位点较多，使实验可以较为方

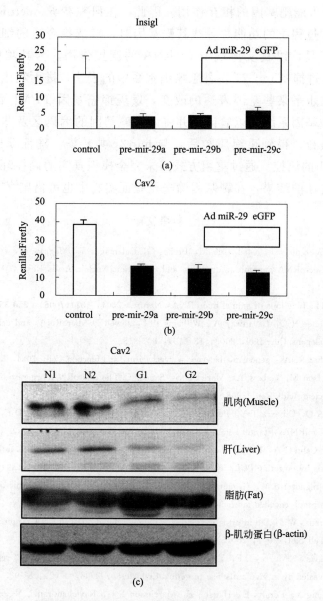

图 8-29　应用前体分子与萤光素酶双报告基因系统（Renilla Firefly）
筛选 mir-29a/b/c 的靶基因结果及 Western Blot 验证结果

便地进行。经过编者实验室及其他多个实验室验证，参考上述方法进行 mi-croRNA 靶基因筛选分析，选用双报告基因系统是可行的，且准确性较高。目前国内某些生物公司根据相同的原理开发出报告基因检测试剂，有些实验室业已采用，但效果尚不得而知。读者可据自身实际需要选择使用。克隆含有特异 microRNA 作用位点的靶基因 3′-UTR，利用报告基因系统研究 microRNA 基因表达调控虽然简便易行，然而，此举不能完全模拟体内或细胞内环境下特异

microRNA 与可能靶基因的相互作用。因此，在研究特异 microRNA 在某一特定生理或病理过程中的功能，寻找其靶基因时，应选择合适的细胞模型或其他有效的实验工具，以真实体现 microRNA 的调控作用，为其功能研究奠定基础。Zhu 等通过抑制 mir-21 在乳腺癌细胞系中的表达，进而利用改进的 2-D 电泳检测了蛋白水平某些基因表达的改变，发现抑癌基因 *TPM1* 表达明显增高，进而选择报告基因系统加以验证，并将该抑癌基因的编码区及非编码区全长克隆到合适的质粒，得到重组质粒后，与 mir-21 共转染，确证 *TPM1* 在翻译水平受到 mir-21 的调控。通过重组方式虽未完全模拟真实的调控环境，但也间接验证了 2-D 电泳的结果，在靶基因筛选及验证实验中也可借鉴[44~47]。

参考文献

[1] Alexiou P, Vergoulis T, Gleditzsch M, Prekas G, Dalamagas T, Megraw M, et al. miRGen 2.0: a database of microRNA genomic information and regulation. Nucleic Acids Res, 2010, 38 (Database issue): D137-141.

[2] Ambros V. The functions of animal microRNAs. Nature, 2004, 431 (7006): 350-355.

[3] Ambros V, Lee R C, Lavanway A, Williams P T, Jewell D. MicroRNAs and other tiny endogenous RNAs in C. elegans. Curr Biol, 2003, 13 (10): 807-818.

[4] Bartel D P. MicroRNAs: genomics, biogenesis, mechanism, and function. Cell, 2004, 116 (2): 281-297.

[5] Betel D, Wilson M, Gabow A, Marks D S, Sander C. The microRNA. org resource: targets and expression. Nucleic Acids Res, 2008, 36 (Database issue): D149-153.

[6] Chiromatzo A O, Oliveira T Y, Pereira G, Costa A Y, Montesco C A, Gras D E, et al. miRNApath: a database of miRNAs, target genes and metabolic pathways. Genet Mol Res, 2007, 6 (4): 859-865.

[7] Cimmino A, Calin G A, Fabbri M, Iorio M V, Ferracin M, Shimizu M, et al. miR-15 and miR-16 induce apoptosis by targeting BCL2. Proc Natl Acad Sci USA, 2005, 102 (39): 13944-13949.

[8] Daemen A, Signoretto M, Gevaert O, Suykens J A, De Moor B. Improved microarray-based decision support with graph encoded interactome data. PLoS One, 2010, 5 (4): e10225.

[9] Doran J, Strauss W M. Bio-informatic trends for the determination of miRNA-target interactions in mammals. DNA Cell Biol, 2007, 26 (5): 353-360.

[10] Esau C, Davis S, Murray S F, Yu X X, Pandey S K, Pear M, et al. miR-122 regulation of lipid metabolism revealed by in vivo antisense targeting. Cell Metab, 2006, 3 (2): 87-98.

[11] Esau C, Kang X, Peralta E, Hanson E, Marcusson E G, Ravichandran L V, et al. MicroRNA-143 regulates adipocyte differentiation. J Biol Chem, 2004, 279 (50): 52361-52365.

[12] Fazi F, Rosa A, Fatica A, Gelmetti V, De Marchis ML, Nervi C, et al. A minicircuitry comprised of microRNA-223 and transcription factors NFI-A and C/EBPalpha regulates human granulopoiesis. Cell, 2005, 123 (5): 819-831.

[13] Felli N, Fontana L, Pelosi E, Botta R, Bonci D, Facchiano F, et al. MicroRNAs 221 and 222 inhibit normal erythropoiesis and erythroleukemic cell growth via kit receptor down-modulation. Proc Natl Acad Sci USA, 2005, 102 (50): 18081-18086.

[14] Gennarino V A, Sardiello M, Mutarelli M, Dharmalingam G, Maselli V, Lago G, et al. HOCTAR database: A unique resource for microRNA target prediction. Gene, 2011.

[15] Green D, Karpatkin S. Role of thrombin as a tumor growth factor. Cell Cycle, 2010, 9 (4): 656-661.

[16]　Griffiths-Jones S, Grocock R J, van Dongen S, Bateman A, Enright A J. miRBase: microRNA sequences, targets and gene nomenclature. Nucleic Acids Res, 2006, 34 (Database issue): D140-144.

[17]　Hawkins S M, Creighton C J, Han D Y, Zariff A, Anderson M L, Gunaratne P H, et al. Functional MicroRNA Involved in Endometriosis. Mol Endocrinol, 2011.

[18]　Hsu P W, Lin L Z, Hsu S D, Hsu J B, Huang H D. ViTa: prediction of host microRNAs targets on viruses. Nucleic Acids Res, 2007, 35(Database issue): D381-385.

[19]　Hsu S D, Chu C H, Tsou A P, Chen S J, Chen H C, Hsu P W, et al. miRNAMap 2.0: genomic maps of microRNAs in metazoan genomes. Nucleic Acids Res, 2008, 36(Database issue): D165-169.

[20]　Huang F W, Qin J, Reidys C M, Stadler P F. Target prediction and a statistical sampling algorithm for RNA-RNA interaction. Bioinformatics, 2010, 26(2): 175-181.

[21]　Huttenhofer A, Brosius J, Bachellerie J P. R Nomics: identification and function of small, non-messenger RNAs. Curr Opin Chem Biol, 2002, 6(6): 835-843.

[22]　John B, Enright A J, Aravin A, Tuschl T, Sander C, Marks D S. Human MicroRNA targets. PLoS Biol, 2004, 2(11): e363.

[23]　Johnson C, Bowman L, Adai A T, Vance V, Sundaresan V. CSRDB: a small RNA integrated database and browser resource for cereals. Nucleic Acids Res, 2007, 35(Database issue): D829-833.

[24]　Kiriakidou M, Nelson P T, Kouranov A, Fitziev P, Bouyioukos C, Mourelatos Z, et al. A combined computational-experimental approach predicts human microRNA targets. Genes Dev, 2004, 18(10): 1165-1178.

[25]　Kozomara A, Griffiths-Jones S. miRBase: integrating microRNA annotation and deep-sequencing data. Nucleic Acids Res, 2011, 39(Database issue): D152-157.

[26]　Krek A, Grun D, Poy M N, Wolf R, Rosenberg L, Epstein E J, et al. Combinatorial microRNA target predictions. Nat Genet, 2005, 37(5): 495-500.

[27]　Krutzfeldt J, Kuwajima S, Braich R, Rajeev K G, Pena J, Tuschl T, et al. Specificity, duplex degradation and subcellular localization of antagomirs. Nucleic Acids Res, 2007, 35 (9): 2885-2892.

[28]　Krutzfeldt J, Poy M N, Stoffel M. Strategies to determine the biological function of microRNAs. Nat Genet, 2006, 38 Suppl: S14-19.

[29]　Le Brigand K, Robbe-Sermesant K, Mari B, Barbry P. MiRonTop: mining microRNAs targets across large scale gene expression studies. Bioinformatics, 2010, 26 (24): 3131-3132.

[30]　Lee D Y, Deng Z, Wang C H, Yang B B. MicroRNA-378 promotes cell survival, tumor growth, and angiogenesis by targeting SuFu and Fus-1 expression. Proc Natl Acad Sci USA, 2007, 104(51): 20350-20355.

[31]　Lee R C, Feinbaum R L, Ambros V. The C. elegans heterochronic gene lin-4 encodes small RNAs with antisense complementarity to lin-14. Cell, 1993, 75 (5): 843-854.

[32]　Lee Y S, Dutta A. The tumor suppressor microRNA let-7 represses the HMGA2 oncogene. Genes Dev, 2007, 21(9): 1025-1030.

[33]　Llave C, Franco-Zorrilla J M, Solano R, Barajas D. Target Validation of Plant microRNAs. Methods Mol Biol, 2011, 732: 187-208.

[34]　Megraw M, Sethupathy P, Corda B, Hatzigeorgiou A G. miRGen: a database for the study of animal microRNA genomic organization and function. Nucleic Acids Res, 2007, 35 (Database issue): D149-155.

[35]　Nam S, Kim B, Shin S, Lee S. miRGator: an integrated system for functional annotation of microRNAs. Nucleic Acids Res, 2008, 36(Database issue): D159-164.

[36]　Rhoades M W, Reinhart B J, Lim L P, Burge C B, Bartel B, Bartel D P. Prediction of plant microR-

NA targets. Cell，2002，110(4)：513-520.

[37] Sahoo S，Albrecht A A. Ranking of microRNA target prediction scores by Pareto front analysis. Comput Biol Chem，2010，34(5-6)：284-292.

[38] Stark A，Brennecke J，Russell R B，Cohen S M. Identification of Drosophila MicroRNA targets. PLoS Biol，2003，1(3)：E60.

[39] Wang X J，Reyes J L，Chua N H，Gaasterland T. Prediction and identification of Arabidopsis thaliana microRNAs and their mRNA targets. Genome Biol，2004，5(9)：R65.

[40] Witkos T M，Koscianska E，Krzyzosiak W J. Practical Aspects of microRNA Target Prediction. Curr Mol Med，2011，11(2)：93-109.

[41] Xia W，Cao G，Shao N. Progress in miRNA target prediction and identification. Sci China C Life Sci，2009，52(12)：1123-1130.

[42] Yan X，Chao T，Tu K，Zhang Y，Xie L，Gong Y，et al. Improving the prediction of human microR-NA target genes by using ensemble algorithm. FEBS Lett，2007，581(8)：1587-1593.

[43] Yang Y，Wang Y P，Li K B. MiRTif：a support vector machine-based microRNA target interaction filter. BMC Bioinformatics，2008，9 Suppl 12：S4.

[44] 卢圣栋. 现代分子生物学实验技术. 北京：中国协和医科大学出版社，1999.

[45] 司徒镇强，吴军正. 细胞培养. 北京：世界图书出版公司，1996.

[46] 金冬雁等. 分子克隆实验指南. 第 2 版. 北京：科学出版社，1999.

[47] 双荧光素酶报告基因测试：结合萤火虫和海洋腔肠荧光素酶先进的共报告基因测试技术. Promega 中文通讯，2002，2.

第九章 microRNA 研究方法在肝细胞癌研究中的应用

第一节 microRNA-21 在肝细胞癌中的功能研究简介

microRNA（miRNA）是一类长度为 20～24 个核苷酸的非编码 RNA 分子，具有序列特异性调节基因表达的功能，存在于多种生物基因组内，主要在转录后水平发挥其调控作用，抑制蛋白质翻译或导致 mRNA 的降解[2,6,7,38]。研究发现 miRNA 在生长发育、胚胎形成及细胞增殖、分化、凋亡与人类重大疾病发生发展过程中发挥着重要的调控作用[6,12,21,29,61]。它的表达失控与肿瘤发生密切相关，在肿瘤发生过程中可起到癌基因或抑癌基因作用[1,11,22,37,70]。因此，研究肿瘤发生相关 miRNA 的表达及功能是当今肿瘤发生机制研究的热点之一，具有重要的理论和实际意义[31,32,39,44,46]。

肝细胞癌是严重危害人类健康的恶性肿瘤之一，死亡率高。但其发生机制复杂，目前尚不十分明确[15,20,54,57]。miRNA 作为一种非编码 RNA 基因，在肝细胞癌中常见失控表达[10,19,49,68,69]。通过分析肝细胞癌染色体不稳定性与 miRNA 定位的关系，发现 miR-21 位于人 17 号染色体上的不稳定区域[5,13,48,56,74]。Northern Blot 表达分析显示，miR-21 在 30 例肝细胞癌组织和 HepG2、SMMC7721 及 Huh7 等肝癌细胞系中表达明显上调，与癌旁组织或正常肝组织相比，表达上调 10 倍以上[41]。我们收集了 23 种人正常组织总 RNA，用 Northern Blot 方法分析了 miR-21 在正常组织中的表达谱，结果发现在人类正常组织中，miR-21 几乎不表达或表达很低，说明 miR-21 在正常生理状态下可能受到严格的时空调控，而在肝细胞癌中则表达失控[41,73]。因此，我们推测 miR-21 作为 oncomiR，在肝细胞癌发生发展过程中发挥了重要作用[14,16,63]。为研究 miR-21 的功能，我们选择有效的抑制剂 Anti-miR-21 抑制肝癌细胞内 miR-21 的表达，获得 Loss-of-function 细胞模型，然后对肝癌细胞系 HepG2、SMMC7721 的表型作了分析。结果显示，miR-21 表达抑制后，肝癌细胞增殖减缓；早期凋亡细胞明显增加；细胞 G1 期阻滞，S 期细胞数明显降低；肝癌细胞的体外侵袭能力明显降低。为研究 miR-21 的作用机制，我们利用生物信息学和分子生物学方法对其靶基因进行了筛选鉴定，结果发现 *PTEN*、*PDCD4* 和 *RECK* 是 miR-21 在肝细胞癌中功能靶基因。miR-21 的功能涉及整个肝细胞癌发生发展的过程，miR-21 对通过其靶基因的调控分别发挥了何种功能？我们设计"拯救"实验（rescued assay）对此加以分析。结果发现 miR-21 在细胞增殖及凋亡过程的调控是通过抑制 *PTEN* 和 *PDCD4* 的表达完成的，与

RECK 无关。对肝癌细胞侵袭的调控则是通过抑制 *PTEN*、*PDCD4* 和 *RECK* 的表达完成的。miR-21 通过调控 *PTEN*、*PDCD4* 和 *RECK* 影响到多个重要的信号通路和功能分子,我们对此作了分析。结果显示 miR-21 表达抑制后,磷酸化 Akt、磷酸化 ERK、磷酸化 GSK3-β 表达下调,而 Akt、ERK、GSK3-β 表达没有明显变化;与细胞周期调控相关的基因 *CDK4*、*Cyclin D* 表达也明显下调,而 *p21* 表达上调。说明 miR-21 通过影响了 Akt、ERK 等重要的信号通路以及细胞周期相关的重要基因,参与了细胞增殖的调控[41,42]。

综上所述,miR-21 与其靶基因以及一些相关的重要功能基因构成一个复杂的调控网络,在肝细胞癌发生发展过程中发挥了重要作用。对 miR-21 的表达进行抑制可能为肝细胞癌的治疗提供一种有效的新策略。

第二节　microRNA-21 在肝细胞癌中的功能研究所用实验材料与方法

一、实验材料

1. 工具酶及分子量 Marker

(1) 限制性内切酶　克隆所用的核酸限制性内切酶分别为 Takara、Biolabs、Promega 和 MBI 公司产品。

(2) 其他酶制剂　DNase Ⅰ、RNase A 购自 Invitrogen 公司。T4 多聚核苷酸激酶、T4 DNA 连接酶为 Takara 公司产品。*Taq* plus 和 *Pfu* DNA 聚合酶为 BBI 公司和上海生工生物工程公司产品。Superscript Ⅲ 逆转录酶、RNA inhibitor 购自 Invitrogen 公司。蛋白酶抑制剂 cocktail 为 Sigma 公司产品。

(3) DNA 分子量标准　100 bp DNA ladder Marker、DL2000、DL15000 为 TianGen 公司产品。pBR322/*Bst*N Ⅰ 为 TaKaRa 公司产品。

(4) 预染蛋白分子量标准 (Broad range/Low range)　均为 Bio-Rad 公司的产品。

2. 主要生化试剂

dNTP 为 Takara 和 BBI 公司产品;oligo d (T) 和 Trizol 为 Invitrogen 公司产品;Tween-20 和 TritonX-100 为 Fluka 产品;Matrigel、Np-40、PMSF 及 PI 为 Sigma 公司产品。

配制凝胶的试剂:丙烯酰胺、*N*′,*N*′-亚甲基双丙烯酰胺、尿素、过硫酸铵 (AP) 和 SDS 为 Sigma 公司和 Promega 公司产品;三羟甲基氨基甲烷 (Tris)、琼脂糖为 Gibco BRL 公司产品。

实验研究所使用的抗体:Anti-PTEN,Anti-phospho-PTEN,Anti-AKT,Anti-ERK,Anti-phospho-AKT,Anti-phospho-ERK,Anti-GSK3-β,Anti-CyclinD,Anti-phospho-GSK3-β,Anti-CDK4,Anti-P21 均为 Cell Signaling Technology 公司产品;Anti-PDCD4 购自 Abcam;Anti-RECK 分别购自 Santa Cruz 和 BD Biosciences;anti-β-actin 为 Santa Cruz 公司产品;HRP 标记的山羊抗小鼠、山羊抗兔、兔抗山羊二抗以及 FITC 标记的山羊抗小鼠、山羊抗兔二抗均购自北京中杉

金桥生物技术有限公司。

　　X 射线片为柯达公司产品；Hybond-N 尼龙膜为 Amersham 公司产品；PVDF 膜为 Millipore 公司产品；高效液相杂交液为 Bio-Dev 公司产品。

　　miR-21 前体与对照（Pre-miR™ miRNA Precursor Molecules；Pre-miR™ miRNA Precursor – Negative Control）均购于 Ambion 公司；miRNA 抑制剂（Anti-miRNA）LNA- hsa-miR-21 inhibitor 及对照 LNA-ath-miR-156a inhibitor 均为 Exiqon 产品；PTEN、PDCD4 及 RECK 特异 siRNA 购自广州锐博生物公司。

　　其余所用化学试剂均为国产分析纯产品试剂。

　　3. 试剂盒

　　Superscript™Ⅲ逆转录试剂盒为 Invitrogen 公司产品；转染试剂盒 Effectene Transfection reagent 及 siPORT™ NeoFX™ transfection Agent 分别购自 Qiagen 和 Ambion 公司；体外转录试剂盒是 Promega 公司产品；pGEM-T vector 及 pGEM-T easy vector 克隆试剂盒为 Promega 公司产品；SYBR® Premix Ex Taq™ 购自 Takara 公司；质粒小量提取试剂盒为 Bio-Dev 公司产品；DNA 快速纯化回收试剂盒购自 TianGen 公司；AnnexinV-FITC/PI 凋亡检测试剂盒为 BD biosciences 公司产品；细胞增殖检测试剂盒 Cell Counting Kit-8（CCK-8）购自 DOJINDO LABORATORIES；蛋白质定量检测试剂盒为 Pierce 公司产品。

　　4. 培养基、血清及添加剂

　　细菌培养用 Tryptone、Yeast extract、Agar 为 Oxoid 公司产品；IPTG、X-Gal 为 Sigma 公司产品；Ampicillin 及 Kanamycin 为 Amresco 公司产品；细胞培养基 α-MEM、MEM-NEAA、RPMI1640、DMEM 及胰酶（Trypsin-EDTA）均为 Invitrogen 公司产品；DMSO、Penicillin 及 Streptamycin 均为 Sigma 公司产品；胎牛血清为 HyClone 产品。

　　5. 同位素标记化合物

　　[γ-^{32}P] dATP 购自北京福瑞生物技术公司。

　　6. 菌株（见表 9-1）

表 9-1　菌株的基因型与功能

菌株	基因型	用途
E. coli DH5α	F-φ80d lacZΔM15 recA1 endA GyrA96 thi-1 hsdR17（rk-mk＋）supE44 RelA1 deoRΔ（lacZYA-argF）U169	用于质粒的扩增和转化
BJ5183		腺病毒重组

　　以上大肠杆菌菌株为本实验室保存。

　　7. 细胞系

　　实验中所使用的细胞系主要包括：肝癌细胞系 HepG2、SMMC7721、Huh7 及 Bel7402；人胚肾细胞系 293A、HEK-293T；人宫颈癌细胞系 Hela。

8. 肝细胞癌组织标本

肝细胞癌组织标本（见表 9-2）取自协和医院基本外科，并获得志愿者知情同意。

表 9-2　30 例肝细胞癌患者概述

编号	年龄	性别	病因	单发或多发	大小/cm	AFP/(ng/mL)	病理分级
1	49	男	HBV	单发	2.00	11.34	G3
2	36	男	HBV	单发	4.50	4912.76	G2
3	55	男	HBV	单发	6.10	71.78	G1
4	68	男	HBV	多发	1.10	384.56	G2
5	64	男	HBV	单发	2.40	2.58	G3
6	54	女	HBV	单发	1.70	3.27	G1
7	64	男	HBV	单发	1.50	3.31	G3
8	62	男	HBV	多发	3.00	4.50	G2
9	38	男	HBV	多发	1.20	5.92	G3
10	73	男	HBV	多发	7.50	19.04	G1
11	55	男	HBV	单发	3.50	37.43	G2
12	53	男	HBV	多发	12.50	385.30	G3
13	59	女	HBV	单发	10.50	429.80	G1
14	52	男	HBV	单发	3.00	553.01	G2
15	70	男	HBV	单发	3.00	693.80	G2
16	48	男	HBV	单发	3.00	697.20	G3
17	63	男	HBV	单发	3.00	4343.00	G3
18	64	男	HBV	单发	1.00	60077.00	G1
19	53	女	HBV	多发	2.00	11338.00	G2
20	45	女	No	单发	3.10	1.98	G2
21	64	男	HBV	多发	2.50	5.27	G3
22	54	男	HBV	多发	7.00	11706.00	G1
23	42	女	No	多发	3.00	9943	G3
24	59	男	HBV	单发	2.5	189.24	G3
25	68	女	HCV	单发	5.00	5.21	G1
26	51	男	HBV	多发	8.00	283.70	G1
27	49	女	HCV	单发	5.39	51.80	G2
28	66	男	HCV	单发	3.50	195.83	G1
29	53	男	HBV	单发	12.50	385.3	G3
30	52	男	HBV	多发	5.40	83.05	G1

9. 引物

（1）实时定量 PCR 检测所使用的引物如表 9-3 所示。

表 9-3　实时定量 PCR 引物序列

扩增目的基因		引 物 序 列(5′-3′)
PTEN	Forward	5′-TGCAGAGTTGCACAATATCCTT-3′
	Reverse	5′-GTCATCTTCACTTAGCCATTGGT-3′
PDCD4	Forward	5′-ATGAGCACAACTGATGTGGAAA-3′
	Reverse	5′-ACAGCTCTAGCAATAAACTGGC-3′
RECK	Forward	5′-AGTGCGGGTGCATTGTGTT-3′
	Reverse	5′-GCAGCCTAAGCCAACCCAG-3′
βactin	Forward	5′-CGTACCACTGGCATCGTGAT-3′
	Reverse	5′-GTGTTGGCGTACAGGTCTTTG-3′

（2）构建重组质粒时所使用的克隆引物。

① 用于扩增 miR-21 前体序列连接至 pEGFP-C1 的引物。

Primer-miR-21 Forward：5′-GAATTC AGTGTGATTTTTTCCATTGGG -3′；

Primer-miR-21 Reverse：5′-ATACGGGCCCAGTCCCTGAAAAAAAGAAT-TG-3′。

② 用于扩增 miR-21 前体序列连接至 pAd track CMV 的引物。

P1：5′-GAATTCAGTGTGATTTTTTCCATTGGG-3′；

P2：5′-CCTAGGAGTCCCTGAAAAAAAGAATTGTT-3′。

③ 用于将 miR-21 互补序列连接至 pRT-TK 的引物。

pRL-TK-21PER Forward：5′-<u>CTAGAT</u> CAACATCAGTCTGATAAAGCTAGC-3′
Xba I；

pRL-TK-21PER Reverse：5′-<u>GGCCGC</u>TAGCTTATCAGACTGATGTTGAT -3′
Not I。

（3）用于扩增 miR-21 可能靶基因 3′-UTR 连接至 pRL-TK 的引物。

● PDCD4

P1：5′-TCTAGAATAAGAACTCTTGCAG-3′

P2：5′-GCGGCCGCGAGATTCAAAATTTACTG-3′

● PDCD4 *mutant*

P1：5′-TCTAGAATAAGAACTCTTGCAG-3′

P2：5′-GCGGCCGCGAGATTCAAAATTTACTG-3′

● RECK

P1：5′-TCTAGAGGGGTCCCAGTGAAGAGC-3′

P2：5′-GCGGCCGCGCTACATCAGCACTGACAT-3′

● RECK *mutant*

P1：5′-TCTAGAGGGGTCCCAGTGAAGAGC-3′

P2：5′-GCGGCCGCGCTACATCAGCACTGACAT-3′

● PTEN

P1：5′-TCTAGACAAGAGGGATAAAACACC-3′

P2：5′-GTCATCTTCACTTAGCCATTGGT-3′

● PTEN *mutant*

P1：5′-TCTAGACAAGAGGGATAAAACACC-3′

P2：5′-ACTAGTAAAATAAGTGTAAGTTGTTCTGACTACA-3′

10. Northern 杂交探针

miR-21：5′-TCAACATCAGTCTGATAAGCTA-3′

U6 snRNA：5′-CCATGCTAATCTTCTCTGTATCGTTCCAA-3′

11. 特异针对 PTEN、PDCD4 和 RECK 的 siRNA 序列

① Si＿PTEN target sequence：5′-UGCAGCAAUUCACUGUAAA-3′

Forward：5′-UGCAGCAAUUCACUGUAAAdTdT-3′

Reverse：5′-UUUACAGUGAAUUGCUGCAdTdT-3′

② Si _ PDCD4 target sequence：5′-CACCAATCATACAGGAATA-3′

Forward：5′-CACCAAUCAUACAGGAAUAdTdT-3′

Reverse：5′-UAUUCCUGUAUGAUUGGUGdTdT-3′

③ Si _ RECK target sequence：5′-CCAGAGATGTGGAAAGCAA-3′

Forward：5′-CCAGAGAUGUGGAAAGCAAdTdT-3′

Reverse：5′-UUGCUUUCCACAUCUCUGGdTdT-3′

④ Control siRNA：5′-AACGUUGCGAUAGCGUAGUAC-3′

12. 生物信息学分析软件

（1）差异 EST 比对资源　NCBI Genbank（http：//www. ncbi. nlm. nih. gov/blast/）。

（2）miRNA 序列来源　miRNA registry release 13. 1（http：//www. sanger. ac. uk//software/Rfam/miRNA/）。

（3）miRNA 基因组定位　UCSC（http：//genome. ucsc. edu）。

（4）miRNA 前体及成熟 miRNA 序列比对　MultiAlin（http：//prodes. toulouse. inra. fr/multalin/multalin. html）。

（5）miRNA 保守核苷酸作图 GeneDoc（http：//www. psc. edu/biomed/gene-doc/）。

（6）miRNA 基因 promoter 分析　Prediction 2. 0（http：//www. cbs. dtu. dk/services/Promoter/）；Promoter Scan（http：//thr. cit. nih. gov/molbio/proscan）；NNPP（http：//www. fruitfly. org/seq _ tools/promoter. html）。

（7）miRNA 靶基因分析　TargetScan（http：//genes. mit. edu/targetscan/）；miRanda（http：//www. miRNA. org/miranda _ new. html）；DIANA-MicroT（http：//diana. pcbi. upenn. edu/cgi-bin/micro _ t. cgi/）；PicTar（http：//pict-ar. bio. nyu. edu/）；miGen Targets（http：//www. diana. pcbi. upenn. edu/cgi-bin/miRGen/v3/Targets. cgi）。

（8）siRNA 序列来源　Ambion（http：//www. ambion. com/）。

二、实验方法

1. 细胞学实验

（1）细胞培养

① 细胞生长条件。实验中所用的细胞培养于 MEM-NEAA、RPMI-1640 或 DMEM 培养基中，每 100mL 培养液中加入 10mL 胎牛血清（FBS）、100U 青霉素、100μg 链霉素。培养条件均为 37℃，5％CO_2 及饱和湿度。

② 细胞复苏。从液氮中取出冻存细胞，置 37℃水浴中剧烈振摇使细胞快速融化，1000r/min 离心 5min 后吸出冻存液，PBS 洗细胞 1 次，再用新鲜的完全培养

液悬浮细胞后，传至培养瓶中培养。

③ 细胞传代和扩大培养。当复苏细胞生长密度较大时传代。贴壁细胞弃去陈旧培养基，用 D-Hanks 液漂洗一次，加入适量 0.25％的胰蛋白酶，37℃消化 3～5min 后在显微镜下观察，如细胞皱缩呈圆形，细胞间隙增大，则在此时加入少量含有血清的完全培养基，用弯头吸管轻轻吹打使细胞脱离瓶壁成为单细胞悬液。按 1：2～1：4 分入新培养瓶中继续培养。

④ 细胞冻存。细胞在复苏后传代 2 次后，状态恢复即进行冻存，尽量少传代。冻存细胞的前一天更换新鲜培养基。用 D-Hanks 液漂洗一次，加入适量 0.25％的胰蛋白酶，37℃消化 3～5min 后在显微镜下观察，如细胞皱缩呈圆形，细胞间隙增大，则在此时加入少量含有血清的完全培养基，用弯头吸管轻轻吹打使细胞脱离瓶壁成为单细胞悬液，于 1000r/min 离心 5min 收集细胞后，用适量冻存液［含 10％的二甲基亚砜（DMSO），20％胎牛血清的 DMEM 完全培养基］重悬细胞，保证稀释细胞密度在 $2 \times 10^6 \sim 2 \times 10^7$ 个/mL 之间。将细胞转入冻存管中，按照以下程序进行冻存：冻存管依次置于 4℃ 30min，−20℃ 30min，−80℃超低温冰箱中冻存过夜，然后置于液氮罐中长期保存。

（2）细胞转染（按 Effectene 转染试剂盒操作手册进行）

① 转染前一天，以适合密度传代细胞，使细胞在转染时处于对数生长期。

② 转染时，用 TE 溶液（pH 7.0～8.0）将 DNA 稀释至 0.1 $\mu g/\mu L$ 后，按表 9-4 中的比例加入 EC 溶液及 Enhancer，混匀于室温放置 2～5min。

表 9-4　利用 Effectene 转染试剂在不同培养装置中的用量

培养器皿	DNA/μg	增强试剂/μL	加入 EC 缓冲液至终体积/μL	转染试剂体积/μL	加入细胞中的培养基体积/μL	加入转染复合物中的培养基体积/μL
96 孔板	0.1	1.8	30	2.5	100	0
48 孔板	0.15	1.2	50	4	150	200
24 孔板	0.2	1.6	60	5	350	350
12 孔板	0.3	2.4	75	6	800	400
6 孔板	0.4	3.2	100	10	1600	600
60mm 培养皿	1.0	8.0	150	25	4000	1000
100mm 培养皿	2.0	16.0	300	60	7000	3000

③ 根据转染体系大小加入合适剂量的 Effectene 转染试剂至 DNA 与 Enhancer 混合物中，充分混匀于室温静置 5～10min，使转染复合物形成。

④ 取出培养板，弃培养液并以 PBS 洗细胞一次后加入合适体积的完全培养基（含血清和抗生素）。

⑤ 在混合物中加入合适体积的完全培养基（含血清和抗生素），混匀并缓慢加至培养板内，轻轻摇晃使其混匀，于 37℃培养箱中培养 24h 后进行后续实验或更换培养基继续培养。

⑥ 如要构建稳定表达细胞株，按照体积比 1：10～1：20 的比例用新鲜完全培

养基稀释转染细胞，转移至 10cm 培养皿，继续培养 48h。

⑦ 培养两天后，加入终浓度为 400μg/mL 的 G418 （K562 细胞），继续培养。

⑧ 约 7～15d 后，光镜下可观察到有细胞克隆出现，在显微镜下挑取细胞克隆于 96 孔的细胞培养板内，继续培养，待细胞长至一定数量，进行扩大培养。

（3）细胞增殖检测

① 转染前以合适密度将细胞接种至 96 孔板（一般 1000 细胞/孔）。

② 按（2）所述方法进行转染。

③ 转染至合适的时间，加入 CCK-8 10μL/孔后，将培养板放于培养箱内继续孵育 0.5～4h。

④ 在 450nm 测定吸光度。

（4）细胞周期分析

① 收集细胞，1000r/min，室温，5min。

② 用 4℃预冷的 PBS 洗两遍，1000r/min，室温，5min。

③ 细胞重悬于 300μL 预冷的 PBS 后，加入 900μL 4℃预冷的乙醇（开始要一滴一滴缓慢加入并边加边混匀，避免细胞局部与乙醇接触而裂解）。

④ 4℃放置过夜以固定细胞。

⑤ 从 4℃取出细胞，1000r/min，4℃，5min 离心收集细胞，再用预冷的 PBS 洗一遍，以 90μL 预冷的 PBS 重悬。

⑥ 加入 10μLRNase（终浓度 20μg/mL），混匀 37℃，30min。

⑦ 加入 10μL（10×）PI 染液（500μg/mL，1％TritonX-100＋0.9％NaCl），混匀后于 4℃孵育 30min。

⑧ 用 PBS 洗一遍后以 400μL PBS 重悬流式细胞仪检测。

（5）细胞凋亡分析（按 BD Biosciences Annexin V-FITC/PI 凋亡检测试剂盒说明书进行）

① 收集细胞，1000r/min，室温，5min。

② 以 4℃预冷的 PBS 洗两遍，1000r/min，室温，5min。

③ 细胞重悬于 1×结合缓冲液，细胞浓度为 $1×10^6$ 个/mL。

④ 取上步细胞悬液 100μL 至 5mL 离心管中，分别加入 5μL Annexin V-FITC 和 5 μL PI 于室温避光孵育 15min。

⑤ 每管加入 400μL 1×结合缓冲液，混匀后以流式细胞仪检测（1h 以内）。

（6）细胞体外侵袭实验　使用 24 孔 BD BioCoat Matrigel Invasion Chambers （BD 公司）：上下室之间铺聚碳酸酯微孔滤膜（孔径 8μm），滤膜上包被有 Matrigel （1∶3.5 稀释）。

① 再水化：去除包装，移至室温，上室和下室内各加入 0.5mL 37℃的无血清细胞培养液后，在培养箱内静置 2h。

② 小心移除培养液，注意不要触碰 PET 膜上的基质胶（Matrigel）层。

③ 用无血清培养基准备单细胞悬液并调整浓度。2.5×10^4 细胞以 $500\mu L$ 无血清培养基重悬并接种于培养小室的上层，小室下层加入 $500\mu L$ 含 10% FBS 的培养基作为趋化物。

④ 将侵袭小室置于培养板孔内，确保在膜下无气泡形成。在 37℃，5%CO_2，饱和湿度条件下分别培养 48h。

⑤ 细胞侵袭的结果观测

a. 用棉拭子去除上室底部基质胶并移除未侵袭细胞，用 PBS 漂洗使未侵袭细胞全部去除。

b. 用 4%PFA 固定 30min，PBS 漂洗 2 次。

c. 0.5%结晶紫染色 30min，PBS 冲洗。

d. 取下 PET 膜，置滴加有镜油的载玻片上，上覆盖玻片。

⑥ 随机选择 5 个 200 倍显微视野统计视野中的总细胞数，以侵袭细胞的相对数目表示肿瘤细胞的侵袭能力。

⑦ 实验设 3 个平行孔，重复 3 次。

2. 实时定量 PCR

（1）Trizol 法提取细胞总 RNA

① 取适量组织或细胞，加入合适体积的 Trizol（1mL Trizol/100mg 组织或 10^7 细胞），充分裂解变性，室温放置 3～5min。组织需经研磨、破碎，以达到充分变性的目的。

② 1mL 组织或细胞裂解物移至 1.5mL 离心管，加入 $200\mu L$ 氯仿，充分混匀后于室温放置 3～5min。

③ $12000g$ 于 4℃ 离心 15min。

④ 取离心后的上清移至新的离心管中，加入 $500\mu L$ 异丙醇，充分混匀后于室温放置 3min。

⑤ $12000g$ 于 4℃ 离心 10min。

⑥ 弃上清后加入预冷的 75%乙醇（DEPC 水配制），洗涤沉淀。

⑦ $7500g$ 于 4℃ 离心 5min。

⑧ 弃上清后，晾干沉淀，加入适量体积 DEPC 水溶解。

⑨ 取适量体积总 RNA 加入 5×RNA 上样缓冲液，70℃变性 5min，冰浴后进行甲醛变性琼脂糖凝胶电泳，鉴定质量。

⑩ 浓度测定后于 -80℃ 保存备用。若长期保存需置于无水乙醇中于 -80℃ 保存。

（2）RNA 质量的检测　测定 RNA 样品的 OD_{260}、OD_{280}、OD_{230}，计算 RNA 的浓度，分别以 OD_{260}/OD_{280}、OD_{260}/OD_{230} 判断 RNA 样品中有无蛋白质及有机溶剂污染。

（3）M-MLV 合成 cDNA 第一链

① 在 0.5mL 无 RNase 的离心管中混合以下成分：

总 RNA	1.0μg	dNTP 混合物(10mmol/L)	1.0μL
锚定引物 oligo (dT)(500μg/μL)	1.0μL	灭菌 DEPC 水	Total 12μL

② 混匀，反应液 65℃温育 5min。

③ 然后立即冰上冷却，稍离心集中液体。

④ 依次加入以下成分：

5×第一条链反应缓冲液	4.0μL	RNA 酶解抑制剂(40U/μL)	1.0μL
DTT (0.1mol/L)	2.0μL		

⑤ 将溶液混匀，稍离心集中液体，37℃温育 5min。加入 1.0μL M-MLV (200U/μL)。

⑥ 混匀后 37℃反应 60min。

⑦ 完成后 70℃ 15min 终止反应，−20℃冻存备用。

⑧ PCR 扩增 β-actin，检测 cDNA 质量。

（4）实时定量 PCR

① 以 β-actin 为相对定量的内参，每个样品有 3 个重复孔，总体积 20μL，反应体系如下：

2×SYBR 混合物	10μL	4μmol/L 引物 2	1μL
ROXⅡ	0.4μL	cDNA	1μL
4μmol/L 引物 1	1μL	去离子水	6.6μL

充分混匀，注意避免形成气泡，尽量小心准确移液，尽量避免荧光干扰和污染，戴手套操作，PCR 管应不与他物接触。

② 操作 SDS 软件：选择样品（反应）类型和取名，输入各个样品名称，每个重复样品的名字必须相同，设置"引物/探针"，编辑热学过程：反应 1 94℃ 10s，反应 2 94℃ 5s，60℃ 34s，共 40 个重复，保存设置。

③ 将反应管放入仪器，单击 Start 按钮，整套设备开始自动运行，采集 PCR 产物荧光值。

④ 反应结束后，设置溶解曲线程序：94℃ 15s，60℃→94℃，缓慢升温，产生熔点曲线或称解离曲线。

⑤ 设定阈值，分析 mRNA 的相对表达情况。

3. miRNA 的 PAGE 及 Northern Blot

（1）细胞及组织总 RNA 的制备　应用 Trizol Reagent 试剂盒（GiBcoBRL，USA）分别提取各肿瘤组织及相关细胞系总 RNA，方法同步骤 2 中的（1）。

（2）末端标记法标记探针　按表 9-5 中的次序加入试剂，37℃水浴 60min。

表 9-5　试剂配制（1）

试剂	体积	试剂	体积
模板(20 μmol/L)	10μL	T4 多核苷酸激酶	1μL
10×标记缓冲液	5μL	加去离子水至总体积	50μL
[γ-³²P] ATP(10μCi/μL)	5μL		

（3）miRNA 的 PAGE 电泳、电转膜、杂交及放射自显影

① PAGE 胶的制备。按照表 9-6 所列试剂配置 15％的分离胶（20mL）。

表 9-6　试剂配制（2）

试剂	加量	试剂	加量
双蒸水	2mL	45％丙烯酰胺储液	6.66mL
5×TBE	4mL	10％过硫酸铵	150μL
尿素	9.6g	TEMED	6.5μL

② 加样及电泳。按照表 9-7 依次加入试剂，于 55℃水浴 30min，冰浴 5min。

表 9-7　试剂配制（3）

试剂	加量	试剂	加量
总 RNA	40μg	10×上样缓冲液	2μL
去离子甲酰胺	10μL	加去离子水至总体积	20μL

电泳槽内加入 1×TBE 电泳缓冲液，预电泳 30min 后，取 20μL 总 RNA 样品混合液上样，稳流 16mA 电泳，当溴酚蓝离底部 0.5cm 时结束电泳，取下凝胶，进行下一步印迹。

③ 电转移。配制 0.5×TBE 电转缓冲液（使用时临时配制）。

将凝胶块和尼龙膜分别放入装有电转缓冲液的容器里漂洗 10min，依次在转移夹中放入海绵、滤纸、凝胶、尼龙膜、滤纸、海绵，成"三明治"状，倒入印迹液，胶面朝负极，膜朝向正极，转移槽外用冰水降温。接通电源，使稳流 200mA 连续转移 2h，然后切断电源。尼龙膜在 2×SSC（17.53 g/L NaCl；8.82g/L 柠檬酸钠·2H₂O，pH 7.0）里漂洗 5min，晾干后紫外交联，−20℃保存。

④ 杂交及放射自显影

a. 杂交：将固定好的尼龙膜放入预杂交液（博大泰克高效液相杂交液）中，37℃预杂交 1～2h，加入放射性同位素标记的探针，继续于 37℃杂交 16～24h。

b. 洗膜：杂交结束后，依次用 0.5×SSC，0.1％SDS 溶液于室温洗膜 2 次，1×SSC、0.1％ SDS 溶液于 37℃洗膜 1～2 次（每次 10min），直至在无 RNA 区域检测不出放射性信号为止。

c. 放射自显影：室温下，将杂交膜用 0.1×SSC 溶液稍稍漂洗，用滤纸吸干水滴后用保鲜膜封好。−80℃进行放射自显影。

⑤ 探针剥离及再杂交

a. 0.1％ SDS/0.1×SSC 溶液煮沸后加入杂交膜，处理 5min。

b. 2×SSC 洗膜 2 次，5min/次，阴干于−20℃保存，或直接杂交新探针。杂交方法同步骤（3）中的④所述。

4. 重组质粒的构建

(1) 过表达质粒 pEGFP-C1-miR-18a 及 pEGFP-C1-miR-21 的构建

① 从基因组模板中以特异引物进行常规 PCR 扩增，琼脂糖凝胶回收试剂盒纯化 PCR 产物。

② 将 PCR 产物连接至 pGEM-T 或 pGEM-T easy 质粒，用于测序分析。

③ 将 pEGFP-C1 质粒和酶切后纯化目的基因连接。连接体系如下：

10×T4 DNA 连接酶反应缓冲液	1.0μL	miR-18a/ miR-21	4.5μL
T4 DNA 连接酶	1.0μL	去离子水	至 10μL
pEGFP-C1	0.5μL		

④ 在 14～16℃下，连接反应 16～18h，然后转化感受态大肠杆菌 DH5α，并涂布于含有相应抗生素的琼脂板上。

⑤ 待长出菌落后，挑单菌落于 5mL 含相应抗生素的 LB 培养基中，于 37℃ 振荡培养 8～12h。

⑥ 用 PCR 法或酶切法检测挑取的克隆。

⑦ 琼脂糖凝胶电泳观察扩增结果。

（2）表达质粒 pAd track CMV-miR-21 同样用上述方法构建。

5. 质粒 DNA 的提取

（1）质粒 DNA 的小量提取和定量

① 挑转化后的单菌落，接种到 5mL 含适当抗生素的 LB 培养基中，于 37℃ 以 230r/min 的转速振荡培养 8～12h。

② 收集 3mL 菌液于微量离心管中，12000g 离心 1min，彻底除去上清，将剩余 2mL 培养物加甘油（15%）后于 −80℃ 长期保存。

③ 将细菌沉淀悬浮于 100μL 用冰预冷的溶液 I 中，用振荡器充分悬浮细菌。

④ 加入 150μL 溶液 II，盖严管口，立即轻柔颠倒离心管数次，使细菌裂解，室温放置 1min，至溶液变成澄清。

⑤ 加入 150μL 溶液 III，立即温和颠倒离心管数次，室温放置 5min 以上，用微量离心机于 4℃ 以 12000g 离心 5min。

⑥ 取 420μL DNA 结合溶液加入吸附柱中，再将上步骤中离心上清加入吸附柱中混匀，12000g 离心 30s 倒掉收集管中的废液。

⑦ 加入 600μL 柱清洗缓冲液于吸附柱中，12000g 离心 1min，倒掉收集管内的废液。

⑧ 重复上述步骤一次，再于 12000g 离心 2min。

⑨ 取出吸附柱，将其置于一个新的灭菌离心管中，加入 50μL DP 洗脱溶液，室温溶解 5min，12000g 离心 1min，质粒 −20℃ 冻存。

⑩ 所提质粒测定 OD 值进行精确定量。

（2）质粒 DNA 的大量制备及纯化

① 取 20μL 菌液接种于含相应抗生素的 3mL LB 中，37℃ 振荡培养 8～12h。

② 取 200μL 活化菌液接种于含相应抗生素的 100mL LB 培养基中，37℃ 振荡培养 8～12h。

③ 按 5% 比例接种活化菌液到含相应抗生素的 250mL 高营养肉汤中，37℃ 振

荡培养 4h。

④ 在培养基中添加 2.5mL 34mg/mL 的氯霉素，其终浓度为 170μg/mL，37℃继续培养 12～16h。

⑤ 250mL 离心筒收集菌液，5000r/min×10min，弃上清。

⑥ 用预冷的 STE 缓冲液（10mmol/L Tris-HCl pH8.0，0.1mol/L NaCl，1mmol/L EDTA pH8.0）重悬菌体，转移到 50mL 离心管中，5000r/min 4℃离心10min，弃上清。

⑦ 菌体加入 6mL 溶液Ⅰ（25mmol/L Tris-HCl，10mmol/L EDTA），振荡充分混匀。

⑧ 加入 9mL 溶液Ⅱ（0.2mol/L NaOH，1% SDS），轻轻上下颠倒数次混匀，冰浴 5min。

⑨ 加入 9mL 溶液Ⅲ（3mol/L KAc pH4.8），上下颠倒混匀，冰浴 10min。

⑩ 12000r/min 4℃离心 10min，上清转入另一个 50mL 离心管。

⑪ 加入等体积的异丙醇，混匀，室温放置 10min。

⑫ 12000r/min 室温离心 15min，弃上清，倒置控干。

⑬ 沉淀加入 75%乙醇 1mL，放置片刻，沉淀悬浮起来后，转入 1.5mL 离心管中。

⑭ 12000r/min 离心 5min，弃去上清。

⑮ 沉淀抽干后，加入 400μL TE 缓冲液、90μL 10mg/mL 的 RNaseA，37℃消化 1h。

⑯ 酚抽提一次，1:1 的酚/氯仿抽提一次，氯仿抽提两次。

⑰ 加入 50μL 的 3mol/L NaAc（pH4.6）、1mL 无水乙醇，混匀，室温放置 30min。

⑱ 12000r/min 离心 10min，沉淀用 75%乙醇洗一次，12000r/min 离心 5min，弃上清。

⑲ 沉淀真空干燥，用 500μL 消毒水溶解，加入 4mol/L NaCl 120μL 和 13%PEG8000 600μL，混匀，冰浴 40min。

⑳ 12000r/min 4℃离心 10min，弃上清，沉淀用 75%乙醇洗一次，真空干燥。

㉑ 加入 400μL 缓冲液溶解，备用。

6. 腺病毒的包装（参见相关章节）

① 取适量病毒纯化液加入到 DMEM 培养基中（培养基体积以能够覆盖细胞为宜），混匀后再加入 polylysine 至终浓度 0.5μg/mL，室温放置 100min。

② 细胞以 PBS 洗 2 次后，将上述病毒培养基混合液加到细胞上面，放置于培养箱内孵育 100min。

③ 以 1:1 体积比加入含 10%FBS 的完全培养基，培养 24h。

④ 荧光显微镜观察感染效率，并以 PBS 洗细胞 2 次，更换新鲜培养基并进行后续实验。

7. 流式细胞仪（FACS）分析膜蛋白表达

① 收集细胞并计数，最低检测细胞数为 $5×10^5$/管。

② PBS 洗涤细胞 2 次，$2000g×2×5min$。

③ 一抗杂交 30min，稀释比例约 $2\mu L/100\mu L$ PBS。

④ PBS 洗涤细胞 2 次，$2000g×2×5min$。

⑤ 二抗杂交 30min，避光孵育，稀释比例约 $2\mu L/100\mu L$ PBS。

⑥ PBS 洗涤细胞 2 次，$2000g×2×5min$。

⑦ $500\mu L$ PBS 重悬后，FACS 分析。

8. Western Blot

（1）蛋白的提取及定量

① 收集细胞，PBS 洗涤两遍，离心沉淀，去上清，加入适量细胞裂解缓冲液（50mmol/L Tris-HCl，pH7.4；150mmol/L NaCl；1% NP-40；0.1% SDS，使用前加入蛋白酶抑制剂），置冰上反应 30min，4℃，10000r/min 离心，取上清，分装。−80℃冻存备用。裂解液及其他试剂及整个过程在冰上进行。

② 用 Pirece 公司的 BCA 蛋白浓度测定试剂盒测定蛋白样品的浓度。

（2）蛋白的 SDS-PAGE 电泳

① 于蛋白样品中加入上样缓冲液混合均匀，100℃煮 10min。在室温下将样品 $10000g$ 离心 10min，然后将上清移至新的离心管中。

② 配制好合适浓度的分离胶和浓缩胶，蛋白样品进行电泳分离，80V 恒定电压电泳，当样品进入分离胶时，调节电压至 120V。当溴酚蓝离底部 0.5cm 时结束电泳，取下凝胶，常规考马斯亮蓝 R-250 染色，或进行下一步印迹。按表 9-8 所示配制分离胶和成层胶。

表 9-8　配制分离胶和成层胶

项目	H₂O	30% Acr-Bis	1.5mol/L Tris-HCl pH8.8	0.5mol/L Tris-HCl pH6.8	10% SDS	10% APS	TEMED
分离胶 12%(10mL)	3.2	4.0	2.5	—	0.1	0.045	0.0045
分离胶 15%(10mL)	2.3	5.0	2.5	—	0.1	0.045	0.0045
成层胶 5%(4mL)	2.25	0.65	—	1.0	0.04	0.035	0.004

（3）蛋白的电转移

① PVDF 膜先用甲醇浸湿，再将转膜所用的海绵、滤纸和 PVDF 膜用电转缓冲液（Tris 碱 3.14g/L，甘氨酸 14.4g/L，甲醇 20%）浸湿，其中 PVDF 膜至少要平衡 10min。

② 转膜时物品放置的顺序是：电转仪塑料支架、海绵、三层滤纸、凝胶、PVDF 膜、三层滤纸、海绵、电转仪塑料支架（凝胶和 PVDF 膜之间不要有气泡），放置完毕后，将塑料支架夹紧。

③ 将上述系统放入电转槽中，PVDF 膜在正极方向，凝胶在负极方向。接上电源，冰浴中，电流 200mA，转膜 1h。

④ 电转完毕后，取出塑料支架，依次取走各层，取出 PVDF 膜，做好上样顺序的标记。

（4）杂交

① 电转完毕的 PVDF 膜在 TBST［20mmol/L Tris（pH7.6～8.0），100mmol/L NaCl，0.1%Tween-20］溶液中洗涤 5min。

② 将 PVDF 膜放于含有 5%脱脂奶粉的 TBST 中室温封闭 1 h。

③ 再将膜放于封闭液稀释的一抗溶液中，室温孵育 1～2h 或 4℃孵育过夜。

④ TBST 洗膜 3 次，每次 10min。

⑤ 再将膜放于封闭液稀释的二抗溶液中，室温孵育 1～2h。

⑥ TBST 洗膜 3 次，每次 10min。

⑦ 吸去膜上多余水分，蛋白面向上放在保鲜膜上。ECL 反应液均匀滴加于 PVDF 膜表面避光反应 1min 后，小心将膜包裹。

⑧ 在暗室中用 X 射线片进行显影。

（5）二次免疫印迹　关于反复标记和再标记：一张膜上可以同时标记很多抗体，但要注意，一般在两个目的蛋白相差在 5kD 以上的，最好先后两个抗体是不同的二抗。在两个目的片段相差小于 5kD 时，就需要经过抗体洗脱液的处理，然后再标记。

① 不洗掉抗体直接杂交另一个抗体。PVDF 膜用 TBST 大体积洗膜 2 次，每次 10min。5%脱脂奶粉-TBST 室温封闭 1h。接下来，按以上杂交步骤进行杂交。

② 洗掉所有抗体然后进行杂交。将显影完毕后的 PVDF 膜用 TBST 洗 1 次后，抗体洗脱液（1.876g/L 甘氨酸；10g/L SDS）洗膜 30min，然后用 TBST 洗膜 3 次，每次 5min，然后以 5%脱脂奶粉封闭半小时以上，加入第一种一抗标记。其他操作同前述免疫印迹。

9. 双萤光素酶报告基因实验

参见相关章节。

第三节　*miR-21* 在肝细胞癌发生过程中的表达分析及功能研究

一、*miR-21* 基因结构、表达分析

miR-21 是研究最为广泛的 oncomiR，不仅在肝细胞癌中，在其他多种恶性肿瘤中均发现其表达失控，如神经胶质瘤、乳腺癌等[14,35,43,48]。*miR-21* 位于人 17 号染色体 q23.2，前体 72 nt，成熟分子 22 nt［见图 9-1(a)］。在初步获悉 *miR-21* 在肝细胞癌组织及细胞系中表达异常后，我们收集了 30 例肝细胞癌手术切除组织，并利用 Northern Blot 方法分析 *miR-21* 的表达。结果显示，与对应的癌旁组织相比，*miR-21* 在肝癌组织中表达明显上调［见图 9-1(b) 和图 9-1(c)］。对 Northern

Blot 结果进行量化及均值分析显示，*miR-21* 在肝细胞癌组织中上调 10 倍以上［见图 9-2(a) 和图 9-2(b)］。

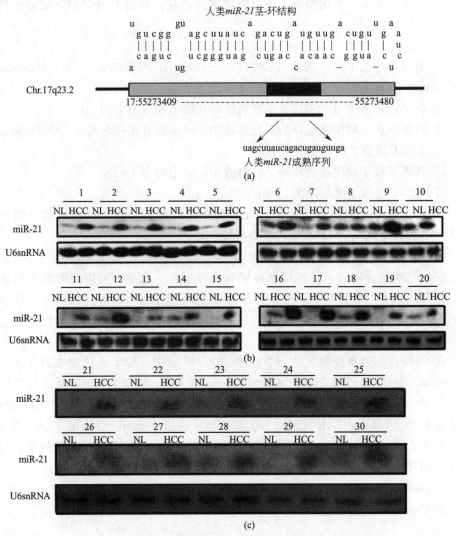

图 9-1　*miR-21* 的基因结构及在肝细胞癌组织中的表达分析
NL 表示正常肝组织；HCC 表示肝癌组织

　　尽管 *miR-21* 在多种肿瘤组织及肿瘤细胞系中表达上调，但是在正常组织中的表达未见报道。因此，我们收集了 23 种人类正常组织，利用 Northern Blot 方法对 *miR-21* 的正常组织表达谱进行了分析，结果显示 *miR-21* 在 23 种正常组织中表达水平较低，在全脑、胰腺及胎盘组织几乎未见表达，在消化系统 9 种组织中整体表达水平均较低［见图 9-3(a)］。提示 *miR-21* 在正常生理状态受到严格的表达调控，一旦失控 *miR-21* 可能展现其 oncomiR 的特性。

　　为研究 *miR-21* 在肝细胞癌发生发展过程中的功能，我们利用 Northern Blot

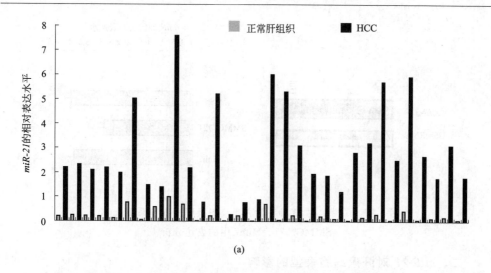

(a)

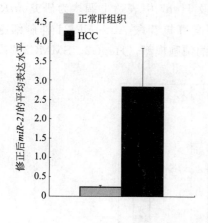

(b)

图 9-2　*miR-21* 在肝细胞癌组织中表达的量化分析

对其在肝癌细胞系中的表达作了分析，结果显示与正常肝组织相比，*miR-21* 在肝癌细胞系中表达明显上调，量化分析显示上调在 10 倍以上［见图 9-3(b)］。

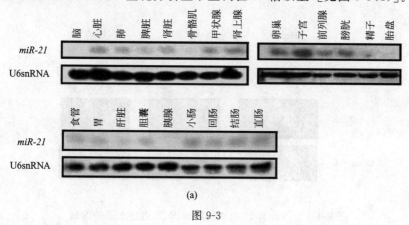

(a)

图 9-3

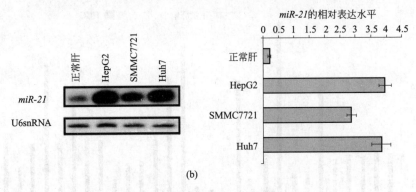

图 9-3 *miR-21* 在 23 种正常人类组织及肝癌细胞系 HepG2、
SMMC7721、Huh7 中的表达分析

二、*miR-21* 对肝癌细胞表型的影响

miR-21 在肝癌细胞 HepG2、SMMC7721 及 Huh7 中表达上调。为研究 *miR-21* 对细胞表型的影响，我们首先选择特异的反义寡核苷酸 Anti-miR-21 抑制细胞内 *miR-21* 的表达水平，获得 Loss-of-function 的细胞模型。HepG2、SMMC7721

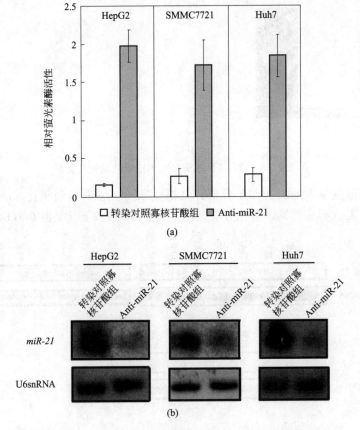

图 9-4 Anti-miR-21 对细胞内 *miR-21* 表达水平的抑制

及 Huh7 转染 40nmol/L 的 Anti-miR-21，处理 48h 后，利用萤光素酶双报告基因实验和 Northern Blot 方法对抑制效果进行分析。结果显示 Anti-miR-21 可有效抑制细胞内 *miR-21* 的表达水平，抑制效率在 10 倍以上［见图 9-4(a) 和图 9-4(b)］。

对细胞内 *miR-21* 的表达有效抑制后，我们对 HepG2 和 SMMC7721 的细胞增殖进行分析。结果显示，与未处理组及转染对照寡核苷酸组相比，Anti-miR-21 组细胞增殖率明显降低，HepG2 和 SMMC7721 结果相似［见图 9-5(a)］。在凋亡实

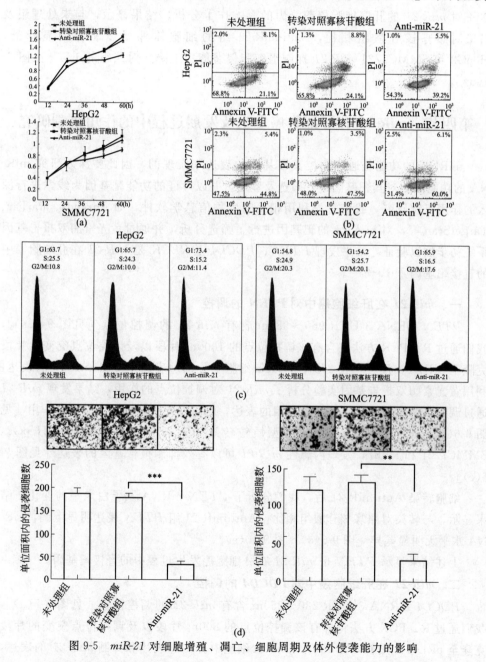

图 9-5　*miR-21* 对细胞增殖、凋亡、细胞周期及体外侵袭能力的影响

验中，我们发现，与未处理组及转染对照寡核苷酸组相比，Anti-miR-21 组细胞早期凋亡率明显升高，HepG2 早期凋亡细胞增加约 15%，SMMC7721 早期凋亡细胞增加约 13%［见图 9-5(b)］。我们对 HepG2 和 SMMC7721 的细胞周期进行分析，结果显示，与未处理组及转染对照寡核苷酸组相比，Anti-miR-21 组细胞 G1 期阻滞明显，S 期细胞数目明显降低，HepG2 与 SMMC7721 的 S 期细胞均降低约 9%［见图 9-5(c)］。侵袭是恶性肿瘤的一个重要特性，我们利用 Tranwell 实验在体外水平对 miR-21 的肝癌细胞侵袭能力的影响作了分析。结果显示，与未处理组及转染对照寡核苷酸组相比，Anti-miR-21 组的细胞体外侵袭能力明显降低，HepG2 和 SMMC7721 miR-21 抑制组细胞侵袭能力下降至对照组的 1/5［见图 9-5(d)］。

第四节　miR-21 在肝细胞癌发生及发展过程中的作用机制研究

miRNA 的功能是通过调控其靶基因的表达来实现的，因此要深入研究 miRNA 的功能需要对其靶基因进行筛选及鉴定，并以确证的功能靶基因为线索进行深入的作用机制研究。我们首先利用相关的生物信息学软件，如 Miranda、PicTar、TargetScan 等，对 miR-21 的靶基因进行了筛选分析，并通过萤光素酶双报告基因系统初步加以验证，结果发现 PTEN、PDCD4 及 RECK 是 miR-21 在肝细胞癌中的直接靶基因[23,36,59,60]。

一、miR-21 在肝细胞癌中对 PTEN 的调控

PTEN mRNA 3′UTR 960～980nt 含有 miR-21 的调控位点［见图 9-6(a)］，我们通过 RT-PCR 方法将含有该调控位点的 1000nt 片段以及调控位点突变的片段克隆至 pRL-TK 质粒，在 293A 和 Hela 细胞中分别过表达和抑制 miR-21 的表达，利用萤光素酶双报告基因实验分析了 miR-21 对调控位点的作用，结果发现 miR-21 通过调控该位点有效影响了报告基因的表达，对位点突变体则无明显调控作用［见图 9-6(b)］。我们将野生型和突变型质粒转染 miR-21 高表达的细胞系 HepG2、SMMC7721 和 Huh7，发现内源性 miR-21 可以有效抑制报告基因的表达［见图 9-6(c)］。

细胞转染 Anti-miR-21 后，我们分析了 PTEN mRNA 及蛋白水平的变化。结果显示，与转染对照寡核苷酸组相比，Anti-miR-21 组 PTEN 表达明显上调，mRNA 水平无明显差异［图 9-6(d)，图 9-10(a)］。

上述结果显示 PTEN 是 miR-21 在肝细胞癌发生过程中的直接靶基因。

二、miR-21 在肝细胞癌中对 PDCD4 的调控

PDCD4 mRNA 3′UTR 230～250nt 含有 miR-21 的调控位点［见图 9-7(a)］，我们通过 RT-PCR 方法将含有该调控位点的 800nt 片段以及调控位点突变的片段克隆至 pRL-TK 质粒，在 293A 和 Hela 细胞中分别过表达和抑制 miR-21 的表达，

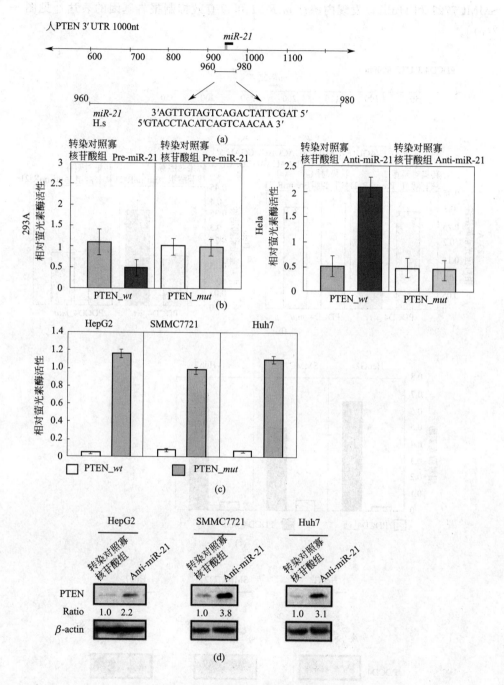

图 9-6 *PTEN* 是 *miR-21* 在肝细胞癌发生过程中的直接功能靶基因

利用萤光素酶双报告基因实验分析了 *miR-21* 对调控位点的作用，结果发现 *miR-21* 通过调控该位点有效影响了报告基因的表达，对位点突变体则无明显调控作用 [见图 9-7(b)]。我们将野生型和突变型质粒转染 *miR-21* 高表达的细胞系 HepG2、

SMMC7721 和 Huh7，发现内源性 *miR-21* 可以有效抑制报告基因的表达［见图 9-7(c)］。

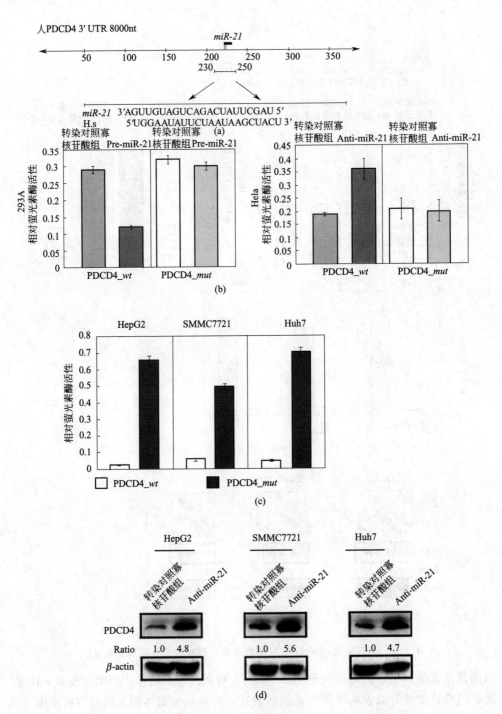

图 9-7　*PDCD4* 是 *miR-21* 在肝细胞癌发生过程中的直接功能靶基因

细胞转染 Anti-miR-21 后，我们分析了 *PDCD4* mRNA 及蛋白水平的变化。结果显示，与转染对照寡核苷酸组相比，Anti-miR-21 组 *PDCD4* 表达明显上调，mRNA 水平无明显差异 [见图 9-7(d)，图 9-10(a)]。

上述结果显示 *PDCD4* 是 *miR-21* 在肝细胞癌发生过程中的直接靶基因。

三、*miR-21* 在肝细胞癌中对 *RECK* 的调控

RECK mRNA 3′UTR 1130～1150nt 含有 *miR-21* 的调控位点 [见图 9-8(a)]，我们通过 RT-PCR 方法将含有该调控位点的 900nt 片段以及调控位点突变的片段克隆至 pRL-TK 质粒，在 293A 和 Hela 细胞中分别过表达和抑制 *miR-21* 的表达，利用双报告基因实验分析了 *miR-21* 对调控位点的作用，结果发现 *miR-21* 通过调控该位点有效影响了报告基因的表达，对位点突变体则无明显调控作用 [见图 9-8(b)]。我们在 293A 和 Hela 细胞中利用过表达联合抑制，在细胞内构建了 *miR-21* 动态变化模型，萤光素酶双报告基因实验显示报告基因的表达水平随着 *miR-21* 的动态变化而发生相应改变，进一步验证了 *miR-21* 对 *RECK* 3′UTR 的直接调控作用 [见图 9-8(c)]。我们将野生型和突变型质粒转染 *miR-21* 高表达的细胞系 HepG2、SMMC7721 和 Huh7，发现内源性 *miR-21* 可以有效抑制报告基因的表达 [见图 9-8(d)]。

细胞转染 Anti-miR-21 后，我们分析了 *RECK* mRNA 以及利用 FACS 分析了 RECK 蛋白水平的变化。结果显示，与转染对照寡核苷酸组相比，Anti-miR-21 组 *RECK* 表达明显上调，mRNA 水平则无明显差异 [图 9-8(e)，图 9-10(a)]。

在肝癌细胞系中几乎检测不到 RECK 蛋白表达，我们利用腺病毒系统过表达 *miR-21*，感染 MRC-5 细胞系，检测 RECK 蛋白表达的变化。结果显示，*miR-21* 可以明显抑制 MRC-5 细胞 RECK 蛋白的表达水平（见图 9-9）。

上述结果显示 *RECK* 是 *miR-21* 在肝细胞癌发生过程中的直接靶基因。

四、*PTEN*、*PDCD4* 及 *RECK* 在肝细胞癌组织中的表达分析

PTEN、*PDCD4* 及 *RECK* 在肝癌细胞系中的表达受到 *miR-21* 的调控，但是在体内水平是否如此，尚不十分清楚。因此我们在 Northern Blot 分析过的 30 例肝癌组织选择了 4 例，其中高分化、高中分化、中低分化及低分化各一例，分别在 mRNA 和蛋白质水平对上述三个基因的表达进行了分析。实时定量 RT-PCR 结果显示癌旁组织与癌组织三个基因 mRNA 水平无明显差异 [见图 9-10(b)]，而癌旁组织中 PTEN、PDCD4 及 RECK 蛋白的表达水平则高于癌组织 [见图 9-10(c)]。免疫组化分析方法同样证实癌旁组织中 PTEN、PDCD4 及 RECK 的表达水平高于癌组织（见图 9-11）。

上述结果说明体内 PTEN、PDCD4 及 RECK 蛋白的表达与 *miR-21* 的表达是密切相关的。

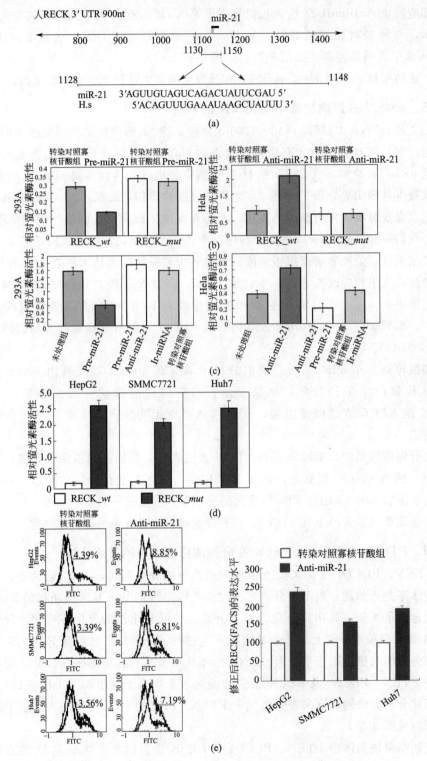

图 9-8　*RECK* 是 *miR-21* 在肝细胞癌发生过程中的直接功能靶基因

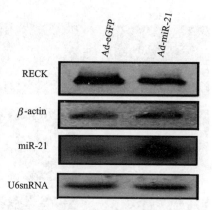

图 9-9　腺病毒过表达 *miR-21* 抑制 MRC-5 细胞内
RECK 蛋白表达水平

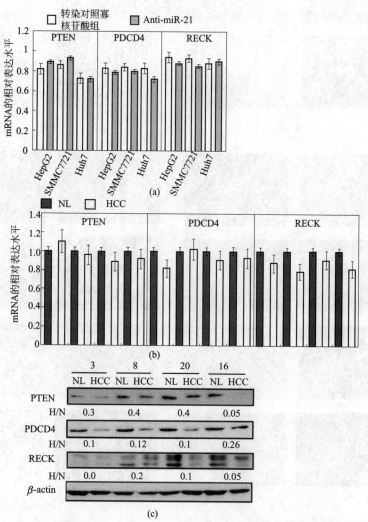

图 9-10　靶基因 *PTEN*、*PDCD4* 及 *RECK* 在肝细胞癌组织中的表达分析

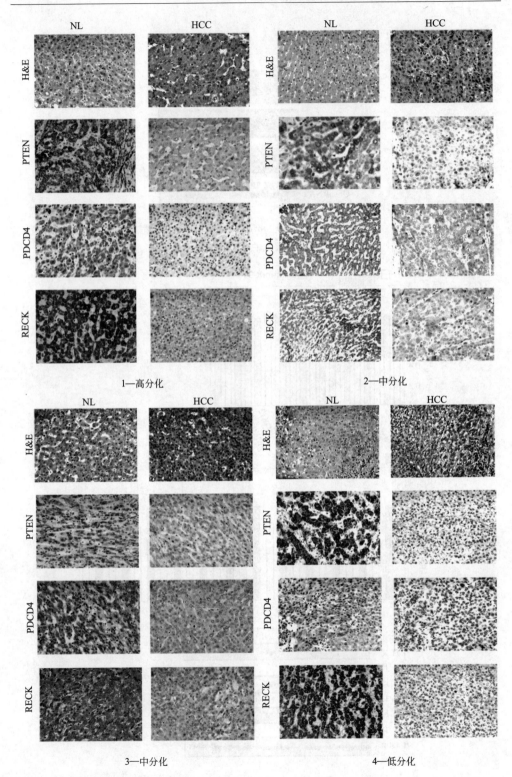

图 9-11 免疫组化方法分析 PTEN、PDCD4 以及 RECK 在肝癌癌旁及癌组织中的表达（见彩图）

第五节　*miR-21* 通过调控不同的靶基因在肝细胞癌
发生过程中所发挥的功能研究

从上述结果可知 *miR-21* 对肝癌细胞的表型产生明显的影响，而 *miR-21* 发挥 oncomiR 的功能是通过其靶基因完成的。虽然 *PTEN*、*PDCD4* 及 *RECK* 作为肝细胞癌发生过程中 *miR-21* 的直接靶基因，但是 *miR-21* 分别通过上述靶基因发挥了何种功能，不同的靶基因所发挥的功能是否相关尚不得而知。因此，我们设计了功能"拯救"实验来加以验证[72]。即通过 Anti-miR-21 与针对 *PTEN*、*PDCD4* 和 *RECK* 特异 siRNA 的不同组合，使细胞内上述三个基因在转染 Anti-miR-21 所导致表达上调在一定程度上受到特异 siRNA 的抑制，使其表达水平再次下调，从而得到 *PTEN*、*PDCD4* 和 *RECK* 在肝癌细胞内的动态变化。与其中某个靶基因有关的功能则会随其表达水平的变化而表现在细胞表型上，对肝癌细胞来讲，其恶性特征得到了"拯救"。如果某种功能与此靶基因无关，则在细胞表型不会表现，对肝癌细胞则无"拯救"效果。基于此设计，我们可以将 *miR-21*、其靶基因以及相关的功能联系在一起。

我们首先在 HepG2 和 SMMC7721 中转染特异针对 *PTEN*、*PDCD4* 以及 *RECK* 的 siRNA，通过 Western Blot 和 FACS 分析了 siRNA 的抑制效果。结果显示，我们选择的 siRNA 可以特异抑制 *PTEN*、*PDCD4* 以及 *RECK* 的表达（见图 9-12）。然后在"拯救"实验中，我们设计以下实验组：①共转染 Scrambled oligo nucleotide/Control siRNA；②共转染 Anti-miR-21/control siRNA；③共转染 Anti-miR-21/Si_PTEN（Si_PDCD4；Si_RECK）；④共转染 Scrambled oligonucleotide/ Si_PTEN（Si_PDCD4；Si_RECK）。利用 Western Blot 和 FACS 方法分析了"拯救"实验组中 PTEN、PDCD4 以及 RECK 的表达变化，结果显示靶基因在蛋白水平的变化与实验设计预期一致，上述三个靶基因在 Anti-miR-21＋特异 siRNA 组的表达低于 Anti-miR-21＋Control siRNA 组，而高于 Scrambled oligonucleotide oligonucleotide＋特异 siRNA 组（见图 9-13）。然后进一步分别分析"拯救"实验中肝癌细胞的细胞凋亡、细胞周期及体外侵袭能力与靶基因蛋白水平变化的关系。

（1）*miR-21* 对细胞凋亡的影响是通过调控 *PTEN* 和 *PDCD4*，而不是 *RECK* 完成的　我们将"拯救"实验应用于细胞凋亡检测，按照实验设计进行分析。结果显示，Scrambled oligonucleotide/Si_PTEN 与 Scrambled oligonucleotide/Si_PDCD4 组肝癌细胞系 HepG2 与 SMMC7721 早期凋亡细胞降低，而 Scrambled oligonucleotide /Si_RECK 组细胞凋亡无明显变化；与 Anti-miR-21/Control siRNA 组相比，Anti-miR-21/Si_PTEN 组 HepG2 细胞早期凋亡的比例由 40.7％降低至 19.1％，Scrambled oligonucleotide/Si_PTEN 组为 15.9％；在 SMMC7721 中，早期凋亡的比例 68.4％降低至 39.9％，Scrambled oligonucleotide/Si_PTEN 组为

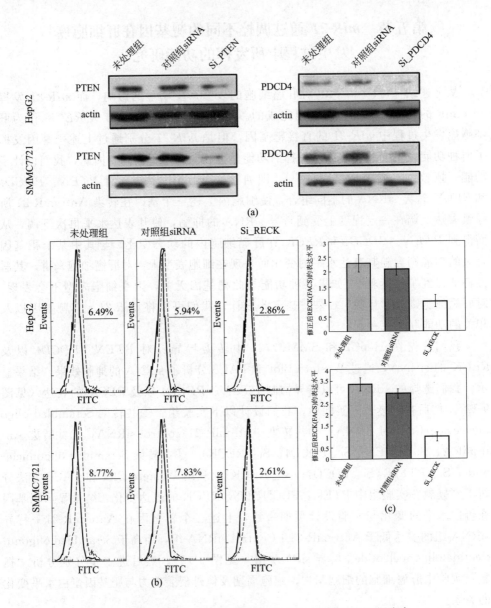

图 9-12 特异 siRNA 可以有效抑制 HepG2、SMMC7721 细胞内

PTEN、*PDCD4* 及 *RECK* 内源性表达

32.7%。Anti-miR-21/Si ＿ PDCD4 组细胞早期凋亡的比例在 HepG2 中，由 39.7%
降低至 29.0%，Scrambled oligonucleotide/Si ＿ PDCD4 组为 20.7%；在
SMMC7721 中，早期凋亡的比例 65.3% 降低至 41.1.9%，Scrambled oligonucle-
otide＋Si ＿ PDCD4 组为 39.6%。

上述结果说明 Si ＿ PTEN 和 Si ＿ PDCD4 抑制了 Anti-miR-21 所导致的细胞凋
亡，即 *miR-21* 在肝癌细胞中抑制细胞凋亡在一定程度上是通过抑制 PTEN 和 PD-

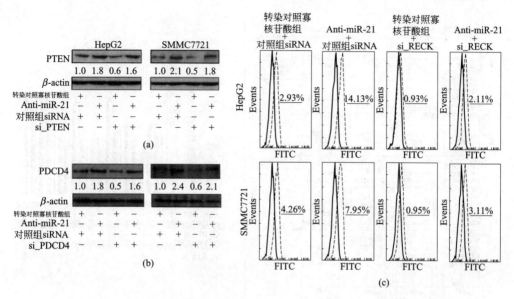

图 9-13　"拯救"实验中 *PTEN*、*PDCD4* 以及 *RECK* 的表达变化分析

CD4 表达实现的，而 SI＿RECK 对细胞凋亡的影响不明显（见图 9-14 和图 9-15）。

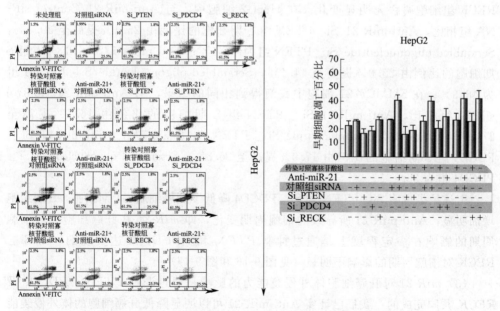

图 9-14　采用"拯救"实验处理 HepG2 后的细胞凋亡分析

（2）*miR-21* 抑制 *RECK* 表达对细胞增殖无明显影响，是通过调控 *PTEN* 和 *PDCD4* 完成的　为深入研究 *miR-21* 通过其靶基因对肝癌细胞增殖施加的影响，我们将"拯救"实验应用于细胞周期分析。结果显示，Scrambled oligonucleotide/ Si＿PTEN 与 Scrambled oligonucleotide/Si＿PDCD4 组肝癌细胞系 HepG2 与 SMMC7721 G1 期细胞降低，S 期细胞增加，而 Scrambled oligonucleotide/Si＿

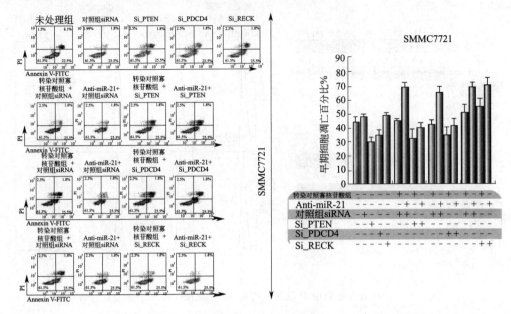

图 9-15　采用"拯救"实验处理 SMMC7721 后的细胞凋亡分析

RECK 组细胞凋亡无明显变化。在 HepG2 细胞中，与 Anti-miR-21/Control siR-NA 组相比，Anti-miR-21/Si_PTEN 组 S 期细胞的比例由 25.1％提高至 39.4％，Scrambled oligonucleotide/Si_PTEN 组为 44.4％；Anti-miR-21/Si_PDCD4 组 S 期细胞的比例由 25.0％提高至 44.1％，Scrambled oligonucleotide/Si_PDCD4 组为 46.3％。在 SMMC7721 细胞中我们得到相同的结果，与 Anti-miR-21/Control siRNA 组相比，Anti-miR-21/Si_PTEN 组 S 期细胞的比例由 16.7％提高至 27.9％，Scrambled oligonucleotide/Si_PTEN 组为 34.7％；Anti-miR-21/Si_PDCD4 组 S 期细胞的比例由 17.0％提高至 25.8％，Scrambled oligonucleotide/Si_PDCD4 组为 33.1％。

上述结果说明 Si_PTEN 和 Si_PDCD4 降低了肝癌细胞 G1 期细胞，S 期细胞增加明显，Anti-miR-21 所导致的细胞周期变化，即 miR-21 在肝癌细胞中对细胞周期的影响在一定程度上是通过抑制 PTEN 和 PDCD4 表达实现的，而 Si_RECK 对细胞周期的影响不明显（见图 9-16 和图 9-17）。

（3）miR-21 对肝癌细胞体外侵袭能力的影响是通过调控 PTEN、PDCD4 及 RECK 共同完成的　我们已证实 Anti-miR-21 可以明显降低肝癌细胞的体外侵袭能力，说明 miR-21 在肝细胞癌发展过程中是通过抑制其靶基因的表达促进了肝癌细胞的侵袭。我们已经验证了 PTEN、PDCD4 及 RECK 是 miR-21 在肝细胞癌发生过程中的功能靶基因。研究显示 miR-21 可通过抑制 PTEN 表达影响细胞侵袭能力，但是 miR-21 通过调控其他靶基因对肝癌细胞侵袭能力产生影响，尚不得而知。因此，我们将"拯救"实验应用到体外侵袭实验。结果显示在肝癌细胞系 HepG2 和 SMMC7721 中，Scrambled oligonucleotide/Si_PTEN、Scrambled oli-

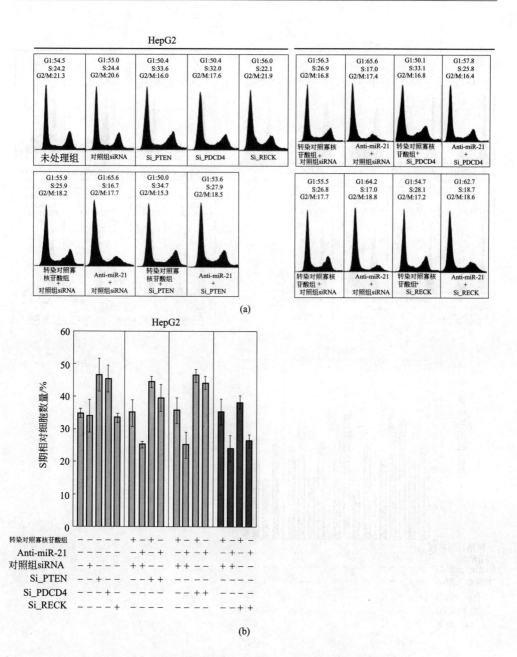

图 9-16　采用"拯救"实验处理 HepG2 后的细胞周期分析

gonucleotide /Si＿PDCD4 及 Scrambled oligonucleotide/Si＿RECK 可以明显提高细胞的体外侵袭能力；Anti-miR-21/Control siRNA 组肝癌细胞的侵袭能力明显降低；与 Anti-miR-21/Control siRNA 组相比，Anti-miR-21/Si＿PTEN、Anti-miR-21/Si＿PDCD4 及 Anti-miR-21/ Si＿RECK 组细胞侵袭能力有所提高（见图 9-18和图 9-19）。

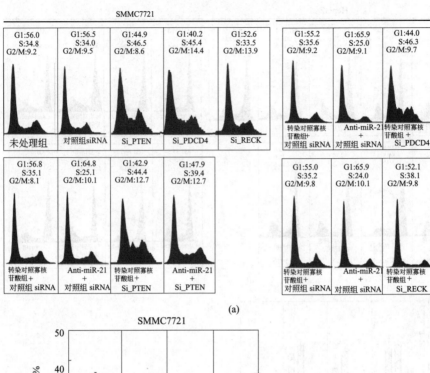

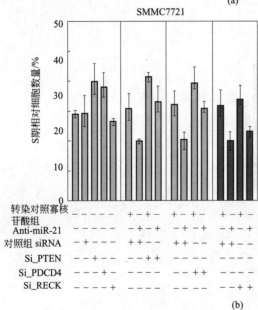

图 9-17　采用"拯救"实验处理 SMMC7721 后的细胞周期分析

　　综上所述，由"拯救"实验结果可知，*miR-21* 在肝细胞癌发生过程中，通过抑制 *PTEN*、*PDCD4* 的表达，参与了肝癌细胞增殖及凋亡的调控，与 *RECK* 无明显关系；在肝细胞癌进展过程中，*miR-21* 对肝癌细胞的侵袭能力的影响则是通过调控 *PTEN*、*PDCD4* 及 *RECK* 共同完成的。

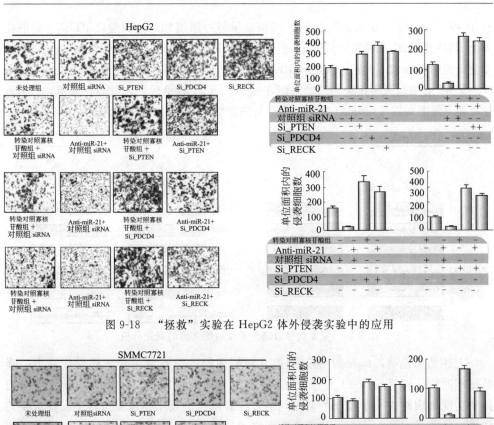

图 9-18　"拯救"实验在 HepG2 体外侵袭实验中的应用

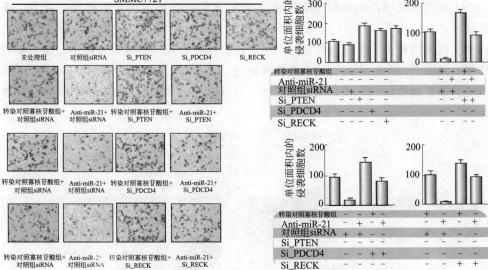

图 9-19　"拯救"实验在 SMMC7721 体外侵袭实验中的应用

第六节　*miR-21* 对重要信号通路及功能基因的影响

　　为深入研究 *miR-21* 在肝细胞癌发生发展过程中的作用机制，我们对 *PTEN*、*PDCD4* 及 *RECK* 等靶基因相关的 Akt、ERK 等信号通路和细胞凋亡、细胞周期调控功能基因 *CyclinD*、*CDK4* 及 *P21* 的功能进行了表达分析。首先我们在 HepG2 和 SMMC7721 细胞中转染 Anti-miR-21 和 Scrambled oligonucleotide。然后

利用 Western Blot 方法进行分析，结果显示与对照组相比，磷酸化 PTEN、磷酸化
Akt、磷酸化 ERK 及磷酸化 GSK3-β 表达明显降低；而 Akt、ERK、GSK3-β 表达无明显
变化。说明 *miR-21* 影响了 Akt 及 ERK 等重要的信号通路。同时，我们还发现 *Cyclin
D*、*CDK4* 等细胞周期相关的功能基因在 Anti-miR-21 转染后内源性表达降低，*P21* 表
达上调（见图 9-20）。*miR-21* 影响了多个与细胞增殖相关的重要功能基因。

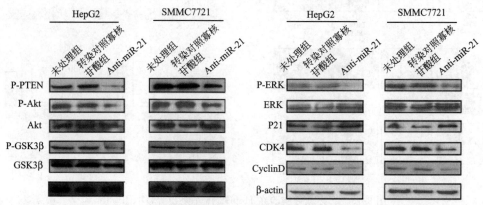

图 9-20　重要信号通路分子及功能基因的表达分析

上述结果说明，*miR-21* 通过调控其靶基因促进细胞增殖和体外侵袭能力，降
低细胞凋亡。可见 *miR-21* 与 *miR-21* 已知或未知的靶基因以及相关的重要信号通
路和功能基因构成一个复杂的调控网络，在肝细胞癌发生、发展过程中发挥重要的
作用（见图 9-21）。*miR-21* 是该调控网络的核心分子，由此我们认为 *miR-21* 可能
成为肝细胞癌治疗的一个有效的新靶标。对其进行有效抑制，可能成为临床上肝细
胞癌治疗的一种新策略。

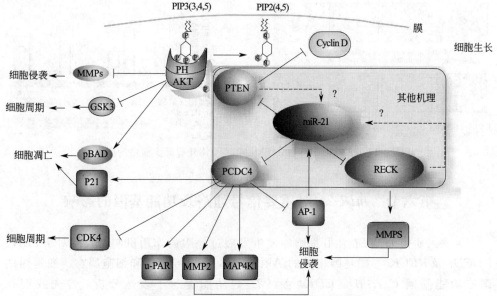

图 9-21　*miR-21* 及其靶基因、相关信号通路、重要功能基因构成的调控网络

第七节　microRNA 在肿瘤研究中的分析与展望

按照经典的中心法则，似乎只有蛋白质编码基因才是真正遗传信息来源，而存在于基因间或内含子等区域的一些非编码基因只是基因组内的"垃圾"，不具备生物学功能。但是随着 miRNA 等非编码 RNA 基因的发现，这种观点亟须改变或者进一步完善。有人将非编码基因看作基因组内的"暗物质"，虽不可见却发挥着重要的功能[24,25]。miRNA 是一种重要的非编码基因，存在多种生物的基因组内，通过与蛋白质编码基因序列内的互补序列相结合，在转录后水平调控基因的表达，发挥其强有力的生物功能[2]。miRNA 由 RNA 聚合酶 II 转录，经过细胞核内及核外一系列酶加工过程，得到 20 nt 左右的双链分子。其中一条链迅速降解，另一条成熟单链分子通过完全互补或部分互补结合于靶基因序列内的调控位点，抑制蛋白质编码基因的翻译或以类似 RNAi 机制，影响 mRNA 的稳定性[9,30,33]。根据最新的 miRNA Registry Release 15.0 的统计，人类基因组内已鉴定 1000 余个 miRNA，而这些 miRNA 可以调控约 30％的蛋白质编码基因[26,27]。根据 miRNA 的作用机制以及近来的研究显示，一个 miRNA 可以同时调控多个蛋白质编码基因，而一个蛋白质编码基因也可同时受到多个 miRNA 的调控，进而影响到相关的重要信号通路或功能分子，由此可见，miRNA、靶基因及相关重要信号通路构成一个复杂的调控网络，发挥重要的生理功能。一旦出现表达失控，则会导致某些病理进程的开始[3,4,6,18,28]。miRNA 的表达异常与多种疾病密切相关，如恶性肿瘤等[1,11,37,47]。

恶性肿瘤是一种发生机制复杂的疾病，肿瘤微环境中的多种调控因子表达失控，如一些重要的癌基因和抑癌基因的异常，使细胞突破正常生长条件，具备了恶性特征，主要表现为失控的细胞增殖、抗凋亡及侵袭等[34,54,65]。miRNA 是肿瘤发生微环境中非常重要的一种小分子，其表达失控引起包括其调控的靶基因以及相关的重要信号通路组成的调控网络发生异常，促进了肿瘤的发生或进展。

一、肝细胞癌是最为常见的原发性肝脏恶性肿瘤，导致患者死亡率较高

近年来，随着 AFP 等早期诊断指标在临床上的应用，手术切除率有所提高。但是，肝细胞癌患者复发及转移仍然很常见，患者的预后差[55,66]。这需要我们对肝细胞癌的发生机制做全面深入的研究。肝细胞癌发生过程中常见染色体不稳定性改变以及一些重要蛋白质编码基因、非编码基因的表达异常[15,50]。研究发现 miRNA 等非编码 RNA 基因与染色体不稳定性存在密切关系。在分析了肝细胞癌发生过程中易发生突变、缺失及重叠的染色体区域与特异 miRNA 的染色体定位后，我们发现多个定位于染色体脆性位点的 miRNA 在肝癌组织及肝癌细胞系中表达异常，如 17 号染色体上的 *miR-21* 等。*miR-21* 是目前研究最多的 oncomiR。在肝细胞癌中，已有报道显示 *miR-21* 可以抑制 *PTEN* 的表达，促进细胞的侵袭。但是其他一些靶基因在肝细胞癌中的研究未见报道，我们发现 *PDCD4*、*RECK* 与 *PTEN* 均是 *miR-21* 在肝细胞癌发生过程中的功能靶基因。然而，*miR-21* 在肝细

胞癌中的表达水平对于其靶基因是一致的，*miR-21* 对于其靶基因的调控是否一致呢？*miR-21* 分别通过其靶基因发挥了何种生物学功能，靶基因之间的功能是否存在联系？*miR-21* 通过其靶基因发挥 oncomiR 的分子机制是什么呢？我们设计了"拯救"实验（rescued assay）拟着重解释上述疑问。在"拯救"实验中，我们选择 Anti-miR-21、特异 siRNA 及相关的对照寡核苷酸组合如下：①共转染 Scrambled oligonucleotide/Control siRNA；②共转染 Anti-miR-21/Control siRNA；③共转染 Anti-miR-21/Si_PTEN（Si_PDCD4；Si_RECK）；④共转染 Scrambled oligonucleotide/Si_PTEN（Si_PDCD4；Si_RECK）。不同实验组中靶基因的表达会有明显不同，进而体现至相应的细胞表型的改变上。由此我们分别研究了 *miR-21* 通过 *PTEN*、*PDCD4* 和 *RECK* 发挥的生物功能。

1. *miR-21* 通过抑制 *PTEN* 的表达促进肝癌细胞增殖及侵袭、抗凋亡

PTEN 是研究较为深入的一个抑癌基因，功能很广泛，可以通过多个重要的信号通路及功能基因影响细胞的增殖、凋亡、迁移和侵袭等特性[8,48,58,62,67]。研究发现 *PTEN* 在多种肿瘤中表达下调，异常表达的 *miR-21*，其抑制功能是 *PTEN* 表达下调的机制之一。肝细胞癌也存在同样的表达及作用模式。在我们的"拯救"实验中，Anti-miR-21/ Si_PTEN 组 *PTEN* 的表达水平低于 Anti-miR-21/Control siRNA 组，而高于 Scrambled oligonucleotide/ Si_PTEN 组，说明 Si_PTEN 在一定程度抑制了 Anti-miR-21 的作用。在分析了细胞表型的变化，如细胞凋亡、细胞周期和体外侵袭能力后发现，Si_PTEN 同样抑制了 Anti-miR-21 在细胞凋亡、细胞周期和体外侵袭能力等细胞特性的影响。可见 *miR-21* 是通过抑制 *PTEN* 表达，影响了肝癌细胞的凋亡、增殖及体外侵袭等特性[41]。

2. *miR-21* 通过抑制 *PDCD4* 的表达促进肝癌细胞增殖及侵袭、抗凋亡

PDCD4 同样是一个具有广泛功能的抑癌基因。它可以通过结合 EIF4A 调控蛋白质翻译；通过调控 AP-1、p21 及 Y 结合蛋白-1 等影响细胞增殖；通过调控 u-PAR 和 MMP-2 等基因的表达影响细胞侵袭[17,40,64]。*MiR-21* 通过抑制 *PDCD4* 的表达，同样赋予了肝癌细胞多种恶性特征[5,45,71]。在"拯救"实验中，Anti-miR-21/ Si_PTEN 组 *PDCD4* 的表达水平低于 Anti-miR-21/Control siRNA 组，而高于 Scrambled oligonucleotide/ Si_PDCD4 组，说明 Si_PDCD4 在一定程度抑制了 Anti-miR-21 的作用。在分析了细胞表型的变化，如细胞凋亡、细胞周期和体外侵袭能力后发现，Si_PDCD4 同样抑制了 Anti-miR-21 在细胞凋亡、细胞周期和体外侵袭能力等细胞特性的影响。可见 *miR-21* 是通过抑制 *PDCD4* 表达，影响了肝癌细胞的凋亡、增殖及体外侵袭等特性[41]。

3. *miR-21* 通过抑制 *RECK* 的表达促进肝癌细胞侵袭

RECK 是一种 GPI 锚定膜蛋白，是 1998 年发现的抑癌基因。它在正常组织内广泛表达，但在多种恶性肿瘤来源的细胞系中表达很低，与 *miR-21* 的表达特征呈现负相关性。*RECK* 可以通过调控基质金属蛋白酶家族（MMPs）多个成员的分泌及功能抑制肿瘤细胞的侵袭[42,51~53]。我们的"拯救"实验结果显示 Anti-miR-21/

Si ＿ RECK 组 *RECK* 的表达水平低于 Anti-miR-21/Control siRNA 组，而高于 Scrambled oligonucleotide/ Si ＿ RECK 组，说明 Si ＿ RECK 在一定程度抑制了 Anti-miR-21 的作用。后续细胞表型分析发现 *miR-21* 可以通过抑制 *RECK* 的表达促进肝癌细胞的体外侵袭。*RECK* 在血管形成过程中也发挥了重要作用，而肿瘤发生发展过程中的新血管生成是必需的，*miR-21* 可能通过抑制 *RECK* 来促进肿瘤血管生成及肿瘤生长。但是我们的体外实验结果显示 *miR-21* 影响肿瘤细胞的生长并不是通过抑制 *RECK* 完成的[41]。*miR-21* 促进肿瘤血管生长的机制尚需体内实验予以证实。

综上所述，通过 *miR-21* 与 *PTEN*、*PDCD4* 及 *RECK* 三个基因的"拯救"实验，我们发现 *miR-21* 促进了肝癌细胞增殖是通过同时调控 *PTEN*、*PDCD4* 实现的，与 *RECK* 无明显关系；对肝癌细胞体外侵袭能力的影响是通过同时调控 *PTEN*、*PDCD4* 及 *RECK* 完成的[41]。

二、*miR-21* 与其已知或未知的靶基因以及相关的信号通路和重要功能基因构成复杂的调控网络

miR-21 通过调控 *PTEN*、*PDCD4* 和 *RECK* 的表达分别行使了相同或不同的功能，但是 *miR-21* 是否影响到细胞增殖、凋亡及侵袭相关的重要信号通路和功能基因？我们研究发现在 HepG2 和 SMMC7721 转染 Anti-miR-21 后，细胞增殖及凋亡调控相关的磷酸化 PTEN、磷酸化 Akt、磷酸化 ERK 及磷酸化 GSK3-β 等信号分子表达下调；而与细胞周期调控有关的 P21 表达明显上调，CyclinD 及 CDK4 表达上调。结果显示 *miR-21* 影响了多个信号通路和一些重要的功能基因[41]。

miR-21 与其靶基因 *PDCD4* 及相关基因 *RAS*、*AP-1* 之间存在一个反馈调控机制，但是 *miR-21* 与 *PTEN*、*RECK* 或其他靶基因及相关基因之间是否也存在相同的调控机制尚不清楚。*miR-21* 通过抑制 *PTEN*，进而影响了 Akt、ERK 等信号通路以及 CyclinD、磷酸化 GSK3-β、磷酸化 BAD、MMP 等重要的功能基因，通过抑制 *PDCD4*，进而影响了 AP-1、CDK4、P21 及 u-PAR、MMP2、MAP4K1 等功能基因，参与了肿瘤细胞的增殖、凋亡及侵袭特性的调控。*miR-21* 通过抑制 *RECK*，进而影响 MMP 家族多个成员的分泌功能，参与了肿瘤细胞的侵袭调控[75~80]。而且，*miR-21* 与其靶基因 *PDCD4* 及相关基因 *RAS*、*AP-1* 之间存在一个反馈调控机制，但是 *miR-21* 与 *PTEN*、*RECK* 或其他靶基因及相关基因之间是否也存在相同的调控机制尚不清楚。由此可见，*miR-21* 与其靶基因及相关信号通路、重要功能基因构成一个复杂的调控网络。该网络在肝细胞癌发生发展过程中发挥了重要的功能。*miR-21* 作为调控网络的核心，在肝细胞癌发生发展过程中发挥了至关重要的癌基因的作用（见图 9-21）[41]。肝细胞癌的复发和转移机制复杂，*miR-21* 可能在此过程中起着关键作用。如果选择 *miR-21* 作为肝细胞癌新靶标进行生物治疗，可能会影响到多个抑癌基因的功能，起到以单个蛋白质编码的抑癌基因或癌基因为靶标所达不到的效果。当然，*miR-21* 作为治疗靶标的有效性尚需体内实验等作进一步验证。总之，选择有效方法抑制 *miR-21* 的表达可能是一种针对肝细胞癌进行生物治疗的新策略。

参 考 文 献

[1] Alderton G K. Microrna: Microloops in NFkappaB signalling. Nat Rev Cancer, 2011, 11 (1): 6.

[2] Ambros V. The functions of animal microRNAs. Nature, 2004, 431 (7006): 350-355.

[3] Ambros V. MicroRNA pathways in flies and worms: growth, death, fat, stress, and timing. Cell, 2003, 113 (6): 673-676.

[4] Ambros V. microRNAs: tiny regulators with great potential. Cell, 2001, 107 (7): 823-826.

[5] Asangani I A, Rasheed S A, Nikolova D A, Leupold J H, Colburn N H, Post S, et al. MicroRNA-21 (miR-21) post-transcriptionally downregulates tumor suppressor Pdcd4 and stimulates invasion, intravasation and metastasis in colorectal cancer. Oncogene, 2008, 27 (15): 2128-2136.

[6] Bartel D P. MicroRNAs: genomics, biogenesis, mechanism, and function. Cell, 2004, 116 (2): 281-297.

[7] Bartel D P, Chen C Z. Micromanagers of gene expression: the potentially widespread influence of metazoan microRNAs. Nat Rev Genet, 2004, 5 (5): 396-400.

[8] Bignold L P. The cell-type-specificity of inherited predispositions to tumours: review and hypothesis. Cancer Lett, 2004, 216 (2): 127-146.

[9] Borchert G M, Lanier W, Davidson B L. RNA polymerase III transcribes human microRNAs. Nat Struct Mol Biol, 2006, 13 (12): 1097-1101.

[10] Budhu A, Jia H L, Forgues M, Liu C G, Goldstein D, Lam A, et al. Identification of metastasis-related microRNAs in hepatocellular carcinoma. Hepatology, 2008, 47 (3): 897-907.

[11] Calin G A, Croce C M. MicroRNA signatures in human cancers. Nat Rev Cancer, 2006, 6 (11): 857-866.

[12] Calin G A, Liu C G, Sevignani C, Ferracin M, Felli N, Dumitru C D, et al. MicroRNA profiling reveals distinct signatures in B cell chronic lymphocytic leukemias. Proc Natl Acad Sci USA, 2004, 101 (32): 11755-11760.

[13] Calin G A, Sevignani C, Dumitru C D, Hyslop T, Noch E, Yendamuri S, et al. Human microRNA genes are frequently located at fragile sites and genomic regions involved in cancers. Proc Natl Acad Sci USA, 2004, 101 (9): 2999-3004.

[14] Chan J A, Krichevsky A M, Kosik K S. MicroRNA-21 is an antiapoptotic factor in human glioblastoma cells. Cancer Res, 2005, 65 (14): 6029-6033.

[15] Cheung S T, Chen X, Guan X Y, Wong S Y, Tai L S, Ng I O, et al. Identify metastasis-associated genes in hepatocellular carcinoma through clonality delineation for multinodular tumor. Cancer Res, 2002, 62 (16): 4711-4721.

[16] Cho W C. OncomiRs: the discovery and progress of microRNAs in cancers. Mol Cancer, 2007, 6: 60.

[17] Cmarik J L, Min H, Hegamyer G, Zhan S, Kulesz-Martin M, Yoshinaga H, et al. Differentially expressed protein Pdcd4 inhibits tumor promoter-induced neoplastic transformation. Proc Natl Acad Sci USA, 1999, 96 (24): 14037-14042.

[18] Croce C M, Calin G A. miRNAs, cancer, and stem cell division. Cell, 2005, 122 (1): 6-7.

[19] Datta J, Kutay H, Nasser M W, Nuovo G J, Wang B, Majumder S, et al. Methylation mediated silencing of MicroRNA-1 gene and its role in hepatocellular carcinogenesis. Cancer Res, 2008, 68 (13): 5049-5058.

[20]　El-Serag H B, Rudolph K L. Hepatocellular carcinoma: epidemiology and molecular carcinogenesis. Gastroenterology, 2007, 132 (7): 2557-2576.

[21]　Esau C, Kang X, Peralta E, Hanson E, Marcusson E G, Ravichandran L V, et al. MicroRNA-143 regulates adipocyte differentiation. J Biol Chem, 2004, 279 (50): 52361-52365.

[22]　Esquela-Kerscher A, Slack F J. Oncomirs-microRNAs with a role in cancer. Nat Rev Cancer, 2006, 6 (4): 259-269.

[23]　Gennarino V A, Sardiello M, Mutarelli M, Dharmalingam G, Maselli V, Lago G, et al. HOCTAR database: A unique resource for microRNA target prediction. Gene, 2011.

[24]　Gibbs W W. The unseen genome: beyond DNA. Sci Am, 2003, 289 (6): 106-113.

[25]　Gibbs W W. The unseen genome: gems among the junk. Sci Am, 2003, 289 (5): 26-33.

[26]　Griffiths-Jones S. miRBase: microRNA sequences and annotation. Curr Protoc Bioinformatics, 2010, Chapter 12: Unit 12 19 11-10.

[27]　Griffiths-Jones S, Grocock R J, van Dongen S, Bateman A, Enright A J. miRBase: microRNA sequences, targets and gene nomenclature. Nucleic Acids Res, 2006, 34 (Database issue): D140-144.

[28]　Hammond S M, Sharpless N E. HMGA2, microRNAs, and stem cell aging. Cell, 2008, 135 (6): 1013-1016.

[29]　Hornstein E, Mansfield J H, Yekta S, Hu J K, Harfe B D, McManus M T, et al. The microRNA miR-196 acts upstream of Hoxb8 and Shh in limb development. Nature, 2005, 438 (7068): 671-674.

[30]　Ikeda K, Satoh M, Pauley K M, Fritzler M J, Reeves W H, Chan E K. Detection of the argonaute protein Ago2 and microRNAs in the RNA induced silencing complex (RISC) using a monoclonal antibody. J Immunol Methods, 2006, 317 (1-2): 38-44.

[31]　Iorio M V, Ferracin M, Liu C G, Veronese A, Spizzo R, Sabbioni S, et al. MicroRNA gene expression deregulation in human breast cancer. Cancer Res, 2005, 65 (16): 7065-7070.

[32]　Iorio M V, Visone R, Di Leva G, Donati V, Petrocca F, Casalini P, et al. MicroRNA signatures in human ovarian cancer. Cancer Res, 2007, 67 (18): 8699-8707.

[33]　Iyer L M, Koonin E V, Aravind L. Evolutionary connection between the catalytic subunits of DNA-dependent RNA polymerases and eukaryotic RNA-dependent RNA polymerases and the origin of RNA polymerases. BMC Struct Biol, 2003, 3: 1.

[34]　Kerr T A, Korenblat K M, Davidson N O. MicroRNAs and liver disease. Transl Res, 2011, 157 (4): 241-252.

[35]　Kim Y J, Hwang S H, Cho H H, Shin K K, Bae Y C, Jung J S. microRNA 21 regulates the proliferation of human adipose tissue-derived mesenchymal stem cells and high-fat diet-induced obesity alters microRNA 21. J Cell Physiol, 2011.

[36]　Kowarsch A, Preusse M, Marr C, Theis F J. miTALOS: Analyzing the tissue-specific regulation of signaling pathways by human and mouse microRNAs. RNA, 2011.

[37]　Latronico M V, Condorelli G. MicroRNAs and cardiac pathology. Nat Rev Cardiol, 2009, 6 (6): 419-429.

[38]　Lee R C, Feinbaum R L, Ambros V. The C. elegans heterochronic gene lin-4 encodes small RNAs with antisense complementarity to lin-14. Cell, 1993, 75 (5): 843-854.

[39]　Leung A K, Sharp P A. microRNAs: a safeguard against turmoil? Cell, 2007, 130 (4): 581-585.

[40]　Leupold J H, Yang H S, Colburn N H, Asangani I, Post S, Allgayer H. Tumor suppressor Pdcd4 inhibits invasion/intravasation and regulates urokinase receptor (u-PAR) gene expression via Sp-transcription factors. Oncogene, 2007, 26 (31): 4550-4562.

[41]　Liu C, Yu J, Yu S, Lavker R M, Cai L, Liu W, et al. MicroRNA-21 acts as an oncomir through

multiple targets in human hepatocellular carcinoma. J Hepatol, 2010, 53 (1): 98-107.

[42] Liu L T, Chang H C, Chiang L C, Hung W C. Histone deacetylase inhibitor up-regulates RECK to inhibit MMP-2 activation and cancer cell invasion. Cancer Res, 2003, 63 (12): 3069-3072.

[43] Lou Y, Yang X, Wang F, Cui Z, Huang Y. MicroRNA-21 promotes the cell proliferation, invasion and migration abilities in ovarian epithelial carcinomas through inhibiting the expression of PTEN protein. Int J Mol Med, 2010, 26 (6): 819-827.

[44] Lu J, Getz G, Miska EA, Alvarez-Saavedra E, Lamb J, Peck D, et al. MicroRNA expression profiles classify human cancers. Nature, 2005, 435 (7043): 834-838.

[45] Lu Z, Liu M, Stribinskis V, Klinge C M, Ramos K S, Colburn N H, et al. MicroRNA-21 promotes cell transformation by targeting the programmed cell death 4 gene. Oncogene, 2008, 27 (31): 4373-4379.

[46] Ma L, Teruya-Feldstein J, Weinberg R A. Tumour invasion and metastasis initiated by microRNA-10b in breast cancer. Nature, 2007, 449 (7163): 682-688.

[47] McCarthy N. Microrna: Micromanaging CD44. Nat Rev Cancer, 2011, 11 (3): 156.

[48] Meng F, Henson R, Wehbe-Janek H, Ghoshal K, Jacob S T, Patel T. MicroRNA-21 regulates expression of the PTEN tumor suppressor gene in human hepatocellular cancer. Gastroenterology, 2007, 133 (2): 647-658.

[49] Murakami Y, Yasuda T, Saigo K, Urashima T, Toyoda H, Okanoue T, et al. Comprehensive analysis of microRNA expression patterns in hepatocellular carcinoma and non-tumorous tissues. Oncogene, 2006, 25 (17): 2537-2545.

[50] Nimmo R A, Slack F J. An elegant miRror: microRNAs in stem cells, developmental timing and cancer. Chromosoma, 2009, 118 (4): 405-418.

[51] Niwa Y, Matsumura M, Shiratori Y, Imamura M, Kato N, Shiina S, et al. Quantitation of alpha-fetoprotein and albumin messenger RNA in human hepatocellular carcinoma. Hepatology, 1996, 23 (6): 1384-1392.

[52] Oh J, Seo D W, Diaz T, Wei B, Ward Y, Ray J M, et al. Tissue inhibitors of metalloproteinase 2 inhibits endothelial cell migration through increased expression of RECK. Cancer Res, 2004, 64 (24): 9062-9069.

[53] Oh J, Takahashi R, Kondo S, Mizoguchi A, Adachi E, Sasahara R M, et al. The membrane-anchored MMP inhibitor RECK is a key regulator of extracellular matrix integrity and angiogenesis. Cell, 2001, 107 (6): 789-800.

[54] Okabe H, Satoh S, Kato T, Kitahara O, Yanagawa R, Yamaoka Y, et al. Genome-wide analysis of gene expression in human hepatocellular carcinomas using cDNA microarray: identification of genes involved in viral carcinogenesis and tumor progression. Cancer Res, 2001, 61 (5): 2129-2137.

[55] Panzitt K, Tschernatsch M M, Guelly C, Moustafa T, Stradner M, Strohmaier H M, et al. Characterization of HULC, a novel gene with striking up-regulation in hepatocellular carcinoma, as noncoding RNA. Gastroenterology, 2007, 132 (1): 330-342.

[56] Papagiannakopoulos T, Shapiro A, Kosik K S. MicroRNA-21 targets a network of key tumor-suppressive pathways in glioblastoma cells. Cancer Res, 2008, 68 (19): 8164-8172.

[57] Park I Y, Sohn B H, Yu E, Suh D J, Chung Y H, Lee J H, et al. Aberrant epigenetic modifications in hepatocarcinogenesis induced by hepatitis B virus X protein. Gastroenterology, 2007, 132 (4): 1476-1494.

[58] Puc J, Keniry M, Li H S, Pandita T K, Choudhury A D, Memeo L, et al. Lack of PTEN sequesters CHK1 and initiates genetic instability. Cancer Cell, 2005, 7 (2): 193-204.

［59］ Rhoades M W, Reinhart B J, Lim L P, Burge C B, Bartel B, Bartel D P. Prediction of plant microR-NA targets. Cell, 2002, 110 (4): 513-520.

［60］ Ritchie W, Rajasekhar M, Flamant S, Rasko J E. Conserved expression patterns predict microRNA targets. PLoS Comput Biol, 2009, 5 (9): e1000513.

［61］ Sempere L F, Freemantle S, Pitha-Rowe I, Moss E, Dmitrovsky E, Ambros V. Expression profiling of mammalian microRNAs uncovers a subset of brain-expressed microRNAs with possible roles in murine and human neuronal differentiation. Genome Biol, 2004, 5 (3): R13.

［62］ Shaw R J, Bardeesy N, Manning B D, Lopez L, Kosmatka M, DePinho R A, et al. The LKB1 tumor suppressor negatively regulates mTOR signaling. Cancer Cell, 2004, 6 (1): 91-99.

［63］ Si M L, Zhu S, Wu H, Lu Z, Wu F, Mo Y Y. miR-21-mediated tumor growth. Oncogene, 2007, 26 (19): 2799-2803.

［64］ Suzuki C, Garces R G, Edmonds K A, Hiller S, Hyberts S G, Marintchev A, et al. PDCD4 inhibits translation initiation by binding to eIF4A using both its MA3 domains. Proc Natl Acad Sci USA, 2008, 105 (9): 3274-3279.

［65］ Thorgeirsson S S. The almighty MYC: Orchestrating the Micro-RNA universe to generate aggressive liver cancer. J Hepatol, 2011.

［66］ Thorgeirsson S S, Lee J S, Grisham J W. Functional genomics of hepatocellular carcinoma. Hepatology, 2006, 43 (2 Suppl 1): S145-150.

［67］ Trotman L C, Pandolfi P P. PTEN and p53: who will get the upper hand? Cancer Cell, 2003, 3 (2): 97-99.

［68］ Tsai W C, Hsu P W, Lai T C, Chau G Y, Lin C W, Chen C M, et al. MicroRNA-122, a tumor suppressor microRNA that regulates intrahepatic metastasis of hepatocellular carcinoma. Hepatology, 2009, 49 (5): 1571-1582.

［69］ Varnholt H. The role of microRNAs in primary liver cancer. Ann Hepatol, 2008, 7 (2): 104-113.

［70］ Volinia S, Calin G A, Liu C G, Ambs S, Cimmino A, Petrocca F, et al. A microRNA expression signature of human solid tumors defines cancer gene targets. Proc Natl Acad Sci USA, 2006, 103 (7): 2257-2261.

［71］ Wickramasinghe N S, Manavalan T T, Dougherty S M, Riggs K A, Li Y, Klinge C M. Estradiol downregulates miR-21 expression and increases miR-21 target gene expression in MCF-7 breast cancer cells. Nucleic Acids Res, 2009, 37 (8): 2584-2595.

［72］ Yu J, Ryan D G, Getsios S, Oliveira-Fernandes M, Fatima A, Lavker RM. MicroRNA-184 antago-nizes microRNA-205 to maintain SHIP2 levels in epithelia. Proc Natl Acad Sci USA, 2008, 105 (49): 19300-19305.

［73］ Yu J, Wang F, Yang G H, Wang F L, Ma Y N, Du Z W, et al. Human microRNA clusters: ge-nomic organization and expression profile in leukemia cell lines. Biochem Biophys Res Commun, 2006, 349 (1): 59-68.

［74］ Zhu S, Si M L, Wu H, Mo Y Y. MicroRNA-21 targets the tumor suppressor gene tropomyosin 1 (TPM1). J Biol Chem, 2007, 282 (19): 14328-14336.

［75］ 金冬雁等. 分子克隆实验指南. 2 版. 北京: 科学出版社, 1999.

［76］ 司徒镇强, 吴军正. 细胞培养. 北京: 世界图书出版公司, 1996: 298-301.

［77］ 卢圣栋. 现代分子生物学实验技术. 北京: 中国协和医科大学出版社, 1999: 435-444.

［78］ 方福德. microRNA 的研究方法与应用. 北京: 中国协和医科大学出版社, 2008: 78-171.

［79］ 高进, 章静波. 癌的侵袭与转移基础与临床. 北京: 科学出版社, 2003: 35-60.

［80］ 吴冠芸, 潘华珍, 吴翚. 生物化学与分子生物学实验常用数据手册. 北京: 科学出版社, 2000.

欢迎订阅生物专业图书

书名	作者	出版时间	单价
现代微生物遗传学(第二版)	陈三凤	2011 年 7 月	39
中国生物产业发展报告 2010	国家发展和改革委员会高技术产业司	2011 年 5 月	98
生物实验室系列——PCR 最新技术原理、方法及应用(第二版)	黄留玉	2011 年 1 月	99
生物大分子的 X 射线晶体学	柯衡明	2010 年 1 月	39
双螺旋——发现 DNA 结构的故事	[美]J. D. 沃森	2009 年 9 月	29
蛋白质科学与技术丛书——蛋白质微阵列	[加拿大]M. 谢纳	2008 年 4 月	55
生物实验系列——分子生物学实验参考手册(第 2 卷)	[美]A. S. 梅利克	2009 年 3 月	32
结构生物信息学	[美]P. E. 波恩	2009 年 3 月	79
质粒生物学	[加]B. E. 芬内尔	2009 年 2 月	149
酶学实验手册	[德]H. 比斯瓦根	2009 年 2 月	45
比较基因组学手册——原理与方法	[意]C. 萨科内	2008 年 7 月	65
英汉微生物学与分子生物学词典	[英]P. 辛格尔顿	2008 年 6 月	120
生物软件选择和使用指南	李军	2008 年 4 月	29.8
转基因之争	沈孝宙	2008 年 3 月	15
生物实验室系列——RNA 分离与鉴定实验指南	[美]R. E. 法雷尔	2008 年 1 月	63
酶的凝胶电泳检测手册	[俄]G. P. 曼琴科	2008 年 1 月	99
生物实验室系列——分子克隆实验指南(精编版)	[美]J. 萨姆布鲁克	2008 年 1 月	97
蛋白质科学与技术丛书——蛋白质物理学概论	[俄]A. V. 芬克尔斯泰因	2008 年 1 月	33

如需以上图书的内容简介、详细目录以及更多的科技图书信息，请登录 www. cip. com. cn。

邮购地址：(100011) 北京市东城区青年湖南街 13 号 化学工业出版社。

服务电话：010-64518888，64518800（销售中心）。

如要出版新著，请与编辑联系。联系电话：010-64519350。E-mail：fszh2008@163. com。

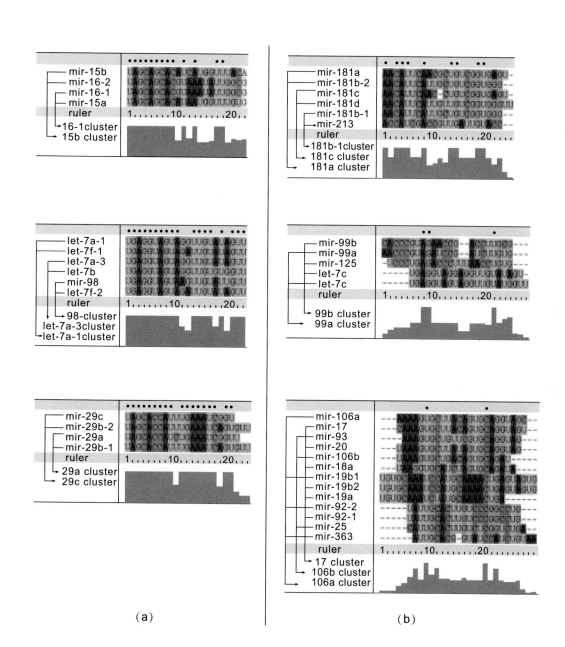

（a）

（b）

■ 彩图 2-16　同源保守的 microRNA 基因簇（见正文第44页）

Mir-181　　　　**Mir-182**　　　　**Mir-183**

F E T Br H L K S　　F E T Br H L K S　　F E T Br H L K S

(a)　　　　(c)　　　　(e)

(b)　　　　(b)　　　　(f)

pe
onl
opl
inl
ipl
gcl

■ 彩图 5-14　小鼠 microRNA-181、microRNA-182、microRNA-183 的
　　　　　多组织及视网膜各层表达检测（见正文第131页）

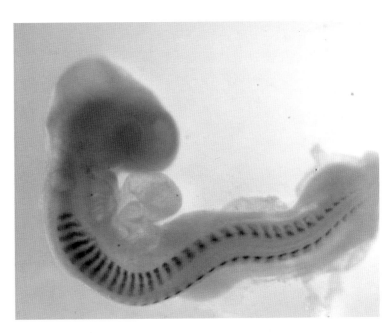

■ 彩图 5-15　microRNA-206 在鸡胚中的原位表达检测
（见正文第131页）

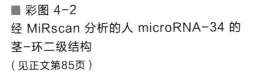

■ 彩图 4-2
经 MiRscan 分析的人 microRNA-34 的
茎-环二级结构
（见正文第85页）

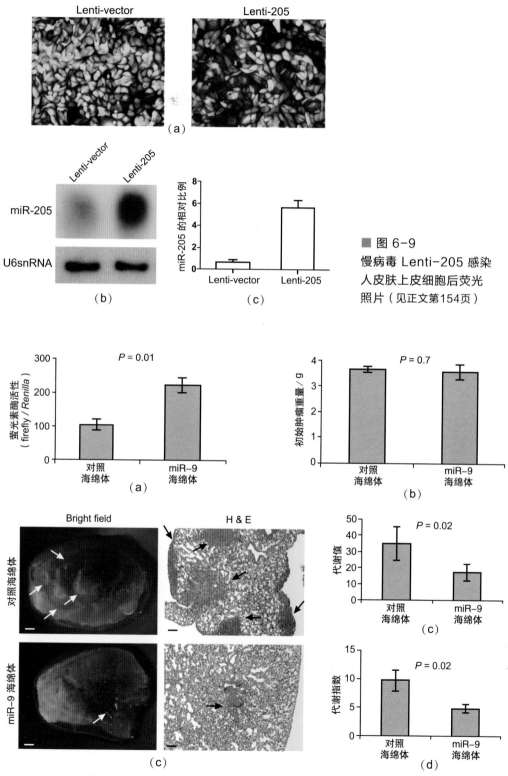

图 6-9
慢病毒 Lenti-205 感染
人皮肤上皮细胞后荧光
照片（见正文第154页）

彩图 7-5　microRNA-9 sponge（海绵体）的应用（见正文第163页）

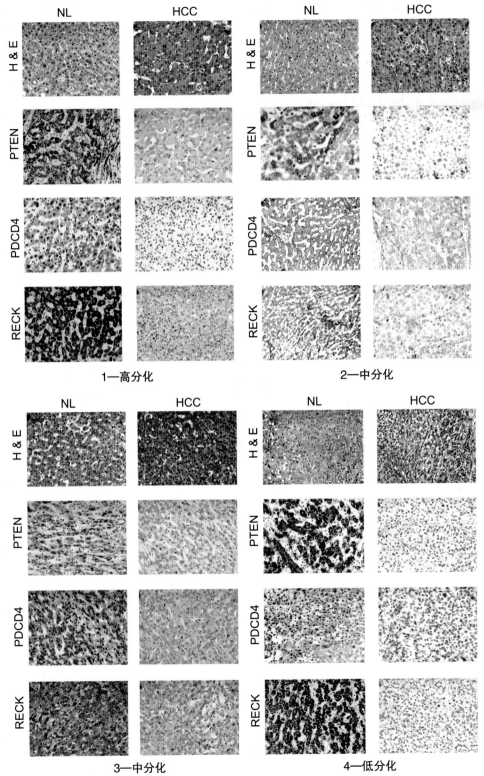

■ 彩图 9-11　免疫组化方法分析 PTEN、PDCD4 以及 RECK 在肝癌癌旁及癌组织中的表达
（见正文第222页）

Memo

國家圖書館出版品預行編目資料

越南語會話 / 童氏容（Đồng Thị Dung）著；
-- 初版 -- 臺北市：瑞蘭國際，2024.10
200 面；17×23 公分 --（繽紛外語系列；135）
ISBN：978-626-7473-57-3（平裝）
1. CST：越南語 2. CST：會話

803.7988   113012700

繽紛外語系列 135
越南語會話

作者｜童氏容（Đồng Thị Dung）
責任編輯｜潘治婷、王愿琦
校對｜童氏容、潘治婷、王愿琦

越南語錄音｜阮秋姮（Nguyễn Thu Hằng）、鄭德孟（Trịnh Đức Mạnh）
錄音室｜采漾錄音製作有限公司
封面設計、版型設計｜陳如琪
內文排版｜邱亭瑜、陳如琪

瑞蘭國際出版
董事長｜張暖彗 · 社長兼總編輯｜王愿琦
編輯部
副總編輯｜葉仲芸 · 主編｜潘治婷
設計部主任｜陳如琪
業務部
經理｜楊米琪 · 主任｜林湲洵 · 組長｜張毓庭

出版社｜瑞蘭國際有限公司 · 地址｜台北市大安區安和路一段 104 號 7 樓之一
電話｜(02)2700-4625 · 傳真｜(02)2700-4622 · 訂購專線｜(02)2700-4625
劃撥帳號｜19914152 瑞蘭國際有限公司
瑞蘭國際網路書城｜www.genki-japan.com.tw

法律顧問｜海灣國際法律事務所 呂錦峯律師

總經銷｜聯合發行股份有限公司 · 電話｜(02)2917-8022、2917-8042
傳真｜(02)2915-6275、2915-7212 · 印刷｜科億印刷股份有限公司
出版日期｜2024 年 10 月初版 1 刷 · 定價｜450 元 · ISBN｜978-626-7473-57-3